제20회 대산청소년문학상 수상 작품집

오늘 밤은
슈퍼 문이 뜰 거야

대산청소년문학상
수상 작품집

20

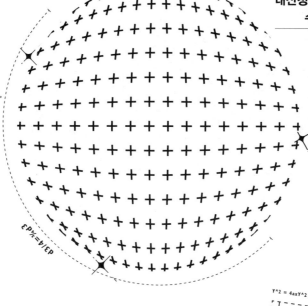

$d3/4 = 3/4 d3$

$Y^2 = 4axY^2 = -4axX^2 = 4ayX^2 = -4ay$

오늘 밤은
슈퍼 문이 뜰 거야

김수정, 문송이 외

민음사

작품집을 펴내며

1993년 『해바라기와 사는 냄새』를 시작으로 매년 우리 청소년 들의 이야기를 선보인 대산청소년문학상 수상 작품집이 스무 번째 이야기 『오늘 밤은 슈퍼 문이 뜰 거야』를 펴냈습니다. 재단 창립과 함께해 온 대산청소년문학상을 통해 만났던 청소년들이 이 제는 문단을 비롯한 사회 각계에서 한 역할을 담당하며 활발히 활동하고 있다는 사실에 많은 보람을 느낍니다.

처음 작품집을 펴냈을 때 작품들의 주제는 대부분 우정을 통한 성장, 부모와 자녀 사이의 갈등 그리고 진로 문제가 주를 이루고 있었습니다. 적지 않은 세월이 지났지만 이번 작품집 속 주제들역시 크게 변하지 않았습니다. 청소년들은 여전히 자신을 둘러싼 세계와 그 구성원들을 통해 상처받거나 위로받고 있음을 알 수 있습니다.

비록 청소년들의 고민은 달라지지 않았지만 문제를 바라보는 시각은 조금씩 달라져 가고 있습니다. 상처를 주는 대상을 미워하기보다는 이해하고 포용하려는 노력들이 엿보입니다. 그만큼 청소년들이 많이 성숙해 가고 있다는 점에서 긍정적으로 평가하고 싶습니다.

이 책을 통해 청소년들은 마음속 깊은 생각을 세상에 꺼내 놓을 수 있었고 독자들은 청소년들을 이해하고 그 생각에 공감할 수 있었습니다. 이러한 특성이 일반 문학상이 아닌 청소년문학상의 작품집이 20년간 꾸준히 출간될 수 있게 한 동력이라고 생각합니다. 앞으로도 대산청소년문학상 수상 작품집이 기성세대와 청소년을 잇는 소통의 장으로서 계속 역할을 할 수 있도록 독자 여러분의 많은 관심이 있기를 바랍니다.

문학과 인문학의 중요성은 최근 스마트폰을 통해서도 확인할 수 있습니다. 2007년 아이폰의 등장 이래 불과 몇 년 만에 스마트폰은 일반화 단계에 이르렀습니다. 그 영향으로 우리의 삶에도 많은 변화가 일어났습니다. 이제 지하철에서 사람들은 책이나 신문을 읽기보다는 스마트폰을 이용합니다. 또한 SNS를 통해 경계의 제약 없이 사람들과 의견을 나누고 자신의 소식을 전달합니다. 이처럼 스마트폰이 대중에게 빠르게 흡수된 것은 단지 기술의 발달만으로 이루어진 것이 아닙니다. "인문학과 기술의 교차점에 애플이 있다."라는 스티브 잡스의 말을 통해 기술과 인문학이 조화롭게 만났을 때 기술 혁명과 인류의 진보가 이루어진다는 것을 알 수 있습니다. 그러한 인문학의 중심에는 문학이 있습니다. 문학은 인간의 삶과 시대정신을 읽고 그 이야기를 풀어내는 것이며 그것에 일찍이 도전한 청소년들은 이미 인문학적 소양을 갖춘 준비된 인재라 할 수 있습니다. 대산문화재단은 앞으로 대산청소년문학상뿐만 아니라 다양한 청소년 사업을 통해 인문학적 체험과 교육의 기회를 청소년들에게 제공하겠습니다.

열대야가 기승을 부린 지난여름 많은 작품들을 심사하시느라 고생하신 일곱 분의 심사위원 선생님들께 진심으로 감사드립니다. 더불어 이 책이 나오기까지 수고를 아끼지 않으신 민음사와 관계자 여러분들께도 사의를 표합니다.

이 책을 받아 보게 될 문예 캠프 참가자들이 잠시나마 2박 3일간의 즐거웠던 추억을 떠올리길 바랍니다. 아울러 문예 캠프를 함께하지는 못했지만 대산청소년문학상에 응모하고 관심을 가져 준 청소년 여러분들도 이 책을 통해 많은 것을 소통하고 공감할 수 있게 되기를 희망합니다.

대산문화재단 이사장

신창재

차례

시 詩

소설 小說

시 詩

시 부문 심사평

　희귀한 축제인 2박 3일간의 문예 캠프는 '청소년' 문학상이기에 더욱 의미가 있는 시간일 수 있었다. 청소년 문학상이기에 그런 프로그램을 생각해 낼 수 있었을 것이다. 어쨌든 대산청소년문학상의 과정은 여타 백일장과 달리 경쟁보다는 그 자체가 하나의 문학적 체험이 되는 특별한 시간을 어린 문학도들에게 제공한다.

　그러므로 이렇게 심사를 하고, 금상, 은상, 동상과 같이 그 색깔을 구분하여 상을 주지만, 다만 그것이 가장 중요하고 결정적인 것은 아니다. 문학은 시험을 보는 것이 아니라 살아 내는 것이다. 심사를 하면서 '백일장용 시'라는 말을 떠올리게 될 때면 마음이 쓸쓸했다. 백일장에서도 단지 '백일장용 시'만으로는 통할 수 없다. 백일장에서도 결국 찾는 것은 정답이 없는 문학이고 문학적 가능성이기 때문이다.

　서울 광화문 교보빌딩에서 수백 편의 응모작에 대한 첫 심사를 하면서 시를 잘 쓰는 어린 친구들이 참 많다는 생각을 했다. 그러나 언어를 시적으로 그럴듯하게 다루는 기술 이전에 혹은 그 너머에서 시를 발견하면서 스스로를 깨우고 흔들고 일으켰던 '몸'의 감각을 찾기는 어쩐지 쉽지 않았다. 시를 통해 스스로를 흔들지 못한다면 기술은 고만고만한 기술 이상이 되지 못한다. 아리스토텔레스가 은유로부터 천재의 증표를 봤다면, 그 은유는 기술이 아니라 발견이며 그 발견으로 우리의 사유와 감각을 흔들어 놓는 것이었으리라. 어느 정도의 시적 수준에 이르렀다면, 완성도보다는 가능성을, 대답보다는 참신한 질문을 가진 친구들을 캠프에 초대하고 싶었다는 말을 남겨 두기로 한다.

캠프에서 주어진 백일장 과제는 고등학생의 경우 "어둠 속에 혈관이 있다"를 두 번째 문장으로 삼아서 시를 쓰라는 것이었다. 백일장의 경험과 훈련을 비껴서 학생들이 그 자리에서 시를 찾도록 하자는 취지에서 내놓은 것이었다. 고등학생들한테서는 백일장 훈련이 지나치게 잘된 경우가 많이 보여서 가급적 생소한 방식을 택한 것이었는데, 과제가 발표되자 원망이 쏟아지는 분위기였다. 중학생에게는 "( )(으)로 가는 길"이라는 미완의 제목이 주어졌다. 제목을 완성하는 것도 학생들의 몫이었다.

백일장이 끝난 후 행해진 문학상 심사는 응모작과 백일장 작품을 함께 놓고 이루어졌다. 문학상은 응모작에게 주어지지만, 백일장 작품이 응모작의 기대치에 미치지 못할 때는 재고(再考) 삼고(三考)를 했다. 그런 과정에서 은상 후보로 논의되었던 작품이 결국 입상권에서 벗어나기도 했다.

먼저 고등부 작품들에 대한 독후감을 살짝 밝히기로 한다. 배선화의 「달의 수선」은 보이지 않는 감정의 흐름을 시적 풍경으로 형상화하는 데 있어서 감각적 깊이를 보여 주었다. 그의 감각은 수사적 차원에서 그 표면을 벗겨 내면 썰렁해지는 것이 아니고 그 윽하게 안쪽으로 젖어드는 깊이를 가지고 있다. 부분적으로 기시감이 없지 않았고, 함께 보내온 작품들과 더불어 보았을 때 반복되는 점들이 노출되었지만, 수사의 논리보다 자신이 시 속에서 경험하는 감각의 논리를 믿고 앞으로 더 멀리 나아갈 수 있을 것 같았다.

김수정의 「일기 예보」 외 4편의 시는 그에게 잠재되어 있는 참신한 질문들을 궁금하게 만들었다. 시만이 할 수 있는 질문들과 함께 그가 시의 운동을 펼치고 있다고 느껴졌다. 그리고 그 운동의 궤적이 예상 밖의 지점을 가로지를 때 그에게 격려를 보내고 싶었다. 그는 언어를 아끼고 덜 말할 줄 아는 것 같다. 다만, 덜 말하는 것이 아니라, 때로는 운동의 근육이 부족하거나 시 안에서 힘을 다해 놀지 못하는 것은 아닌지 생각해 보았으면 좋겠다.

안준혁의 「김수영이란 이름의 세 명의 시인」은 미문(美文)의 제약에서 벗어나서 언어의 자유로움을 누리고 있는 것 같아 반가웠다. 시적 언어는 영혼의 아름다움보다 영혼의 정직함에 더 예민해야 할 것이다. 이외에 안준혁의 다른 작품들과 나상화의 「요강이 할머니 안에 있다」, 이서연의 「빗소리는 연재 중」 등은 시적 발상을 잘 구현하고 있지만, 그 발상 안에 갇혀서 제작되고 있다는 인상을 지우기가 어려웠다. '논리'에 갇히지 말고 '논리'를 뛰어넘을 수 있는 활달함과 자유로움을 찾기를 바란다.

중등부의 경우 인상적인 작품을 찾기가 쉽지 않았다. 소박하더라도 더 참신하고 발칙한 상상력을 기대했는데, 대체로 평이했고 그만큼 학습된 상상력처럼 느껴졌다. 그중에서 김해준의 작품은 돋보였다. 그의 「여름을 듣다」는 시의 살 속으로 들어와서 시적 구체성을 획득하는 방법을 알고 있었다. 그의 조숙한 언어 감각이 단지 재능을 드러내는 것으로 그치지 않고 문학 속에서 꽃필 수 있기를 기대한다.

심사를 하다 보면 어쩔 수 없이 작품들을 서로 비교하고 장점이 '더' 많은 것, 단점이 '덜' 눈이 띄는 것을 찾게 되지만, 입상보다 중요한 것은 결국 스스로에게 물었을 때 문학이 가진 의미일 것이고, 그 의미를 살아 내면서 키우는 것이다. 누구에게나 돌아가서 다시 시작해야 하는 '초심(初心)'이 있다. 그 마음의 자리에 가장 가까이 있는 청소년들이 그 마음을 돌보고 아꼈으면 좋겠다.

심사위원 김수복 · 김행숙 · 이승하

일기 예보

광주중앙고등학교 3
김수정

개구리 일억 사천사백사십 마리가 사라졌다

엄마 연못이 비었어요
그럴 땐 개구리 생각을 하지 않는 게 좋단다

머리를 빗을 때마다 개구리의 배가 부풀어 오르는 것 같았다

아직 너의 머리카락은 많이 남았잖니
하지만 개구리가 울지 않는걸요

엄마가 외출할 때마다 해부대 위에서 잠들곤 했다

머리를 감는데 뒷다리들이 쏟아졌다
가만가만 방으로 옮겨 놓는데

구름의 머리카락만 떨어진다
엄마, 세상의 개구리는 언제 사라지나요?

무의식 탐험대

광주중앙고등학교 3
김수정

숨겨 놓은 오른손
어둠 속에 혈관이 있다

요즘 왼손이 불면증에 시달려요
보이시나요? 밤이 되면
맥박이 뛰는 박자에 맞춰 손이 펄쩍펄쩍 뛰어올라요

주먹을 쥐려 해도
오른손은 하지 못해요
어둠이 더 빨리 달리기 위해 허리를 숙여요
왼손은 싱싱해서 잡지 못해요

어둠이 결승전을 향해 달리고 있다
가라앉는 오른손

보이시나요? 왼손이 숨을 헐떡이고 있어요

어둠은 숨을 고를 줄 모르는데

오른손이 주먹을 쥐려 하고 있어요

달의 수선

고양예술고등학교 2
배선화

달이 바느질을 하고 있다
바늘구멍 속으로 걸어 들어가는 감정의 그림자들이 밤을 기워
내고 있다
오늘은 단춧구멍 사이로 빠져나가는 별들 중
하나가 머릿속에 걸려 넘어진다

어느 날 당신은 나에게 별의 궤도를 읽게 했다
낮에는 볼 수 없었던 감정들이 하늘을 달리고 있었다
나는 밤을 들여다보면서
그 우주 속을 파고들고 싶다고 생각했지
아니면 그를 향해 내달리고 싶었을지도 모른다
빳빳하게 잘 다려 놓은 셔츠의 깃처럼
밤하늘은 감정들로 구겨진 틈 하나 찾아볼 수 없었다

단추가 떨어졌다
셔츠에는 당신과 나누었던 유성들이 매달려 있었고

그 감정들은 내 머릿속을 달리고 있었다
돌고 도는 몸속의 기관들을 다 연결하듯
달은 나를 향해 기울고 있었다
바늘 같은 별들이 밤하늘을 찔러 대는 밤
내 눈동자에도 당신의 중력이 머무르고 있다

그의 몸을 달리고 있을 혜성들 나와 같은 밤을 공유하던
성운의 조각들을 아직 머금고 있는지도 모른다
날이 갈수록 무거워지는 감정들이 달그락거린다
피 한 방울 흘리지 않는 몸에선 매일 밤 바늘 자국이 새겨지고
있다

냉장고 하혈

고양예술고등학교 2
배선화

냉장고의 맥박을 짚어 내리는
어둠 속에 혈관이 있다
밤마다 나는 내 속의 허기를 뽑아내
부엌의 소굴을 찾아간다
애초부터 내가 더듬거리던 것은
언젠가 사라져 버린 나의 핏줄

나는 냉장고 구석구석을 뒤지며
잘려 나간 기관들의 흔적을 찾았으나
이불 속에서도 내 몸은 온전하지 않았다
한 번씩 눈을 깜빡일 때마다
뱃속에 주삿바늘이 꽂힌다
그 사이로 무수한 선단이 순환되고 있었으리라

어디선가 위태로운 짐승이 우는 소리가 들린다
나는 어느 짐승에게 허리를 물린 적이 있었는지

걸어온 자리마다 혈흔이 묻어 있다
소굴에서는 누구라도 네 발로 걸어야 한다
어둠의 근원을 찾아내기 위해

아직도 이 밤은 두근거리며
뜨거운 허기를 찾아 입을 벌린다
위장 속을 울음소리로 가득 채운 밤
열 오른 짐승 하나 침대에서 걸어 나온다

요강이 할머니 안에 있다

성문고등학교 3
나상화

할머니가 말하길, 요강은 뱃속에 고향을 키운단다
임신이라도 했나, 고향의 흙이 가득 차 있을까
곰곰이 그 말씀 따라가다 보면, 이내 들려오는
요강 속 깊은 곳부터 울려오는 물소리
구불구불 굽이쳐 요도를 흘러나온 실개천인가 보다
신 비린내 풀잎피리 동동 띄워 전진할 무렵
땅을 기어오른 수박 뿌리, 귀를 대어 한 모금 빨아올린다
졸졸졸 흐르는 곳에 비탈진 산 냄새가 난다고
물관을 타고 오르던 경쾌한 물결의 굽이침을 태교 삼아
열매를 틔우고, 만들만들한 머리들이 빼꼼, 흙색 강보를 두른다
그렇게 여름밤에 잘 때 나는 몰래 한 통 들고 나갔지
수박씨 알알이 할머니의 몸속에 뿌려지고 탯줄을 뻗을 무렵
우리 아버지가 그곳에서 태어났을라나
물줄기가 나를 비친 거울이며 끈이었을까
씨앗마다 안으로 움트는 고향의 기억 속
풀벌레 기어오르는 소리, 비포장도로를 들어 올리며

아버지가 옛집에 당도하는 소리, 나비의 날개 속 하늬바람이
흘러나오곤 했다
　시간이 점차 요강을 채워 넣을수록
　놋쇠 속 깊은 곳, 고향은 숨어 들어가지만
　할머니는 버선발로 아버지와 나를 맞이하고, 다시 물이
　힘이 닿을 수 없는 곳으로 아련히도 흐른다
　할머니를 보며 웃는 요강의 움푹한 미소
　요강은 남모르게 할머니의 깊은 핏줄 속에 우리들의 고향을
　숨겨 놓았을지도 모른다

김수영이란 이름의 세 명의 시인

등촌고등학교 3
안준혁

담배 연기 속에 매캐한 시가 녹아 흐른다며
신춘문예 철이 되면 서울에 어디 문창과에 다니는 선배 곁에서
우리는 시를 배웠다

선배는, 문예반 선배
선배님께서는 여관방을 손수 잡아 우리를 가두고
문학보다 문학적인 것에 더 입맛을 다셨다

#
김수영이라는 이름의 후배가 있었다
빛나는 눈빛, 동경에 대해 동경하던 후배 놈
자기보다 한 겹 더 누추한 사람 앞에서 고개를 지레 떨구는 놈
늘 공모전 뭐 하나 공들이지도 않으면서, 떨어질 때마다
어디 형들한테 술 얻어먹을 궁리나 하는 녀석
우리의 김수영은 김수영과 달랐다

우리는 여관방에서 빛나는 김수영의 눈을 바라보면서
설움 많은 김수영을 생각하기도 하고
로빈슨 크루소와 술잔을 기울인 김수영을 생각하기도 했다
그런 것만 동경하는 놈들이었다

나중엔 필명을 쓸 거냐, 물으면 결코 아니랜다 김수영 전집을
필사하며 입으론 김수영 이름 석 자로 당당히 맞서겠다고 말하는
놈의 말투가, 어디 잡지 쪽지면에 찌그려 놓은 수상 소감 같아 괜
히 소름이 돋았다

인터넷에 괜히 김수영을 검색해 보곤 한다 처음엔 뚱뚱한 개그
맨이 나오고, 두 번째는 기업인 김수영, 그다음에야 풀잎 틔운 김
수영인데, 어디에도 없는 우리의 수영이

#
무엇보다도 우린 그 이름을 싫어했다 동경은 싫은 것이라고

우리는 그렇게 믿었다

빗소리는 연재 중

안양예술고등학교 3
이서연

습기를 머금은 책처럼 골목이 몸을 부풀리는 시간

탁, 타탁, 탁 탁 탁

여백의 틈마다 기록을 쉬지 않는 이것은 빗줄기의 습작법
쪽 창문을 꼭꼭 걸어 잠근 이 골목은
빗줄기가 가장 좋아하는 원고지일지도 몰라
창문마다 검은 빗소리를 새기고 있잖아
한 달 만에 재개된 연재를 기다려 온 나는
눅눅한 벽에 기대 앉아 빗줄기가 휘갈겨지는 페이지를 읽어 보
기로 해
건너편 옥상 아직 걷어지지 않은 빨랫감에 축축한 활자가 적혀
지고
고무 화분 속 산세베리아와 마당에 벗어 둔 운동화
젖은 잎사귀에서 나는 구름과 키를 맞대고픈 식물의 꿈을 읽네
집 앞에 내다 놓은 폐휴지 더미에는

먹구름의 문장들이 빼곡하게 적혀지지

빗줄기는 필력이 좋지, 사선으로 펜촉을 세우고

골목에 글자를 지웠다 썼다를 마구 반복해

함석지붕 처마 끝에 맺히는 무수한 단어들

가끔 오타들이 쓰레기봉투로 스미기도 하고

담벼락 나팔꽃에 고여 있던 진부한 대사가 후두둑 쏟아지기도
하지

몸 구석구석까지 흠뻑 적셔야 읽을 수 있는 촉촉한 언어들

플라타너스 잎사귀가 몸을 마구 뒤집으면 클라이맥스로 치닫
는 이야기

어느 때보다 격정적인 장마철 산문에

열혈 독자인 나는 사뭇 진지해지곤 해

검은 잉크 펜을 휘갈기던 손목이 점점 뻐근해진 걸까

창밖으로 점점 잦아드는 빗소리

머리를 쥐어짜 내던 빗줄기가 잠깐 휴식의 시간을 갖기로 했
나 봐

무너진 함석지붕 속으로 도망가는 새앙쥐 발자국이 쉼표를
찍지

　　나는 언제고 빗소리의 다음 연재를 기다릴 거야,

자루

광주중앙고등학교 3
김가연

늘 광장 아래를 걸었다

케이는 수로였던 그 굴다리의 젖은 털 냄새를 몹시 사랑했다

광장 위에서 자두 씨가 내릴 때면

하늘로 침을 뱉었고 그 뒤론 항상 케이의 얼굴에만 비가 내렸다

굴다리의 벽을 차면서 소리쳤지만

다리 밑으로 흙을 가져다 놓던 것도 케이였다

썩은 딸기들과 함께 갈아지는 믹서 안에서 매 해 웃었고

눈 위로 까맣게 번진 화장 위에 키스를 퍼부었다

어느 날 굴다리로 다시 물이 들어온다는 소식에

다른 날보다 더 많은 머리카락을 훔쳤다

물이 차면 그곳으로 던져 넣어 버릴 거라고

그러면 광장의 사람들이 그 물을 마시고 다시 웃을 수 있다고

말하는 눈동자에선 커다란 돌이 자꾸 떨어져 내렸다

다시 수로엔 물이 찼고

그 속에 뛰어들어 곤두박질쳤을 때 보았던

케이, 사타구니에 손을 넣고 웃던 케이
나는 최대한 입을 벌려 그 물들을 다 마셨는데
벽돌은 물을 내뱉을 뿐 이제 손톱은 자라지 않아

싱싱한 죽음

고양예술고등학교 3
김도형

칼날이 허연 배를 가르는 소리가
핏물처럼 번지고 있는 인천종합어시장
이미 죽은 아가미들이 저마다
있는 힘껏 소리를 지르며
머릿수로 계산되는 죽음을 진열하고 있다

눈꺼풀 없는 생(生)은 금세 목이 잘린다는 풍문
칼날에 길들여진 순종적인 비늘들은
파도의 굴곡으로 무늬를 받아들였다
아직도 펄떡거리던 시간을 되새김질하는지
눈을 더 동그랗게 홉뜬다

몸의 중심에 있는 뼈는 누군가에게 가시였다
썩은 내장들 훑어 내리는 손이 분주하면
열려 있던 모든 아가미들이 닫힌다
목숨을 썰어 내는 일로 목숨을 이어 가는

도마 위의 법칙은 견고한 구조를 가진다

수평선의 영역을 벗어난 날것들의
그 끈질긴 몸부림은 막 셔터 문을 올리는
어시장 주인들의 손놀림을 닮았다
살아남는 것과 죽어 가는 것이
그물의 짜임처럼 촘촘하게 묶여 있는
가증된 공간에서 모든 숨은 비리다

벗겨 낸 무명의 비늘들이 햇빛에 넘실거리고
하루치의 죽음을 파는 어시장 귀퉁이마다
죽음을 흥정하는 소리들이 가득하다
살기 위한 흥정이 팽팽한 가운데
도마 위에서 몸부림치는 싱싱한 살결들이
섬벅섬벅 썰려 나가기 시작한다

아주 가벼운 집

설월여자고등학교 2
백지연

허공에 집을 짓는 사람도 있다
소주병에 담긴 저녁은 유난히 퍼렇다
남자의 지문은 어느 달빛에도 인식되지 못해
대문 안으로 들어갈 수 없고
열쇠는 오래 두면 녹스는 법이다
전봇대는 사글세 전단지로 시름이고
미간까지 옮은 금은 지울 수가 없다
그래서 동네 사람들은 항상 험상궂다
신호음이 걸리면 우울한 목소리를
내뱉어야 하는 것은 세입자의 법칙이고
나선 모양의 계단을 감고 올라가도
눈에 보이는 건 항상 같았다
사람들은 왜 하나의 집을 선택하고
모든 집을 버리는지
남자는 마지막으로 대문을 달면서
지갑에 이름 없는 명함이 가득한 이유는

너무 많은 집세 때문이라며 중얼거리고
어둠이 석간을 읽는 동안
허공 아래 또 어떤 소식이 당도하는지
계단이 가볍게 흔들린다

소리로 듣는 심장

달성고등학교 2
윤재성

공터처럼 펼쳐진 풍경에 바람이 낮게 울리고
나는 눈을 감으며 바람보다 무겁기를 바랐다
비로소 바람 같은 계절이 반쪽 심장에 스치는 것이었다
모두에게 오고 모두가 싫은 계절
그 속에서 나는 파종처럼 묽어졌다
살아온 날들에 기댄 살아갈 날들을 생각하지만
나의 오랜 길들은 스침처럼 거칠기만 하다
앞길이 나처럼 어지러워 눈을 떠 본다
나는 절벽 같은 바람벽 위에, 바람의 창가에
모두의 순간처럼 서 있는 것이었다
나는 먼저 울었던 길들을 다시 생각하고 있다
나는 길들처럼 바람의 창을 서서히 닫아 내고 있다
파종은 나보다는 스침들을 형용하게 했다
모두처럼 그립지만 모두처럼 옅어지려는
나의 공허한 반쪽
스침보다는 소리로 듣는 나
소리로 기억하는 심장

엄마의 시작 메뉴

광양백운고등학교 3
이진선

모니터 너머 엄마의 시작 메뉴가 조리되고 있다
마우스가 지나가는 자리마다 일어나는 진폭들
엄마의 한숨이 담긴 폴더가 흔들린다
계산기로 두드려 보는 내력은 고장 난 지 오래
바탕 화면이 누린 폴더로 가득 차오르고
키보드 두드리는 소리가 창문을 깨우고 사라진다
창문 안에도 너머에도 잡히지 않는 활자들은
오래된 가문의 이름을 닮아 점점 희미해지는데
기억을 더듬어 가계부를 돌려 보는 엄마
옷장에서 넘어가는 계절이 철 지난 옷을 뱉어 내고
편식이 넓은 식탁 위에서 복구되고 있다
빈 문서 위에 놓인 속눈썹 끝에서
눈을 깜빡이듯 떠오르는 시절들
까맣게 타 버린 회선을 털어 내다 보면
엄마의 낡은 문서에 저장된 시절을 만날 수 있을까
굴러가는 주판알 사이에서 넘어가던 달력과

아무리 검산을 해 봐도 조금씩 모자라던 연애
어제의 요리를 오늘의 요리처럼
사춘기를 지나는 메뉴가 모니터에 떠오른다
어떤 메뉴를 선택해도 되돌아오는 레시피는
새로 얻은 이름의 외국식 발음
이미 고물이 된 채 거실에 누워 있는 엄마
허리에서 쏟아지는 주판 소리가
자꾸만 내 가슴 한구석에 감염되고 있다

가라앉는 집

군위고등학교 3
정예령

집이 저무는 것은 멈출 수 없다

휘발성의 집
가로등을 켜 집이 어디로 갔는지 뒤져 보아도
하룻밤 새 어떤 삶의 거주지가
흔적 없이 증발해 버린 것이다.

가라앉은 집의 행방이 궁금한
사연 많은 사람들은
집이 누군가에게 삼켜지기라도 했다는 듯
탱자나무 하얀 꽃 속의 새집까지 털며 울었고
가시나무 속에서 맨살을 비비는 새가 비명을 지를 때까지
허가 받은 곤봉으로 두들겨 맞았다.

하루아침에 가라앉은 집구석 찾으러
죽음 같은 물속으로 몇 사람이 가라앉았고

그 광경의 목격자는 누군가가 물속으로 뛰어내리며
―여기 누군가 살아 있었다.
몇 번인가 외치고서 걸어 들어갔다고
증언했다.

숨구멍을 찾던 사람에게
달은 밤의 구멍이다.
달에 그 망할 놈의 집구석 한 칸 내고 싶어
엊저녁 죽은 남자는
달의 물그림자를 애타게 쫓았나 보다.
어디로 가라앉아 버린 집일랑 내버려 두고
소주 두 병 마시고
달로 영영 내려앉아 버렸나 보다.

바람이 주인이다

과천여자고등학교 3
정홍주

철봉 옆 감나무가 붉게 얼굴 밝히고 있다
까르르 뛰어놀던 아이들은 흔적조차 없는,
이제는 재개발 단지로 텅텅 비어 버린 마을
사철 눈 붓던 아이들의 재잘거림도 지워지고
떠나지 못한 참새들이 찾아와 정글짐을 타고
어디선가 바람 타고 찾아온 나뭇잎만 시소를 탄다
생쥐 찾던 도둑고양이도 미끄럼틀에서 조는
고요만 주인이 된 오래된 놀이터
종일 삐걱 삐거덕 녹슨 그네를 타는 바람
휴지 조각만 춘향이 치맛자락처럼 휘날리고 있다
구름도 잠시 걸음을 멈추고 내려와
미끄럼을 타다가 날이 저물면 집으로 돌아간다
아무도 없는 놀이터, 다시 심심해진 바람은
아이들 발자국이 찍힌 모래 먼지를 흩뿌린다
저녁이 되기까지 정글짐과 철봉과 그네와
시소 사이를 이리저리 오가는 바람

저 혼자 윙윙 콧노래를 부르다가
날 저물면 구름사다리를 엉금엉금 기어오른다

밥 먹자,
노을이 부르는 소리에
빨간 감처럼 철봉에 매달려 있던 바람
건너편 붉은 산등성이로 황급히 달려간다

별을 관측하다

서강고등학교 2
최민준

정수리 한가운데에 난 텅 빈 구멍은
운석 충돌로 인한 크레이터일 수도 있지만
밤늦게 술 먹고 들어온 아버지가 나를 깨워
옥상으로 데려가도
보이지도 않던 별자리가 어디 있는지는 알 수 없다
하지만 제 머리에 생긴 우주의 기원도 모르면서
천체망원경이나 들여다보는 것은
별똥별을 보고 싶다던 아버지 말을 믿기 때문이다
아버지, 우리는 어디서 왔을까요
어쩌면 멀리 인공위성만 공전하는 하늘에서
나이 어린 원시별을 발견할지도 모르고
어딘가에선 행성들이 서로 적색편이를 하고 있을 거다
밤새 외계인들과 신호를 주고받는
어쩌면 아버지도 내게서 점점 멀어져 갈 것이다
아버지, 죽으면 사람은 어디로 가나요
TV만 환히 켜진 거실에서 달빛으로 음푹 파인

외계인의 흔적이라는 미스터리 서클이
아버지 뒷모습에 매달려 있다
안테나 전파와 함께 실릴 아버지의 부호는 무엇일까
말없이 웃는 얼굴은 숭고해 보이기도 하다
그 속에서 모두가 잠든 은하계를 떠올릴 수 있을까
창 밖에는 송수신에 성공한
하얀 UFO가 한 움큼씩 흘러내리고
자정이 지나도 잠 못 드는 사람들의
유일한 목격자인 달만 허옇다
주섬주섬 빠진 머리카락을 줍는 아버지
한 무더기의 중력은 자전을 멈추지 않고
같은 궤도로만 항성이 돌고 있다
별들은 머리카락이 없다, 별들은 집이 없다

여름을 듣다

정발중학교 2
김해준

여름을 듣는다

조용한 마을, 아이들이 먼지처럼 웃는 소리
물기 닦을 수건도 없이 떡 감는 소리
찰박찰박, 아주 가볍게 구름을 쪼개는 소리
개구리 뺨과 어린 잎맥을 초록 물감으로 간질이는 소리
등과 등의 경계에서 서로의 무더위 섞이는 소리
송충이가 자은 바람에 시나브로 햇빛 물 배는 소리
앵두꽃이 앵두가 되기 위해 몸 웅크리려는 소리
밤이 낮으로부터 한걸음 물러나는 소리
하지만 어김없이 축축한 별 밤은 찾아오는 소리
고요한 시골 마을 위, 하늘이 태양을 품어 한 김 식히는 소리
사람들이 저마다의 꿈속에서 달을 깨 먹는 소리
시냇물이 솟았다 낮았다 저들끼리 속살대는 소리
그게 시끄러워 밤새 잠 못 드는 소리
습기 하나하나에 괜히 마음이 동하는 소리

뒤척뒤척, 이불을 뒤치면
이불끼리 스치며 스르륵 스르륵 별을 연주하는 소리
그 비에 내내 따끔거렸던 이마를 씻겨 내리는 소리
거기에도 묻어 있는 풀벌레들 풀꽃에 몸 비비는 소리
흐르는 소리

이별로 가는 길

정발중학교 2
김해준

아침부터 낯선 발들이 복도를 서성거렸어
네가 사는 206호 문 열리는 소리에
날 선 불안이 바늘처럼
푹푹 날아와 박히지

낮에, 문 밖에 내놓은
종이 상자들을 엿봤어
밤에, 이불에 말려
불면과 긴 이야기를 했는데
내일로 너와는 안녕이라며
고조곤히 속삭여 주더라 그래도

기억해, 어제부터 나
층마다 마지막 인사를 심어 놓았어

바람이 줄기줄기 골목에 감기는 날이야

겨울 냄새는 우듬지마다 걸리고
눈으로 네 발자국을 배웅했어
우리 사이의 거리를
가늠해 보면서

밤이 되자 다시 불면
어렵게 찾아온 꿈속에서
이별의 길 위에 선 너를
잡았다
그만
놓쳐

안개 자욱한 그 길을 따라
너는 이제 잠시 사라졌어
가슴이 젖어들어 더는 잘 수 없어

Fisheye Lens

아라중학교 3
강진수

피시(PC)방에 틀어박혀
27인치 LED 화면에서
또 다른 나를 키워 나갔던 그때,
피시(PC) 아닌 피쉬(Fish)아이 렌즈로
세상을 보게 되었지.

익숙지 못한 넓은 세상.
그 낯설음에
눈꺼풀이 없는 눈망울을
꿈뻑거려도 보았어.
아 ― 얼마나 좁았던가.
그동안의 세상은,

약간의 왜곡이라도 좋아.
직사각의 각진 모니터와는 다른
어안 렌즈 안의 세상처럼

둥글게 둥글게 살아가고
27인치 그 좁은 화면과는
비교도 할 수 없는 넓은 세상을
품에 안을 수 있으니.

이제 눈을 들어올려
이 눈부신 세상과
내가 사랑하는 모든 사람들,
그리고 진짜 나를 볼 거야.

눈길

호남삼육중학교 1
김정민

눈길이다.
내리고 내려도 다시 다듬어 왔던
깨끗한 눈길이다.

희미한 새벽의 기운이 기다리고 있었지만
다시 밝아질 거라고 생각했으니까.
갑자기 눈이 쏟아져 내려도
가만히 있었다.

멈춰 서서 뒤돌아보니
어수선하게 널려 있었고
아무도 없는 그 숲길 어딘가에서
더 이상 길을 헤맬 필요가 없어서 가만히 있었다.

머리에 눈이 내려앉아

차가운 마음을 얼게 했다.
눈물도 나오지 않는,
속으로만 슬퍼해야 하는 눈길이기에.

누군가가 있어
나를 찾을 때,
슬픈지도 모르는, 슬픈 마음도 나타낼지 모르는
발자국을 보고 오면 안 되니까.

그도 슬프면 안 되니까.

돌꽂이

서원중학교 3
민유경

녹은 눈 사이로
드디어 그녀의 속살을 보았다
야들야들한 처녀의 속살이 아니다

크고 단단한 바위산!

자신의 몸에 자리 잡은
나무와 풀꽃 그리고 이끼가
그녀는 얼마나 가여웠을까

그것들이
차갑고 뾰족한 뿌리를
억지로 밀어 넣을 때마다
자신의 몸을 넉넉히 갈라
뿌리내릴 자리를 내어주었겠지

스치는 바람과 불어오는 모래,
찔끔찔끔 내리는 비까지도
하나도 놓치지 않으려
밤낮으로 깨어 있었겠지

봄날,
분홍빛 웃음을 쏟아내는
산벚나무와
하얗게 함빡 웃는 작약 아래서

많은 젖꼭지를
물리고 있는 그녀의 미소가
하늘가득
아지랑이로 피어오른다

닭이 우는 아침

안양부안중학교 3
박지윤

새벽녘에 닭이 심하게 우는 소리가 들려왔다
죽을 둥 살 둥 하듯 멀리서 들어도
제법 날개 짓할 울음소리가 고향집 그녀의 방 안으로
깊게 파고들었다

껌뻑이는 눈 아직 트이지 않은 목소리
자다가 아쉽게 깨어 버린 채로
엉금 기어가 그녀가 문을 열었을 때

그녀의 아버지는 가장 실하고 좋은 닭 한 마리
날갯죽지를 꽉 잡고 부엌으로 끌고 가는 것이었다

점점 해가 떠오르고 닭의 울음소리가 커져 갈 때
30여 년 동안 어머니보다 일찍 일어난 적이 없는 아버지가
조용히 일어나 닭 한 마리를 잡았다고
여자는 말없이 이불 속으로 들어간다

해가 다 뜬 시간 아침상에 푹 고아 놓은 닭 한 마리가
자리를 차지한다
아버지가 제일 아끼던 닭
평소에 어머니가 손도 못 대게 한 가장 큰 닭이
오랜만에 고향집에 내려온 딸의 아침상이 되어서

아버지는 멋쩍게 웃으며 가장 실한 놈이라 한다
닭다리를 뜯어서 그릇에 내어주는 손이 거칠다

복통

대현중학교 2
이상윤

과다한 음식
위 안에 들어오면
해결하지 못한다.

칼이 되어 배를 찌른다.
나가기 위해 꿈틀거린다.

결국엔 터져 버려
고통으로.

포화 상태인 현대
여유 없이 바쁘게 흘러가는 게 아쉬워
길가 가로수에 파라솔이 늘어난다.
그곳에 앉아 커피와 배기가스를 마시는 현대인
독을 마시는 그들이
포화 상태 내 뱃속 같다.

화장실을 찾는다.

억지로 똥을 누려 배를 시계 방향으로 돌렸다.

소설 小說

소설 부문 심사평

먼저 본심보다 예심 과정이 더 힘들고 고된 작업이었다는 점을 밝혀 둔다. 천여 편이 넘는 작품들은 과연 이것을 청소년들이 썼을까, 의심할 정도로 문장과 구성, 주제 의식 면에서 완성도가 높았다. 작은 차이로 인해 본심에 들지 못한 학생들이 많았다. 그 말은 또한 본심에 든 학생들은 수상자와 비수상자로 나누는 것이 무의미할 정도로 이미 어느 정도 수준에 도달했다는 뜻이기도 하다. 본심에서 실시된 백일장은 그것을 재확인하는 자리였다.

사실, 청소년들을 대상으로 하는 문예 공모에서 심사위원들이 가장 눈여겨보는 지점은 작품의 '진정성'이다. 진정성이라니? 그건 너무 추상적인 항목이 아닌가? 개별 응모자들의 삶과 현재에 대해서 심사위원들이 무엇을, 어찌 알 수 있다고? 물론 작품 한 편으로 그것을 다 알 순 없지만, 그러나 짐작은 할 수 있다. 우리가 짐작하는 부분은 응모자의 삶이 아닌, 문학에 임하는 태도이기 때문이다. 그때 '진정성'은 꽤 유용한 잣대이다. '진정성'이란 일종의 '부정'의 정신이다. 머물지 않고 계속 이동하는 어떤 자세. 기존 소설에서 이미 완성되고 검증받은 구도와 인물, 문장들을 그대로 답습하는 태도는 안정적이지만, 그 이상을 넘어설 순 없다. 수많은 익명의 독자들이 소설에서 보기를 원하는 것은 '안정'이나 기존의 가치에 대한 '인준'이 아닌, '불온'과 '저항'이다. 그것은 심사에 임하는 우리 심사위원들의 원칙이기도 했다.

중학생들의 소설 응모 작품은 전체적으로 이것이 과연 중학생들의 작품일까 싶을 만큼 수준이 높았다. 그것은 고등학생 응모작들과 비교해서도 그랬다. 이것이 우리나라 중학생의 문예 창작 수준을 보여 주는 것 같아 심사를 하는 마음도 기뻤다.

백일장에서 호평을 받은 「콤플렉스」는 조금은 못생긴 엄지손가락의 이야기를 짧은 시간 안에 재미있게 풀어낸 얘기이다. 전체 응모작과 또 문예 캠프에서 실시한 백일장에 출품된 작품을 두루 살펴 김민지 학생에게 금상을 수여했다.

은상으로 뽑은 「유리 벽」은 여학생들 간의 왕따와 우정에 대한 이야기다. 하고자 하는 이야기가 많아 이야기가 다소 산만하고 비약된 부분이 있지만, 우선 바른 문장으로 이야기를 부풀리지 않고 벌어지고 있는 상황을 눈에 보이듯이 쓴 것에 신뢰가 갔다.

또 한 편의 은상 「외톨이꽃」도 제목이 말하듯 왕따를 소재로 하여 쓴 글이다. 먼저 학교에서 전학을 했다. 새 학교에서도 적응은 쉽지 않다. 엄마의 지나친 관심도 부담스럽고, 엄마 아빠의 부부 싸움도 지켜보기 힘들다. 「낙화」라는 노래를 삽입한 부분에 재능도 빛난다. 함께 고민하고 공감할 점이 많은 작품이다.

동상으로 뽑은 「돈 워리 B 해피」는 발상이 재미있는 소설이다. 지금의 행복과 즐거움을 자기에게 저축하면(그러니까 유보하면) 나중에 더 큰 행복으로 돌려주겠다는 사람이 나타나고 이에 대해 여러 가지로 반응하는 이야기다. 미래의 행복도 중요하지만 현재의 행복 역시 중요하다는 결말을 설득력 있게 그렸다.

또 한 편의 동상 「바코드」도 아주 재미있는 소설이다. 컴퓨터가 주어진 프로그램에 따라 실행하는 능력뿐 아니라 사람과 똑같이 사랑을 포함하여 자기 존재의 근원에 대해 생각하는 힘까지 가지게 된다면 어떤 일이 생길까. 이야기를 끝까지 흥미롭게 끌고 갔지만 소재와 주제가 어디에서 본 것처럼 익숙하다는 것이 약점으로 지적되었다.

고등부 금상 수상작으로 뽑힌 황인경의 「10」은 불투명한 서사와 인물들이 작품 전반을 이끌어 나가는 소설이었다. 서사적 흐름으로만 따진다면 이 작품은 구멍이 많고 어색한 지점도 더러 보인다. 대립적인 양상을 띠고 있는 아빠와 오빠의 인과 관계가 명쾌하지 않기 때문이다. 그러나 우리가 이 작품에서 주목한 지점은 성장에 대한 보이지 않는 불안과, 그것을 기록하고 있는 한 예민한 관찰자의 내면이다. 성장한다는 것은 때론 폭력을 내재화한다는 뜻, 그래서 내면 또한 어쩔 수 없이 그로테스크하게 변해 갈 수밖에 없다. 이 작품이 굳건하게 닻을 내리고 있는 지점은 바로 그곳이다. 특이한 것은 이 작품이 지니고 있는 '후각'의 전면화 과정이다. 대부분의 소설들이 시각적 묘사에 치중할 때, 이 작품은 낯선 '후각'적 발걸음을 통해 자근자근 작중 화자의 불안을 더 큰 형태로 키워 나가는 데 성공하고 있다.(이를테면 "무서운 냄새" 같은 표현) 이것은 흔치 않은 개성이고, 독특한 감수성이다. 부디 자기 복제하는 과정을 거치지 말고, 계속 부정하고 이동하는 과정을 통해 더 새로운 색깔로 다시 한 번 우리를 놀라게 해 주길 바란다.

또 다른 금상 수상작인 문송이의 「불가사리」는 여러모로 「10」
과는 대조적인 소설이었다. 이 작품은 무엇보다 이야기에 충실했
고, 인과 관계 역시 탄탄한 소설이었다. 임신한 여자 친구와 그것
을 부인하고 싶어하는 주인공, 그리고 그것에서 벗어나기 위해 맨
홀 뚜껑을 절도하는 과정 하나하나가 정통적인 소설 문법에 충실
했고, 플롯에서의 모자람이나 과함 또한 없었다. 사실, 그래서 선
자들은 이 작품 앞에서 망설였다. 너무 자기 색깔을 드러내지 못
하는 게 아닌가, 지나치게 전후좌우 안정적인 스텝만을 밟는 것은
아닌가, 우려했기 때문이었다. 하지만 이 작품의 마지막에서 보여
준 인상적인 장면, 맨홀 뚜껑의 작은 구멍으로 별을 바라보는 주
인공의 상황이 그러한 우려들을 충분히 만회해 주었다. 보다 자기
자신의 내면을 솔직하게 들여다보는 용기만 갖춘다면, 더 커다란
폭발력을 지닌 이야기로 당당히 세상 앞에 나설 수 있을 것이다.

은상으로 선택된 「실종」과 「또 만나요」, 그리고 「오늘 밤은 슈
퍼 문이 뜰 거야」는 상황과 작중 인물들은 각각 다르지만 모두 상
처와 그에 대한 대응, 그리고 연대에 대한 이야기라는 공통점을
지니고 있다. 「실종」에서 나타나는 대사회적인 상처에 대한 접근
방법, 「또 만나요」가 소박하게 그려 보이고 있는 아빠의 윤리적인
모습, 「오늘 밤은 슈퍼 문이 뜰 거야」에서 보여 주는 상처와 연대
의 기록들은 때로는 절박하고 고통스러운 목소리로, 또 때로는 부
드럽고 따뜻한 목소리로, 사소한 것들을 사소하지 않게 만드는 미
덕을 지닌 작품들이었다. 어떤 작품은 응모작의 수준이 백일장 작
품보다 앞섰고, 또 어떤 작품은 백일장으로 인해 수상권에 들게
되었다는 사실도 밝혀 둔다.

대산청소년문학상은 예심에서부터 본심에 이르기까지 복잡하

고 더디지만, 그만큼 섬세한 절차를 지닌 공모전이다. 심사위원들 역시 그 모든 과정을 함께 하는 처지여서 당연 힘이 들고 시간도 많이 빼앗긴다. 하지만 이런 독특한 공모전의 전 과정을 통해서 우리 심사위원들이 확인한 것은 아직도 우리 소설에는 많은 희망이 존재한다는 사실이었다. 사회의 목소리가 지나치게 한쪽으로, 이제는 속물성 자체를 부끄럽게 여기지도 않은 채 폭우처럼 흘러갈 때, 그래도 여전히 많은 학생들이 자신의 내면 속 깊은 우물 안으로 기꺼이 밧줄을 내리고 땀을 뻘뻘 흘리며 내려가고 있다는 사실을, 바로 옆에서 목격했기 때문이었다. 그 길 끝에 무엇이 있을지 우리는 알지 못한다. 다만 우리는 그 과정을 통해서, 그 길을 지나야만, 한 명의 작가가 태어난다는 것은 잘 알고 있다. 수상한 학생들이나, 안타깝게 수상에서 제외된 학생들이나 이미 그 길 위에 선 사람들이라는 점을 스스로 증명해 주길 바란다. 우리는 기꺼이 그대들의 증인이 되어 줄 것이다.

심사위원 김미월 · 서하진 · 이기호 · 이순원

불가사리

인천여자고등학교 3
문송이

맨홀 뚜껑에 빠루를 걸었다. 구멍 안쪽으로 빠루의 날카로운 머리가 들어갔다. 다른 쪽 끝을 눌러 맨홀 뚜껑을 들어 올렸다. 거대한 물고기가 낚싯대에 끌려 올라오듯 맨홀 뚜껑이 들썩거리며 움직였다. 맨홀 뚜껑이 서서히 입을 벌리기 시작했다.

맨홀 뚜껑이 열리자 뜨뜻한 온기가 얼굴로 올라왔다. 맨홀 안은 아무것도 보이지 않는 동굴 같았다. 저 안에는 무언가 살아 있는 것이 꿈틀대지 않을까. 깊은 어둠 속에서 짐승의 반짝이는 눈빛이나 소리 없는 움직임이 보일 것만 같았다. 가만히 서서 맨홀 안을 응시했다. 허나 맨홀에서 올라오는 것은 고약한 하수구 냄새뿐이었다.

"야!"

입을 벌린 맨홀 뚜껑을 들어내던 경진 삼촌이 소리쳤다. 순간 삼촌의 고함 소리와 함께 정신이 번쩍 들었다. 아, 나는 작은 신음을 내뱉었다. 오른쪽 손바닥 위로 무언가 흘러내렸다. 잡고 있던 빠루 꼬리에 손바닥이 긁힌 것이었다. 컴컴한 밤이라 잘 보이지 않았지만 피가 틀림없었다. 비릿한 냄새가 차가운 공기에 녹아들었다. 겨울바람이 벌어진 상처를 비집어 댔다. 약간 쓰라렸다.

"야 이 새끼야, 작업하는데 넋 놓고 있으면 어떡해!"

고함을 질러 대는 삼촌의 목소리를 못 들은 척 흘려보내고 작업을 계속했다. 빠루를 빼고 삼촌이 들고 있는 맨홀 뚜껑을 들어 힘을 보탰다. 손에 힘을 주자 상처가 더 벌어진 듯 아렸다. 방금 전까지만 해도 괜찮았는데. 상처의 모습을 상상할수록 쓰라림은 커졌다. 하지만 일단 맨홀 뚜껑을 가지고 이곳을 뜨는 게 우선이었다. 곧 환경미화원들이 청소를 시작할 시간이었다. 아니나 다를까 골목길 너머에서 자동차 엔진 소리가 희미하게 들려왔다. 다른 사람들의 눈을 피하기 위해 트럭의 헤드라이트도 꺼 버린 탓에 도로는 온통 어둠뿐이었다. 작업 중 우리가 의지할 수 있는 것은 오직 청각과 촉각이었다.

"서둘러, 미화원들 오겠다! 빨리 빨리 빨리."

트럭의 짐칸에 올라 망을 보던 사장이 소리쳤다. 이내 차에서 내려온 사장은 안절부절못하며 빨리 끝내라고 재촉했다. 어둠에 잠긴 도로의 어딘가에서 음식물이 썩어 가는 냄새가 서서히 풍겨 왔다. 쓰레기차가 바로 옆 골목까지 온 모양이었다.

"걸리면 우리 다 끝장이야, 어서!"

나와 삼촌이 트럭에 싣기 위해 맨홀 뚜껑을 들자 재촉하던 사장도 뛰어와 맨홀 뚜껑을 함께 들었다. 장정 셋이 들어도 감당하기 힘든 무게였다. 바람이 거세게 불어왔다. 맨홀 뚜껑의 쇠 냄새와 피비린내, 쓰레기 냄새가 뒤엉켜 콧속으로 들어왔다. 나는 역한 냄새를 피해 숨을 참았다.

맨홀 뚜껑을 트럭의 짐칸에 실었다. 짐칸 위에는 공사장 슬레이트와 도로 반사경, 가드레일, 배수구 뚜껑이 아무렇게나 쌓여 있었다. 트럭에 올라탄 사장이 어서 오라며 손짓했다. 나와 삼촌은 트렁크에 천막을 뒤집어씌우고 트럭에 올라탔다. 아무도 없는 거리, 드디어 골목길 입구에서 쓰레기 수거차의 헤드라이트 빛이 보이기 시작했다. 사장은 다급하게 시동을 켜고 액셀을 밟았다. 한 줌의 불빛조차 남기지 않고 우리는 다른 이들의 시선을 피해 도망쳤다. 룸미러에 비친 사장이 마른침을 삼켰다. 손바닥이 쓰라렸다.

"너 진짜 안 아프냐?"

사장이 뜨거운 국물을 삼키며 말했다. 벌써 사장의 입안에 허연 밥알이 가득 차 있었다. 게걸스럽게 밥알을 으깨는 입과는 달리 꽤 걱정스러운 눈빛이 나의 손을 바라보고 있었다.

"진짜 살짝 까진 거라니까요. 괜찮아요."

나는 손바닥을 흔들며 대답했다. 쇠를 만지고 씻지 않은 손이 약간 찝찝할 뿐 정말 괜찮았다. 쓰라렸던 통증도 사라졌다. 이른 아침이라 문을 연 약국이 없어 아쉬운 대로 편의점에서 후시딘과 붕대를 사서 대충 응급 처치를 했다.

"그래, 괜찮아 보인다. 그럼 영광의 상처를 입은 손으로 이거 받아라."

사장이 하얀 봉투를 건넸다. 이번 달 월급이었다. 손안에 잡히는 것이 꽤나 두툼했다. 다음 달에도 열심히 해라. 음식을 가득 담은 입으로 사장이 우물거리며 말했다. 사장의 입가에 시뻘건 선짓 국물이 묻어 있었다.

24시 국밥집은 우리들의 유일한 회식 장소였다. 나는 동이 트려는 희붐한 새벽에 작업을 끝내고 먹는 국밥을 좋아했다. 헌데 오늘은 그런 국밥을 앞에 두고도 연신 물만 삼켰다. 그토록 맛있게 먹었던 국밥의 냄새는 고약했다. 뚝배기에 담긴 선짓국에서 하수구 냄새가 섞인 피비린내가 났다. 뚝배기 그릇을 제쳐 두고 흰 밥알을 떼어 엄지와 검지 사이로 굴렸다. 어렸을 때부터 밥이 먹기 싫을 때 하던 버릇이었다. 손가락으로 계속 밥알을 비볐다. 밥알은 어느새 저들끼리 뭉쳐져 조그만 구슬처럼 둥글게 변했다. 손가락 사이에서 뭉개진 밥풀 찌꺼기가 하얀색에서 점점 잿빛으로 물들어 갔다. 앞에서 뚝배기에 얼굴을 박고 밥을 먹고 있는 사장의 손도, 그 옆에서 젓가락으로 배추김치를 뒤적거리는 삼촌의 손도, 그리고 밥풀을 뭉치고 있는 나의 손도 모두 쇠붙이의 때에 꺼멓게 변해 있었다.

"뭐 하냐, 이 지저분한 놈아."

치아 사이에 고춧가루가 낀 삼촌이 더럽다며 혀를 찼다. 먹을 거 가지고 장난치면 천벌 받는다, 너. 삼촌의 때 낀 손이 밥풀떼기를 가리키며 말했다. 벌써 국밥 한 그릇을 다 비우고 물로 입안을 헹구던 사장도 말을 보탰다.

"그러다 불가사리 태어날라."

"불가사리요?"

선짓국과 밥 알갱이들이 그득하게 찼을 배를 쓰다듬으며 사장이 말을 이었다.

"그래. 그거 있잖아. 옛날이야기에서 뭐, 어떤 중이 밥풀로 짐승 모양 인형을 만들었는데 그게 살아서 쇠를 다 처먹었다는…….
모르냐?"

쇠를 먹는 불가사리. 작년 여름 바닷가 해변에 떠밀려 온 불가
사리가 생각났다. 이 밥풀로 그걸 만들 수 있다고? 나는 때 낀 밥
풀을 조물거리며 별 모양을 만들었다. 밥풀이 작아서인지 모양을
내는 게 영 쉽지 않았다.

"이 꼴통 새끼, 사장님이 불가사리 얘기했다고 별 모양 만드는
거 봐. 그러다 진짜 불가사리 나타나서 쇠붙이들 다 먹어 치우면
우린 뭐 해 먹고 사냐."

경진 삼촌이 키득거리며 내 뒤통수를 쳤다. 그 불가사리가 아
니었나. 머쓱한 마음에 애쓰며 만들던 밥풀을 튕겨 냈다. 튕겨 낸
밥풀이 식탁 위에 떨어졌다.

"불가사리가 아니라 원래 불가살이(不可殺伊)야. 동네 쇠를 몽
땅 먹어 대서 죽이려고 하는데 무슨 짓을 해도 안 죽는다고 해서
불가살이."

"근데 왜 불가사리라고 해요?"

"너 불가살이 빨리 말해 봐라. 불가살이 불가살이 불가살이 불
가사리 불가사리……."

삼촌의 입에서 침이 튀었다. 그래서 불가사리구나. 삼촌을 따라
중얼거렸다. 불가살이 불가살이 불가사리 못 죽이는 불가사리.

고물상에서 일한 지도 벌써 두 달이 지났다. 한 달 내내 일해서
받는 돈은 180만 원. 고시원비와 핸드폰이나 인터넷 요금, 식비 같
은 생활비를 쓰고 나면 대략 90만 원이 남았다. 옛날 같았으면 그
돈으로 사고 싶은 옷이나 신발을 샀겠지만 이젠 상황이 달라졌다.

국밥집을 나와 편의점을 찾았다. 떡볶이가 먹고 싶다는 여자 친구 지원의 문자 때문이었다. 사장에게 받은 월급봉투를 벌려 액수를 살폈다. 헐겁게 자리를 채우고 있는 수표들이 보였다. 어서 오세요. 편의점에 들어서자 졸고 있던 알바가 감겨 오는 눈을 비비며 인사를 건넸다. 한참 졸릴 시간이지. 카운터에 서 있는 남자를 보며 두 달 전까지 저 자리에서 졸고 있었던 나를 떠올렸다. 적어도 편의점 알바는 일하면서 도망 다니지 않아도 되었는데. 어쩌다가 거리의 쇠붙이를 훔치며 다니게 되었는지. 나의 한숨 소리가 편의점 히터 바람에 쓸려 바닥으로 가라앉았다.

좁은 복도를 걸을 때마다 발소리가 크게 울렸다. 양쪽으로 빽빽하게 늘어선 방문을 바라보며 저 안에 정말 사람이 있긴 한 걸까 하는 생각이 들었다. 서른 개 정도의 방이 붙어 있는데도 인기척이라곤 조금도 들리지 않았다. 고시원 벽시계의 바늘이 5시를 가리키고 있었다. 세상에서 가장 조용한 기상을 하는 고시생들처럼 조심스럽게 발걸음을 옮겼다.

419호. 2인실로 구성된 4층의 열아홉 번째 방이 나와 지원이 사는 방이었다. 원래 4층은 여성 전용 층으로 남자들은 들어올 수 없을뿐더러 혼숙은 더더욱 금지였지만 나는 예외였다. 임신한 지원을 위한 원장의 배려 덕분이었다.

방에 들어가려는데 옆방에서 누군가 나왔다. 420호 쫄바지녀였다. 그녀는 오늘도 어김없이 쫄바지를 입고 있었다. 뻘건 국물이 점점이 튀어 있는 프린트가 그녀의 손에 쥐어져 있었다. 저 여자도 아침에 선짓국을 먹었나. 나는 실없는 생각을 하며 방문을 열었다. 그녀는 그런 나를 보고 손에 든 종이처럼 미간을 구겨 대더니 중얼거리며 복도 끝으로 걸어갔다.

"문 연 떡볶이집이 없어서 그냥 편의점 떡볶이 사 왔어."

지원이 괜찮다며 봉지를 받아 들다가 멈칫했다.

"너 손이 왜 그래?"

지원의 시선이 붕대를 감은 나의 손을 향하고 있었다.

"이거? 어…… 깨진 유리병 정리하다가 베였어."

나는 생각나는 대로 대충 둘러댔다.

"제대로 치료한 거야? 많이 다치진 않았어?"

지원이 손을 이리저리 살피며 물어 댔다.

"정말 괜찮다니까. 떡볶이 먹고 싶었다며, 빨리 먹자. 내가 물 끓여 올게."

붕대를 풀어 다시 치료하려는 지원의 손을 떼어 놓고 비닐봉투에서 떡볶이를 꺼냈다. 컵라면처럼 일회용 용기에 뜨거운 물을 부어 먹는 떡볶이였다. 주전자에 물을 채우며 지원을 바라보았다.

"괜찮은 거 맞지?"

지원의 목소리에 고개를 끄덕였다.

"다행이다."

지원이 웃으며 말했다. 주전자를 가스레인지 위에 올려놓았다. 오늘은 꼭 말해야 하는데. 가스레인지의 불꽃이 주전자 바닥을 서서히 데웠다.

"혹시 인스턴트 식품이어서 아기한테 안 좋은 건 아닐까?"

지원이 떡볶이 포장을 뜯다 말고 노트북 앞으로 가 타자를 쳤다. '임신 중 인스턴트' 노트북이 켜져 있는 것을 보니 나를 기다리는 동안 또 아기 옷을 구경한 모양이었다. 진지한 표정으로 노트북을 바라보던 지원은 이내 시무룩해져 떡볶이를 밀어냈다.

"인스턴트 많이 먹으면 아기가 아토피 걸릴 확률이 높대. 너 먹어. 난 안 먹을래."

지원은 임신 십오 주째였다. 지원은 임신 소식을 듣자마자 몸을 챙기기 시작했다. 평소 좋아하던 맥주도 마시지 않고 음식을 먹을때도 최대한 짜지 않게, 맵지 않게 먹었다. 모두 아기의 건강 때문이라고 했다. 어차피 없애야 할 아기인데…… 세상의 빛을 보지도 못할 아기에게 공을 들이는 지원의 모습이 안타까웠다. 저금을 해 놓은 돈은 오늘부로 총 180만 원이었다. 충분한 돈은 아니었지만 보름달처럼 점점 부풀어 오르는 지원의 배를 보자 하루라도 빨리 말을 꺼내야 할 것 같았다.

주전자의 주둥이가 하얀 김을 내뿜었다. 나는 가스레인지의 불을 껐다. 시퍼렇게 이글거리던 불이 순식간에 사그라졌다. 그래, 말하자. 지금이 아니면 안 돼. 나는 마우스를 딸깍거리는 지원을 향해 말했다.

"우리 아기 지우자."

지난해부터 고시원 생활을 시작했다. 전문학교를 다니다가 자퇴를 하고 집을 나왔기 때문이었다. 며칠간은 친구네 집을 전전해 보기도 했지만 결국 자리 잡은 곳은 고시원이었다. 어딘가 돌아갈 수 있는 곳이 존재한다는 사실은 나름의 위안이 됐다. 지원과 사귀면서 아기를 갖게 되었고 지원도 집을 나왔다. 지원과 함께 생활하게 된 이후로 원룸을 구하려 했지만 미성년자인 우리에게 그럴 만한 능력도 조건도 되지 않았다. 결국 나는 또다시 고시원으로 돌아왔다.

처음 지원의 뱃속에 아기가 있다는 사실을 알았을 때 나의 첫마디는 "아……"였다. 정말 앞 뒤 아무 말도 없이 아……. 그렇게 지원의 배를 바라보며 한참을 서 있었다. 아기를 낳아 키우겠다는 지원에게 그러자고 했다. 하지만 그럴 수 없음을 나는 잘 알고 있었다. 무엇보다 우린 아직 열아홉이었다. 가진 것 하나 없는 열아홉 살 부모에게서 태어난 아기의 미래는 정해져 있는 거나 다름없었다. 평생의 후회를 떠안기보다는 순간의 아픔을 이겨 내기로 결심했다. 다만 돈이 모일 때까지만 지원의 말에 따라 주기로 했다.

허나 이젠 더 이상 미룰 수 없었다. 지원의 고시원 생활이 점점 길어질수록, 뱃속의 아기가 점점 자랄수록 지원의 아기 사랑은 부풀어 오르는 배만큼이나 커져 갔다. 지원의 모성애를 바라보며 계속해서 미루는 것은 지원에게도 아기에게도 못할 짓인 것 같았다. 무엇보다 아기가 더 성장하면 위험도 더 높아질 것이었다. 낙태 비용은 220만 원이었다. 불법이기 때문에 부르는 게 값이라고 해도 내가 감당하기엔 너무나 벅찬 가격이었다. 편의점 알바로는 어림없는 돈이었다. 그렇게 일자리를 구하다가 학교 선배의 아는 사람이 운영하는 고물상에 들어가게 되었다. 한 달에 180만 원. 내가 할 수 있는 최선의 방법이었다.

"220만 원이래. 사장한테 말해서 월급 조금만 가불하면 이번 달이라도 당장 수술할 수 있어. 지우자."

지원은 말없이 마우스 휠만 굴렸다. 지원의 시선은 처음처럼 그대로 모니터에 박혀 있었다. 노트북 모니터에는 하얀색 신생아 복이 사진이 띄워 있었다.

"대답 좀 해 봐. 우리가 책임질 수 없는 애잖아. 우린 돈도 없고 아직 어려. 누굴 책임질 입장이 아니라고."

지원은 대답 없이 모니터 속의 아기 옷만 바라봤다. 저런 옷을 봐서 어디에 쓰려고. 지원의 마음을 모르는 것은 아니지만 더 이상 미루는 건 우리 모두에게 심적으로도, 육체적으로도 위험했다. 십오 주 동안 아기는 빠른 속도로 지원의 몸 안에서 커 갔다. 지금 이 순간에도 아기는 제 배꼽에 달린 탯줄을 생명줄 삼아 자라고 있을 터였다.

"대답해 보라니까?"

"책임질 수 있어!"

갑자기 지원의 목소리가 커졌다. 5시 반. 고시원 사람들의 아침 공부가 시작될 시간이었다. 벽에서 똑똑 하는 소리가 들렸다. 조용히 해 달라는 뜻이었다.

"소리 줄이고 말해. 여기서 쫓겨나면 갈 데도 없어."

"지금 내 뱃속에 있는 애를 죽이라는데 조용히 말할 수 있겠어? 애 죽이라고 하는 아빠가 어딨어!"

지원의 목소리가 방 안을 울렸다. 지원이 이렇게 화내는 것을 본 적이 없었다. 그런 지원의 모습은 너무나도 낯설었다. 지원의 뺨이 눈물로 젖어 갔다. 매일 고시원 방 안에 틀어박혀 창백해진 얼굴이 허연 종잇장처럼 구겨졌다. 그때 누군가 방문을 두드렸다. 나는 울고 있는 지원을 바라보다 문을 열었다.

"사고 친 게 자랑이야? 여기서 소란 떨면 남들 피해 보는 거 몰라? 누구 인생 망칠 일 있나."

옆방 쫄바지녀였다. 여자는 울고 있는 지원을 보고 혀를 차며 돌아갔다. 아무튼 못 배운 것들이 꼭 저래. 여자가 방 안으로 들어간 후에도 그녀의 목소리가 복도를 울렸다.

아침이 되면 사장은 별다를 것 없는 고물상 사장으로, 경진 삼촌은 성실한 고물상의 경리로, 나는 평범한 알바생으로 일상에 녹아들었다. 이것이 자정이 오기 전까지 우리들의 직업이었다. 고물상에 물건을 팔러 오는 사람들도 있었지만 사실 이 고물상의 주 수입은 자정부터 시작하는 '작업'이었다. 어둠 속에서 은밀하게 진행되는 작업은 그 누구도 알아서는 안 되는 비밀스러운 일이었다.

"어제 수입이 좋다 했더니 오늘 오는 사람이 없네."

삼촌이 입출고 내역서를 뒤적거리며 말했다. 한쪽 구석에 빈 병들이 가지런히 줄지어 있었다. 나는 괜히 빈 병을 만지작거렸다. 리어카를 끄는 노인들이 와서 팔고 간 모양이었다.

"막내! 와서 쉬어라. 할 일도 별로 없는데. 춥잖아, 어서 들어와."

사무실 안에서 삼촌의 목소리가 들려왔다. 사실 보통 때면 춥다는 핑계로 사무실에 틀어박혀 있을 터였지만 오늘은 그럴 수가 없었다. 지원의 수술비를 위해 40만 원을 가불 받아야 했다.

"일거리도 없으면서 일하는 척하지 말고 들어와. 이따 힘써야지."

사장의 말에 못 이기는 척 사무실에 들어섰다. 따뜻한 온기가 몸을 껴안았다. 어제 수입이 좋아서인지 사장의 표정이 좋아 보였다. 이런 분위기라면 충분히 가불을 받을 수 있을 수 있을 듯했다.

"역시 젊은 애가 들어오니까 요 몇 달간 수입이 더 좋아. 그쵸?"

난로 앞에서 발가락을 꼬물거리던 삼촌이 말했다.

"그래. 우진이 너, 스물한 살이라고 했지?"

순간 가슴이 덜컹했다. 열아홉이라는 걸 들킨 걸까. 어떻게 알았지? 선배가 말했을 리는 없는데. 아, 표정을 보니 아직 모르는 것 같기도 하고. 혹시 알고 있는데 나를 떠보는 건 아닐까. 이런 저런 생각이 실타래처럼 엉켜 머릿속을 꽉 채웠다. 나는 시뻘겋게 달아오른 난로로 시선을 옮기며 대답했다.

"네."

"넌 나이도 어린 게 왜 이런 일 하는 거냐?"

"아⋯⋯."

"뭐, 말하기 그러면 안 해도 돼. 요즘 안 힘든 사람이 어딨겠냐. 다 힘드니까 이런 일도 하고 저런 일도 하는 거지."

사장의 말이 난로보다 더 포근하게 느껴졌다. 다행히 내 나이에 대해선 아무것도 모르는 듯했다. 왠지 나를 이해해 주는 사람이 생긴 것만 같았다. 그저 스쳐 지나가는 대화임에도 나는 큰 의미를 담아 머릿속에 넣어 두었다. 사장이 나를 친동생처럼 생각해서 걱정해 주는 것은 아닐까. 내 사정을 이해해 주는 건가. 그럼 이 분위기를 타서 솔직하게 처지를 이야기하고 가불을 받아 볼까. 이런저런 생각들이 꼬리를 이어 나갔다.

"계십니까."

차가운 공기를 이끌고 누군가 사무실로 들어섰다. 양복바지에 패딩 점퍼를 입은 남자 두 명이었다. 딱 보기에도 고물을 팔러 온 사람은 아닌 것 같았다.

"구청에서 나왔습니다."

남자들의 말에 사장은 재빠르게 그들에게 시선을 돌렸다. 뒷짐을 쥔 사장의 손에는 어느새 트럭의 열쇠가 쥐어져 있었다.

"무⋯⋯ 무슨 일로?"

구청에서 나왔다는 남자들의 말에 사장의 목소리가 떨렸다. 사장은 트럭 열쇠를 계속 만지작거렸다.

"다름이 아니라 요즘 도로 표지판이나 슬레이트 같은 걸 떼어 가서 고물상에 파는 놈들이 있어서요. 그런 놈들 오면 저희한테 연락 좀 주십쇼. 그리고 사장님도 그런 의심 가는 물건은 절대 사지 마세요. 특가법상 절도로 사장님도 불이익을 당할 수 있습니다. 이 불가사리 같은 새끼들, 아주 돈 되는 철이나 구리, 쇠만 귀신같이 뜯어 가요."

구청 직원들이 사무실을 나가자 사장은 쓰러지듯 소파에 몸을 뉘었다. 사무실 가운데 자리 잡은 난로의 석유 냄새가 코를 찔렀다. 사장은 반쯤 정신이 나간 사람처럼 멍하니 난로를 바라보았다. 사장은 한참이 지나서야 입을 열었다.

"우리 이제 이 일 못하겠다. 단속이 심해졌어."

사장이 힘없는 목소리로 말했다. 그만두자. 고물상이나 열심히 해야겠어. 사장은 계속해서 혼자 중얼거렸다. 방금까지 훈훈한 온기에 따뜻했던 분위기가 단숨에 바깥 공기처럼 처졌다. 어떻게 해서든 40만 원을 미리 받아야 하는데. 추위를 녹이던 후끈한 공기가 답답하게 변해 목을 옥죄었다.

"이제 도둑질은 끝이야, 끝. 손 털어."

사장이 정말 손을 터는 시늉을 하며 말했다. 손을 털다니. 그럼 지원의 수술은 어떻게 되는 거지. 나는 삼촌을 바라보았다. 삼촌도 당황한 듯 사장을 바라보고 있었다. 이렇게 쉽게 포기할 줄 몰랐다는 표정이었다.

다음 달로 미뤄 수술을 하면 분명 시기를 놓칠 게 뻔했다. 이십 주가 다 되어 가는 태아는 뱃속에서 움직이고 임산부가 태동을 느낄 수 있다고 했다. 그러면 지원은 수술을 더욱더 거부할 게 분명

했다. 말을 꺼낸 김에 최대한 빠르게 지워야 했다. 아무리 생각해도 아기와 지원을 책임질 자신이 없었다.

"그럼, 우리 한탕만 크게 하고 손 떼요."

내 말에 사장과 삼촌이 무슨 소리냐는 듯 바라보았다. 나는 얼마 전 삼촌이 말했던 동탄 신도시를 떠올렸다.

"저번에 삼촌이 말했던 동탄 신도시. 거기 지금 완전 중단 상태라면서요. 한탕 하고 끝내자구요."

"너 그걸 용케 기억하고 있었냐. 그래, 잘 생각했다. 길거리에 사람도 없고 공사도 거의 중단 상태니까 딱이네, 딱이야. 사장님, 거긴 아파트 조금 몰려 있는 단지만 피하면 되요. 여기서도 가깝고. 우진이 말대로 마지막 한탕 해 봅시다. 마지막이니까 제대로 털고 딱 삼 등분. 어때요?"

사장과 나를 번갈아 바라보던 삼촌이 손뼉을 치며 바람을 잡았다. 축 늘어져 소파에 파묻힌 사장 옆으로 자리를 옮긴 삼촌은 동탄 신도시에 대해서 이러쿵저러쿵 이야기를 늘어놓았다. 삼촌의 이야기를 잠자코 듣던 사장은 한참을 생각하고 나서야 고개를 끄덕였다.

"그래, 제대로 한번 해 보자. 내가 5톤 트럭 구해 볼게."

사장은 곧바로 수화기를 들어 어디론가 전화를 걸었다.

"어, 난데 트럭 좀 빌릴 수 있을까?"

사장의 목소리가 사무실을 울렸다.

"삼 등분!"

통화를 하는 사장을 뒤로하고 삼촌이 손가락 세 개를 펴며 나를 향해 킬킬댔다. 나는 그런 삼촌을 향해 엄지손가락을 치켜세웠다. 이번 작업에서 삼 등분을 하면 지원의 수술비는 충분했다. 하마터면 이러지도 저러지도 못하고 한 달을 보낼 뻔했다. 나는 안도의 숨을 내쉬었다. 목을 옥죄어 왔던 답답한 공기가 사라지고 다시 따뜻한 난로 온기가 몸을 감쌌다.

친구들과 술을 마셨다. 지원이 임신을 한 뒤로 먹지 못했으니 꽤 오랜만이었다. 그래서인지 몇 잔 마시지도 않았는데 취해 버렸다. 나는 친구들을 뒤로하고 고시원을 향해 발걸음을 옮겼다. 고시원은 주택가 골목에 자리 잡고 있었다. '사법 고시 합격' 고시원 입구에 붙은 플래카드가 보였다.

고시원으로 들어가는 주택가 골목길에도 돈 되는 것들이 꽤 있었다. 발밑에 하수구 빗물받이가 보였다. 하나에 5만 원짜리였다. 이걸 다 가져가 팔면 40만 원은 족히 받을 텐데. 나는 일렬로 늘어선 골목의 하수구 빗물받이를 하나씩 밟았다.

방 불이 켜져 있었다. 지원은 한참을 기다린 듯 내가 오자마자 제 앞에 앉혔다.

"태명 지었어. 별처럼 빛나라고 별이야."

지원이 다짜고짜 태명을 지었다며 초음파 사진을 보여 주었다. 꺼먼 바탕에 하얀 밥풀이 뭉쳐져 있었다. 검정색 도화지에 붙은 밥풀떼기처럼. 이 티밥 같은 게 내 새끼란 말이지. 나는 눌어붙은 밥풀을 떼어 내듯 사진을 문질렀다. 문득 얼마 전 사장과 삼촌이 말한 불가사리가 떠올랐다. 밥풀 인형 불가사리. 불가사리는 분명 이렇게 생겼을 것이다. 나는 확신했다.

"별이가 등을 돌리고 있어서 잘 안 보이는데 내일 오면 제대로 보일 거래."

내 뱃속에서 우리 아기는 이렇게 잘 크고 있다, 지원의 눈이 말하고 있었다. 절대로 아기를 지우지 않겠다는 표정이었다.

"별이……. 얘도 쇠를 먹고 자라네."

술기운이 올라왔다. 기운이 빠지고 무언가 눈꺼풀을 강하게 눌렀다. 아기를 지울 수 없다는 지원의 압력인 듯했다. 쇠를 먹다니 무슨 소리야. 지원의 목소리가 희미하게 들려왔다.

방에서 술 냄새가 진동했다. 베개에 밴 알코올 냄새가 코를 찔렀다. 지원은 어디 가는지 옷을 차려입고 있었다.

"나 산부인과 갈 건데 같이 갈래?"

나는 그런 지원의 모습을 물끄러미 바라보았다. 지원의 배는 이제 옷으로도 가려지지 않을 정도로 불러 있었다. 저 뱃속에 아기가 있다니. 나는 한숨을 쉬었다. 입에서도 술 냄새가 났다.

"별이 사진 찍어 올게."

거울 앞에서 옷매무새를 다듬던 지원이 불룩해진 배를 쓰다듬으며 말했다.

"어제 가서 찍어 왔잖아."

"그건 등을 돌리고 있었잖아."

초음파 사진을 찍으면 아기의 뇌세포를 손상시킨다는 소문을 듣고 와서부터는 사진도 찍지 않던 지원이었다. 그런데 이틀 연속으로 초음파 사진을 찍어 오겠다니. 지원은 어떻게 해서든지 내 마음을 돌려 놓고 싶은 모양이었다. 머리가 지끈 아파 왔다. 베개 옆에 초음파 사진이 놓여 있었다. 분명 지원이 일부러 내 옆에 놓은 게 분명했다. 나는 초음파 사진을 바라보았다.

등을 돌리고 있다는 아기의 모습은 보이지 않았다. 내 눈에 보이는 건 단지 하얗고 꺼먼 초음파 사진일 뿐이었다. 그냥 아기가 평생 등 돌리고 있었으면 좋겠다. 내 중얼거림에 지원이 얼굴을 찌푸렸다.

분명 사람들은 우리를 곱지 않은 시선으로 바라볼 것이다. 아직 많이 남은 삶을 그렇게 남의 시선을 의식하며 죄지은 것마냥 살고 싶지 않았다. 바라보고 있던 초음파 사진을 던져 두고 자리에서 일어났다. 침대 스프링이 튀어 오르면서 사진이 바닥으로 떨어졌다.

"180만 원 있으니까 일단 네가 가지고 있어. 오늘 한탕 하면 수술에 모자란 돈도 가지고 올 거야."

점퍼 안쪽에서 봉투를 꺼내 지원에게 넘겨주고 방을 나왔다. 아기에게도 지원에게도 몹쓸 짓이라는 걸 알지만 어쩔 수 없었다. 이게 최선이라고 믿었다. 그렇지 않으면 아기를 지울 수 없었다. 나는 지원을 지나쳐 방을 나왔다. 방문 너머로 지원의 울먹임이 들려왔다.

미리 약속한 대로 사장은 5톤 트럭을 가지고 왔다. 사장과 삼촌 그리고 나는 트럭 안에서 때를 기다리기로 했다. 달이 제 목적지를 향해 한참 속도를 내고 있을 자정 시간을 기다렸다. 오늘따라 시간이 더디게 가는 것처럼 느껴졌다.

동탄 신도시는 어린 시절 만화 영화에서나 보았던 유령 도시 같았다. 아파트가 몰려 있는 일부를 제외한 모든 곳이 사람의 손을 떠나 제자리를 잡지 못하고 방치되어 있었다. 공사가 중단된 곳에서 자재들이 아무렇게나 널려 있었다. 말 그대로 보물 천지였다. 주웠다 하면 제값을 톡톡히 받을 수 있는 물건들이 사방에 퍼져 있었다. 당장이라도 모조리 쓸어 버리고 싶지만 사장은 자정이 될 때까지 기다려야 한다며 신중하게 말했다.

"자질구레한 것들은 나중에 챙기고 슬레이트나 자재들같이 무게 많이 나가는 것부터 챙겨라."

삼촌이 나에게 말했다. 드디어 때가 온 것이었다. 운전석 쪽의 시계가 00:00을 나타냈다. 딱 12시였다. 00:00······. 밥풀을 하나씩 떼어 놓은 모양이었다. 사장이 한 공사장 인근에 트럭을 세웠다. 상가 건물을 짓다가 중단된 공사 현장인 듯했다. 하나라도 더 가져가야 한다는 생각에 마음이 급해져 왔다. 나와 삼촌은 차에서 내리자마자 펜치를 꺼내 굵은 철사로 엉성하게 감긴 공장 슬레이트를 하나씩 분리시켰다. 치아가 빠지듯 떨어진 슬레이트가 하나둘씩 트럭으로 옮겨졌다. 삼촌이 몇 개 남지 않은 슬레이트를 옮기는 동안 나는 한쪽 구석에 쌓여 있는 파이프들을 실었다. 5톤 트럭을 최대한 채우려면 더 부지런히 해야 했다. 아직도 여기저기에 사용되지 않은 가설 자재들이 널려 있었다.

도로와 인도를 구분하는 안전 펜스가 길을 따라 심어져 있었다. 평소 같으면 죽을힘을 다해 펜스를 빼냈겠지만 오늘은 그런 곳에 힘을 쏠 여유가 없었다. 다음 공사장에서도 슬레이트를 떼어 내고 부품과 자재들을 트럭에 옮겼다. 금세 한쪽 구석을 채운 첫덩이들을 보며 어쩌면 두 달 동안 번 돈을 오늘 다 벌지도 모른다는 생각이 들었다. 나는 삼촌을 따라 이리저리 공사장을 휘저었다. 사장은 언제나 그렇듯 트럭 안에서 망을 보았다.

"와, 이게 다 얼마냐. 로또다 로또."

정말 복권이라도 당첨된 듯 삼촌의 들뜬 목소리가 들려왔다. 트럭은 거의 다 채워져 있었다. 나는 하늘을 올려다보았다. 머리맡의 달이 조금씩 움직이고 있었다. 서울이나 여기나 별 하나 없는 건 마찬가지네. 삼촌이 중얼거렸다. 겨울 밤바람이 머리칼을 건드렸다. 한참 땀을 흘려서인지 몸이 으슬으슬 추워 왔다.

"아, 점점 추워진다. 이대로 가긴 아쉬운데 운동 삼아 맨홀 뚜껑이나 딸까?"

삼촌이 나를 향해 물었다. 나는 빠루를 집어 들며 대답했다.

"그래요."

여느 때와 같은 솜씨로 맨홀 뚜껑 구멍에 빠루머리를 집어넣었다. 고리 모양으로 된 빠루머리는 언제나 그렇듯 맨홀 뚜껑을 재빠르게 잡아챘다. 있는 힘껏 빠루를 잡아당겼다. 맨홀과 맨홀 뚜껑 사이에 틈이 생겼다. 삼촌은 재빠르게 그 틈 사이를 비집고 뚜껑을 밀어냈다. 나는 고개를 들어 후, 숨을 몰아쉬었다. 서울의 하늘과 다름없이 동탄의 하늘도 별 하나 없이 캄캄했다. 나는 빛 하나 없는 도로 위에서 맨홀 뚜껑을 힘껏 열었다.

맨홀 뚜껑을 트럭으로 옮기려는데 어디선가 소란스러운 소리가 들려왔다. 이곳에도 청소부가 있는 걸까. 어둠이 내려앉은 도로 위에 한 줌의 빛이 점점 다가왔다. 트럭의 헤드라이트는 꺼져 있었다. 나는 점점 밝아져 오는 빛을 바라보았다.

"경찰이야!"

트럭 안에 있던 사장이 내달리기 시작했다.

"막내야! 튀어!"

사장과 삼촌을 따라 황량한 도로를 뛰었다. 뒤를 돌아보니 순찰차가 저 멀리서 달려오고 있었다. 순찰을 하다가 우리를 발견한 듯했다. 어느 순간 사장은 깊은 어둠 속으로 몸을 구겨 넣었다. 삼촌은 어디로 도망갔는지 보이지 않았다.

내딛는 발끝마다 철골이 채였다. 사방에 대못과 처음 보는 철제들이 널브러져 있었다. 그것들을 피해 쉼 없이 달렸다. 아직 제대로 올라가지 못한 건물들이 빠르게 지나갔다. 누군가 발라먹은 듯 슬레이트 지지대만 덩그러니 남아 있는 공사 현장을 지나 숨을 몰아쉬었다. 더 이상 달릴 수가 없었다. 나는 아직 기초 공사도 하지 않은 공사장 터에 몸을 숨겼다.

한 시간쯤 지났을까. 사장과 삼촌은 아직 연락이 없었다. 먼저 연락을 해 볼까 하여 핸드폰을 꺼내다 이내 주머니에 집어넣었다. 이미 잡혔을지도 모르는 일이었다. 괜히 전화나 문자를 했다가 공범으로 잡힐 바에야 조금 불안하더라도 혼자 있는 편이 나았다.

건물이 몇 없는 황량한 도시는 유난히 바람이 매서웠다. 요란스러운 겨울바람이 머리칼을 흩트리고 지나갔다. 도대체 일이 어떻게 된 것일까. 지난번 작업 때 다친 손바닥이 아려 왔다. 작업 날 이후로 한 번도 통증을 느낀 적이 없었는데, 손바닥을 움켜쥐고 조심스럽게 몸을 일으켰다. 순찰차가 들이닥쳤던 곳으로 조금씩 발걸음을 옮겼다. 상황을 확인해 봐야 할 것 같았다.

그곳에는 아무도 없었다. 5톤짜리 트럭도 온데간데없이 사라졌고 순찰차도, 그 안의 경찰들도, 사장도, 삼촌도 없었다. 그저 조용하고 황량한 도시, 그뿐이었다. 열려 있는 맨홀만이 조금 전의 소란을 말해 주고 있었다. 또다시 겨울 칼바람이 뺨을 내리쳤다. 추위에 살갗이 쓰라려 왔다. 손바닥의 상처도 함께 아려 왔다.

차가운 아스팔트와 달리 뚜껑이 열린 맨홀 속에서는 따스한 기운이 올라왔다. 나는 연기가 올라오는 맨홀 구멍에 손을 댔다. 따뜻했다. 고개를 숙여 맨홀 구멍에 얼굴을 박았다. 추위에 굳었던 귀가 풀리면서 간질거렸다. 맨홀 구멍에 고개를 숙인 채 그 안을 바라보았다. 역시 아무것도 보이지 않았다. 나는 얼굴을 빼고 하늘을 향해 고개를 치켜들었다. 여전히 하늘에는 별이 없었다. 어쩌면 등을 돌리고 있어서 제 빛을 보여 주지 않는 것일지도.

나는 차가운 바람을 이기지 못하고 결국 맨홀 속으로 들어갔다. 벽에 붙은 사다리를 타고 조금씩 지하로 내려갔다. 맨홀 속은 아늑하고 따뜻했다. 마치 누군가에게 안겨 있는 것 같았다. 어느새 손바닥의 통증은 사라지고 없었다. 고개를 들어 하늘을 바라보았다. 맨홀 속의 하늘은 동그랬다.

"이 새끼들 도대체 얼마어치를 훔치려고 한 거야. 대단한 놈들. 이 무거운 맨홀은 또 어떻게 열었담."

지상에서 사람들의 말소리가 들려왔다. 곧이어 스르릉, 맨홀 안에서 진동이 울렸다. 익숙한 소리였다. 누군가 맨홀 뚜껑을 세워 굴렁쇠 굴리듯 옮기고 있는 것이었다. 곧이어 동그랗던 하늘이 닫혀 버렸다. 몸을 웅크리고 사다리에 매달렸다. 맨홀 안은 좁지만 포근했다. 마치 누군가의 품처럼.

맨홀 속 깊은 지하에서 물 흐르는 소리가 들려왔다. 음악 시간에 들었던 이름 모르는 클래식 음악처럼 잔잔하고 깊은 소리였다. 맨홀 속은 너무나도 편안했다. 맨홀 뚜껑의 구멍 사이로 바람이 새어 들어왔다. 항상 빠루머리를 걸던 그 구멍이었다. 자그마한 구멍으로 티밥 같은 별들이 보였다. 등을 돌렸던 별들이 제 얼굴을 보여 주고 있었다. 마치 밥풀 같았다.

"못 죽이는 불가사리 별이……."

내 목소리가 맨홀 안을 울렸다. 낮은 음성이 깊이 더 깊이 맨홀 안으로 전해졌다. 웅크렸던 몸을 펴고 매달려 있던 사다리를 올랐다. 맨홀 뚜껑의 구멍은 여전히 하늘의 별을 담고 있었다. 나는 있는 힘껏 맨홀 뚜껑을 밀었다. 하지만 굳게 닫힌 맨홀 뚜껑은 꿈쩍도 하지 않았다. 더 이상 하늘에는 아무런 빛도 보이지 않았다.

혼적

인천여자고등학교 3
문송이

처음부터 내겐 선택권이 없었다. 전화벨이 울리면 전화를 받아야 했고, 전화기 너머에서 흐느끼는 사람들의 흔적을 쫓아야 했다. 원하든 원치 않든 나는 그래야 했다. 그게 내 일이었으니까.

남자는 유유히 흘러가는 강물을 바라보고 있을 것이다. 나는 창밖으로 펼쳐진 한강을 바라보았다. 수화기 너머로 남자의 낮은 음성이 들려왔다. 이젠 끝이에요. 나이 마흔에 명예퇴직이라니. 정말 열심히 살았는데……. 부모님이 원하는 고등학교를 졸업하고 명문대에 입학하고, 대기업에 취직하고……. 나처럼 열심히 산 사람은 없을 겁니다. 이제 갓 불혹으로 접어든 남자는 수화기를 붙잡고 길 잃은 아이마냥 울어 댔다. 그런 그에게 내가 해 줄 말은 단 한마디뿐이었다. 희망을 가지세요.

생명의 전화를 거는 사람들의 이야기는 대체로 뻔했다. 남자처럼 갑작스럽게 명예스럽지 못한 명예퇴직을 당했다거나 찢어지게 가난한 삶에 지쳤다거나. 뭐, 그런 진부한 이야기들이었다. 그런 이야기를 들으며 나는 그들의 흔적을 쫓는 것이었다. 그러곤 말해 주었다. 희망을 가지세요. 내가 그들의 흔적을 되짚은 뒤 해 줄 수 있는 유일한 말이었다.

피곤한 몸을 이끌고 집에 들어서자 거실 소파에 우두커니 앉아 있는 동생이 보였다. 동생의 손에는 수능 영단어 책이 쥐어져 있었다. 허나 동생의 시선은 멍하니 공중에 던져져 있었다. 고3이 된 동생은 고3스럽게 변해 갔다. 이마에 여드름이 조금씩 올라왔고 턱이나 팔에 살집도 제법 붙었다. 무엇보다 티셔츠 위로 볼록 튀어나온 뱃살이 가장 눈에 띄었다. 김민지, 너 공부 안 하고 뭐해. 내 목소리에 화들짝 놀란 동생이 나를 바라보았다. 무슨 생각을 하고 있었길래 그렇게 놀라. 내 말에 동생은 우물쭈물했다. 그런 동생을 지나쳐 나는 욕실로 향했다. 어깨가 쑤시고 목이 아파 왔다. 내일은 또 어떤 사람의 흔적을 뒤쫓아야 하는지. 샤워기에서 쏟아지는 물줄기를 맞으며 나는 생각했다.

언니 나 할 말 있어. 침실로 들어가려는 나를 동생이 붙잡았다. 몸이 무거웠다. 점점 감겨 오는 눈꺼풀에 동생의 얼굴이 보였다 안 보였다 했다. 나 너무 피곤해. 내일 얘기해. 나는 중얼거리듯 말했다. 어제도 그렇게 말했잖아. 동생은 종잇장처럼 미간을 구기며 말했다. 그럼 내일 야자 끝나고 전화해. 나 너무 졸려. 나는 술에 취한 사람처럼 침대로 몸을 던졌다. 알았어. 꼭 받아야 돼. 동생의 목소리가 어렴풋이 들려왔다.

남편이 딴 여자랑 도망을 갔어요. 지 자식도 버리고. 전 더 이상 가진 게 없어요. 그냥…… 아이랑 같이 뛰어내릴 거예요. 여자의 울먹임과 함께 아이의 울음소리가 들려왔다. 아무 말도 못하고 빽빽 울어 대는 것이 아직 말을 못하는 아기인 듯했다. 나는 아기를 달래듯 여자에게 말했다. 울지 말고 아이를 보세요. 당신에겐 그 아이가 있잖아요. 희망을 가지세요. 한참을 흐느끼던 여자는 아무 말도 하지 못했다. 몇 분이나 흘렀을까. 아이의 울음소리가 그쳤을 때즈음 여자는 고마워요, 하고 전화를 끊었다. 창밖으로 달빛을 함빡 머금은 강물이 찰랑거렸다.

김 선배, 전화 왔어요. 옆 책상에 앉아 있던 후배가 내 핸드폰을 가리켰다. 요란한 진동 소리가 책상을 울려 대더니 이내 멈춰 버렸다. 부재중 전화 다섯 통. 모두 동생의 전화였다. 다시 걸어 보았지만 동생은 받지 않았다. 삐쳤나. 나는 또다시 동생의 번호를 눌렀다. 그때 책상 위에 놓인 전화기가 울려 댔다.

죽으려고 하는데 애가 있어요. 오늘따라 왜 이렇게 애 엄마들이 전화를 거는 건지. 나는 아까 여자에게 했던 말을 반복했다. 아이를 보세요. 내 말의 그녀는 대답했다. 뱃속에 있는걸요. 교복 입은 애가 임신을 했다고 하면 사람들이 뭐라 생각할까요. 그녀의 목소리는 너무나도 담담했다. 또 철없는 고딩 하나가 사고를 쳤구나 생각하며 나는 입을 열었다. 가족들에게 말해 보는 건 어때요? 내 물음에 그녀는 말했다. 부모님은 없고 언니 하나가 있는데 제 말을 들어 주지 않아요. 그녀는 그 말을 끝으로 아무런 말도 하지 않았다. 나의 물음에도 그녀는 답이 없었다. 정말로 뛰어내린 건가. 강물에 뜬 달빛은 아무것도 모른다는 듯 물결을 따라 일렁였다.

샤워를 끝낼 때까지 동생은 돌아오지 않았다. 야자 끝내고 또 독서실에 간 건가. 나는 동생에게 전화를 걸었다. 허나 지루한 신호음만 귓가를 맴돌 뿐이었다. 이게 단단히 삐쳤구나. 나는 신호음만 울려 대는 핸드폰을 보며 중얼거렸다. 아무리 기다려도 동생은 문자 하나 없었다. 요즘 세상도 흉흉한데. 나는 운동화를 구겨 신고 밖으로 나왔다. 헌데 동생이 어느 길로 다니는지, 자주 가는 독서실이 어딘지 알 수가 없었다. 나는 무엇이든 기억해 내려 동생을 떠올렸다. 나는 그 자리에서 주저앉고 말았다. 다리에 힘이 풀렸다. 바닥이 나를 잡아끄는 것 같았다. 내 기억 속에 동생의 흔적은 없었다. 내가 기억하는 동생은 열심히 공부하는 고3. 그뿐이었다.

나는 다시 한 번 동생에게 전화를 걸었다. 어서 내가 흔적을 쫓게 전화를 받아 줘. 핸드폰이 뜨거워질 때까지 나는 기다렸다. 하지만 돌아오는 것은 끝없이 이어질 듯한 신호음뿐이었다.

결국 나는 동생의 흔적을 찾지 못했다. 동생의 흔적은 그 어디에도 없었다.

10

한국애니메이션고등학교 3
황인경

19

4월이 끝날 때쯤에는 호우주의보가 내렸다. 아빠는 집에 있었고 오빠는 집에 없었다. 나는 창문을 열고 눈을 감았다. 코끝이 짰다. 철로 된 방충망의 찝찔한 피 냄새. 그리고 비를 맞는 육지가 뿜어 올리는 축축한 식은땀의 냄새. 빗줄기가 그 애의 등을 때릴 때마다 땀 냄새가 훅 끼쳐 왔다. 그건 오빠가 앓는 봄 감기의 냄새이기도 했다. 어디선가 바람이 불어왔다. 바닷가는 바람조차도 짜다. 저만치서 작게 들리던 TV의 소음이 빗소리와 완벽하게 합쳐졌다. 조심스레 창문을 밀어 닫고 작은 방으로 갔다. 거실과는 다르게 술 냄새에 섞인 텁텁하고 들큼한 공기가 느껴졌다. 새벽 2시. 아빠도 눈을 감고 방영 프로그램을 다 내보낸 TV가 들려주는 빗소리를 듣고 있었다. 나는 콘센트를 뽑았다. 빗소리가 멎었다.

오빠가 거실에 쪼그려 잠든 나를 흔들어 깨웠을 때는 삼십 분이 지난 후였다. 너 왜 여기서 자니? 가서 편히 누워 자. 새하얀 교복 셔츠가 눈앞에 잠깐 어른거리다 말았다. 아까의 비 냄새가 더 짙었다. 파도에 실린 것처럼 몸이 위아래로 흔들렸다. 아, 짠내는 땀 냄새가 아니었구나. 바다의 냄새였던가 보다. 울렁울렁. 물 위에서 나는 오빠의 말대로 편히 누워 자기로 했다. 힘을 빼고 축 늘어진 내 몸을 커다란 파도가 뒤채자 출렁, 하고 큰 물결이 일었다. 그리고 순식간에 썰물 때처럼 바닷물이 사라졌다. 나는 번쩍 눈을 떴다. 바다는 없었다. 나는 내 방 이불 위에 얌전히 누워 있었다. 오빠가 인기척을 느끼고는 나를 돌아보았다. 왜 깼니? 힘들게 안아 옮겼는데. 오빠는 웃었다. 오빠는 보는 사람이 안쓰러워지는 이상한 웃음을 짓곤 했다. 씨익. 싱긋. 나도 마주 웃었다. 다시 뒤돌아선 오빠가 캄캄한 거실로 사라졌다. 어둠 속에서 혼자 하얗게 빛나는 바싹 마른 오빠의 등은 약간 구부정했다.

13

어렸을 때는 오빠와 늘 이야기를 했다. 오빠는 내가 묻는 건 뭐든지 다 대답해 줄 수 있고, 똑같은 드라마를 봐도 훨씬 재미있게 내용을 설명해 줄 수 있는 특별한 사람이었다. 아홉 살의 어느 날 오빠와 나란히 앉아 TV를 볼 때 브라운관에는 오징어잡이 배가 나오고 있었다. 아빠다! 내가 배의 선원들을 보고 소리치자 오빠는 웃었다. 바보야. 배에 타고만 있음 다 아빠래. 울렁울렁. 춤추는 배 위에서 사람들은 활기찼다. 커다란 실패처럼 생긴 이상한 낚싯대에 묶인 실을 둘둘 감아올리면 바닷속에서 오징어들이 대롱대롱 딸려 올라왔다. 선장은 회를 쳤다. 회 쳐진 오징어는 오징어가 아니었다. 회 쳐진 오징어는 그렇지 않은 오징어보다 훨씬 아름다웠기 때문이다. 어딘가 수상한 빛깔의 몸이 칼날에 꿰뚫리고 내리그어지고 조각조각 나고. 기다랗다, 반투명해진다. 완벽한 변신이었다. 나는 그게 참 예쁘다고 생각했다. 하지만 제대로 감상할 새도 없이 리포터가 크게 한입 먹어 치워 버렸다. 입안에 있던 것을 순식간에 꿀꺽 삼킨 리포터는 호들갑을 떨기 시작했다. 정말 신선하고 맛있네요.

꿀꺽.

나는 나도 모르게 침을 삼켰다.

배고프니?

오빠가 물었다. 나는 고개를 저었다. TV 속의 오징어잡이는 막바지를 달리고 있었다. 오징어잡이 배에 달려 있는 새하얀 등불들이 흔들거렸다. 눈이 시렸다.

오빠.
응?
왜 저렇게 밝은 불을 켜 놓는 거야?

응?

오징어가 도망가면 어쩌려구.

아.

그거 말이구나, 하고 오빠는 내게 설명을 하기 시작했다. 오빠
는 내가 묻는 건 뭐든지 다 대답해 줄 수 있는 사람이니까.

오징어는 빛을 보고 모여드는 거야.

왜?

바닷속보다 밝으니까. 너도 밝은 데가 더 좋지 않니?

으응, 하고 나는 고개를 주억거렸다. 오빠 말을 듣고 나니 정말
그런 것 같았다. 모두가 밝은 곳을 좋아한다. 가로등 주위를 맴도
는 날벌레같이.

아빠도 저렇게 오징어를 잡는 거야?

응.

그럼 오빠도 커서 오징어를 잡으면 되겠다.

그래. 그러면 되겠다.

나는 환하게 웃었다. 나는 오빠가 꼭 오징어를 잡았으면 하고
바랐다. 오징어를 잡아서 아름답게 회를 치는 오빠를 보고 싶었
다. 하지만 오빠가 오징어를 잡겠노라고 약속한 것이야말로 곧 조
각조각 회 쳐지고 말았다.

14

나는 오징어가 싫어.

아빠가 서른 번째인가 서른한 번째인가로 우리를 때린 날이었
다. 오빠는 아빠에게 얻어맞은 왼쪽 뺨을 문지르다 문득, 말을 쏟
아냈다. 그날의 오빠는 열네 살이었다. 나와 약속한 지 일 년도 채
되지 않은 셈이었다. 나는 오징어가 싫어. 오빠가 또다시 중얼거
렸다. 난 오징어 따윈 잡지 않을 거야. 너도 그렇지? 너도 내가 오
징어를 잡는 건 이제 싫지? 오빠가 내게 물었다. 나는 아홉 살이
었던 나처럼 고개를 저었다. 오빠가 배고프니? 하고 물었을 때처
럼. 오빠는 뺨에서 손을 떼고 나를 물끄러미 쳐다보았다.

왜 싫어하지 않니?

나는 입을 열려고 했다. 오빠와 아름다운 오징어는 잘 어울린
다고 말하려고 했다. 하지만 오빠가 먼저였다.

나는 아빠도 싫고, 오징어도 싫어.

죄다 지긋지긋해. 오빠는 꼭 연극배우처럼 극적으로 말했다. 나
는 아주 슬펐다. 그리고 한 번도 자각한 적은 없었지만 갑자기 내
가 아빠를 아주 싫어하고 있다는 생각이 들었다. 나는 팔목을 내
려다보았다. 시퍼런 멍이 들어 있었다. 맞을 때는 아무 느낌도 없
던 상처였다. 그저 빨리 아빠가 지쳐 잠들어 버리기만을 바랐었

다. 하지만 이제는 아니었다. 그건 내가 아빠를 싫어한다는 증거이자, 싫어해도 된다는 허가증 같은 것이었다. 그러자 작은 방에 널브러져 있는 아빠가 참을 수 없이 역겹게 느껴졌다. 나는 토기가 올라와 허리를 꼬부리고 몸을 웅크렸다.

난 여길 떠날 거야.

육지로 올라갈 거야. 나는 입을 딱 벌렸다. 오빠는 피가 섞인 침을 부엌 어디엔가 뱉어 버리고 밖으로 나가 버렸다. 그때는 오빠가 영원히 돌아오지 않을 줄 알았다.

아주아주 어렸을 때, 오빠와 바닷가로 나가서 아빠를 태운 채로 떠나는 배를 본 적이 있었다. 아주아주 늦은 밤이었고 빛을 내는 것이라고는 멀어져 가는 오징어잡이 배의 등불뿐이었다. 바닷물도, 도시에서 흘러온 탁한 공기에 가려 별빛이 사라지고 만 하늘도 모두 아주아주 어두웠다. 우리 둘은 오징어잡이 배의 등불조차 희미해질 때까지 크게 손을 흔들었다. 아빠조차 희미해질 때까지. 아빠가 안 보인다. 아빠, 왜 자꾸 먼 바다로 나가 버리는 거예요, 겨우 오징어 따위나 불러들이려고. 어, 아빠가 탄 배는 자꾸 멀어진다. 멀어질수록 아주아주아주 주위는 깜깜해진다.

오빠는 사흘째 되는 날 다시 집으로 돌아왔다. 오징어 무리를 찾지 못해서 아빠의 배가 몇 주째 허탕을 치던 때였다. 그날 아빠는 오빠가 없는 동안에 내가 맞았던 것만큼 오빠를 때렸다. 오빠의 왼뺨이 다시 붉게 부풀었다. 발길질을 당하는 도중에 오빠가 중얼거리는 것을 들었다. 나가 버리고 싶어. 하지만 그럴 수 없을 것이다. 나는 또다시 아주 슬퍼졌다. 나는 아빠의 허리를 뒤에서 끌어안고 당겼다. 아빠에게서는 언젠가 내가 체했을 때 변기에 머리를 박고 게워 낸 음식물들의 냄새가 났다. 기분 나쁜 냄새들이 모두 그렇듯이 시큼하고 들척지근한 그 냄새도 공기를 타고 스멀스멀 움직여 내 피부에 묻어났다. 팔목의 멍이 끈적거렸다. 아빠는 비틀거리다 나에게 엎어졌다. 곧 내 왼뺨도 부풀기 시작했다. 악취 섞인 공기는 뺨도 끈적이게 만들었다. 오빠가 벌떡 일어나 아빠를 넘어뜨렸다. 그리고 배를 밟기 시작했다. 그만해, 그만. 오빠 그만해. 나는 뺨을 문지르며 울었다. 무언가 울컹울컹 뭉개지는 소리가 난 듯도 했다. 오빠는 숨을 몰아쉬며 자리에 주저앉았다. 허억, 허억, 허억. 나는 아빠에게로 기어가 입가에 귀를 가져다 댔다. 끅끅거리는 숨이 새어나오고 있었다.

괜찮아.

오빠는 내 머리를 끌어안았다. 땀과 피가 뒤섞인 이상한 냄새가 났다. 무서운 냄새였다. 냄새도 무서울 수 있다는 걸 나는 그때 처음 알았다. 내가 움찔대자 오빠가 다시 말했다. 아빠는 죽지 않아. 걱정하지 마. 하지만 그건 오빠가 뭘 모르고 하는 소리였다. 나는 아빠가 죽어 버리는 것 따위는 두렵지 않았다. 나는 오빠가 누군가를 죽일까 봐 두려운 것이었다.

오빠의 말이 맞았다. 아빠는 죽지 않았다. 열네 살짜리의 발길질에도 아빠는 충분히 죽을 수 있었을 테지만 어쨌든 죽지 않았다. 아빠는 끙끙대다가 곧 자리를 털고 일어나 선착장으로 나가더니 몇 시간 뒤에는 예전처럼 술을 사 들고 돌아왔다. 아빠를 태우려고 하는 배는 이제 없었고 나는 차라리 아빠가 아무 배에나 타고 바다로 나가서 영영 돌아오지 않기를 바랐다.

아, 하지만 아빠가 우리에게서 멀어질수록 아빠와 오징어는 가까워진다. 오징어는 큰 물살을 가르며 빛 속으로 뛰어든다. 안 돼. 오지 마. 오빠는 오징어가 더더욱 싫어지고 만다. 사실 오빠는 아빠보다 오징어를 더 싫어하는 것일지도 몰랐다. 오빠는 왜 오징어를 싫어하는가. 오징어는 아름답다. 오징어는, 아니아니 오빠는 사실 오징어에게 연민을 갖고 있는 것일지도 몰랐다. 오징어가 다리를 휘저으며 등불 아래로 온다. 다리가 너무 많아서 낚싯줄에 금방 엉겨 든다. 끼리릭, 끼리릭. 아빠와 오징어의 거리는 이제 30센티미터도 되지 않는다. 오징어가 새까맣고 맨질맨질한 눈으로 아빠를 바라보다가 그만둔다. 오징어에게 이곳은 너무 눈이 부셔서 오랫동안 눈을 뜨고 있기가 힘들다. 오징어의 표피가 찐득찐득해지며 물기를 잃어 간다. 오징어는 갑자기 숨이 막힌다. 고개를 쭉 빼든다. 다리를 힘껏 당긴다. 아빠는 오징어를 낚싯바늘에서 빼 휙, 던진다. 오징어는 자신이 날고 있다는 것과 휘황찬란한 빛이 자기의 온몸을 감싸고 있다는 것을 느낀다. 오징어는 황홀하다. 하지만 다음 순간 오징어는 바닷속보다 더 어두운 어딘가로 털퍽, 떨어진다. 그곳에는 찐득해진 오징어들이

100마리나

200마리나

우글거린다. 오징어는 바닷속에 있을 오징어들을 떠올린다. 안 돼. 오지 마.

그때부터 오빠의 귀가 시간은 점점 늦어졌다. 아빠는 자주 쪼끄만 새끼 운운하며 일하고 돌아온 오빠를 때렸다. 오빠의 몸은 키에 비해 너무나 유약해 보여서 나는 오빠가 곧 쓰러져 버리는 게 아닐까 걱정이 되었다. 나는 오빠의 아침밥을 만들기 시작했다. 오빠는 웃었다. 씨익. 싱긋. 밥을 먹고 집을 나가는 오빠의 뒷모습은 날이 갈수록 휘청이고 비린내가 풍겼다. 어느 날은 밥상 앞에 앉은 오빠가 코를 찌푸리며 말했다.

생선을 꺼내 놨니? 창을 열어야겠다.

생선 같은 건 없어 오빠, 그건 오빠 몸에서 나는 냄새야. 나는 말했다. 하지만 오빠는 팔을 들어 쿵쿵거리며 냄새를 맡더니 그럴 리가 없다고 우겨 댔다. 나는 할 수 없이 부엌 창문을 활짝 열었다.

어디서 일하고 있어?

예상치 못한 순간에 받은 질문이었는지 잠시 동안 오빠가 나를 물끄러미 쳐다보았다. 왼뺨이 부푼 이후로 비린내를 견디질 못하는 오빠는 결국 밥을 거르고 나가려던 참이었고 나는 비린내가 진동하는 일터로 나가는 오빠가 안타깝던 참이었다. 오빠는 거짓말을 했다.

주유소. 옆에 카센터 일도 같이 봐.

그러고는 휘발유 비린내를 풍기며 기운 없이 나가 버렸다.

18

오빠는 먹은 것도 없이 쑥 컸고, 여전히 유약했고, 아직도 비린내가 나는 주유소와 카센터에서 일했다. 아빠는 이제 자신보다 커 버린 오빠를 건드릴 수 없어서 나를 오른뺨까지 때렸지만 나는 아무래도 상관없었다. 내가 푸른 무릎을 끌어안고 거실에 앉아 있으면 오빠는 새벽녘에 들어와 무릎처럼 나를 안았다. 오빠의 양팔은 땀에 젖어 미끌거렸다. 짠 비린내가 코를 찔렀다. 나는 꼭 거대한 오징어, 그래, 오징어에게 안긴 것 같은 기분이었다. 또 맞았니? 오빠가 물으면 나는 휘발유 비린내를 풍기는 오빠처럼 거짓말을 했다. 놀다가 넘어졌어. 그러면 오빠는 몇 살인데 아직도 만날 놀다 넘어지니. 라고 말하고는 씨익. 싱긋. 웃고 나서 나를 놓아주었다.

그날은 바람도 한 점 없어서 모처럼 이 동네의 짠 바닷내가 바닥에 착 달라붙어 있었다. 그래서 나는 꼭 저기 머나먼 육지에 있는 기분이었다. 나는 육지의 냄새를 내뿜는 밤공기를 흠뻑 빨아 마셨다. 그리고 아빠가 술심부름을 시키면서 준 돈으로 오빠의 아침거리를 사고는 세 시간 동안 골목길을 돌아다녔다. 아빠는 곧 잠들 것이었다. 한 시간만 더. 나는 뱅뱅 돌던 방향을 틀어 버스 정류장이 있는 대로로 걸어갔다. 꽤 먼 거리를 간격으로 선 가로 등의 얼굴 주위는 온갖 쪼끄만 날벌레들로 빈틈없었다. 툭, 툭. 몇 마리가 뜨거움에 못 이겨 도로로 낙하했다. 저만치 새하얀 간판을 단 주유소가 보였다. 나는 오빠의 거짓말이 떠올랐다. 이런 데서 일을 하면 비린내 따위는 날 리가 없는데도. 나는 선착장에 가보지 않은 것을 후회하며 계속 걸었다. 하지만 곧 다시 생각해 보니 일하는 오빠를 만나고 싶지 않아졌다. 땀 흘리는 오빠와 눈이 마주치면 나는 분명히 아주 슬플 것이었다. 주유소가 가까워졌다. 누군가가 손을 흔들었다. 이런 데서 일을 할 리가 없는데도.

뭐하러 여기까지 왔니?

오빠였다. 의외의 방문에 반가웠는지 오빠는 예의 그 안쓰러운 웃음을 짓고 내게 물었다. 어, 이게 아닌데. 이럴 수는 없는데. 나는 뭐에 홀린 듯이 오빠 곁으로 다가갔다. 주유소 유니폼을 입은 오빠와 가까워질수록, 그날은 바람도 한 점 없어서 모처럼 이 동네의 짠 바닷내가 바닥에 착 달라붙어 있었는데도
나는 찝찔하고 축축한 비린내를 맡을 수 있었다.

오빠는 꼭 입덧하는 새색시처럼 밥상 앞에 앉기만 하면 입맛을 잃어버렸다. 그리고 자꾸 내게 생선 반찬은 하지 말라고 히스테리를 부리곤 했다. 나는 오빠의 몸에서 나는 비린내보다 더 강한 냄새를 풍기려고 아침부터 청국장이며 카레라이스를 부글부글 끓여 댔지만 오빠는 부엌에 들어오자마자 생선 타령을 하다가 결국에는 한 숟갈도 뜨지 않은 채 도로 부엌에서 나갔다. 오빠의 아침밥

은 어느새 아빠의 술안주가 되었고 나는 어느 순간부터 아침밥 차리는 것을 도로 그만두게 되었다.

다시 19

이상한 적막감에 눈을 떴다. 빗소리가 그쳐 있었다. 나는 거실로 나갔다. 8시 15분. 오빠는 학교에 가 있을 것이었다. 나는 오빠가 벗어 놓고 간 옷을 가지러 오빠 방으로 갔다. 방 안은 빗물이 다 들이쳐서 온통 젖어 있었다. 비린내가 난다고 자꾸만 창문을 열어 놓는 오빠 때문이었다. 옷 같은 건 눈에 띄지 않았다. 납작하게 펼쳐져 있던 이불 밑이 돌연 꿈틀대더니 오빠의 얼굴이 보였다.

많이 아파?

감기가 심해져 학교도 못 간 모양이었다. 나는 오빠 머리맡에 조심스럽게 앉았다. 바지가 축축해졌다. 오빠는 고개를 저었다.

아프진 않은데 이상해.

아프진, 않은데, 이상해. 몸에, 힘이, 없어. 오빠는 단어들을 뚝뚝 끊어 내듯이 말했다. 나는 오빠의 이마를 짚었다. 열은 없었다. 감기를 오래 앓아서 기운이 없나 봐. 나는 땀에 절어 자꾸만 축 늘어지는 오빠의 앞머리를 조심히 넘겨 주었다. 오빠는 눈을 감고 있었다. 나는 오빠가 추울까 봐 창문을 닫았다.

너는 왜 학교에 안 갔니?

오빠가 물었다. 나는 매일 안 가. 일하느라 그것도 몰랐지? 내가 말하자 오빠는 푸스스 웃었다. 그럼 안 되지. 오빠는 눈을 몇 번 깜박였다.

이번 달까지만 하고 일은 그만둘 거야.
응?
감기가 나으면 같이 육지로 가자.
응.

나는 환하게 웃었다. 오빠는 눈동자를 이리저리 굴리다가 다시 눈을 감았다. 씨익. 싱긋. 오빠의 입꼬리가 위로 올라간 게 보였다. 나는 이불을 끌어올려 오빠를 덮어 주었다.

몇 분 지나지 않아 오빠는 나를 부르더니 비린내가 나니까 창문을 열어 달라고 했다. 비가 그치고 해가 나고 있었다. 나는 햇살을 온몸으로 맞으며 창문을 열었다. 오빠는 더워서 흘리는 땀인지 식은땀인지를 비 오듯 흘렸다. 넘겨 두었던 앞머리가 도로 내려와 있었다. 햇빛이 방으로 들어와 오빠를 찔렀다. 오빠의 입술이 퍼석하게 갈라져 각질이 일어났다.

숨을 못 쉬겠어.

샤워하고 싶어. 오빠가 중얼거렸다. 나는 오빠의 등 밑으로 손

을 넣어 앉힌 후에 몸을 일으켜 세우며 팔을 잡았다. 끈적이는 땀
으로 뒤덮인 팔에 닿자 내 손은 주욱 미끄러졌다. 오빠가 휘청이
며 바닥에 넘어졌다. 나는 오빠의 팔을 내 옷에 문질러 닦은 후에
얼른 도로 일으켰다. 오빠의 얼굴은 창백했다. 덜컥 겁이 났다.

샤워하고 병원에 가자, 오빠. 응?

화장실 변기 위에 오빠를 앉히며 묻자 오빠는 고개를 끄덕였
다. 나는 오빠 손에 샤워기를 쥐어 주고는 문을 닫고 나왔다. 곰팡
이 핀 나무문을 사이에 두고 쏴아아 물이 쏟아지는 소리가 들렸
다. 나는 그 앞에 무릎을 세우고 앉았다.

깜빡 잠이 들었던 것 같다. 눈을 뜨자 가장 먼저 보인 것은 싯
누런 장판이었다. 나는 뻐근한 고개를 틀어 화장실 문에 귀를 대
었다. 아직도 물소리가 들려오고 있었다. 인기척이 났다. 아빠가
작은방에서 나오고 있었다. 아빠는 잠시 동안 퀭한 눈으로 나를
바라보더니 부엌으로 들어갔다.

가서 소주 좀 사 와.

아빠가 부엌에서 말했다. 돈 없어. 내가 대꾸했다. 아빠는 어기
적어기적 부엌을 나와 오빠 방으로 향했다. 나는 놀라 아빠 뒤를
쫓아갔다. 어딜 가는 거야 아빠. 아빠는 오빠의 이불을 뒤집어 지
퍼를 열더니 안에서 흰 봉투를 꺼냈다. 그리고 봉투 안의 만 원을
집어 내게 건넸다.

자. 가서 소주 좀 사 와.

나는 이를 앙다물고 아빠를 노려보며 서 있었다. 나는 아빠가 싫어. 나는 아빠가 싫어. 아빠가 한 발자국 앞으로 오더니 나를 걷어찼다. 소주 좀 사 오라고. 어? 이게 눈깔을 똑바루 뜨고. 아빠가 내 머리통을 쥐고 흔들었다. 나는 아빠도 싫고 소주도 싫어. 나는 아빠에게 달려들어 배에 내 머리를 꽂아 넣었다. 쿠당탕. 아빠와 내가 같은 쪽으로 쓰러졌다. 나는 팔을 위로 쭉 뻗어 올려 아빠의 얼굴이 있을 만한 곳을 할퀴기 시작했다. 아빠는 몸을 뒤틀더니 내 목을 눌렀다. *끄윽, 끄윽.* 고개가 위로 들려 창밖이 보였다. 바깥은 밤의 바닷속처럼 어두웠다.

밤의 바닷속처럼.
화장실에서는 아직도 물소리가 났다.

나는 목을 누르는 아빠의 손을 양손으로 때리며 온 힘을 다해 버둥거렸다. 이거 놔. 이거 놓으란 말이야. 나는 손톱을 세워 있는 힘껏 아빠의 푸석한 손을 찔렀다. 폭, 소리가 나더니 아빠가 화급히 손을 떼었다. 나는 머리끝에 잔뜩 힘을 주고 아빠를 밀어냈다. 뛰어가는 내 뒤에서 아빠가 뭐라고 뇌까리는 소리가 들렸다. 나는 화장실 앞에 서서 문을 두드렸다.
오빠 뭐하는 거야, 왜 여태 안 나와. 오빠 내 말 들려? 오빠. 오빠.

아빠가 나를 따라오더니 내 머리채를 확 당겨 넘어뜨렸다. 오빠가 이상해 아빠. 오빠가 쓰러진 것 같아. 어떡해 응? 아빠는 늘 그렇듯이 내 뺨을 때렸다. 아빠, 오빠가 이상하다구. 죽었을지도 몰라 응? 아빠는 내가 그저 시끄럽게 군다고만 생각했는지 욕을 퍼붓기 시작했다. 죽긴 뭘 죽어, 니들이 뭐가 힘들다구. 나는 계속 얼굴이 이쪽저쪽으로 돌아가 제대로 한곳을 쳐다볼 수가 없었지만 있는 힘을 다해 아빠를 노려보았다. 나는 아빠가 싫어.

이거 놓으라고 이거 놔.

물소리. 물소리를 찾아야 했다. 나는 누운 채로 발길질을 견디며 조금씩 물소리가 큰 쪽으로 기어갔다. 곧 내 머리 꼭대기와 화장실 문의 곰팡이가 닿았다. 나는 머리로 문을 쿵쿵 찧어 댔다. 오빠. 오빠. 내 말 들려? 아빠는 내가 악악거리는 걸 멈출 기미가 보이지 않자 나를 내팽개쳐 버렸다. 나는 일어서서 문고리를 잡아 돌렸다. 문은 잠겨 있지 않았다.

쏴아아

꼭 오빠의 말소리처럼 물소리가 울려 퍼지고 있었다. 나는 뿌연 김을 헤치고 안으로 들어갔다. 오빠는 보이지 않았다. 나는 바닥에서 홀로 물을 토하고 있는 샤워기를 껐다. 화장실은 내가 아침에 잠을 깼을 때처럼 적막했다.

오빠.

오오오 — 빠아아. 내 목소리가 공허하게 울렸다. 그때 아주 작게 어딘가에서 첨벙거리는 소리가 들렸다.

오빠.

오오오오 — 빠아아아. 나는 더 크게 외쳤다. 첨벙첨벙. 나는 소리를 따라 변기 앞으로 다가섰다. 비린내가 났다. 변기 속에 무언가가 있었다. 나와 그것은 눈이 마주쳤다. 첨벙첨벙. 그것은 유연한 다리들을 쭈욱 뻗어 느릿느릿 변기 밖으로 기어 나오기 시작했다. 더 밝은 곳으로.

꿀꺽.

나는 나도 모르게 침을 삼켰다.

연두

한국애니메이션고등학교 3
황인경

처음부터 내겐 선택권이 없었다. 나나는 아스파라거스를 씹으면서 생각했다. 말하자면 나나의 운명은 이미 정해져 있었다는 뜻이다. 그 애는 늘 과정은 나 몰라라 내팽개쳐 두면서 결과만큼은 고집스레 정답을 정해 버리고는 한다.

날씬해져야만 한다.

이것이 나나의 가장 섬뜩한 친구가 해답지에 적어 둔 정답이었다.

나나는 무거움이 익숙했다. 늘어진 턱의 무거움, 발목뼈를 짓누르는 허벅지와 종아리들의 무거움. 그 육중함은 사실 그리 나쁘지 않았다. 그것들은 나나가 이끄는 대로 잘 끌려다녔고, 조금 느리기는 하지만 곧잘 만족스럽게 작동했다. 그러나 나는 기계가 아니다. 나나는 전신 거울 앞에 서서 생각했다. 쇳덩이의 차가운 무거움과 누렇고 뭉실한 지방 덩어리의 뜨뜻한 무거움은 격이 다르다. 브래지어와 팬티의 경계선마다 살들이 비집고 나와 있었다. 나나는 엄지와 검지로 살을 떼어 낼 수 있었으면 좋겠다고 생각했다. 커다란 밀가루 덩어리로 수제비를 만들 때처럼 조금씩 뜯어내 몽땅 다 끓는 물에 처넣고 싶었다. 나나는 천천히 돌아서서 방 안을 쉴새 없이 걸어다니기 시작했다. 걷기는 좋은 유산소 운동이다. 나나는 방을 50바퀴 돌 때마다 벽에 동그라미 하나를 그렸다. 동그라미가 100개가 되면 오늘의 운동은 끝이다. 나나의 비계들이 내뿜는 시큼한 땀 냄새가 방 안을 가득 채웠지만 나나는 절대로 방문을 열지 않았다.

나나에게는 남동생이 하나 있었다. 하지만 나나의 남동생에게는 누나가 없었다. 동생에게 나나는 가축 같은 것이었다. 집에 오면 얌전히 우리에서 기다리고 있으며 통통히 살찌는 것이 최고 미덕인 동물. 그나마 가축 중에서도 돼지라고 콕 집어 말할 수 없는 것은 나나가 요즘 발굽 달린 동물들처럼 풀줄기만 먹어 대기 때문이었다. 연두색 가지를 씹어 삼키는 나나는 멍청한 당나귀 같아 보였다. 동생은 풀만 먹는데도 점점 더 통통해지는 나나를 보며 울컥 짜증이 치밀었다.

야 김나나.

동생은 나나를 이름으로 불렀다. 백구, 야옹이, 하듯이. 나나가 식탁에서 웅크린 고개를 슬쩍 들었다.

차라리 굶는 게 낫겠다.

동생은 작게 씨부리고는 냉장고에서 소시지를 꺼내 방으로 들어갔다. 나나는 동생의 날씬한 등을 바라보고 앉아 있었다. 나나는 수중에 돈이 있으면 폭식을 하게 될까 봐 단 두 가지 물건을 사는 데에만 돈을 다 쓰곤 했다. 잡지와 아스파라거스. 나나는 뭔가에 홀린 것처럼 손을 뻗어 7월호 보그를 펼쳤다. 여름에 나온 잡지는 나나가 가장 좋아하는 것이었다. 모델들이 당당히 내놓은 허리와 다리를 눈으로 훑는 게 좋았다. 붓으로 그린 듯 쑥 들어간 허리를 가진 지젤 번천과 눈이 마주쳤다. 뚱뚱함과 날씬함 중 하나를 선택할 수는 없다. 지젤은 날씬함을, 나는 뚱뚱함을 고른 게 아니다. 기준과 필수 요소는 아주 명확했다. 깡마른 팔다리. 매끈한 허리. 쭉 뻗은 다리. 나는 꼭 갖춰야 할 게 없는 부진아야.

나나의 눈동자를 노려보는 지젤은 말이 없었고, 나나는 홀로 생각했다.

온몸이 끈끈하고 축축했다. 7시 전에는 하루의 마지막 식사를 마쳐야 하기 때문에 급하게 슈퍼마켓으로 달려와서였다. 비가 오려는지 공기도 무거웠다. 대기 중에 쌍기역이 들어가는 단어들이 둥둥 떠다녔다. 꿀꿀. 꿉꿉. 꾸리꾸리. 나나는 어깨에 끈적한 시럽처럼 엉겨 붙는 단어들을 털어 내며 야채 코너로 갔다. 아무도 사 먹지 않는 아스파라거스는 시금치와 고구마 따위에 밀려 구석에 처박혀 있었다. 재고를 놓아둔 지 오래되었는지 금방이라도 뭉크러질 것 같은 아스파라거스를 한 아름 사서 나나는 슈퍼를 나왔다.

나나는 식탁에 앉아 삶은 아스파라거스를 조심히 썰었다. 통통한 줄기에서 사마귀색 즙이 흘러내렸다. 매 끼마다 아스파라거스를 먹지만 매 끼마다 아스파라거스는 역겨운 맛을 낸다. 나나는 나란히 잘린 김밥 모양으로 그것을 썰다가 미처 혀가 준비하지 못한 틈을 타서 입에 쑤셔 넣었다. 그래 봤자 텁텁하고 비릿한 즙은 툭 터져 나와 혀를 괴롭혔다. 부엌과 마주한 방의 문이 열리더니 동생이 나왔다. 나나는 자기도 모르게 시선을 아스파라거스 접시에 처박았다.

야 김나나.

동생이 냉장고 문을 열며 말했다.

지가 코끼린 줄 아나.

등치는 커서 왜 풀만 처먹어. 동생은 소시지를 꺼내 입에 물었다. 나나는 동생의 입에 물린 살굿빛의, 아니아니 분홍에 조금 더 가까운 고깃덩어리를 바라보았다. 하지만 그것은 순식간에 동생의 조소와 함께 동생의 목구멍으로 넘어가 버렸다. 나나는 그에게로 달려가 목을 조르고 등을 두들기며 소리 지르고 싶었다. 뱉어 뱉으라고 소시지를 뱉으란 말이야 이 나쁜 놈아 소시지 도로 뱉어내 뱉으라구. 나나는 땀을 질질 흘리며 나이프를 꽉 쥐었다. 소시지처럼 통통히 부푼 손가락이 떨렸다. 나나는 갑자기, 아스파라거스를 썰듯 손가락을 썰어 버리고 싶어졌다.

나나의 벽은 동그라미로 가득 찬다. 천장도 바닥도 썰린 아스파라거스가 붙어 있는 것처럼 동그라미 투성이다. 나나는 그만 환공포증이 생길 것만 같다. 나나는 어지럽게 돌다가 방바닥에 누워 눈물을 흘린다. 아스파라거스 색의 눈물이다. 눈물은 흐르고 흘러 지젤의 허리 오목한 부분에 고인다. 그리고 찰랑댄다. 아스파라거스 빛 액체는 경계선을 넘을락 말락 한다. 나나는, 그것을 어서 펄펄 끓여 수제비를 만들고 싶다고 생각한다.

처음부터 나는 이걸 선택했다, 라고 나나는 중얼거린다.

오늘 밤은 슈퍼 문이 뜰 거야

고양예술고등학교 3
강은서

꿈을 꾸었다. 꿈에서 나는 문자 메시지를 보내고 있었다. '안녕하세요. 소녀입니다. MVP가 된 기념으로 파티를 하려고 합니다. 많이 찾아 주세요.' 그런 문자를 보내다 문득, 이제 MVP가 될 수 없다는 걸 깨달았다. 꼭 꿈에서 깨달을 필요는 없었는데. 불평하며 깨어났다.

잠자리가 뒤숭숭했다. 깔고 덮었던 이불 속에 베개를 넣고 대충 말아서 구석에 밀어 놓았다. 방은 바닥보다 지대가 높았다. 9센티미터쯤 되는 구두를 그 앞에 놓으면 높이가 딱 맞았다. 뒤가 트인 구두에 발가락을 쑤셔 넣고 질질 끌며 밖으로 나갔다. 침실로 쓰는 방 바로 앞 카운터에 비비가 앉아 있었다. 룸의 문을 열어 놓고 환기를 시켰는지 공기가 청량했다. 소녀 언니. 안녕. 비비가 말했다. 비비는 더운지 반팔을 입고 있었다. 굵직한 팔뚝과 커다란 손이 보였다. 벌써 반팔을 입을 때가 돌아왔구나. 그렇게 생각하며 비비를 쳐다보고 있다가 면도기를 꺼내 달라고 했다. 버튼을 누르자 자동으로 돌아가다가 중간에 툭, 끊겼다. 배터리가 다 닳아 있었다. 코드를 찾아 꽂고 카운터 앞에 앉았다.

카운터 위에 작은 거울을 세워 놓고 전자 면도기로 입 주변을 훑었다. 비비는 코가 둥근 남색 구두를 홀린 듯 보고 있었다. 예쁘지. 근의 공식이야. 비비가 말했다. 이름이 왜 그래. 나도 모르게 인상을 찌푸리자 비비가 부연 설명을 시작했다. 근의 공식은 활용할 용도가 많잖아. 얘도 무난하고 괜찮으니까. 쓸모가 많을 것 같아서. 이름 어때? 비비는 좋은 대답을 기다리는 것 같았다. 일 년 넘게 노래방을 운영하면서, 돈 계산 하느라 근의 공식인지 뭔지를 써 본 적은 없었는데. 뭔 말인지 모르겠어서 입을 다물고 있었다. 면도기 아랫부분의 통을 돌려 열고 깎인 수염을 쓰레기통에 버렸다. 언니 오늘 잘생겼다. 새로 들여온 음료수와 마이크를 감쌀 부직포 덮개를 정리하며 비비가 말했다. 비비가 몸을 움직일 때마다 반팔 티셔츠가 새삼스럽게 느껴졌다.

여름으로 넘어갈 무렵, 그러니까 딱 반팔을 입을 때쯤 이 상가에 들어왔다. 노래방 상담소를 차릴 계획이라고 하자 노래방이면 노래방이고, 상담소면 상담소지, 하며 건물주라는 노인이 트집을 잡았다. 노래방이랑 상담소, 가 두 개 붙어 있으면 무슨 어, 흠흠, 업소, 같잖아. 그래서 청년은, 상담사 자격증은 있고? 우리 건물에서 무슨 일 나면 나 책임 안 진다. 그런 말들을 들으며 묵묵히 앉아 있기만 했다. 계약을 하고 나가기 전에 건물 주인인지 대리인인지가 그래서 노래방 이름은 뭐냐, 아가씨들은 들여놓을 계획이냐, 하고 물었다. 날이 따뜻했다. 지난주까지 쌀쌀했다는 게 믿기지 않았다. 벚꽃들 사이로 새순이 돋아 있었다. 봄은 온다. 누가 어떻게 되든 계절은 바뀌고, 겨울에 앓던 사람들은 봄에 죽고. 그 래도 꽃은 피겠지. 무책임하다는 생각을 하고 있었다. 노인이 다시 물었다. 이름은 믿거나 말거나, 라고 대답했다. 보나 마나 한 달도 못 가겠네. 주인인지 대리인인지는 혀를 차며 돌아갔고 나는 그 자리에 가만히 서 있었다. 그런데 그런 주인의 호언장담을 깨고 여기 노래방은 일 년째 돌아가고 있었다. 살다 보니 내가 이렇게 되기도 하네. 나는 주황색 티셔츠로 갈아입고 텔레비전을 켰다. 비비가 홈쇼핑에서 구두를 세일한다고, 그걸 꼭 봐야겠다고 리모컨을 빼앗아 갔다.

비비를 처음 만난 건 내가 이곳, 믿거나 말거나 노래방을 연 지이 주쯤 되었을 때였다. 그러니까 한 일 년쯤 전일 것이다. 요즘 같은 봄 날씨였다. 그 무렵 비비는 순진하게 생긴 수학과 신입생이었다. 숫자보다 영어나 기호가 더 많은 두꺼운 전공 서적을 한 팔에 끼고 들어온 비비는 평범해 보였다. 짧은 머리에 동그란 안경을 쓰고 있었다. 체구가 나만큼 컸고 파란 남방과 옅은 색 청바지, 고동색 운동화를 신고 있었다. 어깨에는 커다란 카키색 가방을 메고 있었고 주변을 둘러보며 눈을 굴리고 있었다. 저기, 요. 하고 비비가 입을 뗐다. 나는 카운터에 앉아 무료하게 텔레비전 채널을 돌리는 중이었다. 1번방이요, 내가 마이크 덮개와 이온 음료를 주며 말했다. 비비는 그것들을 조심스럽게 받고는 여기가 노래방 상담소, 맞죠. 하고 물었다. 나는 홈쇼핑을 끄고 몸을 일으켰다. 하이힐을 신고 있어서 나는 비비보다 훨씬 컸다. 아마 비비는 누가 자기를 그렇게 위에서 내려다보는 걸 그때 처음 겪었을 것이다. 비비도 꽤 큰 편이었으니까.

116

나와 비비는 1번 방에 들어가 마주 앉았다. 기계에는 비비가 충전한 시간인 육십 분이 깜빡거리고 있었다. 네 개의 텔레비전에서 반복적으로 영상과 노래 이름들이 흘러나왔다. 한 곡 하실래요? 내가 말했다. 비비는 불안한 눈으로 나를 보더니 고개를 저었다.

알고 보니 비비는 그때 내가 운영하고 있던 카페, 하사남에서 온 우수 회원이었다. 하사라는 글자가 들어간다고 해서 군대를 생각하지는 않았으면 좋겠다. 하사남은 '하이힐을 사랑하는 남자들의 모임'의 줄임말이니까. 보기 드문 우수 회원이었기 때문에 기억하고 있었다. 닉네임이 뭐였더라, 내가 말했을 때 비비는 재빨리 대답했다. 비비요. 영어 대문자로. 88사이즈도 못 입는데 여자 옷 입고 싶어 하는 BB, 라고 닉네임 신청란에 써 놨었는데. 비비는 그렇게 말하고 나서 씁쓸한 얼굴로 덧붙였다. 학교에서는 '수학과 그 새끼'로 불리죠. 나는 밖으로 나가 맥주를 한 캔씩 가져왔다. 비비와 내 앞에 하나씩 두고 뚜껑을 땄다. 내가 먼저 마시자 비비는 주춤거리더니 뚜껑을 따고 한입에 술을 털어 넣었다. 그래서 고민이 뭔데요? 새우깡을 봉지째 가져왔다. 비비는 그새 취기가 올랐는지 조금 붉어진 얼굴로 말했다. 말을 하고 싶어서요. 한 달째 누구하고도 얘기를 못 했어요. 은은한 주황색 조명 아래에서 비비의 눈가가 유독 붉어 보였다.

"언니. 오늘 우리, 파티하는 날 맞죠? 근데 왜 다들 아직도 안 왔어?"

비비가 물었다. 문자 보낸 게 꿈이 아니었구나. 몸이 찌뿌드드했다. 귀찮게. 이상한 꿈이나 꾸고. 나는 가만히 고개만 끄덕였다. 아, 준비 해야겠네. 중얼거리며 비비가 일어난 사이 리모컨을 가져와 채널을 돌렸다. 아무렇지 않게 넘기다가 뉴스에서 손을 멈췄다. 오늘 슈퍼 문이 뜬다고 했다. 엄청나게 커다란 보름달이라고 했다. 비비는 발에 맞지 않는 하이힐을 신느라 줄곧 발을 절뚝거리며 걸었다.

슈퍼 문은 있는데 슈퍼 하이힐은 없나, 그런 생각을 하며 방을 빗자루로 쓸고 테이블을 걸레로 닦고 있었다. 구두를 또각거리며 여의사가 제일 먼저 도착했다. 여의사는 오늘 오렌지색으로 색을 맞춘 것 같았다. 뾰족한 테의 오렌지색 안경과 같은 색 재킷, 흰 짧은 치마에 오렌지색 구두를 신고 있었다. 여의사는 작고 네모난 가죽 가방을 옆구리에 끼고 안경을 올리며 주변을 살펴보았다. 그녀는 내게 목례하고 비비에게 다가갔다. 어디, 일수 갔다 왔어요? 가방이 왜 그래. 비비가 여의사에게 장난을 쳤다. 여의사는 비비의 어깨를 때리면서 이태리제 가방이라고 했다. 세미나 갔다 오면서 사 온 거야. 내가 비비 너랑 소녀 씨 주려고 선물 사 왔지. 짠. 여의사가 그림엽서 몇 장과 포장된 초콜릿, 그리고 반짝이는 돌로 엮인 팔찌들을 내밀었다. 비비가 팔찌들을 덥석 집었다. 여의사는 모두 나눠 가지려고 가져온 거라고 하면서 비비의 손등을 때렸다. 비비는 파란색을 좋아했다. 남색과 옥색 돌로 엮인 것을 비비가 집어 들었다. 소녀 씨도 골라요. 여의사가 팔찌 묶음을 건넸다. 나는 사람들이 다 고른 다음에 남는 걸 가지겠다고 했다. 가장 큰 5번 방을 청소하는 데는 시간이 좀 걸렸다. 비비와 여의사는 계속 수다를 떨며 파티 준비를 하고 있었다.

그러고 보니 우리와 여의사가 처음 상담을 했던 곳도 여기, 5번 방이었다. 그 무렵 나는 노래방을 개업한 지 두 달 만에 중대한 결정을 내리게 됐다. 수입도 얼마 안 되는 이곳에, 알바생을 들이기로 한 것이었다. 알바생은 당연히 비비였고 비비는 나와 함께 상담을 맡게 되었다. 자격증도 없는 알바생을 들이는 게 좀 생산성 없는 일 같기는 했다. 하지만 항상 둘 이상과 함께 호흡을 맞추며 살아온 몸은 혼자 있을 때의 적막감을 견디지 못했다. 누구라도 곁에 둬야 했다.

여의사는 비비가 처음 맡은 손님이었다. 시내의 가장 큰 건물에서 개인 산부인과를 운영하는 그녀는 독특한 옷차림으로 유명했다. 안경부터 구두, 심지어는 립스틱까지 색을 맞추는 것이었다. 그녀는 항상 진한 핑크색이나 오렌지색만 입었는데, 이상하게도 머리는 배려 없이 지져 볶은 파마에 칠흑 같은 검정색이었다.

나와 비비는 노래방에 가발과 번쩍이는 무대 의상을 들여놓기 위해 찾아간 시장의 가게에서 그녀를 만났다. 그녀는 선글라스를 쓰고 있었지만 독특한 색의 립스틱 덕에 한 번에 알아볼 수 있었다. 여의사는 금발로 염색된 가발들을 여러 개 골라 사고는 바로 커다란 가방에 쑤셔 넣었다. 돌아오는 길에 나와 비비는 열심히 고민했다. 도대체 왜 사는 걸까. 산부인과에서 이벤트라도 하는 걸까. 궁금했지만 산부인과로 찾아갈 수는 없는 노릇이었다.

궁금증은 금방 풀렸다. 가발 가게에서 마주친 지 이 주쯤 뒤에, 여의사가 찾아왔다. 진짜 손님의 상담을 처음 맡은 우리는 조금 떨었다. 하지만 상담은커녕, 여의사는 5번 방에 두 시간을 추가하고 들어가자마자 핸드백에서 싸구려 가발을 끝도 없이 꺼냈다. 그러고는 가발 망과 제일 요란하게 생긴 가발을 뒤집어썼다. 같이 써요. 여의사가 선심 쓰듯 가발들을 테이블 위에 펼쳐 놓았다. 우리는 두 시간 동안 땀을 뻘뻘 흘리며 노래하고 춤췄다. 여의사는 시간이 끝난 뒤에 한 시간을 더 충전하고 얘기를 시작했다. 여의사의 딸은 지역 고등학교에서 유명한 노는 애였다. 그녀는 그런 딸을 볼 때마다 자기도 그렇게 입고 싶고 머리를 예쁘게 말고 싶다고 했다. 여의사가 음료수를 한입에 털어 마시고 말을 시작했다. 나는 맏며느리예요. 그년이 그러고 돌아다니는 걸 볼 때마다, 나도 제사상 같은 건 엎어 버리고 머리는 노랗게 하고, 치마는 짧게 입고, 그렇게 다니고 싶다고요! 스타킹 같은 건 다 찢어서 구멍내 버리고. 하지만 마음이 그렇지, 어디 그렇게 해 볼 수나 있나요. 세상이 너무 밝아요. 여의사의 목소리는 조금씩 수그러들다가 마지막에는 체념하는 어조가 되었다. 나는 쿵쿵거리는 반주를 들으며 가만히 앉아 있었다. 문득 비비가 말했다. 소녀 언니는 하이힐 신고 장 보러 나가기도 하는데. 그건 순전히 뻥이었다. 내가 무슨 소리를 하는 거냐고 눈으로 묻자 비비는 손사래를 치며 내 팔을 가볍게 한 번 잡았다 놓았다. 어머, 정말요? 여의사의 목소리가 다시 조금 더 활기차졌다.

소녀 언니는 세상이 밝은 것 정도는 신경도 안 쓰죠. 용기가 넘친다니까요. 물론 그런 소녀 언니도 처음부터 하이힐을 신고, 여자 옷을 입고 나다닐 생각을 한 건 아닐 거예요. 연습. 연습이 필요하죠. 그죠, 언니? 비비가 말했다. 여의사가 몸을 내 쪽으로 기울였다. 뱅글뱅글 돌아가는 요란한 조명 아래서 여의사의 눈이 반짝반짝했다. 나도 모르게 흠칫하며 몸을 뒤로 뺐다. 비비가 구두 굽으로 내 발을 살짝 밟고 내가 입을 열 때까지 조금씩 힘을 실었다. 그대로라면 발가락이 부서질 것 같아서 나는 눈을 감고 아무 소리나 지껄여 댔다.

"네. 연습! 연습이 필요하죠. 그러니까, 화장실 같은 덴 어떠세요? 왜, 거기서 다들 한 번쯤은 춤추고 노래 부르지 않아요? 그럴 땐, 그니까, 다른 건 상관 안 하고 나한테만 집중하잖아요. 자신감이 생기죠. 그래요. 자신감. 그, 그게 중요한 거 아닐까요."

아무렇게나 둘러댄 말인데 여의사는 활짝 웃고 있었다. 물론 조명도, 음향 시설도 없지만요. 나는 눈치를 보며 덧붙였다. 여의사가 앉아 있던 의자에서 펄쩍 뛰어올랐다. 세상에, 화장실이라니! 정말 매력적인 세계예요! 냄새 나는 변기를 붙잡고 다이아몬드 스텝을 밟을 수도 있을 것 같다고요! 소녀 씨는 천재예요. 천재 카운슬러! 여의사가 내 손을 덥석 잡았다. 새삼스레 여의사의 손이 나보다 훨씬 작아서 놀랐다. 우와, 소녀 씨는 덩치처럼 손도 크시네요. 여의사의 손에 잡혀 일어났을 때 그녀가 말했다. 그녀는 나를 가볍게 한 번 훑어보고는 씩 웃었다.

"근데, 왜 소녀예요?"

여의사가 물었다. 나는 눈을 깜빡거렸다. 글쎄요. 소녀들처럼 쉽게 친해지고 떠들고 싶어서, 라고 해 둘까요. 내가 말하자 여의사는 그게 뭐예요, 하면서도 깔깔거리며 웃었다.

"그런 건 중요하지 않아요. 중요한 건, 우리가 지금 노래방에 왔다는 거죠."

나는 비비에게서 음악 번호가 실려 있는 책을 받아 들었다. 여의사가 부를 수 있도록 노래를 하나 예약했다. 여행을 떠나요, 하는 노래였다. 춤출 땐 좋아하면서 내려오면 비난하는 남자들을 욕하는 노래도 있었다. 여의사는 때때로 음을 틀리기도 하고 반 박자쯤 빠르게 부르거나 느리게 부르기도 하면서 노래를 부르고 있었다. 나는 마이크를 들고 있다가 그녀의 목소리가 어긋날 때마다 내가 틀린 척했고 비비는 열심히 탬버린을 흔들어 댔다.

나가기 전 비비가 딸에 대해 물었다. 여의사는 한동안 가발의 엉킨 머리카락을 만지고 있었다. 엉킨 데 없이 풀린 이후에도 줄

곧 그렇게 하며 서 있었다. 그러다 가방에 가발들을 쑤셔 넣으며 얼굴을 푹 숙였다. 고개를 들기 전에 그녀가 안경을 고쳐 썼다. 여의사는 서툴게 웃었다. 스타킹 밴드가 다 보일 정도로 치마를 짧게 줄여 입고 다니죠. 유행이라는 말에 기대서요. 그렇게 말하는 그녀의 표정이 아까와는 비교도 할 수 없을 정도로 어두웠기 때문에, 더는 딸에 대해 물을 수 없었다. 그런 얼굴을 어디선가 본 적 있는 것 같았다. 기억하고 싶지 않아서 생각을 저편으로 밀어 놓았다.

"우리 예비 사위는 온대요?"

여의사가 저만치에서 소리쳤다. 나는 룸 청소를 마치고 나와 이제는 물걸레로 바닥을 닦고 있었다. 비비가 소파에 앉아 열심히 풍선을 불어 댔다. 비비는 영 소질이 없는지 계속 입구에 침을 묻히기만 했다. 내가 받아서 대신 불었다. 우아, 언니 호흡이 되게 기네요. 비비가 감탄했다. 도대체 '소녀 언니' 하기 전엔 무슨 일 한 거예요? 여의사가 얼굴을 가까이 들이밀고 물었다. 그녀는 찰 랑이는 긴 노랑머리를 하고 있었다. 내 직업이 어느새 소녀 언니가 된 걸까. 그것도 나쁘지 않은 것 같았다. 시계를 보았다. 12시 50분이었다. 3시에 이곳에 모이기로 약속했으니 아직 시간은 많이 남은 편이었다. 우리 예비 사위, 빨리 왔으면 좋겠다. 그 훤한 얼굴만 봐도 속이 다 풀린다니까. 우리 딸년한테 주기는 아깝지. 십 년, 아니. 이십 년만 더 젊었어도. 여의사가 몸을 돌려 능청스럽게 말했다. 아줌마, 그건 좀 오바다. 아줌마 나이가 몇 인데. 비비는 여전히 남색 풍선 하나를 못 불어서 헥헥거리고 있었다. 여의사는 이래서 공돌이들은 안 돼, 하며 비비를 손가락질하고 비비는 발끈해서 일어났다가 다시 풍선을 불기 시작했다.

여의사가 말하는 예비 사위는 근처 고등학교에 다니는 이과생이었다. 그 고등학교에는 여의사의 예비 사위라는 아이의 이름이 크게 걸려 있었다. 우리가 그 학생을 처음 본 것은 여름 무렵이었다. 마침 모든 방송사가 장학 퀴즈 같은 프로그램으로 영재들을 뽑는 데 혈안이 되어 있을 때였다. 가게 근처 고등학교에서 수학 천재라는 타이틀을 단 남고생이 나왔다. 지나가다 몇 번 본 학교일 뿐인데도 그 학생을 응원하게 됐다. 학생은 어마어마한 실력으로 수많은 우승자들, 마지막에는 수학과 교수까지 제치고 우승했다. 학생이 우승했을 때 우리는 자기 일처럼 기뻐했다. 멋진 샌들을 파는 홈쇼핑을 봐야 한다면서 계속 내 손의 리모컨을 뺏으려고 하던 비비까지도 환호성을 질렀다. 그나저나 소녀 언니, 엄청 잘 피한다. 나는 리모컨을 높이 쳐든 채 비비를 요리조리 피하고 있었다. 비비에게 리모컨을 돌려주고 심드렁하게 있을 때였다. 아까 텔레비전에서 본 것과 같은 교복에 같은 얼굴을 가진 남자애가 문을 열고 들어왔다. 몇 번 봐도 그 우승자랑 똑같은 얼굴이었다.

"여기가 상담소, 믿거나 말거나 노래방, 맞죠."

남고생의 표정에 짜증이 가득 배어 있었다. 우리는 고개를 끄덕이고 멍청하게 남고생을 쳐다보았다. 아까 퀴즈가 방영되던 채널로 돌렸다. 수학 천재라고 하면서 남고생의 얼굴이 생생히 나와 있었다. 남고생은 주변을 둘러보더니 밖으로 손을 쑥 뺐다. 야. 이리 와. 그러고는 자기랑 똑같이 생긴 남자애의 손을 잡고 들어왔다. 나중에 들어온 남자애는 주위를 둘러보더니 뱅글뱅글 돌아가는 사이키 조명을 손가락으로 가리켰다. 저 조명의 기울기 궤도를 계산하는 식, 에프, 엑스($f(x)$)는…… 나중에 들어온 남자애가 그렇게 말하자마자 남고생이 그 애의 입을 틀어막았다. 비비가 나중에 들어온 남자애에게 한 발짝 다가섰다. 어, 나랑 똑같다. 나도 저런 거 보면 궤도 계산하는데. 비비가 중얼거렸다.

그사이, 남고생은 자기 얼굴이 나오는 텔레비전을 물끄러미 바라보고 있었다. 저, 근데요. 문득 남고생이 말했다. 전 화장실 칸막이 안에서 춤 췄던 적도 없고, 노래한 적도 없는데요. 무슨 말을 하는 건지 곰곰이 생각해 보다 겨우 떠올릴 수 있었다. 여의사의 제안으로 설치해 놓은 간판을 말하는 것 같았다.

흥미를 끌기 위해 '화장실 칸막이 안에서 춤춰 본 적 있는 사람, 노래해 본 적 있는 사람, 벽에 욕을 써 본 적 있는 사람은 상담을 받을 수 있습니다'라는 문구를 써 놓았었다. 뭐, 항상 그렇듯 흥미도 끌지 못했고 손님은 그대로였지만. 비비가 괜찮아요, 하며 치고 나갔다.

나중에 들어온 남자애는 단순히 닮은 게 아니라, 수학 천재라는 그 남고생의 쌍둥이 형이라고 했다. 처음에는 그저 비슷해 보였지만 자세히 보면 묘하게 느낌이 달랐다. 무엇보다도 형이라는 그 아이는 시종일관 숫자에 관한 이야기를 떠들어 댔다. 항상 심드렁한 동생과는 달리 해맑았다. 또, 눈을 오랫동안 마주하고 있지 못했다. 기묘하게 눈알을 굴려 시선을 피할 때마다 아찔해졌다. 남고생이 말했다. 쟤, 아니, 형은 수학으로 표현하는 걸 좋아해요. 항상 자기가 플러스($+$), 내가 마이너스($-$)라고 하죠. 곧장 비비가 대답했다. 낭만적인 이름이네!

그들을 어떻게 불러야 할지 알 수 없었기 때문에 우리는 남고생이 알려 준 대로 형을 플러스, 동생을 마이너스라고 부르기로 했다. 마이너스가 상담을 하는 동안 비비가 플러스를 데리고 나가서 놀았다. 마이너스가 초조하게 밖을 곁눈질했다. 괜찮아. 생긴 건 좀 그래도 재 착한 애야. 태어나서 처음으로 자기랑 수열이 맞는 사람을 찾아서, 둘 다 신난 것 같은데. 내가 말하며 과자를 플러스와 비비에게 가져다주었다. 너도 먹을래? 마이너스에게도 과자를 흔들었으나 그는 마음만 받을게요, 하고 씩 웃었다.

문을 닫은 뒤 우리는 은은한 주황색 조명만을 켠 채 마주 앉아 있었다. 나는 굳이 뭘 상담하고 싶은 거냐고 묻지 않았다. 사실 상담이라는 건 대단한 게 아니라고 생각했다. 그냥 뭔가 말하고 싶은데 벽에 대고 말하기는 초라해 보이고, 그렇다고 말하지 않고 참기에는 자기가 가엾고, 그런 사람들이 굳이 상담을 찾아오는 게 아닐까. 어떤 특별한 결론이나 결정을 바라는 게 아닐 것이다. 그냥 무언가를 토해 내고 싶은 것이다. 노래방에서 노래하면서, 굳이 기계의 높은 점수를 바라지 않는 것처럼. 나는 기다리기만 했다. 입술을 달싹이던 마이너스가 마침내 말할 준비가 된 것 같았다. 나는 마이너스 쪽으로 몸을 조금 기울였다.

"우리도 언젠가는, 선생님처럼 키가 커지겠죠. 물론 성장판이 많이 닫혔을지도 모르지만요. 형이랑 저는 아직도 일 년에 오 센티미터가 넘게 커요."

마이너스가 천천히 입을 뗐다. 나는 신곡 목록을 보고 있었다. 선생님은 무슨. 소녀라고 불러. 내가 말했다. 소녀라는 이름을 입 안에서 굴리던 마이너스가 피식 웃었다. 조금 뒤틀린 얼굴이었다. 마이너스가 고개를 툭 젖혔다. 마이너스는 멈춘 사이키 조명을 향해 손을 내뻗었다. 형이, 더 이상 크지 않았으면 좋겠어요. 전 그게 두려워요. 마이너스는 천천히 이야기를 시작했다. 나는 마이너스가 이야기를 하는 내내 음료수 캔을 따서 앞에 늘어놔 주고, 가끔 고개를 끄덕이며 묵묵히 앉아 있었다. 형은 서번트예요. 뇌의 어느 한 부분이 특별하게 발달했다는데, 형은 수학 쪽으로 그렇게 되어 있대요. 예전에 그런 기사가 뜬 적도 있는데. 강도에게 뇌를 맞은 남자가 수학 천재가 됐다고요. 그거랑 비슷해요. 그래 봤자, 씨이발, 형은 그냥, 자기 세계에 갇힌 사람이죠. 가 본 적은 없지만, 그 세계엔 수학밖에 없는 것 같아요. 형한텐 쌍둥이 동생인 저도 그냥 수식으로 이뤄진 무언가처럼 보일걸요. 그래서 형은 신기한 수식으로 생긴 것들을 보면 미치죠. 자동차나, 칼이나, 꼭 위험한 것들에서만 신기하고 아름다운 수열이 보인다나. 형은 그런 것들만 보면 뛰어가요. 나직하게 말하던 마이너스가 고개를 바로 세웠다. 어조가 조금씩 강해지고 있었다. 심드렁하던 얼굴도 구겨졌다. 저는요, 형 말을 알아듣기 위해 어릴 때부터 수학을, 좆나 빡세게 배웠어요. 그런다고 천재를 따라갈 수 있을 것 같지는 않았지만, 적어도 하나뿐인 피붙이가 하는 말을 알아듣고 싶었으니까. 근데 쟤 세계에 있는 자음이랑 모음도 잘 모르겠더라고요. 아, 맞아. 근데 지금 왜 제가 천재 타이틀을 달고 있냐면, 음, 형은 어릴 때부터 천재들을 수집하는 프로그램에 나갔어요. 하지만 보시다시피, 지금은 저래요. 말이 안 통하거든요. 거기서 갖고 싶은 건 사지 멀쩡하고, 의사소통 잘 되는 애들이니까. 그래서 지금 제가 쟤 대신을 하고 있죠.

잠시 말을 쉰 마이너스는 캔 음료를 한입에 털어 마셨다. 빳빳하고 하얀 교복 칼라로 음료수가 뚝뚝 떨어졌다. 마이너스는 손등으로 입가를 훔쳐 내고 캔을 손 안에서 구겼다. 마이너스의 목소리는 점점 더 격렬해졌다. 저는, 형을 그렇게 만든 수학 새끼가 정말 싫어요. 그래도 형인 척하고 대회에 나갔어요. 내가 잠시 마이너스의 말을 가로막았다. 대회에 나가지 않으면 되지 않느냐고 아

126

무 생각 없이 말했다. 마이너스는 잠시 나를 쳐다보더니 아까 플러스가 했던 것처럼 눈을 도르륵 굴렸다.

"상금이 세니까요."

마이너스가 말했다. 나는 아무 말도 하지 않고 가만히 앉아만 있었다. 왠지 무기력해지는 기분이었다. 하던 얘기 계속해도 되겠죠? 마이너스가 물었다. 나는 고개를 끄덕이며 음료수를 하나 땄다. 저는 매일 미간에 주름이 지도록 상을 찌푸리고 다니면서, 형이 좋아하는 것들은 다 막아 세워요. 그럴 때마다 형은 인상을 쓰고 있는 내 미간을 쿡쿡 찌르면서 마이너스 같다, 마이너스 같다, 그래요. 사람들은 그런 나랑 형을 보고 불쌍하다고 말했어요. 마이너스가 잠시 말을 쉬었다가 다시 이어 갔다.

"좆나 웃기는 것들. 사람들은 항상 자기가 되고 싶지 않은 것들만 동정하죠. 되고 싶은 것들만 동경하고. 그 교집합 가운데 우리가 있는 건 모르고."

마이너스가 신랄하게 말하고 덧붙였다. 그럴 바에야 자기들 뱃살이나 동정하는 게 더 살기 편할 텐데. 소녀 씨, 라고 하셨죠. 아무튼, 전 형이 차라리 여자였으면 좋겠어요. 그러면 힘으로는 붙잡을 수 있을 것 아녜요. 수식 앞에서 형은 이상할 정도로 힘이 세져요. 그리고 여자면 나만큼 커지지도 않겠죠. 마이너스는 구긴 캔을 테이블에 아무렇게나 내던지고 팔로 눈을 가렸다. 햇볕에 그을려 조금 탄 팔 위로 오래된 것 같은 흉터와 갓 생긴 긁힌 자국들이 잔뜩 나 있었다. 바깥에서 플러스와 비비가 떠들어 대는 소리가 들렸다.

"형도 자라는 게 두려울까요?"

문득 마이너스가 물었다. 하긴, 쟤가 뭘 두려워하겠어요. 마이너스는 중얼거리듯 덧붙이고 테이블에 팔꿈치를 대고 비딱하게 앉았다. 별로 안 두려워할 것 같은데. 내가 마이너스와 똑같은 자세로 앉아서 물었다. 마이너스는 가만히 나를 쳐다보다가, 지금 재 무시해요? 쟤도 느낌은 있어요, 하고 날카롭게 받아쳤다. 마이너스가 미간을 조금 구겼다. 그때 잡히는 주름은 정말 마이너스 같았다. 원래 형은 다 그래. 저렇게 안 떠들어 대면 너는 또 너대로 쫄 것 아냐. 내가 말했다. 볼이 좁은 구두 안에 우겨 넣었던 발이 아팠다. 그래서 나도 미간을 마이너스 모양으로 구기고 있었다. 구두 같은 건 역시 좀 부조리한 것 같았다. 난 예뻐지려고 신는 것도 아닌데. 머리를 긁적이다 마이너스에게 말을 걸었다.

"노래나 부를래?"

내가 제안했다. 마이너스는 아는 노래가 없다고 했다. 처음 여기 왔던 비비도 그렇게 말했었다. 문득 그 무렵의 비비와 마이너스가 무척 닮았다는 생각이 들었다. 밖에서 비비의 웃음소리가 들렸다. 처음 나를 찾아왔을 때 비비는 웃음을 지을 수 있는 사람이 아니었다. 비비는 구겨진 종이 같은 얼굴을 하고 있었다.

비비가 그때 무슨 얘기를 했더라, 아마 가마 얘기를 했던 것 같다. 술이 들어가서인지 한참 울다가 가마가 말인데요, 하고 고개를 푹 숙여 자기 정수리를 보여 줬다. 그러고는 손가락으로 테이블 위에 계속 동그라미를 그렸다. 미국에서 어떤 박사가 실험을 했는데, 가마가 반대 방향으로 된 애들은 열 명 중 여덟 명이, 개가 됐대요. 뭐라고 하는 건지 알아들을 수 없었다. 개? 하고 되묻자 비비는 고개를 끄덕이다가, 울다가, 눈물을 훔쳐 내고 웃더니 개가 아니라 게이요, 하고 말을 늘였다.

오늘 제 첫사랑이 죽었어요. 비비가 말했다. 상담이란 게 원래 이렇게 피곤한 거라면 상담소 타이틀을 떼 버려야겠다고 생각하는 중이었다.

"세상 어딘가에도 나처럼 똑같은 자세로 누워서, 발을 맞대고 있는 사람이 있겠지. 데칼코마니처럼, 그렇게 있겠지."

비비가 가만히 말했다. 목소리가 위태롭게 쓰러지는 것 같았다. 나는 고개를 들었다. 비비가 수줍은 듯 웃으며 말을 이어 갔다. 걔가 자주 하던 말이에요. 우린 고등학교 때 처음 만났어요. 비가 10밀리미터쯤 내렸던 겨울이었죠. 나한테 우산을 씌워 줬어요. 그렇게 넉 달인가 사귀고 그만뒀어요. 학교에 퍼져서. 모두 날이과 그 새끼, 하고, 놀렸죠. 음, 사실은, 그것 때문에 헤어진 건 아니에요. 그 정돈 이겨 낼 수 있었어요. 남들 같은 건 상관없었죠. 그 무렵엔 엄마 아빠도 눈에 안 들어왔으니까. 걔만 있으면, 걔랑 나한테만 집중할 수 있었으니까. 비비의 목소리에서 조금씩 눈물이 걷혀 갔다. 비비는 계속 바뀌는 화면을 멍한 눈으로 바라보기만 하고 있었다. 그런 비비는 조금씩 술이 깨 가는 것 같아서 더 괴로워 보였다. 근데요, 뭐랄까, 그 나이 때는 다른 사람이 내 몸이나, 가슴 같은 델 만지면 어떤 기분일까, 하고 궁금해질 때가 있는 거잖아요. 그렇게 가슴을 맞대고 누웠었는데, 걔는 농구 선수라 팔 근육이 아주 멋있었거든요. 그래서 거길 보면서 나도 저런 걸 길러 볼까, 하고 있는데, 비비가 숨을 크게 들이마셨다. 내가 비비의 말을 끊고 들어갔다. 농구 선수? 내 되물음에 비비는 눈을 둥그렇게 뜨더니 아, 하고 익숙한 듯 자조했다. 남자애였어요. 비비의 말투에 내가 더 놀랐다. 짧게 사과한 뒤 계속하라고 했다. 비비는 잠시 침묵하고 있다가 맥주 한 캔을 더 마셨다. 발을 맞대고 누군가, 데칼코마니처럼 있겠지, 하는 말에 화가 나서 그냥 나왔거든요. 왜 하필 발이었냐고, 내가 가슴을 맞대고 누워 있었는데, 하고 매일 생각하면서, 그렇게 대학엘 가면서 영영 못 보는 사이가 됐죠. 난 항상 궁금했거든요. 그러니까, 가마가 말이에요. 가마가 뒤집힌 방향이라는 건 좀 신기한 일이잖아요. 난 항상 신기한 일이라곤 경험해 본 적도 없거든요. 이과 그 새끼가 수학과 그 새끼가 되고, 게이 새끼가 되고, 개새끼가 되고, 그런 거잖아요. 아, 무슨 얘길 하려고 했지. 그래. 맞아요. 아무튼 그래서 그 새끼가 죽었는데, 그 와중에 가마 생각이 나서, 가마 얘길 떠올려 보니까, 이젠 내 가마를 봐 줄 사람도 없고, 그 새끼의 가마를 확인할 수도 없고, 씨이발, 그게 서러워서, 비비는 이제 묵묵한 표정으로 턱을 괴고 앉아 있었다. 그때 내가 비비에게 예약해 준 노래는 남행열차에, 하는 트로트였다.

"슬플 땐 뽕짝을 불러야 돼."

기계를 조작해서 소리도 크게 키우고 종일 그 노래만 부르고 있었다. 그 이후로 비비는 자주 찾아와 매일 수많은 뽕짝들을 부르고, 그러면서 저 노래 가사는 좀 웃기네요, 하고 웃을 수 있게 되었다. 그 후로 비비는 나를 '언니'라고 부르기로 했다. 형은 좀 딱딱하고, 오빠는 징그럽고, 누나는 이상하고, 언니는 꼭 우리가 무척 친한 사이처럼 보여서라고 했다. 다음 생엔 언니로 태어나라고 했던 애가 있었는데. 내가 중얼거렸다. 비비가 되물었다. 더 말하지 않고 다시 저만치로 생각을 밀었다.

"그런데 왜 소녀예요?"

트로트 인기 차트를 가져다주고 하나씩 번호를 눌러 주는 동안 마이너스가 물었다. 나는 머리를 긁적였다. 너, 엘리베이터에서 만난 치한 엎어치기하는 여고생 동영상 본 적 있냐. 내가 물었다.

마이너스는 아 그거요, 하고는 피식 웃었다. 남자 친구가 바람피 웠다고 칼 들고 쫓아간 애도 여고생이지. 그런 게 소녀야. 나는 어깨를 으쓱였다. 강하잖아. 그렇게 강해지고 싶어서. 중요한 건 그런 게 아니지. 네 첫 노래가 「찰랑찰랑」이라는 거야. 잘 불러라.

나가 보니 여의사가 와 있었다. 여의사는 플러스와 놀아 주고 있는 중이었다. 수학 외의 일에서 플러스는 어린애나 다름없었다. 플러스의 해맑은 웃음이 어딘가 불안해보였다. 방 안에서 마이너스가 노래를 시작했다. 방음 처리된 벽을 뚫고 나와 막혀 있는 목소리였지만 마이너스는 상당히 노래를 잘했다. 이야, 노래 잘한다. 여의사가 마이너스의 방에 얼굴을 가져다대고 감탄했다. 실루엣도 잘생겼네. 비비가 너스레를 떨었다.

여의사와 마이너스 형제의 만남은 그렇게 시작되었다. 플러스와 마이너스에 대한 얘기를 해 주자 여의사는 둘이 더하면 제로네, 하고 그 애들을 제로 쌍둥이라고 부르기 시작했다. 파전 재료를 사 와야 되니 뭐니 하던 여의사가 전화를 받았다.

"나, 우리 사위 좀 데려올게. 내가 우리 딸년한테 과외 한 번 해 주라고 그랬거든. 갔다 오는 길에 먹을 것도 좀 사 오고."

여의사는 지갑과 차 키를 들고 밖으로 나갔다. 소녀 언니, 우리 플러스도 오겠죠? 예뻐 보여야 되는데, 하고 비비가 근의 공식이라는 하이힐에 발가락을 쑤셔 넣었다.

쌍둥이는 여전히 대조되는 얼굴로 손을 잡고 나타났다. 이 구두 좀 봐. 어때? 이름은 근의 공식이야, 하고 비비가 쌍둥이에게 자랑을 했다. 마이너스가 무심한 어조로 근의 공식이 아니라 합차 공식이겠죠, 했다. 왜 합차 공식이냐고 여의사와 비비가 물었다. 빼나 더하나. 발가락 하나를 빼든 더하든 그건 발가락 문제가 아니고 원래부터 안 들어가는 신발이니까, 합차 공식. 마이너스의 깔끔한 정의에 비비가 벌떡 일어났다. 여의사는 마이너스의 컵에 음료수를 따라 주며 연신 자기 딸이 어땠느냐고 물어봤다. 선생님 딸은 구제 불능이에요. 그렇게 말 못 알아듣는 애 처음 봐요. 물론, 머리는 좋은데 공부를 안 해서 그렇다고 생각하시겠죠. 마이너스가 음료수의 깊이와 밀도를 계산하려는 플러스를 막으며 심드렁하게 대답했다. 곁에 앉아 있던 여의사가 나도 걘 멍청하다고 생각해. 지 아빠를 닮아서. 하며 말을 이어 갔다.

구두를 파는 홈쇼핑이 끝나고 나서 비비가 뉴스 채널로 돌렸다. 오늘 자정에 뜬다는 슈퍼 문 얘기에 한창이었다. 슈퍼 문, 이라는 말을 듣자마자 플러스가 입을 열었다.

"2004년 12월 26일 20만, 2주 뒤 2005년 1월 10일. 2011년 3월 11일 2만, 1주 뒤 19일."

수많은 숫자들을 듣고 있자니 귀가 먹먹해졌다. 우리는 모두 다 같이 마이너스를 쳐다봤다. 마이너스도 얼빠진 얼굴이었다. 아마 저 달 얘기 같은데요. 마이너스가 말했다. 모두 고개를 들어 텔레비전을 쳐다보았다. '슈퍼 문, 재앙의 상징?' 하고 자막이 크게 떠 있고 그것에 대해 사람들이 얘기를 나누고 있었다. 플러스는 뿌듯한 얼굴로 고개를 끄덕였다. 곧바로 아나운서가 천문대에서 일하는 교수라는 사람에게 아까 플러스가 늘어놓았던 숫자들을 얘기했다. 플러스가 말한 숫자들은 알고 보니 슈퍼 문이 재앙의 상징으로 불리게 된 사건들이 일어난 날짜였다. 인도네시아에서 강진이 일어나고 2주 뒤 슈퍼 문이 뜨고, 일본에서도 대지진이 일어난 뒤 일주일 지나 큰 보름달이 떴다는 것이다.

"저런 것만으로 재앙의 상징이라고 하기엔, 좀 치사하지 않나.

그냥 생긴 게 커다란 거, 그게 다인데."

문득 내가 말했다. 모두 고개를 끄덕였다. 모두가 내 말에 동조하며 치사하다, 하고 있는 동안 여의사가 가방에서 팔찌를 꺼내왔다. 다들 색깔별로 하나씩 팔에 낀 뒤, 여러 색이 섞여 있는 게 내 몫으로 남았다. 팔에 적당히 착 감기고 좋았다. 차갑게 살갗을 식히는 느낌이 마음에 들었다. 돌을 이리저리 움직이면서 장난치다가, 엮어 놓은 고무줄에 팔뚝의 털이 꼈다. 따끔했다. 그 이후로는 신경을 쓰며 팔찌를 차고 있었다.

카운터 뒤쪽에 있는 작은 간이 주방에서 고소한 냄새가 풍겼다. 여의사가 한창 파전을 만들고 있었다. 여의사는 위생 때문에, 라고 하면서 짧은 머리 가발을 쓰고 있었다. 마이너스가 여의사를 도왔다. 그래도 우리 딸 과외 좀 해 줘. 용돈도 주고 맛있는 것도 사 줄게. 여의사가 프라이팬에 기름을 두르고 반죽을 동그란 모양으로 부으며 말했다. 마이너스는 접시를 한 번 물로 헹구고 행주로 물기를 닦아 테이블 위에 늘어놓았다. 저도 과외를 받는 판인데요. 마이너스가 말했다. 비비와 내가 그릇을 날랐다. 그동안 플러스는 비비가 신은 하이힐과 근의 공식의 관계를 열심히 고민하는 중이었다. 과외는 잘돼 가? 내가 말했다. 마이너스가 내 쪽을 한 번 보고 플러스를 흘깃 보더니 씩 웃었다. 무슨 과외? 하고 여의사가 되물었다. 그런 게 있어요. 노래 과외라고. 마이너스가 계속 접시를 닦으며 대답했다.

오디션으로 우등생을 뽑는 프로그램이 한창 유행이었던 작년 여름의 일이었다. 마이너스는 매주 한 번씩 플러스의 손을 잡고 노래방을 찾아오고 있었다. 우승한 뒤 마이너스는 수많은 경쟁자들과 수학을 겨루었다. 마이너스가 5연승을 앞둔 어느 날이었다.

완전히 초췌해진 얼굴의 마이너스와 여전히 해맑은 플러스가 찾아왔다. 프로그램에서 예상 문제를 줬는데 그게 도저히 알아먹을 수 없는 내용이라고 했다. 비비가 나섰다. 비비도 한 시간을 매달린 끝에 겨우 답은 나왔지만 식을 설명하지는 못하고 헤매고 있었다. 플러스한테 알려 달라고 하면 되잖아. 문제가 적힌 종이가 흔들리지 않도록 조심해서 음료수를 내려놓으며 내가 말했다. 두 사람은 플러스를 데려와 조심스럽게 문제를 내밀었다. 플러스는 신기한 말들을 열심히 떠들더니 오 분 만에 깔끔하게 문제를 풀어냈다. 아, 답이랑 식 똑같아. 난 이해도 못하겠는데. 마이너스가 미간을 손가락으로 툭툭 치며 중얼거렸다.

마이너스가 스트레스를 풀겠답시고 룸에 들어가 트로트를 부르기 시작했을 때였다. 플러스는 가만히 그 노래를 듣고 수식을 보더니 마이너스가 부르는 음에 맞춰 이건 이렇게, 이건 저렇게, 하며 수식을 비비에게 말해 주기 시작했다. 아무리 들어도 뭔 소린지 알 수 없었다. 그래서 나는 확 밝아지는 비비의 얼굴을 신기하게 바라보고만 있었다. 바로 저거야. 비비가 벌떡 일어났다. 비비는 하이힐을 벗고 슬리퍼를 신더니 갑자기 방방 뛰어다니기 시작했다. 비비가 마이너스가 들어간 방문을 열었다. 야, 풀었어. 네 형이 알려 줬다고. 저건 미분하면 안 되는 문제였어! 비비가 뭐라고 막 떠들어 대며 마이너스를 끌고 나왔다. 플러스에게 다시 노래를 불러 달라고 했다. 플러스는 고개를 갸웃거릴 뿐이었다. 마이너스는 건물이 떨어져 나갈 것처럼 반주를 크게 틀어 놓았다. 그러자 플러스가 어깨를 흔들며 아까와 같은 노래를 불렀다. 마이너스의 표정이 비비처럼 차츰 밝아졌다. 야, 아니, 형, 진짜 고맙다. 쩔어. 좆나, 나 지금 페르마 무찌른 기분이야. 비비와 마이너스가 낄낄거리고 얼싸안으며 춤을 췄다. 수학 문제 하나 푼 게 저렇게 즐거운 일인가. 아무튼 좋아하는 걸 보니 나도 기뻤다. 비비와 마이너스는 꼭 골을 넣은 뒤 세레모니하는 선수들 같았다. 나도 모르게 입매가 내려갔다. 고개를 숙였다 다시 들었다. 플러스가 웃으며 비비와 마이너스를 쳐다보고 있었다. 문득 플러스가 얼굴을 내 쪽으로 돌려 가볍게 턱을 당겨 한 번 숙였다. 꼭, 자기에게 물어보라고 말해 줘서 고맙다거나, 내 동생이 참 귀엽다거나, 돌봐 줘서 고맙다거나, 괜찮아요, 하고 말해 주는 것 같은, 그런 얼굴이었다. 그런 플러스의 얼굴은 참 형 같았다.

나는 형이 있는 사람들이 제일 부러웠다. 내게도 형제는 있었다. 여덟 살 차이가 나는 여동생이었다. 경기에 꼭 오거나, 오지 못하면 중계라도 보고 전화를 해 주곤 하는 착한 아이였다. 항상, 내 몸보다 소중한 아이라고 생각했었다. 그 애가 유치원에 다닐 때부터 매일 손을 잡고 다니며 혹시 다칠까, 누가 괴롭힐까, 하고 지켜 주었다. 그런데 집을 나올 때 결국 울리고 말았다. 우는 그 애가 원망스럽다가, 하루 만에 생각을 고쳐먹었다. 항상 형이 있기를 바랐었지, 하고 생각했다. 나를 괴롭히기는 하지만, 적어도 내 편이 돼서 누가 나를 때리거나 괴롭히면 지켜 줄 수 있는 형이 있으면 참 좋을 텐데, 하는 생각을 중학생, 고등학생, 그리고 자라서도 가끔씩 하고 있었다. 그렇게 원망을 주고받았으니, 쌤쌤 (samesame)이라고 생각했다. 그러자 쌤쌤이라는 말이 너무 차가워서, 조금 서러워졌다.

형이 있었으면 좋겠다고, 어릴 적에는 일기에 그렇게 쓴 적도 있었다. 그 애가 그걸 읽었을까. 읽었다면 어떤 기분이었을까. 나는 아직도 가끔 그 애가 글을 읽을 나이가 훨씬 지났다는 걸 잊곤

한다. 내게 그 아이는 여전히, 내가 손을 잡고 유치원에 데려다주면 아무것도 모른 채 하얀색 리본 핀을 꽂고 해맑게 웃던 어린 애였다. 그런데 그 애가 뾰족 구두를 신을 나이가 되었을 줄이야. 그런 생각들을 하고 있는데 비비가 와서 내 어깨를 두드렸다. 소녀. 무슨 생각해요? 모두들 걱정스럽게 내 얼굴을 들여다보고 있었다. 방금, 이상하게 얼굴을 찡그렸잖아요. 마이너스가 비비의 말을 받아 이었다. 내가? 하고 되물었다. 플러스의 얼굴을 다시 쳐다보았다. 플러스는 다시 예전과 같은, 너무 맑아서 부담스럽고 불안한 얼굴을 하고 있었다.

"파티치곤 너무 휑하다."

여의사가 문득 말했다. 케이크가 없어서 그런가. 비비가 파전을 젓가락으로 크게 잘라 먹으며 말했다. 플러스는 파전에 박힌 고추의 숫자를 세고 있는 중이었다. 마이너스가 하나하나 고추를 빼 주었다. 그러고는 고추 없는 부분을 플러스의 입에 밀어 넣었다. 고추 없는 걸로 다시 해 올게. 여의사가 일어나자 마이너스가 막아 세웠다. 난 좋아해요. 쟤만 빼 주면 돼요. 그렇게 말한 것과는 다르게 마이너스는 고추를 씹을 때마다 물을 연신 들이켜 댔다. 그런 마이너스를 보며 웃던 여의사가 문득, 우리 딸도 매운 걸 못 먹는데, 했다. 우리 딸도 파전을 좋아하는데. 열심히 집어 먹고 있는 비비를 보며 여의사가 무릎 위에 팔꿈치를 세워 턱을 괴고 앉았다. 불러요. 내가 바삭한 귀퉁이를 조금 뜯어 먹으며 말했다. 소용없어. 요새, 농구 중계에 빠졌거든. 기 뭐시기 하는 선수가 너무 멋있다고, 걔 응원해야 된대. 나는 주머니에서 핸드폰을 꺼냈다. 사진첩을 뒤져 함께 찍은 사진 한 장을 찾았다. 이렇게 생긴 애 아니에요? 그 무슨 과자 회사 팀에서 뛰는 애죠. 내 후밴데. 통화시켜 줄 수 있으니까 오라고 해요. 바삭한 귀퉁이가 맛있어서 그 부분만 도려내고 있었다. 간장을 조금 찍어 입에 넣자 달콤하고 고소했다. 플러스를 제외한 모두 얼빠진 듯 나를 쳐다보고 있었다.

후배와 함께 찍은 사진을 딸에게 보내고, 여의사가 전화를 하러 간 사이 비비가 내게 물었다. 소녀, 농구 선수였어요? 마이너스도 똑같은 질문을 하고 싶어 하는 것 같았다. 응. 왜? 딱 봐도 그래 보이지 않아? 마이너스가 곧장 전혀, 하고 치고 들어왔다.

"지금 소녀는 그냥, 상냥한 여장 남자 아저씨, 같은데요."

마이너스의 말을 비비가 받아 말했다. 아무렴 어때, 하는 마음으로 가만히 앉아서 파전만 먹고 있었다. 얼마 지나지 않아 여의사가 자기 딸을 데리고 왔다. 여자애가 들어서자마자 마이너스가 머리를 헝클어뜨렸다. 그러고는 곁에 앉은 플러스의 어깨에 머리를 쿵쿵 박아 댔다. 플러스는 눈을 동그랗게 뜨더니 이곳저곳 살펴보다가 손바닥으로 마이너스의 머리를 톡톡 두드렸다.

여자애는 언뜻 봐도 범상치 않은 모습이었다. 짧게 줄여 입은 치마와 딱 붙는 티셔츠, 그리고 여러 색으로 염색한 머리와 눈매를 따라 길게 그은 검은 선, 녹색 하이힐까지 어울리는 것 같으면서 이상하고 이상하게, 아무튼 이상한 애였다. 우리는 여자애의 닦달 때문에 농구 중계 방송을 보게 되었다.

"소녀가 선수였을 때 얘기 해 줘요."

비비가 말했다. 여의사와 마이너스도 동의했다. 플러스는 공이 통통 튀는 모습을 보면서 눈을 동그랗게 뜨고 있었다. 그 얼굴이 마냥 귀여워서 웃음이 났다.

그러니까, 내가 중학생 때 일인데. 가만히 말을 시작했다. 여의사와 여자애가 파전을 나눠 먹고 있었다. 둘은 붙어 앉아서 이건 저렇고, 쟤는 잘생겼고, 하며 떠들어 댔다. 한동안 하얀색 머리핀을, 셔츠 가슴에 달린 주머니 있잖아, 거기 끼워 넣고 다닐 때가 있었거든. 내 여동생은 매일 하얀 머리핀으로 머리를 묶고 어린이집에 가고. 그러니까 되게, 세상이 웃긴 거야. 나는 조그맣고, 세상은 크고, 난 4시에 끝나고 여동생이 5시에 끝나서, 난 매일 한 시간을 기다렸는데. 아무튼 그렇게 되니까 어떻게 알았는지 새끼들이 하이에나들처럼 몰려와서는 때리고, 그러더라. 늘 얘기를 듣기만 하다가 말하니까 왠지 느낌이 이상했다. 쑥스럽고 부끄러웠다. 그래서 씨바, 저 골대처럼 좆나 커지면 때려도 모르겠지, 하고, 우유를 매일 아침 배달시키려고 했는데 우유가 너무 비싸서 내가 배달해야 할 판이고, 멸치는 더럽게 맛없고, 해서. 골대 새끼, 엿이나 먹어라, 하고 매일 공을 던지면서 놀다가, 농구 선수가 됐어. 말을 끝내자마자 마이너스가 나를 힐끔 쳐다봤다. 왜 그러냐고 물었다.

"그럼, 언제부터 하이힐을 신었는데요?"

마이너스가 물었다. 덩크슛을 어마어마하게 많이 쳤던 날이었나, MVP로 뽑혔던 날이었나, 아무튼 헹가래 치다가 떨어져서 발 다쳤거든. 한참 농구 못하면서 집에 처박혀 있었는데, 사람들이 막 퇴물이다, 퇴물이다, 그러는 거야. 아무튼, 그래서 이제 키도 컸겠다, 할 만한 일은 아니다 싶어서 그만두고, 돌아오는 길에 동생 주려고 인형을 하나 샀거든.

재작년 겨울이었을 것이다. 발을 끌면서 돌아오는 길에 편의점에서 파는 훈제달걀을 안주 삼아 술을 마셨다. 편의점 앞에 있는 인형 뽑기 기계에서 곰 인형을 보았다. 주먹만 한 크기의 분홍색 곰돌이였는데 코가 금빛이었다. 그걸 꼭 뽑고 싶었다. 술값보다 더 비싼 게임 값을 주고 인형을 끌어올렸다. 나중에 보니 코에 붙여 놓은 검은 모형이 떨어지고 본드 자국이 남아 금빛으로 보였던 거였다. 집에 와 보니 동생이 작은 밥상 가득 반찬을 늘어놓고 나를 기다리고 있었다. 오빠, 왜 이제 와. 동생이 울상을 지었다. 오빠, 상 받았다며. 나는 마른 본드 자국을 만지작거렸다. 굳은 본드를 조금씩 긁어 내며 무슨 상, 하고 물었다.

알고 보니 협회에서 매년 뽑는, '어이없게 은퇴한 선수' 상에 내가 뽑힌 거였다. 그게 밤 스포츠 뉴스에 나왔다. 그럼 난 어떡해. 한 솥 가득 삶아 놓은 닭을 그릇에 옮겨 담으며 동생이 말했다.

새해가 될 무렵 동생은 아르바이트 자리를 구했다. 하루 종일 나 혼자 방 안에 누워 있었다. 그제야, 그냥 골대 엿 먹어라, 하고 공을 던진 게 아니었다는 생각이 들었다. 수많은 방해들을 헤치고 공을 지키고, 결국 골인시켰을 때의 심장 박동이 자꾸만 떠올랐다. 선수로 활동할 때였다. 그라운드에 서서 그런 생각을 할 때가 있었다. 내가 저항할 수 없는 무언가가 내게 날개를 돋게 해 줘서, 내가 골을 넣을 수 있는 건 아닐까, 하고. 그때가 그리웠다. 경기장을 나가면 나는 볼품없는 외모의, 볼품없는 연봉을 받고, 유명하지도 않고, 돈이 많은 것도 아니게 된다. 하지만 그 안에서는 다른 것들을 잊을 수 있었다. 나에게만 집중할 수 있었다. 화장실처럼. 노래방처럼. 굳이 골이 중요한 게 아니었다. 경기장을 밟을 수 있는 게 중요한 거였다. 골대에 매달려 날아오를 수 있을 것 같은 희망, 너무 터무니없어서 남들이 보기에는 우습겠지만, 그런 게 있었다. 그게 그리웠다. 그립고 그리워서, 그걸 잊기 위해 술을 마시고 게임을 하고, 별짓을 다 하다 동생의 구두를 발견했다.

마침 동생이 생활비 문제로 나를 닦달하고 나간 날이었다. 짓궂은 마음에 그 안에 발을 밀어 넣었다. 덩크슛 할 때처럼 심장이 뛰기 시작했다. 그걸 선명하게 느꼈다. 내가 어떻게 하지 않아도 위로 붕 떠오르면서, 뭐든 할 수 있을 것 같았다. 한동안 구두를 신고 방 안을 또각거리다 동생에게 들켰다. 오빠 정말, 정말 왜 그래. 오빠 만날, 여자도 안 사귀고, 운동만 한다 했어. 오빠, 오빠, 하고 동생은 계속 울어 댔다. 1월 말일쯤에 내 생일이 있었다. 조그만 생일 케이크를 놓고 마주 앉았다. 오빠. 소원 빌어 봐. 촛불 너머로 어룽거리는 동생의 얼굴이 곧 꺼질 것처럼 아른아른했다.

"다음 생엔, 오빠 말고 다른 걸로 태어나고 싶다."

내 말에 동생이 박수를 치며 촛불을 불었다. 어둠 속에서 동생이 내 팔을 잡았다. 손이 까슬까슬했다. 그럼 다음 생엔 내 언니나 누나로 태어나면 되겠다. 그런 걸 하고 싶은 게 아니라고 말하고 싶었지만 날아가는 연기를 보며 가만히 앉아 있었다. 사실은, 돈 많은 사람으로 태어날 수 있다면 뭐든 괜찮은 게 아닐까. 불을 꺼 놓고 어두운 방에서 케이크를 먹고 있었다. 동생은 왠지 조금 우는 것 같았다. 생크림이랑 물이 섞이면 아주 맛없다는 얘기를 하고 싶었는데 그냥 입을 다물고 앉아 있기만 했다. 그 다음 날, 돈과 팔 수 있는 짐을 내버려두고 동생의 구두와 당장 입을 옷을 챙겨 집을 나섰다. 진한 분홍색 구두는 햇빛 아래에서 보니 촌스럽고 군데군데 닳아 볼품없었다.

"아저씨, 정말 통화시켜 줄 거예요?"

여의사의 딸이 따갑게 쨍쨍거렸다. 그럴게, 하고 입을 열려는데 목이 조금 쉬어 있었다. 큼큼거리며 목을 가다듬었다. 마이너스가 물을 한 잔 따라 주었다. 딸. 아저씨가 뭐야. 소녀 씨라고 불러야지. 여의사가 말하고 딸이 곧장 되받아쳤다. 소녀? 왜? 여의사의 딸이 내 앞으로 몇 걸음 다가왔다. 전혀, 소녀적이지, 않은 데? 참 위협적인 소녀였다. 조금 무서울 정도였다. 내가 어물어물 입을 열었다. 소녀라고 하면, 왠지 착하게 살 수 있을 것 같잖아. 친구도 많을 것 같고, 친절할 것 같고, 재밌을 것 같고, 뭐든 할 수 있을 것 같고, 시간이 많을 것 같고, 내가 둘러대는 말에 여의사의 딸이 콧방귀를 꼈다. 아저씨, 나도 소녀야. 나는 머리를 긁적였다. 그러게. 내가 왜 소녀일까. 나도 잘 모르겠는데, 아무튼 난 소녀야. 소녀란 말 좋잖아. 내가 손을 내밀었다. 여의사의 딸은 눈을 동그 랗게 뜨더니 멋지게 웃고 내 손을 잡아 주었다.

드라마를 틀어 놓고 닭튀김을 시켜 먹었다. 10시가 지나자 쌍 둥이가 조금씩 줄기 시작했다. 이래서 애들은 안 돼, 하며 여의사 의 딸이 다리를 꼬고 앉았다. 아저씨, 안 그래? 여의사의 딸은 이 제 농구 선수와 통화하는 것은 신경도 쓰지 않는 것 같았다. 여자 애는 발이 아픈지 구두를 벗고 하얀 발을 주물렀다. 살이 짓눌리 면서 생긴 구두 자국이 빨간 선으로 선명하게 그어져 있었다. 눈 이 시렸다. 문득 동생의 구두가 생각났다. 그걸 어디 났더라. 몸을 일으켜 구석구석을 뒤지다 카운터 밑에서 찾아냈다. 여전히 싼티 나는 구두였다.

아, 오늘, 슈퍼 문 봐야 되는데. 비비가 기지개를 켜며 말했다. 나는 잠든 마이너스와 플러스에게 담요를 덮어 주었다.

"보러 갈까. 지금이라도."

내가 느릿하게 말을 꺼냈다. 맥주를 몇 잔 마셨더니 취기가 돌 았다. 이제 손님 많이 올 시간인데, 그렇게 말하면서도 비비는 플 러스를 흔들어 깨우고, 우리를 내몰더니 잠시 달 보러 갑니다, 하 는 종이를 문 앞에 걸었다. 여동생의 분홍색 구두를 나도 모르게 들고 나와 버렸다. 다시 밀어 넣을까, 하다가 귀찮아서 그냥 들고 가기로 했다. 우리, 올라가요? 마이너스가 잠이 싹 달아난 어조로 물었다. 나는 구겨 신었던 구두를 바로 신었다. 응. 올라가.

"그래도 돼요?"

마이너스가 놀란 목소리로 말했다. 나는 마이너스를 가만히 쳐다보았다. 옥상 열쇠 있는데. 머리를 긁적였다. 아니, 그거 말고요. 비비가 마이너스의 말을 이어 대신 물었다. 어느새 긴 머리 가발로 바꾼 여의사와 그 딸도, 모두 같은 눈으로 나를 보고 있었다. 괜찮아. 내가 말했다. 뭐, 괜찮겠지. 무책임하게 덧붙였다. 마이너스는 머리를 긁적이더니 플러스의 손을 잡았다. 여의사는 문고리에 얼굴을 비춰 보며 가발을 고쳐 쓰고, 비비는 발가락을 최대한 오므려 구두 안에 넣었다. 그런 비비의 얼굴이 왠지 비장해 보여서, 아니, 꼭 비비뿐 아니라 다른 사람들 모두와 나까지 전부 딱딱한 얼굴을 하고 있어서 왠지 웃음이 났다.

우리는 상가 옥상으로 올라갔다. 올라가는 길에 작은 소동이 있었다. 2층에서 플러스가 넘어져서 마이너스와 비비가 교대로 업었고, 3층에서 여의사와 그 딸이 치마가 너무 짧고, 등 뒤가 무섭고, 해서 여러 번 위치를 바꾸며 걸었다. 4층에서는 비비가 발이 아프다고 멈춰 섰다. 구두를 겨우 벗기고 봤더니 발가락이 완전히 꼬여 있었다. 겨우 5층을 지나 옥상 문을 열었다. 높게 지어진 빌딩들 때문에 달은 잘 보이지 않았다. 하지만 평소보다는 왠지 가깝게 내려와 있는 것 같기도 했다. 옥상 위에 버려져 있던 고무 대야와 평상 위에 사람들이 하나둘씩 자리를 잡았다. 나는 멀뚱멀뚱 서 있기만 했다. 아저씨. 나랑 여기 앉아. 여의사의 딸이 내 팔을 잡아 평상 곁에 있는 벤치로 데려갔다. 이런 데 왜 벤치가 있는 건진 모르겠지만 아무튼 편하고 달이 가깝게 보여서 좋았다.

"아, 저 달. 미러볼 같고 참 예쁘다. 춤추고 싶네."

문득 여의사가 말했다. "내가 보기엔 제로(0) 같은데요." 마이너스가 말하고 비비도 동의했다. 소녀 아저씨는, 뭐 같아? 여의사의 딸이 내 팔을 툭툭 치며 물었다. 나는 고개를 돌렸다. 눈두덩에 예쁘게 색을 펴 바른 것과는 달리, 여자애가 너무 어려 보여서 놀랐다. 나, 나는. 말하려는데 으악, 하고 뒤쪽에서 누군가 자빠지는 소리가 들렸다. 마이너스였다. 플러스가 벌떡 일어나는 바람에 평상의 무게가 맞지 않았던 모양이었다. 고무 대야 위에 올라앉았던 여의사가 노래를 부르기 시작했다. 여의사는 노래를 부르고, 플러스는 달을 쫓아가겠다고 뛰어다니고, 마이너스는 씨이발, 죽일 놈의 슈퍼 문, 이번에는 어떤 수식인데, 하고 플러스를 붙잡았다. 비비는 비비대로 소녀 형, 하고 나를 부르더니 저 달이 가마 같아서 처량하다고 그랬다. 비비는 술만 마시면 나를 형이라고 불렀다. 그게 옳은 거긴 한데 왠지 이상하기도 했다. 엄마, 미안해요. 개, 라서 미안해요. 끝내 비비가 훌쩍거리며 울기 시작했다. 나는 비비의 어깨를 토닥였다. 네가 안 좋아하는 수열 하나 생겼다고 생각해. 비비의 입에서 술 냄새가 났다. 나는 턱을 쳐들고 고개를 조금 뒤로 뺐다. 그게 뭔데요. 비비가 물었다.

"소녀, 얘 좀 잡아 봐요!"

마이너스가 소리쳤다. 나는 비비의 손을 놓고 구두를 벗었다. 손가락으로 부드럽게 허공에 곡선을 그렸다. 그거 있잖아. 34 - 24 - 34. 중얼거리듯 말하고 쌍둥이에게 달려갔다. 저거, 공 같다, 하고 플러스가 달에 손을 뻗더니 위아래로 움직이며 통통 튀기듯 휘적거렸다. 그게 귀여워서 웃다가 플러스를 놓쳤다. 그러나 뜻밖에, 플러스는 뛰어가지 않고 몇 걸음쯤 앞에서 가만히 달을 올려다보고 있었다. 그러고는 또 형처럼 웃어 보였다. 마이너스가 씨이발, 진짜, 형, 맨날 장난치고, 나쁜 새끼, 하면서 털썩 주저앉았다. 비비는 여의사와 함께 찰랑찰랑, 하는 노래를 부르며 춤을 추고 있었다. 여의사의 딸이 혼자 평상 위에 앉아 있었다. 머뭇거리다 나도 좀 떨어져서 앉았다.

"소녀 아저씨. 이러고 있으니까, 우리, 레옹이랑 마틸다 같지. 그치?"

문득 여의사의 딸이 말했다. 글쎄, 잘 모르겠다. 될 대로 되라는 식으로 평상에 누웠다. 사람들이 하나둘씩 내 주위로 몰려들었다. 그래서, 소녀는 저 달이 뭘로 보이는데요. 플러스의 머리 위에 턱을 올리고 있던 마이너스가 물었다. 깨금발을 들고 있던 마이너스가 휘청여서 플러스도 넘어질 뻔했다. 달을 달로 봐 주는 사람이 한 명쯤 필요하지 않을까, 하는 생각을 하며 가만히 누워있었다.

"소녀, 저거 골 넣어요. 덩크슛!"

비비가 여전히 취한 목소리로 말했다. 여의사도 취기가 조금 올라오는지 비비와 어깨동무를 하고 비틀거렸다. 모두들 이야, 삼점 슛, 하며 떠들어 댔다. 대신 생각까지 해 주는 사람들이 있다는 게 신기하고, 이상하고, 고마웠다. 한참 뛰어다니며 춤추던 사람들이 평상에 몸을 기대고 앉거나 누웠다. 나는 가만히 자리에서 일어났다. 저만치 달 아래에 수많은 사람들이 있었다. 수많은 건물들이 있었다. 나는 나와 동생이 살던 빌라가 어디인지, 우유를 배달시키지 못하고 대신 수많은 사람들에게 우유를 나눠 주던 그 동네가 어디쯤인지 생각하다 그만두었다. 구두 뒷굽으로 바닥을 툭툭 두드렸다. 이렇게 항상 높이 떠오른 것과 마찬가지로 살고 있으니, 항상 덩크슛하는 마음으로 살고 있었던 거라고 생각하기로 했다. 이제 꿈에서 본 MVP 같은 건 부럽지 않았다. 달을 가만히 올려다보았다. 동생도 어디선가 달을 보고 있을까, 예전처럼 편의점 한 귀퉁이에서 조금씩 기울어지거나 낡아 가고 있을까. 달의 분화구처럼 피부가 까매지고, 얼굴이 퀭해지고, 그런 상태로 나를 찾아 농구 같은 걸 보고 있을까. 아니면 아예 매끈한 얼굴로 잘살고 있을지도 모른다고 생각했다. 어찌됐든 동생을 볼 수 있게 된다면, 꼭 한 번 말해 주고 싶었다. 네가 믿거나 말거나, 이런 방식을 좋아하든 말든, 오빠 잘살고 있다고.

몸을 돌려 뒤를 바라보니 사람들이 반짝이는 팔찌를 찬 채 손을 뻗고 있었다. 아까는 분명 파란색, 초록색, 빨간색, 노랑색, 하며 색이 달랐는데 빛 아래에서는 모두 반짝거리는 모습이 같아 보였다. 그게 꼭, 슈퍼 문이 우리에게 말을 거는 것 같았다. 오랜만에 여기 왔는데 다들 날 싫어한다, 친구 하자, 하고. 그래서 우리가 슈퍼 문이랑 친구 해 주기로 했다.

"우리, 아래 세상에 내려가 볼까."

여의사가 벌떡 일어나더니 소리쳤다. 평상이 덜컹거렸다. 비비와 마이너스가 뒷머리를 만졌다. 내려가자, 내려가. 정복! 여의사의 딸이 함께 소리쳤다. 하여튼 똑같은 모녀였다. 갑자기 왜 그런 얘길 해요. 난 여기로 충분한데. 수열이 무지 예쁜 친구들도 있잖아요. 마이너스가 플러스와 머리를 맞대고 누워서 중얼거렸다. 우리한테 네온사인 팔찌를 선물해 준 슈퍼 문을 재앙의 상징이라고 말한, 악의 세력들을 쳐부수러 간다! 여의사가 팔을 내밀었다. 그 말에 조금 내켰는지 플러스와 마이너스도 손을 뻗었다. 널브러진 비비의 손도 억지로 가져와서 뻗고 여의사의 딸도 동참했다. 나는 그 곁으로 가만히 걸어갔다. 같은 방향을 향해 손을 뻗었다. 긴장해라, 아래 세상아. 오늘 밤은 슈퍼 문이 뜰 테니까. 팔을 풀고 함께 떠들며 낄낄거렸다. 슈퍼 문 쟤도 좆나 복 받았다. 우리 같은 친구 있어서. 꼬인 발음으로 비비가 떠들었다. 소녀 씨가 슈퍼 문한테 한 번 물어보고 와요. 우리 같은 친구 있어서 기쁜지. 여의사가 장난스럽게 말했다. 비비도 고개를 끄덕였다. 물어보고 와요. 플러스가 별들을 손가락으로 이어 수식을 만들고 있었다. 뭔지는 모르지만, 나도요. 곁에서 마이너스도 동참했다. 쌍둥이가 서로의 머리를 헝클며 웃었다. 여의사의 딸이 주먹으로 마이크를 만들어 내게 들이밀었다. 나는 웃었다. 아, 아. 슈퍼 문이라 기쁩니다.

또 만나요

상일여자고등학교 3
박지인

1

아빠가 독서실에 등록했다. 내가 독서실에 다니는 진짜 이유는 공부를 위해서지만, 아빠와 함께 있는 시간을 최대한 줄여 보려는 의도도 있었는데. 아빠는 어렸을 때부터 내 마음을 몰라주기로는 제일이었다. 물론 알아주기를 바란 적도 많이 없지만 말이다.

야자를 마치고 피곤한 몸을 이끌고 독서실에 들어서면 아빠는 항상 휴게실에서 컴퓨터를 하고 있다가 내가 들어오는 것을 보면 자리에서 벌떡 일어난다. 오늘 아침에 보고 오늘 밤에 또 보는 건데도 뭐가 그렇게 감격스러운지 달려와 안을 기세다. 내가 그만, 그만 와, 하면서 몸을 피하면 그때서야 제정신으로 돌아온다.

"여어, 내 딸, 학교는 잘 다녀왔어? 오늘은 어제보다 좀 늦었

군."

"나 감시하려고 독서실 끊은 거야?"

"어? 어떻게 알았지, 내 딸?"

내가 말을 말아야지. 암튼 나에게 독서실에서 아빠를 만나는 일은 이산가족 찾기에 나가 제 가족을 만나지 못하고 돌아오는 사람보다 더 슬픈 일이었다. 슬픔은 스트레스가 되었고 그 스트레스를 이기지 못한 고3 수험생의 집중력은 날로 떨어졌다. 나는 아빠가 독서실에 등록한 지 일주일 정도 됐을 때 아빠에게 정중히 요청했다.

"아빠, 독서실 딴 데로 옮겨 줘."

"이유는?"

"그냥."

"안 돼."

"이유는?"

"나도 그냥."

나는 아빠 때문에 내가 받고 있는 스트레스와 대학 입시의 상관성에 대해 상세히 설명했지만 아빠는 요지부동이었다. 상대방의 입장을 배려할 줄 모르는 아빠였다. 아빠, 상대방의 정중한 요청을 별다른 명분 없이 수용하지 못할 땐 그렇게 웃으면 안 되는 거야. 아무것도 모르는 아빠야.

"아빠, 그러면 내가 양보할 테니까 제발,"

"제발, 뭐?"

"그 수면 바지만 제발 입지 말아 줘."

아빠는 상당히 아쉬운 눈치였지만 그 정도쯤은 딸을 위해 희생할 수 있다는 표정을 지어 보이며 알았다고 했다.

2

항상 휴게실에서만 보니 아빠가 당최 독서실에서 무얼 하는지 모르겠다. 설마 나랑 같이 입시 준비라도 하려는 건가, 오 생각만 으로도 아찔한 일이다. 난 아직 독립해서 살아갈 수 없는 미성년 자이다. 아빠의 경제적인 도움이 절실히 필요할 때란 뜻이다. 입 시가 이제 일 년여 정도밖에 남지 않았다. 설마 내가 학교에 있는 동안에도 독서실에 있는 건 아니겠지? 왠지 불안해졌다. 아빠는 낮에 일하고 밤에 공부하는, 주경야독을 실행에 옮길 만큼 필사적 으로 살아온 사람이 아닌데. 아빠, 나 대학 다닐 수 있는 거지?

혹시 부동산 중개사 시험 같은 걸 준비하는 건가? 부동산 중개 사가 되려면 무슨 공부를 해야 하지? 그냥 어디 땅값이 제일 비싸 고 어느 곳에 제일 잘나가는지 그런 것만 알면 되는 거 아닌가? 근데 아빠가 뭐 때문에 부동산 중개사 시험을 본다는 거야. 아빠 가 부동산 같은 게 있을 리가 없는데. 아빠에게 부동산 같은 게 있 었다면 난 아빠랑 좀 더 친해졌을지도 모른다.

설마 요새 흔히들 딴다는 워드프로세서나 OA 마스터 문서 실 무 3급 이딴 거 따려고 독서실까지 끊은 건 아니겠지. 아빠라면 가능할지도 몰라. 먹고사는 일과는 아무런 관련이 없는 일에 죽자 고 매달리는 걸 내 눈으로 확인한 건만 해도 여러 번이다. 아빠가 한참 밤낚시에 빠졌을 때 한밤중에 가방을 메고 낚시하러 간 적이 있다. 한두 시간 하고 돌아오겠거니 했는데 아침에 일어났을 때 아빠는 보이지 않았다. 마침 용돈이 필요한 날이었다.

"아빠 벌써 출근했어?"

"아니, 아빠 이제 텐트에서 한숨 자려고. 왜 늦잠 좀 자지 않고 벌써 일어난 거야?"

"아빠, 오늘 금요일인데?"

아빠는 토요일인 줄 알았단다. 회사는 안 갈 거냐고 물으니까 아주 느긋한 목소리로, 가야지. 나 같으면 정신이 번쩍 들어 얼른 집에 와서 대충이라도 씻고 나갔을 텐데. 아빠는 그 낚시터에서 곧장 회사로 간 모양이었다. 그래도 자신이 가장이란 걸 잊지 않은 게 다행이었다. 집에 와서는 또 속도 없이 씻지도 않고 낚시용 조끼를 걸친 채 출근한 자신에게 과장 아저씨가 생수 배달하러 온 사람이냐고 물었다면서 과장 아저씨의 농담 센스를 칭찬하기까지 했다.

암튼 이번만큼은 나의 기우이기를 바랐다. 아무리 아빠지만 쓸데없이 아까운 돈 낭비는 하지 않았으면 좋겠다. 지금 내 앞으로 나가야 할 돈도 한두 푼이 아닌데 굳이 아빠까지 거들 필요는 없다.

독서실은 새벽 1시까지이다. 독서실에 있는 사람 중에서 가장 빨리 집에 가고 싶어 하는 사람은 저녁 담당 총무다. 저녁 총무는 12시 40분이 되면 카운터를 정리하고 가방을 싼다. 그리고 50분이 되면 노래를 튼다. "이제는 우리가 헤어져야 할 시간, 다음에 또 만나요." 언젠가 과장 아저씨의 전화를 받고 호프집에 아빠를 데리러 갔을 때 흘러나오고 있던 음악이다. 호프집 알바는 다음에는 정말 만나고 싶지 않다는 표정으로 테이블에 실신한 것처럼 쓰러져 있는 아빠를 내려다보고 있었다. 설마 독서실에서까지 그러진 않겠지.

저녁 총무가 틀어 주는 「또 만나요」가 스피커를 타고 흘러나오면 나는 이상하게 더 공부가 하고 싶어진다. 50분부터 1시까지, 그 십 분은 나의 온 집중력이 동원되는 시간이다. 눈에 들어오지 않던 영단어도 한 번만 외우면 머릿속으로 저장된다. 오죽하면 노래가 12시부터 흘러나오면 얼마나 좋을까, 생각했을 정도이다. 1시가 되고 밖에서 저녁 총무의 헛기침 소리가 두어 번 들려오면 정말로 아쉬워진다. (저녁 총무는 남자라서 여자실에 함부로 들어오지 못한다.) 하지만 일 분이라도 늦어지면 저녁 총무가 문을 두드리고 난리도 아니다. 인정머리 없는 사내자식. "이제는 우리가 헤어져야 할 시간 다음에 또 만나요." 노랫말처럼 내일을 기약하면서 짐을 꾸릴 수밖에.

아빠는 매일 출입문 밖에서 나를 기다리고 있었다. 아빠와 같은 독서실을 다니고 싶지 않은 가장 큰 이유였다.

"여어, 딸, 공부 열심히 했어? 얼른 가자."

"내가 안 기다려도 된댔잖아."

"안 돼. 요즘 밤거리가 얼마나 위험한데."

독서실에서 집까지 걸어가는 데 오 분 정도밖에 걸리지 않았지만 그 길이 조금 무서운 건 사실이었다. 그런데 아빠와 함께 집에 걸어가는 어색함을 무려 오 분 동안이나 견뎌야 하는 것도 영 내키지 않은 일이었다. 차라리 약간의 공포를 감수하고 혼자 가는 편이 나았다.

어느 날, 같은 독서실에 다니는 친구가 아빠와 나의 대화를 듣고는 이해가 안 된다는 표정으로 물었다.

"너네 아빠 되게 좋으시던데 넌 싫어하더라? 우리 아빠도 그랬으면 좋겠더만. 친구 같은 아빠, 얼마나 좋아. 넌 왜 아빠를 그렇게 싫어하는 거야?"

아빠를 싫어하는 이유, 싫어하는 이유…… 그러고 보니 별다른 이유가 없었다. 누군가 나에게 아빠를 싫어하는 이유를 물으면 적어도 백 가지 정도는 들 수 있을 줄 알았는데. 나는 왜 아빠를 싫어하지? 잘 떠오르지 않았다.

"응, 그냥 찌질하잖아."

3

아빠가 수면 바지 대안으로 선택한 코디는 무릎이 나온 트레이닝복이었다. 무릎 나온 트레이닝복 바지도 품위가 떨어지는 것은 사실이었으나 캐릭터가 그려진 수면 바지보다는 훨씬 더 봐줄 만했다.

"민주야, 오늘은 무슨 공부를 할 예정이냐? 인생 공부 같은 건 안 하니? 그것도 참 중요한데."

보아하니 나와 농담 따먹기나 하며 시간을 보내고 싶은 모양이었다. 고3 딸을 데리고 인생 공부나 논하는 아빠라니……. 내가 독서실을 옮기고 싶은 심정이었다.

"봤으니까 됐지? 나, 들어간다. 오늘은 진짜 할 거 많다고."

"어, 그래야지. 근데 아빠가 어렸을 때 인생 공부를 제대로 못 해서 지금 이 모양 이 꼴로 살고 있잖니?"

아빠가 현실 감각이 아예 없는 건 아니었다.

"그리고 말야. 혹시 공부하다가, 모르는 거 있음 아빠 불러라."

152

아빠는 한쪽 눈을 찡긋 감아 보였다. 그리고 엄지손가락 하나를 펴 보였다. 아마도 믿음직한 아빠의 모습을 연출한 것 같았다. 아빠, 그런 포즈는 그런 후줄근한 차림과는 안 어울리는 거야.

인생에 대한 깊은 상념에 빠진 아빠를 뒤로하고 방으로 들어왔다. 내가 있는 방은 6인용이다. 내 옆자리 언니는 공무원 시험을 준비한다. 책상 위에 놓인 문제집은 언제나 그대로다. 나는 옆자리 언니의 얼굴을 한 번도 본 적이 없다. 독서실을 나오긴 하는 건지 모르겠다. 내 뒷자리는 학생 같은데 역시 얼굴을 제대로 본 적이 없다. 내가 올 때마다 엎드려 있기 때문이다. 그러다가 12시가 되면 귀신같이 일어나 독서실을 빠져나간다. 부스럭거리는 소리가 들려 고개를 돌리면 뒷자리는 어느새 6인용 방을 빠져나가고 없다. 얼핏 옆모습을 본 적이 있는데 다른 건 몰라도 상당히 피곤해 보이는 얼굴이었다. 뒷자리를 따라 가방을 싸고 싶은 적도 많았지만「또 만나요」를 들으면서 짐을 꾸릴 때의 묘한 희열을 포기할 수 없었다.

「또 만나요」를 들으면서 몸속 어딘가에서 불쑥불쑥 튀어 오르는 생의 의지를 촌스럽지 않게 제어하면서 영단어를 외웠다. 그리고 저녁 총무의 헛기침 소리를 신호로 가방을 꾸리고 독서실을 나서는데 역시 오늘도 아빠가 기다리고 있었다.

"여어, 딸! 오늘 부녀지간에 오붓하게 컵라면이나 하나 때릴까?"

멘트하고는, 참. 아빠의 말을 무시하고 싶었지만 마침 또 배가 고팠다. 혹시 내가 아빠에게 속고 있는 건 아닌가? 뭔가 아빠에게 길들여지고 있는 느낌이었다. 하지만 배가 고프니 일단 라면을 먹고 생각하기로 했다. 내가 고개를 끄덕이자 아빠 얼굴엔 화색이

돌았다. 아빠 표정을 보니 생각이 달라졌다. 아빠도 역시 배가 고플 뿐이라고.

"좋았어. 오늘 아빠가 쏜다. 말만 해. 아빠가 다 사 줄게."

아빠, 편의점엔 의외로 먹고 싶은 게 없어. 득의양양해진 아빠가 측은해 보이기까지 했다. 편의점에 들어가 라면을 골랐다. 그리고 눈에 띄는 걸 하나 골라 계산대 앞에 내려놓았다. 아빠는 아직이었다. 아빠는 라면 진열대 앞에서 로또 번호라도 고르는 것처럼 심각한 얼굴을 하고 서 있었다.

"무슨 컵라면 하나 고르는데 이렇게 오래 걸려."

"가만 있어 봐. 국물 맛이 뭐가 더 좋은지 고민하고 있으니까."

나는 식욕이 사라지려는 걸 겨우 참았다. 다시는 아빠와 함께 편의점에는 오지 않으리라. 십 분 동안 고민한 끝에 해물탕면을 고르고 행복해하는 아빠를 보며 한 생각이다.

4

모처럼 학교가 보충 수업 없이 진짜로 쉬는 방학이 왔다. 그러나 고3에게 진짜건 아니건 방학이 어디 있겠는가. 일어나서 대충 씻고는 또 독서실행이다. 거울을 보니 추레한 내 모습이 아빠와 별다를 바가 없다. 고3이 사람을 이토록 망가지게 하는구나. 땅이 꺼져라 한숨을 내쉰다.

다음 주에 보충 평가 시험을 준비하고 있었다. 무슨 학교가 방학 중에도 시험이야. 그냥 하지 말아 버릴까 하다가도 안 하면 또 나만 처지는 것 같은 기분이 든다. 아빠는 잘할 필요 없다고, 중간만 해도 된다고 말하곤 했다. 왜 이럴 때 하필 아빠 생각이 나는 건지 모르겠다. 해이해지려는 마음을 다잡으려 노트에 디데이를 써 놓고 수능 대박을 기원하는 문구를 적어 잘 보이는 곳에 붙여 놨다.

갑자기 뭐라도 더 해야겠다는 의지가 마구 생겨났다. 인터넷 강의를 듣기 위해 휴게실로 들어갔다. 마침 물을 마시고 나가던 아빠와 마주쳤다. 아빠는 나를 보곤 나가려는 발걸음을 돌려 다시 들어왔다.

"오, 딸 인터넷 강의 듣게?"

이른 시간이라 그런지 휴게실엔 아빠와 나뿐이다. 방으로 들어 갈 생각이 없어졌는지 아빠는 의자를 끌고 와 내 옆에 앉는다. 컴퓨터를 켜는 나를 멀뚱히 쳐다보고 있다.

"아빠 나 물어볼 거 있어."

"우리 민주가 아빠한테 질문을 하다니. 아빠 감동인데."

이런 걸로 무슨 감동씩이나, 도통 알 수 없는 마인드를 가진 아빠였다.

"독서실에서 대체 무슨 공부해? 만날 노는 것 같은데 뭘 하기는 해?"

"응, 아빠 사실 인생에 대해 공부해. 인생을 잘 알고 싶어서."

아빠는 참 사람 할 말 없게 만드는 재주를 갖고 있다. 그것도 재주가 될는지는 모르겠지만.

"이런, 조크였는데, 민주 너 약간 감이 떨어지는구나."

아니 이 아빠가 대책 없이 농담이나 하고 말이야. 뭐하자는 거야 돈 아까운 줄도 모르고.

"그냥 공부하는 게 좀 있어. 더 이상은 노코멘트?"

두 번째 손가락을 입술에 대며 한쪽 눈을 찡긋 하는 아빠를 보고 난 할 말을 잃었다. 아빠에게 진지한 대답을 원한 내가 바보였다. 더 이상 궁금하지도 않았다.

5

자리에 앉아 책을 폈지만 집중이 되지 않았다. 인터넷 강의는 삼십 분을 꾸벅꾸벅 졸다 일어난 후 이건 아니라는 생각에 포기했다. 밖으로 나와 보니 야간 담당 총무와 항상 독서실에서 사는 것 같은 고시생 아저씨가 싸우고 있었다. 무슨 일인가 하고 들어 보니 '라면'을 어쨌다는 것 같은데 사람들이 웅성거리는 통에 들리지 않았다. 나와서 구경 중인 친구에게 다가가 일의 자초지종을 물었다.

"저 고시생 아저씨가 독서실 안에서 라면 먹다 총무한테 딱 걸렸나 봐. 지금 라면 한 번 먹은 게 그렇게 잘못한 거냐고 저러고 있다."

독서실에서 냄새 나는 음식을 먹는 건 당연히 하지 말아야 할 일 아닌가, 임용 고시 준비한다는 사람이. 아니 누구라도 그런 매너쯤은 알고 있어야지, 그러니까 매번 떨어지는 거야.

"당신 다 들었어. 이번이 처음도 아니라며 나 몰래 먹은 게 대체 몇 번이야!"

그때 아빠가 독서실 문을 열고 들어왔다.

"여어, 무슨 일로 다들 모여 있나?"

누군가 아빠에게 일을 설명하는 동안 야간 총무와 고시생 아저씨는 여전히 서로를 노려본 채 대치 중이었다. 일의 전말을 듣고 난 아빠가 입을 열었다.

"이봐, 젊은이. 나도 컵라면 참 좋아하는데 때와 장소는 가려서 먹을 줄 알거든. 그래야 하고."

멘트 선정 한 번 참 구리다. 어쩜 멘트 치는 것도 저렇게 아빠다운지. 아빠의 멘트보다 더 웃긴 건 그 말을 들은 고시생 아저씨의 반응이었다. 고시생 아저씨는 아빠를 향해 머리를 꺾어 사과를 했다. 물론 야간 총무에게도. 총무는 얼떨떨하게 따라서 고개를 까딱했다. 고시생 아저씨는 아빠의 말을 듣고 감동에 젖은 듯한 표정이었다. 대체 아빠가 무슨 말을 했다고. 기가 막힐 노릇이었다.

"언제 컵라면 한 사발 하지."

고시생 아저씨는 또 굽실거렸다. 당장 오늘이라도 둘이 손잡고 편의점에 갈 기세였다. 고시생 아저씨를 보며 흐뭇한 미소를 짓던 아빠가 그 광경을 황당하게 쳐다보던 나를 보았다. 아빠는 씨익 웃으며 나를 향해 엄지손가락을 들어 보였다. 대체 나더러 어쩌라고.

6

이 아빠는 눈 뜨자마자 어디를 갔기에 아침부터 사라진 거야.

주말 아침은 알아서, 라는 집안의 철칙에 따라 각자 알아서 먹을 만큼의 아침을 준비한다. 습관적으로 두 벌의 수저를 놓은 것이 무색해져 얼른 먹어 치웠다. 하긴 아침부터 통통 부은 얼굴로 아빠와 어색한 굿모닝 인사를 나누고 아침을 같이 먹는 것보다야 아빠가 일찍 나가 주는 것이 편했다.

근데 갈 데도 없을 텐데 요새 어딜 그렇게 다니는 거지. 혹시 뭣도 모르고 그때 돈 빌려 달라던 친구 만나는 거 아니야? 아빠의 성격상 어느 누구의 부탁도 쉽게 거절하지 못했다. 그러니까 딸한테마저 아빠 대접을 못 받지.

학원 보충을 나가야 하는데 책을 독서실에 그냥 놔둔 채 집에 돌아온 것이 기억났다. 아빠가 독서실에 오고 나서부터는 계획을 세울 때부터 그날 끝내겠다고 다짐한 공부의 양이 점점 줄어들었다. 처음의 패기와 투지는 다 어디로 사라졌을까. 사실 아빠가 온 그때부터 이렇게 되리라는 걸 예상하고 있었는지 모른다. 전혀 놀라운 일이 아니었다. 큰 병에 걸렸다든지 아니면 아빠가 숨겨 놓은 재산이 어마어마하다든지 그런 것을 제외한다면 내가 아빠의 일로 놀라는 일은 거의 없을 것이다.

매일 밤 12시 50분이 되면 「또 만나요」를 트는 총무 대신, 총무석에 앉아 있는 사람은 아빠였다. 아빠는 짐짓 근엄한 표정으로 앉아서 무언가를 하고 있었다. 나와 눈이 마주치자 씨익 웃어 보였다. 웃다니? 아니 이 아빠가 왜 또 그러실까.

"아빠 아침 일찍 나가서 온다는 데가 고작 독서실이야? 그리고 왜 여기 앉아 있는 거야?"

진짜로 친구에게 돈 빌려 주러 나가는 것보다야 낫지만 내게 아빠의 아침을 챙기게 한 것은 마음에 들지 않았다. 아빠는 나를 빤히 쳐다보았다.

"응, 있잖아. 민주야, 아빠가 사실 말하지 않은 게 있어. 아빠는 이 독서실의 총무란다."

아빠의 대답을 굳이 바라고 물어본 말은 아니었는데 아빠가 한 말은 꽤 충격적이었다. 내가 아빠 일로 충격을 받는 것 자체가 더 충격이긴 했지만. 뭔가 막 화가 났지만 그렇다고 화를 막 내 버리기엔 뭔가 상황이 이상했다. 아빠가 독서실에 어느 날 갑자기 불쑥 나타난 것도 아니고, 수면 바지를 입고 돌아다니면서 실원들에게 한두 마디씩 던지는 것을 종종 보았으니까. 이런 때는 어떻게 반응을 해야 하지, 엄마? 전혀 궁금하지 않았던 것을 알아 버렸는데 그 사실이 나의 상황과 전혀 무관한 것이 아닐 때는 어떤 표정으로 이야기를 해야 하는 건지 떠오르지 않았다.

"아, 그래? 그렇구나."

"딸, 왜 놀라지 않는 거야? 아빠가 총무라는 게 얼마나 놀라운 일이니. 이 아빠가 공부를 하면서도 일을 하고 있는 거야. 주경야독!"

난 차라리 아빠가 산골 깊숙한 마을에서 밭이나 갈았으면 좋겠다고 생각했다. 밤에는 공부를 하든 말든 상관할 바 아니고.

7

아빠가 독서실 총무라는 걸 알게 된 이후 달라진 것은 조금 더 대놓고 아빠를 미워할 만한 구실이 생겼다고 해야 할까. 전에는 찌질한 아빠라서 미워했는데 (그런 이유로 미워한다는 게 나 스스로도 조금 웃겼는데.) 이제는 보다 합리적인 이유가 생긴 것 같아 한편으론 안심이 되었다. 아빠가 상대방의 마음을 깊이 헤아리는 편은 아니었지만 아무리 그런 아빠라도 나를 속인 것에 대한 미안함은 있을 것이다.

오늘도 날 기다리고 있기만 해 봐.

「또 만나요」가 세 번 울릴 때쯤 총무의 기침 소리가 크게 들려왔다. 나는 온 신경을 집중해 외운 내용을 다시 한 번 웅얼거린 채 재빨리 가방을 챙겼다. 여느 날과 다름없이 아빠가 기다리고 있었다.

"딸, 오늘은 같이 라면 못 먹겠다. 임용 고시생하고 편의점에서 같이 라면을 먹기로 했거든."

'아이고, 그러셨어요?'

아빠가 손짓으로 가리킨 곳엔 지난번에 아빠에게 은혜를 입은 임용 고시생이 슬리퍼 차림으로 서 있었다. 굉장히 쑥스럽다는 듯 쭈뼛거리며 있었다. 나를 보고는 헤벌쭉 웃었다. 아, 아빠 같아서 싫구나.

근데 대체 둘이 만나 무슨 할 얘기가 있다고 따로 만나려는 거지? 임용 고시생은 공부 얘기와 시험에 대해 이야기할 테고 아빠는 온갖 쓸데없는 얘기만 잔뜩 해 댈 텐데 생각만 해도 끔찍한 지루함이었다. 임용 고시생도 참 딱했다. 어쩌다가 아빠한테 매료돼서 그렇게 사리분별을 못하게 된 건지. 아빠가 내게 인사하고 임용 고시생 곁으로 갔다. 생각보다 훨씬 어울리는 조합이었다.

8

용돈이 필요해서 아빠에게 문자를 보냈다. 답장이 없었다. 서둘러 사야 하는 문제집이 있는데 대체 뭐하고 있는 거야. 아빠의 자리는 내 방과 가장 먼 방에 있었다. 흠, 왠지 아빠와 나 사이의 거리랄까. 나는 조심스럽게 문을 열고 아저씨 향이 함유된 그 방에 들어갔다.

아빠의 책상 위에 핸드폰이 놓여 있었다. 이러니까 답장이 없었지, 아빠야. 나는 사물함을 열었다. 예상대로 지갑이 거기에 있었다. 근데 꽂혀 있는 책들이 모두 국어과 임용 시험 수험서들이었다. 아빠에게 교사 자격증이 있었나? 예전에 꿈이 국어 교사였다는 건 얼핏 들은 적이 있는 것 같았다. 그때 마침 아빠가 들어왔다.

"아빠, 뭐야? 아빠도 임용 고시 준비하는 거였어?"

작게 이야기한다고 했는데 흥분된 목소리는 잘 제어되지 않았다.

"아, 합격하고 나서 이야기해 주려고 했는데……."

아빠는 얼굴이 빨개졌다. 뭐야, 아빠, 아빠 지금 여자한테 고백받은 게 아니라고.

"여기서 이럴 게 아니라 편의점 가서 라면이나 한 사발 하면서 이야기하자."

편의점에 가는 동안 아빠를 흘끗흘끗 쳐다보았다. 그럭저럭 국어 선생님 얼굴인 것 같았다. 약간 훈민정음처럼 생겼다고 해야 하나? 내 시선을 느낀 아빠가 날 돌아보았다. 나는 얼른 고개를 돌렸다. 아빠는 무슨 말인가 하려다가 말았다.

"음, 이건 좀 식상하지 않네. 잘해 봐, 아빠!"

만약에 정말로 아빠가 교단에서 학생들을 만난다면 그 학생들에게도 신선한 선생님이 될 것 같았다. 야, 우리 심심한데 매점 가서 컵라면이나 한 사발 때리자, 라고 이야기하는 선생님은 없을 테니까.

라면이 익는 삼 분 동안 나는 아빠에게 이것저것 물어보았다. 아빠는 아주 신이 나서 이야기를 이어 갔다. 삼 분이라서 좋다. 삼 분밖에 되지 않아 편하고 또 부담이 없다. 아빠랑 이야기를 나누는 그 시간. 약간 부족한 듯하면 독서실 끝나고,

또 편의점에서 만나지, 뭐.

실종

안양예술고등학교 3
윤소희

온 마을이 늪에 잠긴 것처럼 고요한 밤이다. 여섯 마리의 개가
자리한 뒤란에도 밤 그림자가 짙게 드리워져 있었다. 녀석들이 동
시에 컹컹, 소리 높여 짖었다. 부릅뜬 눈과 날카로운 송곳니가 달
빛을 받아 번쩍였다. 녀석들은 하루가 다르게 자라났다. 다리는
단단하게 두꺼워졌고, 몸은 크고 날렵해져 성견다운 면모를 내보
이고 있었다. 한때는 내가 다가갈 때마다 신기한 듯 나를 쳐다보
던 손바닥만 한 새끼 강아지였다. 하지만 이제는 누가 나타나건
간에 송곳니부터 드러내는 위협적인 동물이 되어 있었다. 나는 뒤
란으로 난 창문에서 녀석들이 들어 있는 우리를 바라보았다. 우리
앞에 엉거주춤 허리를 굽히고 앉은 사람의 모습이 보였다. 아버지
였다. 녀석들이 빠르게 자라날수록 녀석들에 대한 아버지의 애정
은 늪처럼 한없이 깊어졌다. 아버지는 녀석들의 먹이를 직접 준비

해서 먹였고, 정신없이 식사 중인 녀석들을 물끄러미 바라보곤 했다. 잔뜩 구겨져 있는 아버지의 옷가지를 정리하다 보면 개털 냄새가 비릿하게 풍겨 나왔다.

각 집마다 개 한두 마리쯤은 키우고 있는 마을이었다. 어느 집에서 개 한 마리가 컹컹 짖기 시작하면 다른 개들이 화답하듯 같이 짖어 대는 걸 쉽게 들을 수 있었다. 그런 마을이니 개가 집단적으로 사라지기 시작했다는 사실이 수면 위로 떠오르기까지는 오랜 시간이 걸렸다. 사람들은 개가 한두 마리쯤 사라지는 일을 대수롭지 않게 여겼고, 다음은 자기 개의 차례가 될 수도 있다는 걸 신경 쓰지 않았던 것이다. 개들이 눈에 띄게 줄어들고 개를 잃어버린 사람이 눈덩이처럼 불어난 후에야 뭔가 심상찮은 일이 일어나고 있다는 걸 다들 알아차렸다. 요즘 들어 마을에 들어온 외부인이 많은데 그중 개 도둑이 있는 게 아니냐고 누군가 말한 이후, 사람들은 낯선 사람을 경계하는 일에 촉각을 바짝 세우고 있었다.

아버지의 개들은 다행히 무사했다. 아버지가 파수꾼처럼 우리를 지키고 있기에 개 도둑도 쉽사리 녀석들을 노리지 못하는 것 같았다. 우리 앞에 쭈그리고 앉은 아버지의 등에는 지켜야 할 게 있는 사람의 고단함이 탑처럼 쌓여 있었다. 엄마는 식사를 준비하고 아버지를 부르러 나왔다가 아버지의 뒷모습을 보고 한숨을 내쉬고는 했다. 개들은 무사했지만 우리 집에는 이미 사라진 것이 있었다.

언니였다.

이 집에서 언니와 함께 밥을 먹고 잠을 자던 그때, 나는 언니가 짝사랑하는 젊은 교생 선생님과 언니의 장래 희망에 대한 이야기를 들으며 열다섯 살을 보냈다. 그해 겨울, 스무 살을 코앞에 둔 언니가 대학 합격 통지서를 들고 왔다. 그러고는 아버지와 엄마, 내가 지켜보는 가운데 그것을 반듯하게 접었다. 대기업에 들어가려고요. 언니가 말했다. 이번에 저희 학년 중에서 그 회사에 붙은 애는 저밖에 없어요. 선생님도 얼마나 축하해 주시는지 몰라요. 번듯한 대학 나와서도 취업 못하는 사람들도 많은데 이번 기회를 놓치면 너무 아쉬울 것 같아요. 아버지는 한참 말이 없다가 작게 긴 한숨을 뱉어 냈다. 등록금 때문에 그러는 건 정말 아니에요. 언니가 나지막이 덧붙였다.

그 후 토요일은 우리 가족이 일주일 중 가장 기다리는 날이 되었다. 토요일이 되면 집 앞 버스 정류장에 언니가 나타났다. 잘 지냈지? 언니는 내 엉덩이를 장난스럽게 톡톡 치며 웃었다. 아버지는 오토바이 뒷좌석에 방석을 깔았다. 그러고는 스무 살의 앳된 언니를 태우고 논길을 신나게 달리곤 했다. 대기업, 그중에서도 공장에서 일을 했지만 언니의 눈은 언제나 활기로 가득 차 있었다. 그곳에서 언니가 하는 일은 반도체 불량 제품을 골라내는 일이었다. 가만히 생각해 보면 참 신기해. 똑같은 기계에서 만들어지는 물건인데 어떤 건 정상이고 어떤 건 불량이라니. 기계도 인간적인 구석이 있다는 느낌이 든다니까. 언니는 맑은 목소리로 말했다. 나는 언니와 나란히 누워 천장에 붙어 있는 형광 별 스티커를 바라보았다. 그렇구나. 언니는 인간적인 회사에 다니는구나. 그렇게 생각하자 조금은 마음이 편했다.

다녀오겠습니다. 나는 혼잣말처럼 중얼거렸다. 대답 대신 적막이 돌아왔다. 마루에는 아버지가 보고 있던 서류들이 이리저리 흩어져 있었다. 법의 'ㅂ' 자도 모르던 아버지가 법 관련 조항을 뒤적이기 시작한 지 벌써 이 년이 넘어가고 있었다. 나는 신발을 신으려다 말고 안방의 문을 살짝 열어 보았다. 아버지가 잔뜩 웅크린 채 잠들어 있었다. 누워 있다기보다는 구겨져 있다는 표현이 어울리는 모습이었다. 밥도 제대로 먹지 않고 매일 전화기와 신문, 서류만 붙들고 있는 아버지였다. 나는 이불을 아버지에게 덮어 준 후 집을 나섰다. 어디에선가 개들이 사납게 짖고 있는 소리가 들려왔다. 나를 쫓아오기라도 할 것처럼 소리는 크고 맹렬했다. 나는 뒤란이 있는 곳을 잠깐 바라보았다. 웬 강아지들이에요? 반색하며 뒤란으로 뛰어오던 언니의 모습이 떠올랐다. 이 근처에 개를 안 키우는 집은 우리 집뿐이었는데, 잘됐지? 빨리 무럭무럭 자라는 걸 보고 싶어. 언니는 개 중 한 마리를 품에 안고 나를 바라보며 싱긋 웃었다. 나는 한참동안 뒤란을 지켜보다가 대문을 나섰다.

교실 문을 열었다. 조용했다. 후덥지근하고 답답한 공기만이 교실을 가득 채우고 있었다. 나는 일부러 뒷문을 소리 나게 닫았다. 아이들이 짜증 섞인 얼굴로 나를 쳐다봤다. 그 눈빛을 외면한 채 터덜터덜 자리로 돌아갔다. 아이들은 다시 교과서로 시선을 돌렸다. 나는 자리에 앉아 다이어리를 꺼냈다. 다이어리는 언제부터인가 여기저기 흠집이 났다. 개의치 않고 다이어리를 펼쳤다. 10일, 오늘 날짜에 붉은 동그라미가 쳐 있었다. 그러고 보니 오늘은 시험이 있는 날이었다. 나는 아이들을 따라 교과서를 펼쳤다. 교과서에는 아무런 필기도 되어 있지 않았다. 검정색 활자들만 오롯이 몸을 눕히고 있었다. 나는 쓰러지듯 교과서 위에 엎드렸다. 눈을 꾹 감았다.

언니는 아버지의 자랑이었다. 학교 성적도, 행실도 나무랄 데가

없었다. 남자애들과 곧잘 시비가 붙어 선머슴처럼 싸워 대는 나와
는 천지 차이였다. 아버지는 마을 사람들이 언니를 칭찬할 때마다
머리를 긁적이며 허허허, 웃었다. 상기된 얼굴에 뿌듯함과 즐거움
이 한껏 묻어 있었다. 그런 언니가 공장이 있는 지역으로 가는 낡
은 고속버스에 몸을 실었을 때, 아버지는 아무 말도 하지 못했다.
나란히 선 아버지와 나는 버스가 시야에서 사라질 때까지 못 박힌
듯 서 있었다. 저녁은 터미널에서 먹고 들어가자꾸나. 이윽고 한
허름한 식당으로 나를 이끌면서 아버지가 말했다. 아버지가 시킨
메뉴는 뜨거운 칼국수였다. 그걸 조용히 먹으면서 아버지는 자꾸
만 코를 훌쩍거렸다. 나는 젓가락질을 하다가 멈추고 아버지를 따
라 소리 없이 울었다.

언니가 공장에서 죽을 거라는 걸, 그때의 우리는 알지 못했다.

학교에서 돌아와 보니 마루로 들어서는 디딤돌에 여러 켤레의
검은 구두가 놓여 있는 게 보였다. 그들이 온 모양이었다. 나는 집
안으로 들어갔다. 매캐한 담배 냄새가 코를 자극했다. 아버지는
그들과 안방에 둘러앉은 채 연신 담배를 피우고 있었다. 한 번의
패소를 거치는 동안, 그들의 숫자는 처음 보았을 때보다 다섯 명
가량 줄어 있었다.

그들이 우리 집을 찾아온 건 이 년 전의 일이었다. 나는 낯선
사람들이 집에 가득 모여 앉아 있는 걸 보고 놀랐다. 언니가 하루
하루를 병실에 누워 보낼 때였다. 낯선 사람들은 하나같이 근심
어린 표정을 지은 채 우두커니 앉아 있었다. 아버지는 그들이 우
리와 사정이 같은 여공들의 아버지라고 소개했다. 역시, 변호사를
선임해야겠죠. 한 남자가 말하자 아버지를 포함한 사람들이 천천

히 고개를 끄덕였다. 그 틈에 가만히 앉아 있던 머리가 벗겨진 남자가 웅얼거리며 말했다. 변호사, 거 돈 많이 드는 거 아닙니까. 저희 식당은 계속 적자라서……. 다른 남자가 그 말을 거들 듯이 입을 열었다. 변호사를 선임해 봤자 승산도 없다 그러던데요. 이미 언론이랑 법 쪽으로 놈들이 손을 다 써 놨답니다. 괜히 대기업이겠어요, 그렇게 약삭빠르게 행동하니 대기업이 되는 거지. 사람들은 긴 한숨과 함께 고개를 끄덕였다. 아버지는 묵묵히 침묵하고 있었다. 한참의 적막 후에 모자를 푹 눌러쓴 남자가 작게 울먹였다. 그럼 죽어 가는 우리 딸애는 불쌍해서 어떡한답니까.

열여섯 살의 여름이었다. 언니가 집에 오지 않은 토요일, 나는 불쑥 언니가 사는 곳을 찾아갔다. 언니가 무엇을 하며 지내는지, 어떻게 살고 있는지 내 눈으로 직접 보고 싶었다. 학년이 바뀌어 고등학생이 되면 그곳에 갈 시간도 없을 것 같았다. 언니가 사는 곳은 공장 옆에 붙어 있는 허름한 기숙사였다. 주말인데도 출근을 한 건지 아무리 문을 두드려도 언니는 나오지 않았다. 나는 공장 앞을 서성였다. 우연처럼 언니와 마주치기를 기대했지만 그런 일은 일어나지 않았다. 공장 직원은 언니를 만나러 왔다는 말에 퉁명스러운 표정을 지었다. 그러고는 곧 쉬는 시간이 될 테니 잠깐 만나고 가라면서 언니가 있는 구역의 번호를 알려 주었다. 공장으로 들어서는 순간, 엄청난 소음이 귀를 찔렀다. 플라스틱 타는 냄새가 지독해서 숨이 막혔다. 주위를 둘러보자 똑같은 방진복을 입은 사람들이 일렬로 가지런히 앉아 있는 게 보였다. 그들은 모두 하얀 마스크로 얼굴을 반 이상 가리고 눈만 내놓은 채 맡은 일을 묵묵히 수행하고 있었다. 레일에서 내려오는 반도체 칩을 잡고 능숙하게 보드판에 칩을 꽂았다. 하나의 보드판에 수백 개의 반도체

168

칩이 박혔다. 그러고는 네모난 기계에 그 보드판을 넣었다. 기계는 굉음을 내며 작동했다. 기계에서 나온 반도체 칩은 까만 연기를 내뿜었다. 그들은 묵묵히 까만 연기를 내는 칩을 골라냈다. 까만 연기가 긴 꼬리를 만들며 쉬이 사라지지 않고 오랫동안 그들 곁을 맴돌았다. 직원이 알려 준 구역에서 나는 언니를 찾을 수 없었다. 줄지어 앉은 방진복 무리에 언니가 있을 터였다. 하지만 언니의 눈빛을 닮은 사람은 아무도 없었다. 아니 모두가 하나같은 눈빛을 하고 있었다.

언니, 잘 지내?

나는 속으로 물음을 삼키며 재빨리 그곳을 빠져나왔다. 공장에서 나던 냄새 때문인지 속이 울렁거렸다. 언니가 나한테 가끔 쥐어 주던 용돈이 떠오르자 눈시울이 뜨거워졌다. 나는 그날 내가 공장에 갔다는 걸 언니에게도, 엄마와 아버지에게도 말하지 않았다.

개들은 자꾸만 사라졌다. 흔적도 없이, 목격자도 없이 사라지는 탓에 주인들의 속만 바싹 타 들어가고 있었다. 동네 주민 중에는 아버지가 데리고 온 외부 사람들 가운데에 개 도둑이 있는 게 아니냐고 언성을 높이는 사람도 있었다. 아버지는 아니라고 시원스럽게 반박을 하지 않았다. 그저 개들에게 꼬박꼬박 먹이를 챙겨 주었을 뿐이었다. 개들을 물끄러미 바라보는 아버지의 얼굴은 언니가 떠나는 버스를 바라보던 때와 닮아 있었다.

처음 아버지가 재판을 준비하기 시작했을 때, 얼마 지나지 않아 제일 먼저 두 명의 남자가 이탈했다. 이길 확률이 적어 참여하고 싶지 않다고 했다. 아버지는 그 소식을 남은 사람들에게 덤덤

하게 전했다. 그래도, 우리는 소송을 합시다. 아버지가 말하자 그들은 천천히 고개를 끄덕였다. 피해자의 부모들은 하나같이 가난했고 힘이 없었다. 여태껏 한 번도 소송을 해 본 적 없는 사람들이었다. 소송을 하는 데 얼마만큼의 비용과 시간이 드는지도 알지 못했다. 하지만 죽어 버린 자식을 위해서 그들은 갖고 있던 돈을 내어놓았다. 내가 언니의 공장에서 마주친 몇 명의 여공들 가운데에 그들의 딸이 있었을지도 몰랐다.

얼마 뒤 반지르르한 회색 양복을 입은 남자가 집을 찾아왔다. 아버지는 자신보다 나이가 어린 남자에게 허리를 구십 도로 숙이며 인사했다. 다른 사람들도 아버지를 따라했다. 그 남자만이 이 모든 일을 해결해 줄 거라고 믿어 의심치 않는 얼굴들이었다. 남자는 가볍게 고개를 숙인 후 마루로 들어섰다. 디딤돌에 놓인 허름한 구두들 가운데에서 남자의 구두는 단연 빛났다. 최 변호사님입니다. 아버지가 남자를 소개했다. 변호사님, 잘 부탁드립니다. 사람들은 교주에게 몰려든 신도들처럼 남자에게 악수를 청했다. 남자는 시큰둥한 얼굴로 그들을 둘러보았다. 본론부터 이야기 드리자면, 희망을 갖지는 마세요. 남자가 차갑게 말했다. 한두 번의 패소는 각오하셔야 할 겁니다.

변호사의 예측대로 첫 번째 재판은 아버지와 사람들의 패소로 끝났다. 패소가 확정되기 무섭게 또 두어 명의 사람이 떠났다. 변호사는 재판을 다시 준비할 것인지 아버지에게 물었다. 아버지도, 사람들도 침묵했다. 엄마는 부엌에 서서 그들의 검은 뒤통수만을 말없이 바라보고 있었다.

아버지가 생전 관심도 없던 개싸움에 참가한 건 그로부터 며칠이 지났을 때였다. 아버지는 마을에서 연례행사처럼 벌어지는 개싸움에 언니가 예뻐하던 개들을 데리고 나갔다. 학교를 파하고 오일장을 지나쳐 집에 가던 길이었다. 나는 우연히 그 광경을 목격했다. 마을 아저씨들이 둥근 원을 만들고 서 있었다. 무엇을 보고 있는지 사방이 왁자지껄했다. 나는 아저씨들 사이를 기웃거렸다. 개 두 마리가 서로를 공격하고 있는 게 보였다. 그중 한 마리는 언니가 유난히 예뻐하던, 갈색 얼룩이 있는 개였다. 녀석은 날카로운 송곳니를 내어놓은 검은 개와 대치하고 있었다. 검은 개는 그르릉, 소리를 내며 녀석을 노려봤다. 녀석은 겁을 먹은 건지 움츠러들었다. 한눈에 보아도 검은 개는 녀석보다두 배는 커 보였다. 나는 당장에라도 달려 나가 개싸움을 중지시키고 싶었다. 그러나 멍한 눈으로 그 모든 것을 지켜보고 있는 아버지를 보자 움직일 수가 없었다. 그때였다. 검은 개가 발톱을 곤추세운 채 녀석에게 달려들었다. 검은 개의 서늘한 이빨이 녀석의 목을 파고들었다. 죽여, 죽여! 개싸움을 둘러싼 마을 아저씨들이 고함쳤다. 아저씨들의 고함 소리 때문일까, 귀가 아팠다. 녀석은 비명에 가까운 신음소리를 냈다. 발버둥을 쳤지만 검은 개의 이빨에서 떨어지기란 쉽지 않아 보였다. 검붉은 피가 녀석의 목에서 뚝, 뚝, 떨어졌다. 나는 겁에 질린 채 고개를 돌렸다. 개싸움을 구경하던 마을 아저씨들은 막걸리를 들이키며 킬킬 웃었다. 거, 당연한 거 아니겠나. 개들도 짐승이라 싸우면 싸울수록 강해지는 거지. 강해지려면 동족이랑 자주 다투게 해야 한다카이. 얼굴이 붉게 상기되어 있는 아저씨들 틈에 아버지는 무표정하게 서 있었다. 곧 녀석은 힘을 잃고 바닥으로 고꾸라졌다. 검은 개가 의기양양한 얼굴로 녀석의 가슴팍 위에 육중한 다리를 얹었다. 나는 그곳을 벗어났다.

그날 저녁, 개들은 온몸에 생채기를 입은 채 신음했다. 개들은 한 번도 강한 적과 싸워 본 적 없었고, 이빨을 사용해 본 적이 없었다. 녀석들은 그저 우리 집 식구들이 머리를 쓰다듬어 주는 걸 평안한 마음으로 즐겨 왔을 뿐이었다. 아버지는 우리 앞에 서서 녀석들이 다른 개에게 물리고 뜯긴 자국을 무연히 바라보았다.

그 후, 아버지는 변했다. 개들도 변했다. 우리에 바짝 달라붙어 주둥이를 내민 채, 녀석들은 포악하게 짖어 대고 있었다. 언니가 예뻐하던 모습은 어디에도 남아 있지 않았다. 걸쭉한 침이 바닥으로 뚝뚝 떨어졌고, 입가에는 붉은 얼룩들이 묻어 있었다. 나는 우리 앞에 놓여 있는 텅 빈 그릇들을 쳐다보았다. 아버지가 사료가 아닌 고기를 먹이기 시작한 후 우리를 둘러싼 공기가 변하고 있었다.

개들은 참 빨리 크는구나. 토요일을 맞아 집을 찾아온 언니가 우리 안을 들여다보았다. 아버지가 그러는데, 애들은 사냥을 하기 위해 태어난 종이래. 내가 아는 체를 하자 언니는 눈을 동그랗게 떴다. 거짓말. 이렇게 순하게들 생겼는데. 나는 그릇에 사료를 듬뿍 부어 우리 안으로 밀어 넣었다. 언젠가 애들이 다 큰 개가 되면 언니를 물지도 몰라. 내 말에 언니는 내 등을 손바닥으로 찰싹 때렸다.

어른이 된 개들은 진짜로 사람을 물었다. 하지만 대상은 언니가 아니라 아버지였다. 재소송을 앞둔 어느 날, 녀석들 중 한 마리가 먹이를 주는 아버지의 손을 물었다. 아버지의 손에는 붉은 상처가 그대로 남아 있었다. 개들은 공격적으로 변했다. 무엇이 녀석들을 그렇게 만들고 있는 건지는 알 수 없었다. 손을 물렸는데도 아버지는 녀석들을 돌보는 일을 소홀히 하지 않았다. 아버지는 피가 뚝뚝 떨어지는 고깃덩어리를 사료 대신 그릇에 담았다.

언니의 장례식은 견딜 수 없이 불편했다. 사람들의 형식적인 위로도, 향냄새도, 상복도, 영정 사진도 하나같이 불편했다. 할 수만 있다면 그곳에서 아주 멀리 떨어진 곳으로 도망치고 싶었다. 언니는 고작 스물세 살이었다. 죽기에는 너무 젊은 나이였다. 장례식을 찾아온 사람들은 두런두런 언니 이야기를 했다. 공장에 들어차 있던 역한 연기, 검은 매연, 그 속에 숨어 있던 독기가 언니를 아프게 한 모양이라고 했다. 언니는 참 착한 아이였다고도 했다. 조문객 가운데에는 언니와 같이 일을 하던 동료들도 있었다. 누구보다 안타깝게 생각합니다. 동료 중 한 명이 말했다. 언니는 죽고, 죽지 않은 사람 중의 한 명이 말했다. 나는 속이 계속 메스꺼웠다.

언니의 유품은 고스란히 내게 남겨졌다. 그중에는 언니의 다이어리도 있었다. 언니가 공장 기숙사에서 틈틈이 쓴 것 같은 다이어리에는 언니의 키보다 훨씬 커다란 기계를 움직이는 방법, 작업 시간의 무료함을 견디는 방법, 그리고 하루 일과에 대한 고백이 빽빽이 적혀 있었다. 다이어리를 보면서 알게 된 사실이지만, 언니는 3교대로 일을 했다. 24시간이라는 시간은 언니의 하루 속에서 뒤죽박죽 엉켜 버렸다. 내가 친구들의 최신형 핸드폰을 부러워하고 있을 때 언니는 최신형 핸드폰의 부속품을 만들기 위해 하루도 쉬지 않고 일했다. 환하게 웃기만 했던 언니에게서 한 번도 들어 본 적 없는 이야기였다. 언니의 다이어리 속 달력에는 매월 10일마다 붉은 동그라미가 그려져 있었다. 10일은 언니의 월급날이었다. 언니가 얼마나 재미없는 하루하루를 보내고 있었는지 그것을 읽는 것만으로 짐작이 갔다. 어떻게 이 년씩이나 그런 시간을 버텼을까. 바보같이, 미련하게 참지만 않았더라도 결과는 달라졌을지 모른다.

공장에서 일한 지 이 년째 되던 해 언니는, 쓰러졌다. 그 시간은 언니를 아프게 하기에 충분했다. 언니는 그사이 너무 많이 변해 버렸다. 가슴까지 내려오던 긴 머리는 까끌까끌한 밤톨머리가 되었고, 동글동글한 얼굴도 야위어져 버렸다. 언니는 하루하루를 병실 침대에 누워 보냈다. 잠에 빠진 순간의 얼굴은 얼마만의 낮잠인지 고단하면서도 평온해 보였다. 투명한 링거의 액체가 언니의 얇은 손목으로 뚝, 뚝, 떨어졌다. 언니는 일 년을 그렇게 견뎌 냈다. 오늘은 좋은 꿈을 꿨어. 어느 날인가, 언니가 내 단발머리를 쓰다듬어 주며 말했다. 우리 가족이 바닷가로 함께 여행을 가는 꿈이었어. 언니 퇴원하면 바다로 휴가 가자. 나는 고개를 끄덕였다. 언니가 싱긋 웃었다. 복사꽃처럼 하얀 얼굴이었다.

언니의 다이어리 마지막 장에는 이런 노래 가사가 적혀 있었다. "그대여 울지 말아요. 운다고 달라지나요. 우린 또 멀고 먼 길을 끝없이 걸어야 해요……." 나는 그 가사를 몇 번씩이나 조용히 따라 불러 보았다. 언니에게 남은 시간이 거의 끝나 가고 있을 무렵이었다.

재소송 준비가 한창이었다. 거의 일 년 만에 다시 시작하는 소송이었다. 학교를 마치고 집에 돌아와 보니 뒷마당에 이상한 자국이 남아 있는 게 보였다. 어떤 동물의 날카로운 발톱 자국이었다. 개 발톱 같기도 하고 다른 동물의 발톱 같기도 했다. 자국은 띄엄띄엄 떨어져 있었다. 나는 숨을 죽인 채 그 자국을 따라갔다. 자국이 멈춘 곳은 뒤란 창고 앞이었다. 무언가가 자국을 남기면서 그 안으로 끌려 들어갔다는 걸 단박에 알 수 있었다. 나는 창고 문을 당겨 보았다. 문은 굳게 잠겨 있었다. 차가운 문에 귀를 대 보았다. 안에서는 긴 침묵만이 이어지고 있었다. 아니, 자세히 듣자 무언가를 세게 내려치는 소리가 들려오는 것 같기도 했다. 온몸이 서늘해졌다. 아버지의 굳은 얼굴이 잠시 떠올랐다 지워졌다. 아버지 옷의 주름, 옷에서 나던 비린내, 불그스름한 얼룩들, 그것들은 다 어디에서 온 걸까. 아버지는 이 안에서 뭘 했던 걸까. 창고에 한참 들어가 있다 나오는 아버지의 손에는 매번 고깃덩어리가 담긴 그릇이 들려 있었다. 아버지는 그것을 여섯 마리의 개들에게 내밀곤 했다. 개들이 어디로 자꾸 사라지는지 몰라. 개 안 잃어버리게 신경 써요. 옆집 아줌마의 말에 아버지는 아무 대답이 없었다.

나는 학교에서 받은 시험 성적표를 잘게 찢어 버렸다. 아버지는 자정이 되도록 텔레비전 앞에 우두커니 앉아 있었다. 텔레비전에서는 끊임없이 뉴스 방송이 나오고 있었다. 소송을 준비하면서부터 아버지가 매일같이 챙겨 보던 뉴스 채널이었다.

"너도 같이 볼래?"

아버지는 텔레비전을 응시하며 물었다. 나는 머뭇거리다 아버지의 곁에 앉았다. 텔레비전에서는 대기업을 대상으로 한 민사 소송이 진행되고 있다는 소식이 앵커의 목소리를 통해 전달되고 있었다. 아버지는 상기된 얼굴로 보도를 지켜보았다.

며칠 후 변호사는 이번 재판이 생각보다 잘 풀릴 수도 있다는 긍정적인 소식을 안고 왔다. 뉴스 앵커의 말처럼 언니가 일했던 대기업을 상대로 하는 민간 소송이 여러 건 걸려 왔고, 거기에 힘입어 산업 재해 소송도 확산되고 있다는 것이었다. 소송이 대규모로 진행되자 아버지의 제보에도 묵묵부답이던 언론사들도 관심을 갖고 있다고 했다. 여론만 잘 몰아가면, 가능성이 있을 법도 합니다. 변호사는 눈을 번뜩였다. 그렇게 되면 제가 여러분을 얼마나 물심양면으로 도왔는지를 잊으시면 안 됩니다. 그의 말에 사람들은 멍하니 고개를 끄덕였다.

　기자들은 기업이 감춰 온 그늘에 대한 것을 집중적으로 다루기 시작했다. 한 신문에는 아버지가 데려온 변호사에 대한 기사가 실렸다. 산업 재해 피해자의 편이 되어 노력하고 있는, 진실하고 소신 있는 변호사라는 내용이었다. 아버지와 다른 부모들의 사진도 실려 있었다. 어떤 기자는 집으로 찾아와 언니에 대한 것을 물어보기도 했다. 언니가 어떤 사람이었는지, 어떤 꿈을 가진 여공이었는지, 죽음이 언니를 가로막지 않았다면 앞으로 어떤 일을 할 수 있었을지. 아버지와 엄마가 더듬더듬 대답하는 걸 들으면서 나는 방에서 혼자 울었다. 있잖아요, 언니의 꿈은 선생님이었어요. 엄마와 아버지는 모르시지만 저는 알아요. 언니는 교생 선생님을 좋아했어요. 생물을 가르치는, 아주 멋진 분이라고 했어요. 그분처럼 되고 싶다고, 꼭 동료 교사가 되어 그분을 만나고 싶다고 했어요. 하지만 언니는 여공이 됐잖아요. 대학을 포기하고 그곳으로 간 거잖아요. 죽지 않았다면 미래는 바뀌었을까요. 언니는 다시 선생님을 꿈꾸게 되었을까요.

　멈춰 있는 것만 같았던 시간은 빠르게 지나갔다. 소송은 준비대로 진행되었고, 언론에서는 끊임없이 피해자들의 이야기를 내보냈다. 피해자들의 입장이 점점 우세해졌다. 마침내 재판이 있던 날, 아버지는 깨끗하게 빤 옷들을 입고 집을 나섰다. 아버지의 옷깃에서는 더 이상 개털 냄새가 나지 않았다. 하지만 나는 어렴풋이 희미한 비린내를 맡았다.

해가 뉘엿뉘엿 넘어갈 무렵, 아버지가 돌아왔다. 엄마와 나는 터미널로 아버지를 마중 나갔다. 아버지는 터덜터덜 버스에서 내렸다. 엄마는 아무 말 없이 아버지의 서류 봉투를 들어 주었다. 아버지가 말을 하지 않아도 재판에서 승소했다는 걸 엄마도, 나도 알고 있었다. 이미 한차례 매스컴이 이 재판을 다룬 후였다. 나는 터벅터벅 버스 터미널을 빠져나가는 엄마와 아버지의 뒷모습을 바라보았다. 아버지의 옷은 어느새 조금 구겨져 있었다. 버스 안에서 오랫동안 앉아 있었기 때문인 것 같았다. 집에 도착했을 때, 아버지는 엄마가 솔로 닦아 준 구두를 디딤돌 위에 벗고 집안으로 들어갔다. 이제 다른 구두들이 우리 집을 찾아올 일은 없었다. 모든 게 마무리가 된 것이다.

엄마는 부엌에서 말없이 삼겹살을 구웠다. 고소한 삼겹살 냄새가 집안을 감돌았지만 이상하게 식욕은 느껴지지 않았다. 재판에서 이겨도, 그래서 배상금을 받는다 해도 달라질 건 아무것도 없다는 걸 아버지도 알았을 것이다. 두 번의 힘겨운 싸움이 지나갔지만 재판 결과가 어떻게 되든지 언니는 돌아오지 않는다. 언니는 낡은 고속버스를 타고 너무 먼 곳으로 떠나 버렸다. 하지만, 나는 아버지를 이해했다. 아버지가 언니를 위해 해 줄 수 있는 것이라곤 그것밖에 남지 않았으니까. 냄새를 맡은 건지 뒤란 우리에 있는 개들만 시끄럽게 짖어 댔다. 우리로 나가 보니 텅 빈 그릇을 앞에 두고 짖고 있는 개들이 보였다. 하루 종일 아무도 챙겨 주지 않은 탓에 배가 많이 고픈 모양이었다. 나는 아버지의 창고로 들어

갔다. 역한 노린내 같은 것이 났지만 내가 예상한 개의 사체는 보이지 않았다. 나는 그곳에 널브러져 있는 식칼을 우두커니 바라봤다. 식칼은 손잡이가 낡아 있었지만, 날은 스치기만 해도 무언가를 베어 낼 만큼 예리했다. 나는 그것을 창고 구석 깊숙한 곳에 숨겨 놓았다. 그러고는 창고를 뒤져 사료 봉지를 찾아냈다. 사료 봉지에는 케케묵은 먼지가 쌓여 있었다. 나는 먼지를 툴툴, 털어 냈다. 그것을 그릇에 가득 부어 우리 안으로 넣어 주자 개들은 허겁지겁 사료를 먹기 시작했다. 사료 조각들이 바닥으로 어지럽게 흩어졌다.

나는 오랫동안 뒤척이다 잠들었다. 내일을 생각해야 했고, 언니가 없는 미래를 받아들여야 했다. 나는 언니가 집을 떠났던 스무 살을 향해 가고 있었다.

개들이 짖는 소리가 잦아들었고, 나지막한 발소리만 들려왔다. 발소리는 우리 앞을 서성이다가 디딤돌을 밟고 마루로 올라온 후, 마지막으로 아버지가 잠든 방 앞에 머물렀다가 사라졌다. 그게 꿈이었는지 아니었는지, 나는 분간할 수 없었다.

어느 날 불현듯, 해고

신도림고등학교 2
강예송

넌 해고다.

하필이면 아몬드멸치볶음에서 아몬드만 골라먹는 데 열중하던 터라, 나는 어머니가 하는 말을 제대로 듣지 못했다. 그래서 반문할 수밖에 없었던 것이다. 네? 뭐라고요?

넌 해고라고.

뭐랄까, 한순간에 오만 가지 생각이 머리에 떠올랐다. 신세대 조크인가? 아버지가 직장에서 잘렸단 소식을 우회적으로 통보하시는 건가? 그것도 아니라면, 내가 모르는 새 해고라는 단어의 뜻이 바뀐 것인가? 그러나 그 어떤 생각도 충분히 설득력 있지 않았으므로, 나는 다시 반문할 수밖에 없었다.

그 말씀, 지금 저한테 하시는 건가요?

어머니는 확실히 고개를 끄덕이고 계셨다. 자금자금 씹히는 아몬드가 너무 단단해서, 도통 현실감이 없다. 대체 이게 무슨 상황이지? 자문해 보아도 답은 없이 내 안의 허공에서 메아리칠 뿐이었다. 뚫어져라 어머니를 쳐다보고 있자 다행히 설명을 해 주신다.

그러니까 지금, 너를 아들로서 해고한다는 뜻이다. 지금 이 순간부터 너는 내 아들이 아니다.

어머니의 단호한 목소리를 듣고 보니, 설명을 해 주신 게 과연 '다행'이었는지 의문이 들기 시작했다. 이성을 담당하고 있을 뇌 어딘가를, 누군가 쇠망치로 쾅쾅 두들기는 기분이었다. 간신히 정신의 갈피를 붙잡고 생각해 보니, 어머니와 지금 당장 깊은 대화를 나눌 필요가 있는 것 같다.

그 말씀은 지금, 저와 절연하시겠다는 건가요?

절연과는 다르지. 그렇게 고상하게 이별하고 싶은 생각은 없다. 이건 일방적인 거야.

어머니, 잠시만요. 조금만 더 이성적으로 생각해 봅시다. 전 아들이고, 어머니는 어머니시죠? 이건 뭐, 누가 정하고 싶어서 정한 게 아니라 하늘이 정해 준 거잖아요. 근데 그걸 어머니 마음대로 끊으시겠다고요? 그게 말이 된다고 생각하세요?

어머니가 너무 당연한 듯 고개를 끄덕이시는 바람에 그만 맥이 풀렸다. 어머니는 또다시 단호한 목소리로 말씀하신다.

요샌 그다지 드문 일도 아니다. 벌써 우리 동에도 자식을 해고한 부모들이 몇 명씩 있어. 게다가 너는 이제 열여덟 살이니까 애도 아니잖니? 너 혼자서도 충분히 잘 해내 갈 수 있을 거야. 네 통장에 생활비 넣어 놨다. 못해도 몇 달간은 문제없이 보낼 수 있을 거야. 이것만 먹고 짐 싸서 나가렴.

아니, 그러니까 대체…….

해고 사유를 묻는 것이라면, 지난 몇 년간 네 태도를 자숙해 보렴.

벨 소리가 요란하다. 뭔가 설득을, 하다못해 변명이라도 하려 했지만 어머니는 전화를 받기 위해 자리를 뜨셨다. 나는 망연히 식탁을 쳐다보았다. 흑미밥, 다시마어묵국, 구운김, 쉬기 직전인 김치, 아몬드가 없는 아몬드멸치볶음. 최후의 만찬치고는 더없이 초라한 밥상이었다. 젓가락으로 멸치를 집었다. 돌이라도 되는 듯 잘근잘근 멸치를 씹었다. 겉의 짠맛과 내장의 쓴맛이, 참으로 초라한 음식이었다. 아몬드의 빈 공간을 메우고 있는 것은 바로 그러한 초라함이었다. 김치의 쉰내와 다시마의 노린내, 김의 짠내 같은 것이 한꺼번에 몰려와 비위를 뒤흔든다. 나는 젓가락을 내려 놓았다. 잘 못 먹었지만 어쨌든 잘 먹었습니다, 하고 인사했다.

짐을 싸야 하는 걸까?

아니, 속단하긴 이르다. 되는 데까지 변명해 보거나, 설득해 보거나, 죽이 되든 떡이 되든 뭔가 해 보긴 해야 할 것이다. 그러지도 않고 그냥 이대로 집을 나오는 것은, 정말 웃기지도 않는 이야기다. 마침 어머니가 통화를 마치셨다. 잔뜩 생각해 놓은 말을 하려는 찰나, 어머니가 선수를 치셨다.

아직도 안 나갔니? 빨리 짐 싸렴.

다시 한 번 맥이 탁, 풀린다. 변명이고 뭐고 머릿속이 엉망진창이 되어서 화답할 말조차 떠오르지 않는다. 내가 그렇게 한참동안 우두커니 있자, 어머니는 내 방으로 들어가서서 손수 짐을 싸 주시기 시작했다. 교복, 생활복, 청바지, 티셔츠, 속옷, 필기도구, 교과서, 참고서, 핸드폰, MP3, 이어폰, 지갑. 커다란 가방 안에 꾸역

꾸역 잘도 들어간다. 거기다가 세면도구, 수건, 비닐봉투, 손수건, 물티슈, 아스피린, 밴드, 손톱깎이까지. 도시락과 과자만 있다면 아마 어디론가 수학여행이라도 가는 기분일 것이다. 그러나 그게 지금, 그럴 수가 없는 것이다. 어머니가 터질 듯이 볼록해진 짐 가방을 내밀었을 때, 나는 그것을 찢어서 집안에 내용물을 흩뿌리고 싶은 심정이었다. 아마 지금이 마지막 기회일 것이다. 그러니까 죽이 되든 떡이 되든.

어머니, 잘못했습니다. 지금까지 공부 안 하고 만날 친구들하고만 놀러 다니고 PC방에서 밤새고 연락 없이 외박하고 참고서 산다고 거짓말 쳐서 돈 타고 노래방 가고 당구 치고 술 마시고 담배 피우고 한 거 전부 다 잘못했어요. 그러니까 이번 한 번…….

구구절절 변명하지 말고 지금까지 네 잘못을 잘 알고 있다면 지금 당장 나가렴.

저 다리 밑에서 주워 오셨어요, 어머니?

머리를 거치지 않고 바로 목구멍에서 튀어나온 말이었다. 나는 그 정도로 절박했고, 생각이란 것을 하지 않고 있기도 했다. 그러나 역시, 심하다 싶을 정도로 여과 없이 튀어나온 말에 스스로도 어이없어 하던 차인데, 놀랍게도 어머니가 고개를 끄덕이시는 게 아닌가.

철산대교.

어안이 벙벙하다, 라는 말로는 충분히 표현이 안 될 정도로 어안이 벙벙했다. 이성을 두드리는 쇠망치가 한결 더 강해진다. 대체 이 기분을, 뭐라고 형용해야 될까?

자, 궁금했던 점이 속 시원히 해결됐니? 이제 가 보렴.

뭐가 뭔지 모를 정도로 일이 이상하게 흘러가고 있었고, 그건

"가 보렴." 하고 말하는 어머니의 표정도 마찬가지였다. 가방을 짊어진 채 얼빠진 얼굴로 집 밖으로 나왔다. 어머니는 나의 뒷통수에 대고 "잘 가렴." 하고 짧은 인사를 남겨 주셨다. 멸치 냄새는 집 밖에서까지 내게 따라붙는다. 엘리베이터는 공교롭게도 점검 중이다. 하릴없이 뒤돌아서 계단 앞에 선다. 끊임없는 계단의 내리막이 마치 앞으로 펼쳐질 내 미래 같다. 그 밑으로 미끄러지고, 미끄러진다.

밖으로 나와 보니 하늘이 참 으슥하다. 선선한 바람이 한없이 매캐하게만 느껴진다. 아파트를 올려다보았다. 멀거니 땅 위에 얹혀진 아파트, 그중에서도 정말 애매하기만 한 11층 집, 안녕. 좋든 싫든, 이제 나는 자유다.

이제 어디로 가지.

핸드폰을 꺼내 시간을 확인했다. 오후 7시 32분이다. 정말이지, 쫓겨난 것도 애매하기 짝이 없는 시간에 쫓겨났단 생각이다. 딱히 어디 갈 데도 없었고, 걸터앉아서 뭔가 사색하고픈 기분도 아니었다. 그렇다면……

통장 잔고나 확인해 보고자, 은행으로 가기로 결심했다.

*

통장 정리기에 통장을 넣고 초조한 마음으로 기다렸다. 곧 통장이 나왔고, 그것을 조심스레 펼쳤다. 한 장 한 장 사용 내역을 조심스레 넘기고, 마침내 마지막 한 장, 그러니까 거기에 적힌 액수는……

참, 뭐랄까.

애매하고, 현실적인 숫자였다.

분명 이전의 시각으로 보았을 땐 큰 액수였다. 이전부터 사고 싶던 것을 잔뜩 사고도 한참이나 남을 액수였으니. 그러나 그것이 내가 가진 전 재산이고 앞으로 모든 것을 그 돈으로 해결해야 한다 생각하니, 그 금액이 턱없이 부족해 보이는 것이다. 지금부터라도 틈틈이 아르바이트를 뛰어야 할까? 아마도, 그럴 것이다. 안일하게 몸을 내맡기기엔 분명 얇고도 얇은 숫자였다. 누가 뭐래도 나는 이제 자유였고, 혼자였다. 그렇게 생각하자 그 액수가 다시 한 번 애매하고, 현실적으로 다가왔다. 시시껄렁한 어머니의 장난이 아니었다. 이 돈은 가족의 일원으로서의 자격을 끊는, 날카롭고 준엄한 돈이었다. 이는 아마 내가 가족의 일원이었다는, 그 마지막 증거가 될 것이다. 참으로 표독한 돈이다. 이제부터 나를 먹여 살릴 돈은 그러한 돈이다. 인정하고 싶지 않지만, 현실이 그러했다.

은행을 나와 다시 시간을 확인했다. 오후 7시 53분. 여전히 시간은 애매했다. 머리라도 식힐 겸 잠시 벤치에 앉았다. 철산대교만큼이나 아늑하고 편안한 벤치였다. 사색을 할 생각이었지만, 곤비한 정신 앞에 힘없이 녹아든다. 여름이라 그런지 아직도 하늘에 붉은 여운이 남아 있다. 하지만 차차 새까만 어둠에 녹아든다. 벌써 저만치엔 달이 떴다. 곤비한 태양은 지구 반대편에서 잠시 쉬다 오면 될 것이다. 태양은 거처는 확실히, 그쪽이었다. 그렇다면 내 거처는, 과연 어디로 해야 될까.

친구의 집이 그나마 무난한 선택으로 보였다.

핸드폰을 꺼내 즉시 연락을 취했다. 지루한 발신음은 일 분 가까이 지나서야 끊겼다.

　여보세요?

　어, 형철아, 나야. 오늘 너네 집에서 자도 되냐?

　성욱이냐? 부모님 안 계시니까 되긴 될 거야. 그런데 갑자기 왜?

　하마터면 엄마한테 해고당했어, 하고 말할 뻔했다. 물론 안 될 것은 없지만, 사정을 일일이 길게 설명하는 것은 분명 귀찮은 일이다.

　사정이 있어서 그래. 하루만 신세 지자.

　어, 어. 그래, 그럼.

　고마워, 지금 갈게.

　통화 종료 버튼을 눌렀다. 다행히도, 오늘은 나나 태양이나 밤 동안 거할 거처가 있었다. 벤치에서 일어나 친구의 집 쪽으로 발걸음을 옮겼다.

　　　*

　친구의 집은 아수라장이란 말론 뭔가 부족한, 굳이 표현하자면 몹시 '정석'적인 난장판이었다. 식은 라면 국물이 한가득 담긴 냄비는 아인슈타인의 얼굴이 그려진 물리학 책을 짓밟고 있었고, 그 주변으로도 잡동사니들이 한가득 널려 있었다. 그보다 좀 더 밖으로 벗어나면, 바야흐로 의류의 소용돌이에 다다르게 된다. 런닝과 티셔츠와 양말과 속옷이 어우러져, 그야말로 온 바닥을 휘감고 있다. 부엌도 만만치 않다. 싱크대 위 각종 식기들의 군집은, 에베레

스트가 우습다는 듯 차근차근 몸집을 불려 나가고 있었다. 바퀴벌 레와 의욕을 상실한 인간을 키우기에는 더없이 적합한 환경이다.

이쪽으로.

친구를 따라 방 안으로 들어갔다. 바깥이 전쟁터라면 이쪽은 그래도 참호 같은 느낌이 든다. 한구석에 커다란 가방을 내려놓았 다. 즉시 친구가 묻는다.

가출했냐?

그보다 더 어울리지 않는 표현은 찾기 힘들만큼 내 상황에서 벗어난 추측이었다. 고개를 세차게 흔들었다. 친구는 코웃음을 친다.

거짓말 마. 그럼 그 짐은 어떻게 설명할 건데?

어머니가 날 해고했어.

변명하거나 둘러대는 것이 더 피곤했으므로 그냥 사실대로 답 했다. 놀라거나, 반문하거나, 하다못해 시늉이라도 할 줄 알았건 만 친구는 의외로, 정말 의외로 담담했다. 그저 '어, 너도 그렇구 나?' 하는 표정으로 고개를 끄덕였을 뿐이었다.

안 놀라?

놀랄 게 뭐 있어. 드문 일도 아닌데.

머리를 긁적였다. 대체 언제부터, 세상이 나를 빼놓고 미쳐 돌 아가기 시작한 건지 진중하게 고민해 보았다. 답은 나오지 않는 다. 친구가 다시 입을 열었다.

4반의 제훈이였나, 걔도 해고당했잖아. 퇴직금도 얼마 못 받아 가지고 지금 고시원에 살면서 근근이 먹고살고 있대. 알바 하느라 곧 학교도 그만둘 것 같다고 얘기하더라고.

마치 누구 누구가 누구랑 사귄대, 이런 식의 이야기처럼 가볍게도 술술 나왔으므로 나도 '아, 그렇구나, 그런가 보다.' 하고 넘어갈 뻔했다. 그러나 도저히, 지금은 한없이 옅어진 상식의 잣대로 생각해 보았을 때, 그건 아무리 생각해도 얼토당토않은 이야기다. 누구나 상식이 있는 사람이라면 그렇게 생각할 것이다.

아니 잠깐, 형철아. 자식을 해고한다는 게, 그게 그렇게 '당연하게' 상식의 범주 안으로 여겨지는 일이야?

질문을 받은 형철이가 오히려 더 의아한 표정이었기에 나는 그만 베개라도 씹어 먹고 싶은 심정이 되었다.

못 할 게 뭐 있어? 오히려 요샌 유행처럼 번지고 있던데. 아직은 그러니까, 윤리, 한 톨이나마 남은 윤리 때문에 차마 하지 못하고 있지만, 조금 더 번지기만 한다면 모두가 물밀듯이 쓸모없는 자식을 해고할 거야.

참으로 가볍고 가벼운 세상이었다. 그렇게 쉽게, 이런 난장판의 참호에서 이야기되어도 아무런 이상이 없을 정도로, 세상은 가벼웠다. 조금만 더 얘기한다면 아마 머리가 돌아 버릴지도 모르겠단 생각이 불현듯 들었다. 나는 급히 화제를 돌렸다.

부모님은 어디 가시고 혼자 남았어?

노르웨이로 해외 여행 가셨어. 이틀만 더 지나면 돌아오실 거야. 돌아오시기 전에 집안 좀 치워야 되는데, 막막하다. 이걸 언제 다 치우지.

확실히, 지금부터 치워도 반나절은 족히 걸릴 법한 난장판이었다. 켜켜이 쌓이고 쌓인 때처럼 답답한 장소다. 그러나, 그렇다고 해서 치우는 게 불가능한 것은 아니지 않은가.

치우자.

참 쉽게도 치우자는 말이 나왔고, 친구는 조소를 흘렸다. 그러거나 말거나 어쨌든, 언젠간 치워야 되는 잡동사니들일 터였다. 하나하나 차근차근 치워 나갔다. 참호는 곧 평화로운 중립 지역으로 변모했다. 친구도 어느덧 거들고 있었다. 집안이 개판인 만큼 내 정신도 개판이었으니, 내 정신을 닦는단 일념으로 청소에 임했다. 그러자 더욱 손길이 빨라진다. 마침내 모든 청소를 끝낸 것은 오전 1시 21분. 반나절은커녕 그 반의 반나절도 걸리지 않았다. 뿌듯했다. 분명 뿌듯했다. 그러나 흐트러진 정신은 쉽사리 돌아오질 않는다. 친구가 주스를 한 잔 권했다. 흔쾌히 받아들었다. 친구의 얼굴에는 미소가 걸려 있다.

이렇게 열심히 사는 너도 해고당하는데, 나도 곧 잘릴지도 모르겠다.

그 순간, 무언가 척추 끝으로 싸한 기운이 흘렀다. 짐짓 농담처럼, 아무렇지도 않게 말하고 있었지만 친구의 말에는 분명 불안이 배어 있었다. 그러니까 언젠간 자신도 낙오되어, 친구 집을 하루 간격으로 옮겨 다니거나, 비좁은 고시원에 살며 학교를 그만둘까 깊이 고민하게 될지도 모를, 그런 미래에 대한 막연한 불안이 배어 있었다. 아마 친구는 어쩌면 일이 닥친 나보다 훨씬 더 불안할지도 모른다. 현철이는 다 좋지만 다분히 의존적인 경향이 강한 친구다. 그런 친구에게 그 예측이란 것은, 흐릿할망정 얼마나 잔인하게 다가올 것인가.

주스를 한입에 털어 넣었다. 주스에서는 희미하게, 멸치 냄새가 났다.

*

    학교에서의 생활은 변함이 없었다. 한순간에 뒤집어진 내 일상에 비하자면 정말, 조금도 변함이 없었다. 여전히 나는 수학 시간만 되면 책상 위에 엎드렸고, 점심시간이 되면 급식실로 달려 나갔으며, 밥을 다 먹고 나선 운동장에서 공을 찼다. 다만 사소한, 아주 사소한 문제는 있었다. 해고당할 때 어머니가 챙겨 주신 나의 짐 안에는 체육복이 없었던 것이다. 집으로 돌아가 체육복을 가져올 수도 있었지만 별로 그러고 싶은 기분이 들지 않았다. 차라리 지금처럼 계속 친구한테 빌리는 게 나을 것이다. 나를 해고한 가정으로 돌아가는 것만큼 서글픈 일이 또 있을까. 정말이지 참, 가벼운 세상이었다.

    학교에서의 하루가 여느 때와 다름없이 저물었다. 종례는 언제나 그렇듯 길고 지루했다. 책상에 엎드린 채 잠깐이나마 잠을 취하려는 순간, 청소 당번 남고 나머진 책상 위에 의자 올리고 가란 선생님의 말씀이 들려왔다. 이런 때만큼은 머리보다 몸이 먼저 반응한다. 그런데 의자를 올리려는 찰나, 선생님이 한마디를 덧붙이시는 게 아닌가.

    아 참, 그리고, 성욱이 너. 교무실로 좀 따라와 봐라.

    의자를 마저 올리고, 선생님을 따라나섰다. 학교가 워낙 크다 보니 교무실도 참 멀리 있다. 모퉁이를 두 번 돌고 계단을 세 번이나 오르고 나서야 교무실에 도착했다. 교무실에서는, 아몬드 냄새가 났다.

    선생님은 책상 위의 잡동사니를 옆으로 치우시더니, 바로 용건을 얘기하셨다.

성욱이 너…… 어머니한테 해고당했다면서?

사십 대 중년의 굵은 목소리가, 고막 속으로 묵직하게 파고들었다. 그러니까 세상은 입도 가볍다는, 참으로 시시껄렁한 생각이 들었다. 나는 말없이 고개를 끄덕였다. 선생님은 즉시 유감스럽다는 표정을 짓는다.

흔한 일은 아니지만 뭐, 충분히 있을 수 있는 일이다. 실제로 우리 학교에도 서너 명 있으니까. 너무 충격받거나 하지 말고 학업에 열중해. 해고당한 아이들 중 태반은 개과천선해서 다시 복직한다는 거, 알고 있지? 차라리 이걸 기회로 생각하고 더 노력해 봐. 네 소식은 꾸준히 부모님께 전할 테니까.

입안에 모래를 털어 놓은 듯 껄끄럽다. 속은 메스껍다. 문득 손톱이 가렵다는, 얼토당토않은 감각이 느껴졌다. 오른손으로 왼손의 손톱을 긁었다. 한참을 깎지 않아 오른손의 손톱은 길기만 하다. 책상 위의 공기 청정기가 시끄럽게 돌아가고 있었다. 실내 중 공기 오염 농도는, '양호'였다.

뭐 그래, 그건 그렇고, 지낼 곳은 정했니?

입을 열면 안에 무언가 쏟아져 내릴 것만 같아 쉽사리 입을 열지 못했다. 한참동안 입술만 달싹거리다 겨우, 입을 열었다.

지금은 형철이 집에서 묵고 있어요. 오래는 안 있을 거고, 이틀 정도나 더 있으려고요. 나온 다음엔 고시원 같은 데나 알아봐야죠.

선생님은 말없이 고개를 끄덕이셨다. 깍지 낀 손가락이 어쩐지 부자연스럽게 느껴진다. 공기 청정기만큼이나, 교무실은 시끌벅적했다. 그 가운데 나와 선생님의 침묵은 더욱 두드러진다. 작달막한 창문으로 비치는 볕이 뜨겁다. 선생님은, 아까의 나처럼 한참동안 입술을 달싹거리다 다시 입을 여셨다.

성욱아, 힘내라. 아무리 힘들어도 퇴학은 생각하지 말고. 고민 있으면 혼자 속 썩지 말고 선생님한테 얘기해. 할 수 있는 것이라면 무엇이든 도와주마.

손톱의 가려움이, 살짝 잦아들었다. 선생님의 목소리보다 숨소리가 더욱 짙게 들려온다. 참으로 농밀한 들숨과 날숨.

그럼, 이제 가 봐라.

가 보라는 말을 들었는데도 발이 쉽사리 떨어지지 않는다. 규칙적인 호흡이 바닥으로 낮게 침전한다. 나는, 선생님께 물었다.

선생님, 세상이 언제 이렇게 각박해졌죠?

선생님의 얼굴 위에 진득한, 쓴웃음이 따라붙었다.

세상은 원래 각박했어.

*

방과 후에 나는 고용노동부 안양지청으로 갔다. 딱히 뭔가 따지고 싶었다기보단, 그러지 않고선 나 스스로가 견딜 수 없었기 때문이었다. 한때 나의 집이었던 곳과 달리, 이곳은 엘리베이터가 고장 나지 않았다. 서슴없이 타고, 그 안에서 허공 위를 미끄러졌다. 도착해 보니 고용노동부란 곳은 정말 '사무'적으로 보이는 공간이었다. 그 공간이 너무 낯설어 한순간 들어가는 것이 망설여졌지만, 결국은 들어오고 말았다. 서류를 한 뭉치 이고 가는 사람에게 물었다. 부당 해고에 대해 상담하려면 어디로 가야 하나요? 손끝은 오른쪽을 향하고 있었다. 감사하다고 짧게 인사한 다음, 그

쪽으로 다가갔다. 얼핏 보면 은행 창구와 비슷한 느낌이 들어 번호표라도 뽑아야 되는 건 아닌가 하고 생각했지만 순번 대기기가 없는 것을 보니 그건 아닌 듯했다. 자리가 비어 있었으므로 일단 앉았다.

무슨 일로 오셨나요?

부당 해고에 대해 문의하려 왔는데요.

상담원은 일순간 의아한 표정을 짓는다.

구체적으로 말씀해 주시겠어요?

그러니까, 어…… 어머니가 저를 해고했습니다.

그제야 상담원은 무슨 일인지 대강 알겠단 표정이 되었다. 그는 얼굴에 미소까지 띤다.

그러니까 학생은, 어머니로부터 해고당하셨는데, 그것이 부당하다고 생각되어서 오신 거죠?

예…… 그렇습니다.

기본 인적 사항을 알아야 되니 이것 좀 기재해 주시겠어요?

그는 볼펜과 종이 한 장을 내밀었다. 위에는 큼지막한 글씨로 '친족 간 부당 해고 항의서'라고 적혀 있고 밑에는 질문거리들이 널려 있다. 이름, 주소, 학교, 전화번호부터 성적, 항의 사유에 이르기까지. 갖가지 채워야 할 것들이 빼곡했다. 하나하나 차근차근 채워 나갔다. 다른 것은 별 문제가 되지 않았는데 다만, 마지막 항의 사유를 어떻게 채워야 할지 고민되었다. 어머니로부터 해고당한 아들이 할 수 있는, 가장 정당한 항의 사유는 무엇일까. 아무리 생각해도 떠오르지 않았고 결국 그냥 되는 대로, 내가 갖고 있는 최후의 상식이 시키는 대로 채워 넣었다.

'자식에 대한 의무를 저버리고 일방적으로 해고를 통지했기

때문.'

상담원은 종이를 찬찬히 훑어보았다. 빠르지도 않고 집요하지도 않고 다만 정말로 '사무'적인 눈길이었다. 끝까지 읽었는지 그는 곧 종이를 내려놓았다. 이어서 그는 컴퓨터를 만지작거렸다. 키보드를 두드리는 소리와 마우스가 딸깍대는 소리가 길게, 길게 이어졌다. 몇 분이나 흘렀을까. 마침내 그는 모니터를 끄고 나를 쳐다본다. 그의 얼굴에는 웃음이 만연하다.

안타깝게도, 학생에겐 부당 해고에 대해 항의할 자격이 갖춰지지 않았네요.

거세게 뺨이라도 후려 맞은 기분이었다. 그는 말을 계속한다.

친족 간 부당 해고에 대해, 그중에서도 부모와 자식 간 부당 해고에 대해 자식이 항의하기 위해선 내신 평균이 최소 3등급은 넘어야 해요. 학생부 기록에도 오점이 없어야 되고요. 학생은 학생부도 그렇고 성적도 그렇고 어느 하나 자격이 갖춰지질 않았네요.

침을 삼켰다. 쉬이 진정되질 않는다. 머리가, 뜨겁다. 왜 사람의 머리 안에는, 열기를 식혀 주는 프로펠러가 없는 것인가.

공부를 못하면, 자식 취급도 못 받는 것에 대해 항의할 수도 없단 말입니까?

꼭 공부라기보다는 자식으로서의 의무를 잘 행하지 않았을 경우, 라고 보는 것이 더 적합할 듯하네요. 의무를 잘 이행하지 못한 직원을 해고하는 것은 부당 해고가 아니거든요. 한쪽에게만 의무를 강요할 순 없지 않나요, 학생?

더는 듣기가 힘들었기에 자리를 박차고 일어났다. 전혀 감사하지 않았지만 상담원에게 감사합니다, 하고 인사했다. 천만에요, 하는 화답을 등지고 밖으로 나섰다. 엘리베이터는 여전히 고장이

나지 않은 채 멀쩡히 있다. 그러나 나는, 엘리베이터를 등지고 계단 쪽으로 걸어갔다. 또다시 끊임없는 계단. 그 밑으로 다시 한 번 한없이 미끄러지고, 미끄러졌다.

*

이후로 시간이 어떻게 흘러갔는지 모르겠다. 나는 친구의 집에서 나와 고시원에 묵었고, 그 생활에 차차 익숙해졌다. 벽에서 자주 곰팡이가 피어난단 점을 빼면 더할 나위 없이 좋은 방이었다. 식사도, 학업도, 그 외의 모든 일은 정말이지 대강대강 처리했다. 여전히 세상은 각박했고, 그 안에 억지로 날 우겨 넣는 일은 하고 싶지 않았다. 하지만 통장 안의 액수는 차근차근 뺄셈에 뺄셈을 거듭하고 있었다. 슬슬 불안이 피부로 와 닿을 무렵, 나는 어쩔 수 없이 아르바이트를 시작했다. PC방 아르바이트였다. 담배 연기와 어둠이 자욱한 공간에서 명멸하는 화면만을 쳐다보는 사람들은, 그야말로 무언가에 홀린 듯했다. 몇 시간이고 그들을 지켜보는 일은 결코 유쾌하지 않았지만 어쨌든, 돈이 필요했다.

학교만은 달라지지 않았다. 수업과 급식과 운동은 여전히 그대로였다. 가끔 어깨에 내신 평균 3등급이란 숫자가 올라타곤 했지만, 신경 쓰지 않기로 했다. 몇 시간이고 무시하다 보면 제풀에 지쳐 나가떨어지고 마는 숫자였다. 그것만 빼면 정말로 모든 게 그대로였다. 종례는 여전히 길고 지루했으며, 나는 여전히 체육복을 빌려 입었다.

지금은 조례 시간이다. 떠들썩하던 아이들이 제자리를 찾아 앉

194

는다. 선생님은 이런저런 이야기를 하신다. 누가 지금까지 안 왔느냐, 어제 청소 도망간 사람 누구냐, 어제 나눠 준 설문지 가져와라. 일상적인 풍경이었고, 역시 익숙했다. 어제 늦게까지 아르바이트를 하느라 몸 한구석에 꿍쳐 둔 졸음이 스멀스멀 기어 나온다. 깜빡깜빡 조는데, 선생님의 목소리가 나지막이 들려온다.

오늘 3교시에 학부모 참관 수업 있다. 평소처럼 떠들지 말고 오늘 하루만이라도 집중해서 듣도록. 수업 시간에 화장실 가지 말고 지금처럼 쉬는 시간에 제때 제때 다녀와라. 아, 그리고 성욱아. 너는 나 좀 따라와라.

졸음에 겨운 몸을 간신히 일으켰다. 선생님을 따라 모퉁이를 두 번 돌고 계단을 세 번 올랐다. 교무실에서 선생님은 조심스레 입을 여신다.

성욱아, 음…… 왜 불렀냐면, 그, 3교시에 학부모 참관 수업 있잖니. 그때 수업 열심히 들으라고. 졸지 말고 말야.

저희 어머니가 오신대요?

선생님은 한숨을 쉬며 고개를 흔드셨다.

오시라고 했는데, 거절하시더라고.

예상했던 결과다. 확실히 어머니라면, 그러시고도 남을 것이다. 공기 청정기 소리는 여전히 요란하다. 실내 중 공기 오염 농도도 여전히 '양호'였다.

그럼 딱히 집중해서 들어야 할 이유는 없는 것 같은데요.

아니, 그게 아니라…….

마치 그때처럼, 선생님의 입술이 달싹거린다. 선생님은 침을 한 번 삼키고, 마침내 입을 여셨다.

학부모 참관 수업 때, 너희 어머니처럼 자식을 해고한 부모님들이 오실 거야. 네가 열심히 해서 눈에 띄기만 한다면, 그러니까, 어…… 그분들한테 고용될 수도 있을 거야.

말없이 교무실을 나왔다. 계단을 세 번 내려오고 모퉁이를 두 번 돌아 교실로 돌아왔다. 그리곤 내 자리에 돌아와 한참이고, 엎드려 있었다. 그냥 이대로 영원히 있고 싶은 심정이었다. 졸음이 다시 기어 나온다. 소리도, 냄새도, 모든 게 희미해져 간다. 땅속 깊이 침전하고 싶다. 그러니까 그냥 이대로, 이 상태로만. 그러나 시간이 흐르자, 정신이 오히려 말짱해져 간다. 소리도, 냄새도, 다시 모든 게 선명해진다. 교실 안에 아몬드 냄새가 짙다. 결국, 눈을 뜨고 말았다.

짝에게 몇 교시냐고 물어보았다. 3교시가 방금 시작했다는 대답이 온다.

그제야 뒤에서 시선이 느껴진다. 차마, 뒤돌아 볼 수가 없다. 맥박이 빨리 뛰고, 식은땀이 났다. 등꼬리를 타고 차가운 기운이 흘렀다. 시선은 화살처럼 준엄하게, 결코 볼 순 없지만 끊임없이 박혀 든다. 마치 우리 안에 내던져진 것처럼, 수치스러운 기분이 들었다. 교실이 좁았다. 너무나도 좁았다. 손톱이 견딜 수 없이 가려웠다. 수업하는 내용은 전혀 들리질 않는다. 시간은, 턱없이 느리게 흐른다.

초침을 쳐다보았다. 한없이 늑장을 부리는 것처럼 보인다. 너무 느렸다. 둥그런 판 위를 지나칠 정도로 여유롭게 산보하고 있다. 마음속으로 끊임없이 재촉한다. 제발 빨리 좀 가라고. 그러나 나아질 기미는 보이지 않는다. 체념해야 되지만 도저히 체념할 수가 없다. 문득, 앞쪽에서 시선이 느껴진다. 선생님이 나를 쳐다보고 있다.

너, 나와서 이것 좀 풀어 봐라.

한순간 그 말이 뜻하는 바를 이해할 수가 없었다. 풀어 보다니, 무엇을? 한참이 지나서야 칠판에 적힌 문제를 풀란 소리란 걸 깨닫게 되었다. 일어나야 했다. 일어나서, 칠판 앞으로 걸어가 분필을 쥐어야 할 것이다. 그래야만 했다. 그러나, 온몸에 힘이 들어가질 않는다. 그저 우두커니 칠판에 적힌 문제를 쳐다보는 것밖에 할 수 없었다. 하지만 칠판마저도, 너무나 멀게 느껴진다. 아득하다. 사방이 아득하다. 화살처럼 살갗에 박혀 오는 시선이, 물결처럼 퍼지는 웅성거림이, 너무나도 견딜 수 없이 가벼운 세상이

참으로 아득, 하다.

땅이 없는 사람들

효성여자고등학교 1
김은조

끼영, 하고 애처로운 소리가 났다. 검은색의 등에 하얀 배를 가진 개는 누운 채로 뒤척였다. 뒤척일 때마다 부른 배가 눈에 띄게 꿈틀거렸다. 개는 몸을 부르르 떨고는 옆에서 이불을 껴안은 채로 누워 있는 수드를 불렀다. 끼잉, 낑…… 그 애처로운 소리에 수드는 몇 번 움찔거리다 눈을 떴다. 뿌연 안개가 눈앞에서 몇 번 깜빡이다 사라졌다. 왜 그래, 하고 수드는 개를 달래다 꿈틀거리며 경련하는 개의 배에 깜짝 놀라 몸을 일으켰다. 축축한 무언가가 개의 다리 사이에 흥건했다. 끼잉, 하고 개는 한 번 더 애처롭게 신음했다. 개가 두 달 동안 품어 온 생명이 지금 나오려고 하고 있었다.

앵이 온 날에는 때가 별로 안 좋았다. 그날도 수드는 개를 옆에 두고는 뛰어다니고 싶어 하며 보채는 개를 살살 달래고 있었다. 개가 뛰어다니며 나비를 쫓아다니고 싶어 하는 게 눈에 띄게 드러났지만 그렇게 내버려 둘 수는 없었다. 난민촌에서 개를 키우는 사람은 수드밖에 없었다. 이슬람교도들은 개를 천한 동물로 여겨 눈길조차 주지 않았다. 그들은 가끔씩 떠돌이 개가 마을을 떠도는 것을 볼 때마다 얼굴을 찌푸리곤 했다. 아이들은 개를 난민촌 밖으로 내쫓기 위해 돌을 던졌다. 수드가 옆에 없다면 수드의 개도 마을 밖으로 쫓거나 쓰레기를 뒤지다가 어느 쓰레기장에서 굶어 죽을지도 몰랐다. 잠시 개와 앉아 있는 이때만 하더라도 꼬마 애들이 수드를 빤히 보다가 뒤에 서 있는 아벳이 노려보자 지레 겁을 먹고 달아났다. 수드는 아벳이 뭔가 말을 하고 싶을 때마다 자신의 뒤에 한참동안 말없이 서 있곤 한다는 걸 알고 있었다. 아벳이 말을 할 때까지 가만히 기다리는 건 수드의 몫이었다. 햇빛이 벽을 비춰 바람이 불 때마다 벽돌에서 하얀 먼지가 흩날리는 게 보였다. 수드는 가끔씩 개의 등을 토닥이며 먼지 속 알갱이들의 숫자를 세다가 여자가 하나 온대, 하고 말하는 아벳의 말에 고개를 돌렸다.

"알이 그러는데, 여자가 하나 온대, 동양인 여자래."

아벳은 말을 잠시 멈춘 채로 있다가 숨을 삼키곤 말을 이었다.

"동양인 여자는 본 적 없잖아? 와서 질문도 하고, 사진도 찍고 뭐든지 도와줄거래." 뭐든지, 하고 아벳은 그 말을 강조했다.

수드는 아벳이 도움을 받고 싶은 게 있다는 걸 알았다. 아무도 도와주지 못했던 그 일을 아벳은 그 동양인 여자가 도와줄지도 모른다고 생각하는 것 같았다. 너는, 하고 아벳이 말을 꺼내다가 멈췄다. 아벳은 고개를 숙이고 숨을 참다가 삼키고는 목멘 목소리로 말을 이었다.

"너는 그때 봤잖아. 그러니까 할 말 생각해 놔."

너도 봤잖아, 하고 말이 목구멍을 간지럽혔지만 수드는 그 말을 꿀꺽 삼켰다. 아벳은 자기 할 말을 끝내자마자 등을 돌리곤 수많은 벽들 사이로 뛰어갔다. 그 뒷모습이 순간 죽은 셋째 오빠와 겹쳐서 수드는 순간적으로 헉, 하고 숨을 내뱉었다.

수드는 개를 옆에 낀 채로 난민촌을 한 바퀴 걸었다. 건물들 너머로 점령촌이 보일 때마다 수드는 손에 든 개의 목줄을 더 꽉 쥐고는 고개를 다른 곳으로 돌렸다. 점령촌 쪽을 볼 때마다 셋째 오빠가 눈앞을 지나갔고, 개가 한 마리 지나갔고, 니아즈가 지나갔다. 모두가 수드를 보지 않고 수드에게 등을 돌린 채로 걸어가고 있었다. 수드는 눈을 깜빡이곤 동양인 여자가 혹시 이 근처에 있지 않나, 하며 과장된 몸짓으로 주위를 둘러보았다. 아벳이 동양인 여자가 온다고 말한 게 방금 전이었지만 지금 당장 여자가 난민촌에 도착해 있을지도 몰랐다. 아벳은 항상 수드에게 늦게 무언가를 알렸다. 그 나름대로 아벳은 수드에게 배려를 해 주는 걸지도 몰랐다. 수드는 개가 옆에 있는 때에 아벳이 자신에게 말을 건 것 자체가 신기했다. 그리고 그만큼 동양인 여자에게 아벳이 기대를 걸고 있을 테였다. 버스가 가고 난 후에 한 여자의 앞으로 애들이 몰려나왔다. 어디서 왔어요? 이름이 뭐에요? 온갖 질문이 나오고, 어떤 애는 여자를 향해 쿵후 같은 발차기를 해 보인다. 여자와 같이 버스에서 내린 알이 호통을 치자 그제야 아이들은 쭈뼛거리며 흩어진다. 처음 보는 동양인이 신기한 듯 그중에서도 어린 꼬마들이 여자를 계속해서 흘끔거리며 돌아보자 여자는 어정쩡한

200

미소를 지어 보인다. 여자를 향해 알이 영어로 몇 마디 하자 여자는 하얀 이를 드러내고 웃으며 손을 내저었다. 거기까지를 보고 수드는 이대로 돌아서서 집으로 향해야 하나, 알에게 손을 흔들며 다가서야 하나 고민하다, 수드! 하고 큰 소리로 부르며 손을 크게 흔들어대는 알의 모습에 알과 여자를 향해 다가서야만 했다. 수드가 개를 데리고 다가서자 여자는 신기한 듯 눈을 동그랗게 뜨곤 목줄을 손에 쥔 수드의 오른손을 바라보았다. 여자가 개를 보는 사이 수드는 재빨리 여자의 모습을 살폈다. 여자는 목에 스카프를 두르고 긴 검은 머리를 한 갈래로 묶어 넘기고 있었는데, 하얀 피부가 눈에 띄었다. 모자를 쓴 여자의 머리는 많이 엉클어져 있었다. 여자의 얼굴에는 피곤한 기색이 역력했고 반팔 티셔츠의 소매 사이로 나와 있는 팔은 빨갛게 달아올라 있었다. 알은 수드에게 오랜만이라고 말한 다음 여자의 팔을 살짝 건드려 그제서야 수드에게 여자가 인사를 하게 만들었다. 안녕, 하고 서툴게 말하는 여자를 알은 앵이라고 소개하고 난 후 앵에게도 수드를 소개시켰다. 수드는 안녕하세요, 하고 말하며 고개를 살짝 꾸벅였다. 앵은 만나서 반가워라며 자신도 고개를 한 번 꾸벅였다.

"앵은 작가야. 글을 쓴다구."

알은 수드에게 앵을 부탁한다고 말하며 덧붙였다.

"앵은 니아즈 이야기를 더 넓은 곳까지 알릴 수 있어."

니아즈 이야기를 더 멀리 알릴 수 있다. 수드는 속으로 아벳이 왜 앵에게 기대를 품었는지 알겠다고 생각하며 개를 앞장서게 하기 위해 줄을 한 번 잡아당겼다. 놀라는 앵의 모습이 생각한 것보다 젊으면서도 늙은 것 같았다.

그날은 별다른 날이 아니었어요. 저는 학교에 다니지 않았지만 형은 학교에 다녔어요. 저는 항상 금요일이 되면 학교 앞으로 나갔어요. 학교가 집에서 그렇게 먼 것도 아니니까. 왜 금요일마다 나갔냐고요? 형은 제가 마중 나가기 전에는 금요일마다 늦게 들어왔어요. 눈이 벌게지고, 잔뜩 충혈된 채로 기침을 해 대면서 가끔씩은 심한 악취도 풍겼고요. 그 앵이 말해 준 거…… 금요 집회라는 거. 그게 뭔지는 알아요. 그리고 형이 금요일만 되면 거기에 나갔다는 것도 알았어요. 그게 나쁜 일이 아니라는 것은 알았어요. 단지, 그러니까…… 그런데도 제가 형을 마중 나간 것은 거기에 나갔다가, 제 또래였던 애 하나가, 눈에 뭐가 박혀서 죽었거든요. 그래서였어요…….

그날, 한 가지 다른 게 있었다면 수드가…… 그, 왜. 앵 안내해 준 애. 그 여자애. 걔도 거기에 있었다는 거예요. 아뇨. 별 다른 이유가 있었던 것은 아닐 거예요. 왜 피하냐고요? 지금은 그게 중요한 게 아니잖아요.

수드는 앵도 봐서 알겠지만, 개를 키워요. 알아요. 웬만해선 없는 일인 거. 그 개가 수드를 거기까지 데려왔을 거예요. 어떤 덩치 큰 떠돌이 개가, 수컷인데, 그 개가 수드네 개를 쫓아다니더라고요. 수컷 개랑 수드네 개가 여기저기 다니다가 학교까지 온 거고, 수드는 따라왔겠죠. 개가 어디 가서 다시는 안 올까 봐. 앵도 그런 일 있다고요? 거 봐요. 개는 그런 동물이에요.

수드는 저랑 니아즈 형을 보고는 안녕, 하고 외쳤어요. 형도 안녕 하고, 저는 손을 흔들었죠. 개는 수컷 개랑 한참을 노닐고 있었어요. 뒤로는 점령촌이 보였어요. 병사 두 명이, 그 빌어먹을 이스

라엘의, 아, 미안해요. 어쨌거나 병사 두 명이 우리를 보고 있었어요. 병사들은 상당히 폭력적이에요. 나는 예전의 병사 한 명이 칼을 던져서 고양이 목 따는 것도 본 적 있어요. 그런 병사들 쪽으로 개가 가까이 가니까 수드가 소리를 질렀어요. 그쪽으로 가면 안돼! 하고. 그러고는, 그러니까…… 안 울어요. 안 운다고요. 눈에 뭐가 들어갔어요. 계속해서 말 할 수 있다고요. 형이, 그러니까…… 미안해요, 막…… 뭐가 계속해서 여기를 패고 있는 거 같아요. 심장 있는 데를. 앵은 형 얘기를 알릴 수 있다고 그랬죠. 네? 조금 있다 다시 말할게요. …… 조금 있다…….

수드는 알이 앵을 끌고 이리저리로 다니는 동안 가만히 그 뒤를 따랐다. 다른 외국인이 왔을 때와는 달리 앵 근처에는 유난히 사람들이 모여들었는데, 아이들이 대부분인 걸로 보아 동양인을 신기해하는 것으로 보였다. 아벳! 알이 아벳을 찾고 있는 사이 앵은 지쳤는지 벽에 기대어 서서 햇빛을 피했다.

"거기 서 있으면 뭐 묻어요."

앵은 잠깐 어? 하며 어리둥절해 하다가 수드를 향해 웃어 보이며 괜찮아, 하고 입모양을 만들어 보였다. 개가 낑낑거리며 앵의 냄새를 맡고 꼬리를 쳐 대자 앵은 익숙한 손놀림으로 개를 쓰다듬어 주었다. 앵은 수드가 자신과 같이 벽에 붙어 서서 개가 앵에게 심하게 붙는다 싶으면 줄을 잡아당기는 것을 보곤 신기한 눈으로 입을 열었다.

"키우는 거야?"

수드는 앵이 서툴게나마 팔레스타인 말을 할 줄 아는 데 놀랐다가 그것이 자신을 위한 배려임을 알고는 영어로 대답했다.

"사연이 있어서요, 영어 할 줄 아니까 영어로 말씀하세요."

그 말을 듣자 앵은 대충 알겠다는 듯한 손짓을 하고 몇 가지를 더 물을 생각인 듯했지만 알이 아벳을 발견한 듯 앵을 큰 소리로 부르자 알겠다며 고개를 돌리고 발을 내딛었다. 수드는 알의 옆에 서 있는 아벳의 옆모습을 보고는 이제 들어가도 괜찮겠다 싶어 계속해서 앵 쪽으로 낑낑대는 개를 부르고 집으로 향했다.

수드가 앵을 다시 본 건 그 다음 날이었다. 앵은 수드네 집 벽에 기대어 앉은 채로 카메라를 만지고 있었는데, 손동작과 얼굴에 일어난 티로 보아 많이 피곤한 모양이었다. 수드가 주춤거리고 있는 사이 앵은 그제야 수드가 온 것을 눈치챈 듯 웃어 보이며 손짓했다. 웃음이 정말 헤프기도 하다. 수드가 쭈뼛거리며 앵에게 다가서자 앵은 배고프지 않니, 하고 부드러운 어투로 물었다. 괜찮아요, 배 안 고파요라고 수드가 채 다 말하기도 전에 뱃속에서 꼬르륵 소리가 났다. 수드가 부끄러워하며 얼굴을 붉히는 사이 앵은 부스럭 소리를 내며 가방을 뒤지더니 초콜릿 바를 꺼냈다.

"먹어. 라마단 기간도 아니고…… 다른 건 다 녹아서."

혹시 싫어해? 라고 묻는 듯한 표정에 수드는 초콜릿 바를 꺼내 들고 한입 깨물었다. 혀가 아릴 정도로 단맛이 입안 가득 퍼져 나갔다. 앵이 만나러 온 사람은 아벳과 그 가족이었지만 실상 앵과 친해진 사람은 수드였다. 앵은 개를 좋아하는지 수드가 개를 데리고 있는 것을 볼 때마다 개를 쓰다듬으며 가끔씩은 수드에게 양해를 구하고 먹이도 주었다. 또한 개를 천하게 여기는 이슬람교도인 수드가 개를 데리고 다니는 것이 신기했는지 수드를 볼 때마다 예의 그 웃음을 지으며 말을 걸곤 했는데, 그 상냥하고 다정, 그러면서도 싸구려 같은 연민이 섞이지 않은 목소리에 차츰차츰 수드도 마음을 열었다. 앵은 수드가 생각한 동양인의 이미지와는 달리 정이 많고 칭찬을 아끼지 않았다. 한 번은 수드에게 웃어 보라고 한 후 사진을 한 장 찍어 건네주며 수드는 참 예뻐, 하며 웃어 보였다. 그 말을 듣고 수드는 겉으로는 티를 내지 않는다고는 했으나 기쁨이 온몸을 타고 오르는 것 같은 기분이었다. 수드는 앵을 좋아하고 따르면서도 아벳의 뒷모습이나 옆모습을 언뜻 볼 때마다 '이래도 되나?'라는 생각이 들었다. 앵이 실제로 친해진 사람이 누구든 간에 앵이 만나러 온 사람은 아벳이엇다. 수드는 어째서 아벳이 자신을 피해서 다니는지 알고 있었다. 그러면서도 아벳이 자신에게 앵이 온다는 것을 알린 것이 신기했다. 그 말을 하면서 개에게 달려들어 주먹을 휘두르지 않은 것도 신기했다. 아벳은 그 나름대로 감정을 참고 있을 터였다. 어째서 수드가 개를 데리고 다니는지, 가끔씩 개를 이유로 시비가 걸려 올 때 왜 수드가 개를 감싸 안으며 몸을 움츠리는지 아벳은 알고 있을 터였다.

네. 물 마시고 왔어요. 데운 물. 이제 안 울어요. 아까도 운 게 아니라니까요. 나는 몰랐는데, 형은 상당히 눈에 띄는 사람이었나 봐요. 아니면, 거기에 있던 그 병사가 예전에 형이 금요 집회에 갔을 때 던진 돌에 머리를 정통으로 맞았을 수도 있죠. 그래서 그 자식 다시 보면 머리통을 날려 버리겠다, 하고 있었을지 누가 아나요. 말이 좀 심했나요? 형이 어떤 사람이었냐고요? 형 이름은 니아즈. 나이는…… 아. 그런 게 궁금한 게 아니라고요. 원래 여자애랑 같이 붙는 건 별로 안 좋은 일이죠. 하지만 형은 그런 거에 신경을 안 썼어요. 형은 무신론자라고 말하곤 했어요. 신이 있다면, 우리를 이런 지옥에 처박아 놓을 리가 없다고. 저는…… 신이 모든 걸 심판할 거에요. 이곳에서 죽어 간 사람들이 얼마나, 얼마나 많은데. 이 지옥에서. 말이 다른 데로 샜네요. 형은 나랑 수드에게 영어를 가르쳐 줬어요. 제법 능숙한 편이지 않나요, 영어. 니아즈 형 전에는 수드네 셋째 형이 가르쳐 줬어요. 지금은 없지만. 수드 네 개를 보면요, 화가 치밀어 올라요. 귀를 뜯어 내고, 배를 걷어 차고, 눈알을 파내고 싶어요. …… 이런 말 하니까 제가 꼭 이스라 엘 병사 같네요. 배는 걷어차면 안 된다고요? 왜요? 그 개가 거기 에 없었으면 형은…… 형은. 지금 옆에 있을지도 모르는데.

"이 개, 임신을 했어."

앵이 개의 배를 쓰다듬어 주다가 그 말을 툭 내뱉었을 때, 그 어투가 마치 아벳이 얘기를 해 주고 있어, 나 초콜릿 하나 먹을래, 하는 것 같아 수드는 그 말이 농담인 줄 알았다. 여기 봐. 여기가 불룩하잖아. 수컷이랑 같이 다니거나 그랬어?

"수컷이 있긴 했는데…… 삼 주 전에 죽었는데."

그래? 하고 앵은 툭 대답하고는 꼭 니아즈가…… 하다가 입을 다물었다. 순간적으로 수드의 표정이 굳었기도 굳었지만 손이 바르르 떨리는 걸 보아서 알 터였다.

"한 달 뒤면 새끼들이 태어날 거야."

새끼가 태어나면 어째야 하지, 싶었다. 개를 키우는 것은 어떻 게든 되었지만, 새끼까지 키울 수는 없었다. 새끼만 버릴 수도 없 었고, 개와 함께 버릴 수도 없었다.

"새끼가 곤란해?"

곤란해, 바로 그렇게 말하고 싶었지만 수드는 말을 빙 돌렸다.

"개는 어떻게든 되지만…… 새끼까지는 좀."

곤란해서, 라는 마지막 말을 수드는 입안으로 꾹 삼켰다. 앵은 손을 향해 달려드는 개의 머리를 밀어내곤 코를 톡 쳤다가, 사랑스럽다는 듯이 귀 뒤를 긁어 주었다. 개가 만족스러운지 기분 좋은 소리를 냈다.

"이름이 없다 그랬지, 이 개."

앵은 딱히 수드의 대답을 바란 게 아닌지 바로 말을 이었다.

"그리고 새끼를 낳으면 버려질지도 모르겠고."

진심으로 불쌍하다는 목소리였다. 수드는 이대로 계속 개에 대해서 말을 하다가는 앵에게 설득되어 넘어갈 것 같아 앵은 왜 여기에 왔어, 하고 물었다. 그 말을 듣자 앵은 하하, 하고 소리 내어 웃어 보였는데 그 소리는 상당히 인위적이었고 입가는 눈에 띄게 경직되어 있었다. 수드가 처음 보았을 때의 앵은 나이를 가늠하기 어려웠고 피부도 하얗지만, 요새 보니 화장 아래로 주름살이 언뜻 보이곤 했고 스트레스성 뾰루지를 감추려고 한 자국도 볼 수 있어 앵이 생각보다 나이가 많다는 걸 눈치챌 수 있었다.

"결혼을 했었어. 실패했지만."

그 목소리는 마치 넋두리와 같았는데, 수드는 일일이 대답을 할까 하다 묵묵히 앵의 다음 말을 기다렸다.

"임신을 했는데…… 유산이었지. 아기가 내 뱃속에서 버티지를 못했어."

그 말을 하며 앵은 자신의 배를 쓰다듬었다. 그 동작은 마치 임산부가 부른 배를 쓰다듬어 보며 아가야, 하고 속삭이는 듯했다.

"또 남편은 빌어먹을 나쁜 놈이어서, 대놓고 바람을 피웠어. 임신을 해서 애를 낳으면 달라질 거라고 생각해서 임신을 하고, 또 했지만…… 그때마다 애는 가 버렸어." 하늘나라로 말이지, 하며 앵은 킥킥 웃었다.

"내 나이도 이제 서른 중반이고…… 임신을 또 했는데…… 이 번에도 애가 태어나지를 못했어. 내 뱃속속에서, 내가 남편과 매일 싸우니까…… 그 소리를 듣고, 세상으로 나오기 싫었나 봐. 이번 에도 그렇게 되고 나니까 진짜 딱 죽고 싶더라고. 자살까지 생각 했어. 감기약이 자살하기에 좋대서 이백 알이나 구했었다니까? 그래서 먹고 죽으려는데…….."

앵은 잠시 말을 멈추곤 숨을 들이켰다. 목소리에 울먹임이 묻 어 나오고 있었다.

"꿈이 생각났어. 잊고 있던 게. 갑자기 확 세상이 빛나 보였어. 그래서 남편이랑 이혼하고…… 정신적 위자료, 육체적 위자료를 받고 정처 없이 돌아다녔지. 그리고 여기에 왔어. 사람들한테 도 움이 되고 싶어서."

순간적으로 수드는 앵에게 날개가 돋아나는 것을 본 것 같았 다. 앵이 해를 등지고 서 있어서인지 빛이 앵의 뒤를 비춰 하얗고 큰 날개가 언뜻 보인 듯했다. 앵은 조용히 고개를 들고는 숨을 들 이쉬었다.

"새끼 말야, 버리지 마. 그리고…….."

앵은 잠깐 미소를 짓고는 덧붙였다.

"니아즈 일은 네 잘못 아냐."

네. …… 네. 알겠어요. 무슨 말을 하고 싶은지. 하지만, 앵. 앵 은 그런 느낌을 받은 적 없나요. 용서를 해야 한다고 속으로는 몇 번이나 그 생각을 해요. 그렇게 결심에 결심을 하고 나서, 마주치 고 나면 다정한 말이라도 건네야 생각하고 있었는데, 보는 순간 갑자기 숨이 턱 막히는 거. 분명히 나는 방금 전까지 모든 것을 다

용서하겠다고 마음먹었는데. 정말 큰 결심이었는데. 그 애를 보자마자, 갑자기 화가 솟구치는 거요. 앵도 눈치챘겠죠. 내가 원래 이렇게 말이 많은 게 아니라는 거. 네. 그냥 말을 막 하고 싶어져요. 아무 말이나 상관없이, 말이 목구멍의 안쪽을 간지럽히면 그 상태로 다 밖으로 내보내는 거에요. 미안해요. 앵. 나는 그 이상은 말할 수 없어요. 그 부분을, 정말로 말할 수가 없어요.

내일이면 떠나야 한다고 했나요. 네. 나오면 한 권 보내 줄 거죠. 끝까지 말해 주지 못해서 미안해요. 나 때문에 여기에서 몇 주나 더 있어 버리고. 수드랑도 많이 친해졌었죠? 네? 아. 수드랑 언제부터 알았냐고요. 마지막 질문이 그거에요? 예전에, 몇 년 전에는 가자 지구에 살았어요. 수드는 옆집이었고요. 아버지 두 분이서로 아는 사이셨거든요. …… 그건 잘 몰라요. 나한테 묻지 마요. 잘가요, 앵. 그리고 책은 두 권 보내 줘요.

앵이 가던 날은 구름이 온통 끼어 있었다. 앵은 모여드는 사람들 사이에서 울 듯 말 듯한 표정으로 손을 흔들고 있었다. 잘가요, 앵. 다음에 또 와요. 앞으로 좋은 일만 있길 바랄게요. 사람들이하는 말은 모두 흔한 작별 인사일 뿐이었지만, 그 말들 사이에서는 공통적인 하나의 말이 숨과 숨 사이에 숨어 있었다. 사람들에게 알려 주세요, 하는 말을 직접 말하는 사람은 없었지만 모두들그 말을 하고 있었고 듣고 있었다. 앵도 그것을 알고 있었다. 수드는 앵이 고개를 여기저기 돌리는 걸 보고 자신을 찾는 것이라는걸 알아챘다. 앵은 몇 번이나 수드를 불러 보다가는 크게 숨을 내뱉었다. 수드는 벽에 붙어 알이 앵에게 손짓하는 것을 보았다.

"빨리 와, 앵!"

"늦을지도 몰라!"

앵은 마지막으로 사람들에게 깍듯이 고개를 숙이곤 알의 차에 올라탔다. 수드는 지금 나가지 않으면 다시는 앵과 만나지 못할 거란 걸 알았다. 그럼에도 불구하고 수드는 나가지 않았다.

'안녕, 앵.'

수드는 속삭였다.

개가 몸을 크게 뒤틀었다. 수드는 홀린 듯 크게 요동치는 개의 배에 손을 가져다 대었다가 기겁하며 다시 뗐다. 만약에 수드가 앵의 말을 듣자마자 개를 끌고 뛰어나가지 않았더라면, 앵에게 작별 인사를 하러 나갔다면 이때 어떻게 행동해야 개에게 도움이 될지 알았을 터였다. 수드는 개가 죽어 가는 것 같은데도 아무것도 못하는 자신에 눈물이 날 것 같았다. 몸부림치는 개의 모습에, 셋째 오빠가 언뜻 보였다.

개를 데려온 것은 셋째 오빠였다. 셋째 오빠가 개를 데리고 집에 들어오자 아버지는 눈을 부라렸다. 다 죽어 가더라고요. 잠시만 돌봐주고 다시 보낼게요.

"난 우리 집에 개가 있는 건 못 본다."

아버지의 서슬 퍼런 음성도 무시하고 수드는 와아 소리를 내며 오빠에게 달려갔다. 개는 천한 동물이다. 아버지의 말씀은 듣고 또 들었지만 꼬리를 살랑이며 사람을 따르는 동물을 내칠 만큼 수드는 냉정하지 못했다. 쓰다듬어 달라는 듯 배를 내보이고 온갖 재롱을 다 부리는 동물을 수드는 아버지 몰래 쓰다듬어 보곤 했던 것이다.

210

"하루만 놔둬요. 애들이 저렇게 좋아하는데……."

어머니의 말에 아버지가 '끙', 하고 어쩔 수 없다는 듯 못마땅한 소리를 내셨다.

"하지만 집안에서 재우는 건 안 돼."

마지막 협상의 말에 수드와 셋째 오빠는 일단 좀 씻길게요, 하고 개를 욕실로 들이밀었다. 개는 물이 묻자 몸을 우르르 떨며 물을 튕겨 냈다. 꺄, 소리를 내며 물방울을 막아 보려는 여동생에게 오빠는 개의 발을 잡고 제법 진지하게 그러면 못써, 하고 목소리를 냈다. 근엄한 희극조의 목소리에 수드가 킥킥 하고 웃음을 터뜨리자 오빠는 이게, 하며 일부러 수드 쪽으로 물을 튕겼다. 아 하지마, 오빠. 수드가 물에 젖은 옷을 짜 내는 사이 오빠는 개를 대충 씻겼다.

"의외로 벌레 같은 건 없어. 있을 줄 알았는데."

"그럼 벌레가 있을지도 모른단 걸 알면서 데려온 거야? 으, 더러워."

일부러 과장된 몸짓을 보이는 수드에 오빠는 킥킥거리고는 비밀스러운 미소를 지으며 속삭였다.

"몰래 데리고 자자. 어차피 내일이면 가 버릴지도 모르잖아."

남매가 몰래 개를 데리고 이불을 덮어쓴 채로 개의 이름을 뭐로 지을까 하고 고민하는 사이, 그 일이 있었다. 결정했어. 이 개의 이름은…… 오빠가 말을 다 끝내기도 전에 땅이 꺼졌다. 쾅, 타는 거대한 소리가 들리더니 눈앞이 깜깜해졌다. 다시 밝아지고, 다시 깜깜해졌다.

정신을 차렸을 때, 수드는 아무것도 볼 수가 없었다. 어두웠다. 수드는 몸을 움직일 수 없다는 것에 공포를 느끼곤 살려 주세요,

하고 외치려 했다. 살, 까지 내뱉었을 때 수드는 목에서 피맛이 난다고 느꼈다. 콜록거리며 수드는 오빠! 하고 불렀다. 살려 줘, 오빠. 어두워서 보이지 않아. 수드는 점점 숨이 막혀 가는 가운데 수드, 하고 부르는 소리를 들은 것 같았다. 곧이어 컹컹하고 짖는 소리가 들렸다. 컹, 하고 부르는 듯한 소리가 바로 위에서 들리고는 찾았다는 듯이 몇 번 더 짖는 소리가 들렸다. 수드는 목소리가 더 이상 나오지 않으려는 목으로 여기에 있어, 하고 외쳤다. 여기에 있어. 바로 밑에. 바로 여기에.

헥헥거리는 소리와 함께 무언가가 긁히는 소리가 난다 싶더니 곧 구멍이 하나 뚫렸다. 위에 있던 벽이었을 무언가가 치워지자 개가 수드를 향해 컹, 하고 짖고는 달려들었다. 정신없이 뺨을 핥아 대는 개의 목을 끌어안고 수드는 살았어, 하고 중얼거리며 고개를 들었다. 하얀 빛이 눈앞에서 깜박이고 있었다.

수드는 비명을 질러 대는 개의 머리를 토닥이며 괜찮아, 옳지…… 하며 개를 달랬다. 새끼의 머리가 꿈틀거리며 나오기 시작하는 것을 보자 탕, 하는 총소리가 들리는 것도 같았고 쾅하며 무언가 터지는 소리도 들리는 듯했다. 아벳의 소리가 바로 귓가에서 들린다고 생각한 순간 앵이 속삭이는 목소리도 들렸다.

수드는 천천히 나오는 새끼를 받아 내고는, 헐떡이는 개를 쓰다듬고는 새끼를 품에 껴안았다. 꿈틀거리며 생명의 고동이 품 안에 있었다.

212

감귤꽃

대기고등학교 1
문혁준

꽃으로 단장한 한라산이 흰 구름 사이로 수줍게 얼굴을 내미는 5월이 찾아왔습니다. 작년 겨울에 눈과 함께 찾아온 우리 집 진돗개 '아지'는 어느새 제 여동생의 반만큼이나 컸고, 올해에야 유치원에 입학한 여동생 '선빈'이는 유치원에서 배운 알파벳 노래를 자랑하듯이 부르고 다닙니다.

저희 과수원에도 따스한 봄바람이 나들이를 나온 지도 꽤 오래됐네요. 문을 열고 들어가면 하얀 꽃을 피운 짧은 감귤 나무들이 줄지어 옹기종기 모여 있고, 항상 할아버지와 아지가 마중을 나옵니다. 아지랑 할아버지랑 걸어가다 보면 커다란 창고 하나가 떡하니 버티고 있는데, 창고 벽에는 담쟁이덩굴이 꼬불꼬불 엉켜서 붙어 있습니다. 창고 옆에는 과수원에서 제일 큰 소나무가 있는데요, 작년에 아빠가 그네를 매달아 주었답니다. 소나무의 가지들은

213

오두막의 짚으로 만든 지붕 위에서 꽃가루를 훌훌 날려 댑니다. 오두막 바로 옆에 있는 집은 매우 작답니다. 우리 가족이 잠잘 수 있는 안방이랑, 엄마가 음식을 할 수 있는 주방, 그리고 화장실만 있어요. 저희 가족은 대부분 과수원에서 지내지만, 과수원에서 할 일이 없거나 날씨가 좋지 않을 때면 옹포에 있는 원래 집에서 지낸답니다. 오두막과 집 뒤로는 돌담이 있는 곳까지 모든 곳에 귤나무들이 있습니다. 해마다 이맘때면 부지런한 일벌과 어여쁜 나비들이 이 나무 저 나무 옮겨 다니며 꿀을 모으고 다닙니다. 과수원 뒤쪽에는 오름이 하나 있는데, 몇 달 전부터 빨간 줄이 쳐진 뒤로는 가끔 내려오던 노루들이나 다람쥐들이 잘 내려오지 않고 있습니다. 아직 다들 겨울잠을 자는 걸까요?

이렇게 커다란 과수원에서 꽃이 피기 시작하면 아빠는 할아버지와 함께 일하기 바쁘시고, 엄마는 그런 두 분에게 맛있는 밥을 지어 드립니다. 저는 이런 5월을 가장 좋아합니다. 어린이날과 선빈이의 생일이 있기 때문이기도 하지만, 무엇보다도 우리 과수원에 감귤꽃이 멋지게 피기 때문입니다. 감귤꽃을 본 적이 있나요? 다섯 갈래로 나뉜 하얀 감귤꽃은 한 송이만 보면 작고 초라한 꽃입니다. 하지만 오두막의 지붕에 올라가서 귤나무들을 바라보면 밤하늘에 빛나는 별처럼 나무들 위에서 하얗게 피어 있답니다.

5월이 되면 사탕보다 더 달콤한 감귤꽃 냄새를 맡으면서 그네도 타고, 오두막에서 동생이랑 꽃들을 세어 보면서 지난달에 따 놓은 한라봉도 먹고, 나무 사이사이를 아지와 함께 뛰어다니기도 합니다. 항상 뛰노는 우리를 보면서 부모님은 공부하라고 잔소리하시지만, 할아버지는 되려 부모님께 화를 내시고 저한테는 웃는 모습으로 다가와 주머니에 있는 알사탕 하나를 주십니다. 그래서 그런지 저는 그 누구보다도 제 할아버지를 가장 사랑한답니다.

태양이 화창한 날, 오늘도 저는 학교가 끝나자마자 감귤꽃이 태양보다 더 활짝 열린 과수원으로 달려갑니다. 흐르는 옹포천과 한림천을 지나, 지저귀는 새들의 숲을 지나고 한 시간 정도 걸으면 또다시 수많은 별들로 장식된 귤나무들이 저를 기다립니다. 그런데 오늘은 웬일인지 늘 마중 나오시던 할아버지 없이 아지만 달려 나옵니다.

"다녀왔습니다."

현관문을 열고 들어가니 처음 보는 새까만 구두가 가지런히 놓여 있습니다. 신발을 벗고 거실로 갔는데 아빠와 할아버지에게서는 맡아 보지 못했던 도시 같은 냄새가 풍겨 왔습니다. 그 냄새가 감귤꽃 냄새만큼이나 좋아서 '똑똑' 하는 것도 잊은 채 향기가 흘러나오는 안방으로 들어갔습니다. 제가 문을 열자마자 문 앞에 있던 엄마가 놀라시면서 벌떡 일어나셨습니다.

"어, 혁재야. 지금 손님 오셨으니까 잠깐 나가서 아지랑 놀고 있으렴."

방문 틈을 보니 까만 옷을 입은 누나가 할아버지, 아빠와 얘기를 나누고 있습니다. 이 좋은 냄새는 저 누나로부터 오나 봐요. 문밖으로 나갈 때까지 저는 계속 그 향기를 좀 더 맡으려고 코를 벌렁벌렁거렸습니다.

밖으로 나오고 나서도 그 향수 냄새가 코에 남아 있어서 그런지 그 좋던 감귤꽃 냄새가 잘 맡아지지 않았습니다. 혹시 감귤꽃 냄새를 다시 맡지 못할까 두려워 저는 그네를 타서 바람에 코끝을 씻기도 해 보고, 아지와 달리면서 더 많은 감귤꽃 냄새를 맡아 보기도 합니다. 그랬더니 다행히도 아카시아 꽃 같은 감귤꽃의 냄새가 향수 냄새를 지우고 다시 돌아왔습니다. 그런데 아직도 제 머리는 그 향수 냄새를 잊지 못하고 있네요.

한라산으로부터 넘어온 구름이 뜨거운 태양을 반 정도 가릴 때즈음이 되자, 부모님과 할아버지, 그리고 아까 그 누나가 나오십니다. 네 분 모두가 웃으시기는 하는데, 왠지 할아버지의 얼굴에는 걱정이 있어 보입니다. 저에게 지어 주시던 웃음과는 조금 달라 보이거든요. 아지는 낯선 누나를 슬금슬금 피하고는 오두막에 앉아 있던 저에게로 달려옵니다. 보통 사람들을 보면 낯가림 없이 다가가던 아이인데, 도시 같은 향수 냄새 때문일까요? 아지는 누나에게 한 발자국도 다가서지 않고 있습니다.

햇빛이 구름 사이로 숙여 들어간 오후, 선빈이는 노란 유치원 차에서 내리고 있네요. 저는 짧은 다리로 아장아장 걷는 선빈이의 손을 잡고 저녁밥을 짓고 계시는 엄마에게로 걸어갑니다.

"글쎄, 아버님은 별로 좋아하시지 않는 것 같던데? 조건으로 주는 보상도 꽤 좋았는데 말이지."

고깃국 기름 냄새가 새어 오는 창문 너머로 엄마의 목소리가 들려옵니다. 엄마가 저렇게 편하게 얘기를 나누시는 것을 보니 상대는 엄마의 친구인 게 분명합니다. 무슨 내용일지 궁금했지만 친구들끼리의 이야기는 함부로 엿듣는 것이 아니라고 배웠기 때문에 엄마가 전화를 끊으실 때까지 선빈이가 타고 있는 그네를 밀어 줍니다. 그네가 향하는 하늘에서는 진짜 별들이 조금씩 귤나무의 별들을 비추고 있네요.

어느새 해는 비양도의 부두에 깊은 잠수를 하고, 아지는 깜빡이는 반딧불을 쫄랑쫄랑 따라다닙니다. 방금 씻고 나오신 할아버지는 뉴스를 틀고서 저와 선빈이에게 오늘은 어땠는지 물어보십니다.

"오늘요? 아, 오늘 제 짝꿍이요…….."

제가 먼저 대답하려는 찰나에 할아버지는 리모컨을 잡으시더니 텔레비전의 소리를 더 높이십니다. 뉴스에 꼭 필요한 내용이 나오면 할아버지는 항상 소리를 올리시는 습관이 있습니다. 그런 사실을 알고 있었으면서도 괜히 서운해져 엄마가 상을 차리는 것을 도와주는 척하면서 밖으로 나옵니다.

"최근 들어 제주도에서 '오름'이라고 불리는 기생화산을 개간하여 골프장을 세우는 기업들이 많아졌습니다. 정부에서는……."

어두운 밖으로 나오는 제 귀에 그 나쁜 텔레비전의 소리가 들려오자 저는 그냥 귀를 막아 버립니다.

"아멩 생각해도 저런 것들한테 양보하기에는 너무 아까운 땅인디."

귀를 틀어막은 제 손가락 사이로 할아버지의 그 굵은 목소리가 파고듭니다. 저는 할아버지가 텔레비전을 끄고 나서야 집 안으로 들어갑니다.

따끈한 쌀밥에 고깃국, 김치와 시금치, 그리고 동그랑땡에 생선 구이까지 오늘은 정말 진수성찬입니다. 저는 "잘 먹겠습니다." 하자마자 동그랑땡 먼저 하나씩 집어 먹기 시작했습니다.

"저기, 아버님. 보상은 내일까지 해 준다고 했으니까, 너무 조급해하지 마세요."

늘 그렇듯 엄마가 먼저 이야기를 시작하십니다. 항상 저녁 식탁에서는 오늘 하루에 대한 이야기들을 나누거든요.

"누가 조든단 말이냐? 난 그냥 뭔가 찝찝한 기분이 들어서 영하는 거다."

"아버지, 그러지 마시고 기분 편하게 가지세요. 솔직히 저 뒤쪽
나무들은 너무 멀어서 일하러 왔다 갔다 하기도 힘들었잖아요."

"야, 수보야. 나 그 낭들 니 어릴 때부터 키웠던 거여. 나한테는
자식 같은 놈들인디 어떵 그걸 팔아 넘긴단 말이냐? 아무래도 계
약을 취소해야 헐 것 같다."

"아빠, 나무들을 왜 팔아요?"

듣다듣다 궁금해진 제가 아빠한테 여쭤 봤어요.

"어, 저 뒤쪽에 있는 오름 알지? 거기에 골프장을 짓는데 우리
과수원 땅이 조금 필요하다는구나. 오늘 아침에 온 그 누나가 골
프장을 지을 회사에서 오신 분이란다."

"혁재야, 니는 그런 사름덜하고 어울리지 마라. 세상에서 질로
나쁜 사름이 놈의 땅에 눈길 흘리는 놈이다."

할아버지께서 오랜만에 진지하게 말씀하시네요.

"그래요? 그 누나 나쁜 사람 같지 않은데……. 몸에서 좋은 냄
새도 나고."

저는 또다시 그 향수 냄새를 되살립니다.

"야 욘석아. 그 향수 냄시가 처음 맡기엔 좋지. 겐디 저 도시 한
복판에 가 보라. 여기저기서 같은 냄시가 나는 게 얼마나 어지러
운지! 혁재야, 향수는 지 냄시 숨기젠 뿌리는 거여. 그런 가면 같
은 것에 홀리지 말라."

할아버지의 꾸지람 같은 말에 저는 머릿속에서 향수 냄새를 지
워 버립니다. 학교에서도 사람의 속을 보라고 배웠거든요. 그런데
그 누나가 정말 나쁜 사람일까요?

밤새 울어 대던 올빼미 소리도 멈추고, 건너편 양계장에서 들려오는 수탉의 울음소리가 또 다른 아침을 맞고 있습니다. 아빠와 할아버지는 이미 일하고 있고, 오늘은 토요일인 터라 저와 선빈이는 한창 자다가 방금 일어납니다. 엄마는 방금 일어난 저희들에게 잔소리를 하시면서 마룻바닥을 쓸고 계십니다. 뜬 머리를 한 채로 밖으로 나왔는데, 오늘은 구름이 많이 껴 있네요. 어제만 해도 화창하던 그 태양은 심술궂은 구름의 뒤에서 나오지 못하고 있습니다. 저는 언제나처럼 선빈이랑 아지랑 함께 과수원 밖으로 산책을 갑니다. 문 앞을 나서서 차가 잘 다니지 않는 도로를 지나 모퉁이를 돌면 앞에 커다란 오름이 버텨 서고 있습니다. 빨간 줄이 쳐진 후로 사람들이 거의 오지 않았는데, 오늘은 웬일인지 사람들이 많이 모여 있습니다. 그런데 대부분이 새까만 옷을 입고 있네요. 그 중에서는 어제 왔던 누나도 있습니다. 저는 어제 할아버지께서 하신 말씀이 궁금해져서 누나에게 여쭤 봤습니다.

"누나."

"왜?"

누나는 저를 보지도 않고 그저 손에 있는 종이만 보면서 대충 대답합니다.

"누나 나쁜 사람이에요?"

제가 여쭤 보자 그때야 누나가 저를 쳐다봅니다.

"꼬마야, 너 저기 아래 과수원에 사니?"

"네, 근데 누나 진짜 나쁜 사람이에요?"

누나는 '풋' 하고 한번 웃고는,

"글쎄, 그건 잘 모르겠다. 가서 동생이나 보렴."

누나는 나비를 따라 뛰어가는 선빈이를 보면서 말합니다. 더 여쭤 보고 싶었지만 선빈이가 넘어지는 바람에 저는 아지를 데리고 선빈이에게로 갑니다.

"도대체 어린애한테 뭘 가르치는지, 쯧쯧."

뛰어가는 제 등 뒤로 그 누나의 혀 차는 소리가 들려옵니다.

오름 주위를 한 바퀴 삥 돌고 나서 과수원 안으로 들어오는데 엄마, 아빠랑 할아버지가 오두막에 앉아서 얘기를 나누고 계시네요. 저는 아지에게 사료를 떠 주고 나서 선빈이와 오두막을 향해서 갑니다.

"다녀왔습니다." 제가 크게 인사했는데도 세 분은 모두 이야기하기에 바쁘신가 봅니다. 저는 오두막 바로 옆에 있는 그네에 앉아서 대화가 끝날 때까지 기다립니다.

"에미야, 그러게 내가 처음부터 뭔가 이상허댄 했지 않해시냐? 안되켜, 일단은 내가 그 사람덜이랑 얘기해 볼켜."

"아버님, 아버님은 여기 계시고요, 저랑 혁재 아빠랑 같이 갔다 올게요. 괜히 아버님 신경만 세웠다가 또 혈압이 올라갈지도 모르잖아요."

엄마가 할아버지 손을 잡으면서 말씀하십니다.

"그래요, 아버지. 아버지는 여기서 편하게 쉬고 계시는 게 좋을 것 같아요."

아빠도 엄마 옆에서 같이 거듭니다. 할아버지는 어쩔 수 없다는 듯이 고개를 끄덕이고 옆에서 멀뚱히 앉아 있는 선빈이를 안아 올립니다.

"경허믄 우리 선빈이는 이 할애비랑 있는 거여, 알았지?"

선빈이는 마냥 좋아 웃습니다.

"혁재야, 너도 여기 있을래?"

엄마가 저한테 물어봅니다.

"네, 저도 여기서 할아버지랑 놀고 있을게요."

솔직히 엄마를 따라가서 편하게 다녀 본 적이 없기 때문에 저는 할아버지랑 노는 것을 핑계로 과수원에 남아 있으려고 합니다.

"그래, 알았어. 선빈이랑 아지 잘 보고, 금방 갔다 올테니까 어디 나가지 말고."

항상 하던 말을 엄마는 한번 또 합니다.

부모님의 터벅터벅거리는 발소리가 점점 멀어지고, 구름 낀 하늘 아래서는 제비들이 땅에 닿을 정도로 아주 낮게 날고 있습니다. 혹시 부딪힐까 무서워 저는 오두막 가운데에 벌러덩 누워 있습니다. 나무에 매달린 귤나무들은 햇빛을 받지 못해 칙칙해 보이는 가운데, 할아버지는 방긋방긋 웃는 선빈이가 탄 그네를 밀어주고 계십니다.

"근데요 할아버지, 아빠랑 엄마는 어디 가신 거예요?" 조용한 구름 아래에서 아까부터 궁금했던 것을 이제야 여쭤 봅니다.

"어, 어제 왔던 아가씨 있지, 기억남시냐? 그 아가씨가 약속을 지키지 않아서 그거 따지러 간 거여."

"그래요? 이상하다, 약속 엄청 잘 지킬 것처럼 생겼는데……."

저는 아까 봤던 누나의 얼굴을 다시 떠올려 봅니다.

"게난 내가 그런 사람덜이 나쁘댄 허지 않해서냐. 아무튼 혁재너는 그런 사람덜이랑 어울릴 생각도 말거라."

할아버지가 어제 했던 말씀을 또 하십니다. 저는 오두막 지붕을 바라보며 또다시 그 누나가 나쁜 사람인지 아닌지 생각하다가 저도 모르게 잠이 들어 버립니다.

한창 잠을 자는데 어디선가 커다란 호통 소리가 들려옵니다.

이 굵고 낮은 목소리를 보니 할아버지가 틀림없습니다.

"내 이것들을 그냥!"

"아이고 아버님, 진정하세요, 진정! 이러다 쓰러지세요!"

엄마의 우는 듯한 목소리가 들려옵니다.

"아니, 분명 어제만 해도 계약서에는 겅 써 있었지 않해서냐. 거 참, 안되겠다. 내가 당장 가서 이것들을 다 분질러 버려야지!"

할아버지의 목소리는 점점 높아져 갔습니다.

"아버지, 안돼요! 저희가 계약서를 주의 깊게 읽지 않은 잘못도 있지 않습니까. 일단 진정하시고……."

할아버지와 비슷한 아빠의 목소리도 들려옵니다.

"진정? 내가 진정하게 돼시냐? 놔라, 내가 직접 가서 물어볼 테니께. 놓으란 말이다!"

할아버지의 호통과 함께 '쾅' 하는 소리가 나고 곧 우수수 하는 소리가 들렸습니다. 쾅 하는 그 소리는 오두막에 누워 있던 저에게까지 진동으로 찾아왔습니다. 아마도 할아버지가 오두막 바닥을 발로 찬 것 같습니다. 한쪽에서는 겁에 질린 선빈이의 울음소리가 들려오고, 저는 무서워서 계속 자는 척을 하고 있습니다.

"아니, 오름에 직접 걸쳐져 있지 않은 농가는 반밖에 보상받지 못허는 것이 말이 된다고 생각허냐? 것도 맨 아래 제일 족은 글씨로 써신디, 아니 사람이면 그런 짓을 하면 안 되지!"

곧 터벅터벅하는 발걸음 소리가 들리더니 점점 멀어졌습니다. 순간 조용해진 틈을 타서 저는 눈을 비비면서 일어납니다.

"어, 벌써 오셨네요?"

저는 아무것도 못들은 척하면서 일어났습니다. 엄마는 울고 있는 선빈이를 달래고 있고, 아빠는 할아버지가 발로 차서 떨어진 말린 마늘을 다시 바구니에 담고 있습니다.

"어, 혁재야. 왜? 더 자지 않고." 아빠가 물어봅니다.

'이렇게 시끄러운데 어떻게 자요.' 저는 이렇게 생각하면서 "아니요, 이제 안 졸려요."라고 바꿔서 말합니다.

"할아버지는요?"

멀어져 가는 발걸음의 주인이 할아버지일 것이라고 예상은 했지만 저는 일단 모르는 척하면서 여쭤 봅니다.

"할아버지? 하, 할아버지는 지금 밖에 계셔. 그, 뭐냐, 장갑이 터져 가지고, 그거 사러 가셨어."

창고에 분명 장갑이 있는 걸 봤는데, 참 말도 안 되는 거짓말이긴 하지만 일단 고개를 끄덕입니다.

선빈이는 울음을 그쳤고, 과수원은 무슨 일이 있었냐는 듯 또다시 조용해졌습니다. 엄마는 점심을 준비하신다며 집 안으로 들어가셨고, 아빠는 할아버지 없이 먼저 일하러 가셨습니다. 아지는 자기 집에서 자고 있고, 지금은 저 혼자 오두막에 앉아 있습니다. 구름 낀 하늘 아래 감귤꽃들이 왠지 모르게 슬프고 힘들어 보입니다.

점심시간이 다 되어서야 할아버지가 들어오십니다. 저는 반가운 마음에 할아버지에게 뛰어가 안깁니다. 할아버지는 평소처럼 웃는 얼굴로 안아 주시면서,

"혁재야, 미안허다, 미안해."라고 계속해서 말씀하십니다. 엄마와 아빠에게도 계속 "미안허다."를 반복하십니다. 도대체 뭐가 미안하시다는 걸까요?

다음 날 아침, 일요일인데도 아침 일찍부터 "삐 ― 삐 ―."하는

소리가 들려옵니다. 졸린 눈을 비비며 밖으로 나오는데 웬 포크레인 한 대가 과수원 뒤쪽을 향해 가고 있습니다. 부모님은 이미 밖에 나와서 보고 계셨고, 할아버지는 어디 가셨는지 보이지 않았습니다. 그 커다란 노란색 포크레인은 계속 시끄러운 소리를 내며 과수원을 가로질러 갑니다. 포크레인에 맞은 귤나무들은 '우수수' 소리를 내며 감귤꽃들을 떨어트립니다. 이제 곧 열매를 맺을 꽃들인데, 포크레인의 힘에 이기지 못해 떨어지고 맙니다. 하늘은 금방 비가 내릴 것처럼 어두컴컴하네요. 지금 비가 내리면 포크레인이 멈출지도 모르는데, 그러면 더 이상 감귤꽃이 떨어지지 않을 텐데 생각하면서 아빠, 엄마와 함께 포크레인의 뒤를 따라갑니다.

울퉁불퉁한 자갈길을 계속 걸으면 과수원의 끝이 나옵니다. 그런데 할아버지가 돌담 바로 앞에 서 계십니다. 할아버지의 눈이 빨개져 있었습니다. 그런 할아버지의 눈은 처음 본 저는 할아버지가 원래의 할아버지 같지 않다는 것을 느꼈습니다.

"더 이상 못 간다, 이넘들아!"

할아버지가 손에 들고 있던 글괭이를 내리치면서 소리치십니다.

"거기 할아버지, 다 끝난 일인데 이러시면 안 되죠!"

포크레인 안에서 노란 안전모를 쓴 아저씨도 지지 않고 소리치십니다.

"이 땅이 어떤 땅인지 알고 있나? 이건 나가 젊었을 때 하나하나 직접 손으로 심은 거여! 내 아들내미 아플 때도 마누라한테 다 떠넘겨 놓고 힘들게 심은 나무들이란 말이다! 태풍이 올 때 혹시 뽑혀 가지 않을까 같이 비도 맞아 가던 그런 자식 같은 놈들이 죽어 가는 걸 눈앞에서 보라는 소리냐?"

할아버지가 소리치실 때마다 하늘에서는 조금씩 '우르릉' 하는 소리가 들렸습니다. 금방 '쾅' 하고 번개가 떨어질 것만 같아 저는 아빠 뒤에 숨어 있습니다.

"여보, 혁재 데리고 들어가 있어. 나는 금방 아버지 모시고 들어갈게."

아빠는 뒤에 숨어 있던 제 손을 잡으시면서 엄마에게 말씀하십니다.

"어, 알았어. 아버님한테 무슨 일 없게 잘 봐야 해, 알았지?"

엄마는 아빠가 잡고 있던 손을 잡고 집 쪽으로 되돌아갑니다. 할아버지의 고함이 계속 들려옵니다. 저는 무서웠지만 지금 할아버지를 보지 않으면 안 될 것 같아 자꾸 뒤를 돌아봅니다. 할아버지와 아빠, 그리고 포크레인이 점점 멀어지고 있습니다.

집 안으로 들어온 지 얼마 안 돼서 '똑똑' 하고 문 두드리는 소리가 들립니다. 어디선가 맡아 본 향긋한 냄새가 문틈으로 들어옵니다. 아니나 다를까, 역시 그 주인공은 저번에 찾아왔던 그 누나네요. 누나는 똥이라도 밟은 듯한 찡그린 표정을 지으면서 말을 꺼냅니다.

"아주머니, 할아버지는 왜 이제 와서 그러십니까?"

"죄송합니다, 그렇게 말씀드렸는데, 아버님께서 아직 마음의 준비가 되지 않으신 모양이에요." 엄마는 계속 고개를 숙이면서 '죄송합니다'를 반복합니다.

"참나, 이런 촌구석에 무슨 미련이 있다고 끝까지 물고 늘어지는지······."

할아버지의 말대로 그 누나는 나쁜 사람인가 봅니다. 진짜 착한 사람이라면 엄마의 사과를 받아줬겠지요. 하지만 나쁜 누나는 엄마는 거들떠보지도 않은 채 문을 쾅 닫고는 그대로 가 버립니다. 그 향기도 이제 저한테는 발 냄새보다 더 지독한 냄새처럼 느껴집니다.

하늘은 계속 우르릉거리면서 금방이라도 빛을 터뜨릴 기세입니다. 엄마는 창밖을 바라보며 언제 올지 모를 두 사람을 기다립니다. 늘 뛰어놀던 아지도 오늘은 자기 집 밖으로 나오지 않습니다. 거실에는 똑딱똑딱 부지런히 뛰는 시계의 소리만이 들립니다. 저는 그 똑딱거리는 소리가 무서워 이불을 머리끝까지 끌어올린 채 누워 있습니다.

"똑, 딱, 우르릉, 똑, 딱, 똑, 우르르릉, 딱."

움직이는 시계 소리와 합주하듯 하늘도 함께 우르릉거립니다.

"똑, 딱, 똑, 딱, 우르릉, 쾅!"

아슬아슬하던 하늘이 마침내 번개를 떨어트립니다. 저는 이불을 더 꽁꽁 말았고, 곤히 자고 있던 선빈이가 울기 시작합니다. 거실에서 할아버지와 아빠를 기다리던 엄마는 방으로 들어와 선빈이를 달랩니다. 한번 번개를 떨어트린 아빠는 계속해서 '쾅, 쾅'거립니다. 그리고 마침내 하늘은 눈물까지 흘리기 시작합니다.

비가 온 세상을 적시는 가운데, 아빠가 문을 박차고 들어옵니다.

"구급차! 빨리 구급차 불러!"

천둥소리만큼이나 큰 소리로 소리치는 아빠의 모습은 운동회 이후로 처음입니다.

"구급차라니, 무슨 소리야?"

선빈이를 달래던 엄마는 어리둥절한 표정으로 아빠를 바라봅니다. 누가 다치기라도 한 걸까요?

"일단 불러! 빨리!"

아빠는 이 말을 하고는 또다시 밖으로 뛰쳐나가십니다. 엄마는 떨리는 손으로 전화기를 잡은 채 1, 1, 9를 누릅니다.

곧 '삐용―삐용―.' 하는 구급차의 소리가 들리고 차에서 내린 아저씨들이 집으로 찾아옵니다.

"혁재야, 여기서 선빈이 보면서 기다리고 있어. 엄마 금방 갔다 올게."

엄마는 우산을 펴고 구급대원들과 함께 과수원 뒤쪽으로 달려갑니다. 저도 엄마를 따라가고 싶었지만 선빈이를 혼자 둘 수 없었기 때문에 가만히 앉아서 기다립니다. 창문 밖을 보니 비에 젖은 감귤꽃들이 금방이라도 져 버릴 것 같습니다.

빨리 온다던 엄마는 좀 늦을 것 같다는 전화만 남긴 채 아직까지도 돌아오지 않습니다. 천둥번개는 어느새 그치고, 밖에는 빗소리만 들리고 있습니다. 선빈이는 다시 곤히 잠들었고, 저는 냉장고에서 빵을 꺼내 먹습니다. 그렇게 좋아하던 크림빵인데 오늘은 맛이 없습니다. 왜일까요? 웅덩이에 고이는 빗물처럼 제 눈에도 눈물이 고입니다. 할아버지가 그리워집니다.

하늘은 다시 맑아졌습니다. 며칠 전에 아무 일도 없었다는 듯 태양은 감귤밭을 향해 미소를 짓고 있습니다. 하지만 과수원 끝에는 아직 허물어진 돌담이 남아 있습니다. 오름 주위에 쳐져 있던 빨간 줄은 이제 보이지 않습니다. 까만 옷을 입은 누나도, 포크레인을 탄 아저씨도 보이지 않습니다. 그날 이후로 달라진 점이 있다면 엄마가 항상 하얀색 리본을 매단 핀을 꽂고 다닌다는 점, 그리고 창고 뒤편에 작은 언덕이 하나 생겼다는 점일 것입니다. 그 작고 둥근 언덕 앞에는 자그마한 비석이 하나 세워져 있습니다.

'姜太健'이 세 한자만이 그 언덕의 주인을 알려 줍니다. '크고 굳건해져라.' 할아버지의 아빠, 그러니까 저의 증조할아버지가 지어 주신 이름이라고 합니다. 할아버지는 '태건'이라는 이름처럼 키도 컸고, 어떤 일에도 포기하지 않던 분이셨습니다. 아마 이름을 지어 주신 분은 어딘가에서 자랑스러운 할아버지와 만났겠지요.

아직 감귤꽃이 다 지지 않은 봄, 무덤의 옆에 있던 한 그루의 귤나무에서 처음으로 동그란 감귤이 열렸습니다. 할아버지는 그렇게 아끼던 귤나무 곁을 아직 떠나지 못하나 봅니다. 저는 그 초록색 감귤을 만지며 할아버지를 생각합니다.

'할아버지, 사랑해요.'

녹(綠)

고양예술고등학교 3
박하연

1

선체에 낀 녹들은 고지도의 어느 왕국처럼 거무죽죽하다.

손으로 쓱 문지를 때마다 한 줌씩 쇳가루가 헐린다. 나는 보안경을 고쳐 쓰는 척하며 슬쩍 엄마를 곁눈질한다. 엄마는 튀어 오르는 용접 불꽃 너머, 아줌마들 무리에 섞여 일하고 있다. 누런 전등 불빛 밑, 보안경을 쓴 아줌마들이 연신 깡깡이질을 해 댄다. 망치가 벽에 부딪힐 때마다 깡, 깡, 하고 신경 거슬리는 쇳소리가 탱크 안을 울린다. 쇠 파편들이 혼비백산하며 날아갈 때마다 여자들은 인상을 찌푸리며 장갑 낀 손으로 벽을 훔쳐 낸다.

일 안 하나, 새꺄!

허리에 손을 짚은 반장님이 한심하다는 눈으로 혀를 찬다. 나는 허둥거리며 그라인더를 추켜올린다. 기계가 무거워 팔이 떨어져 나갈 것 같다. 저, 반장님. 어지러워서 도저히……. 나는 입안에 맴도는 말을 뱉어 내지 못한다. 반장님이 다시 한 번 호통을 친다. 이 봐라. 그거를 그리 똑바로 들면 우짜노. 비스듬히, 비스듬히 들라고 했나, 안 했나. 팔을 끊을 듯 짓누르는 기계를 다시 고쳐 든다. 비스듬하게 기울인 그라인더가 녹을 세차게 깎아 나간다. 불그스름한 철 파편들이 타다닥, 튀어 오른다.

초등학교, 중학교 내내 놀았으면 기술이라도 배울 것이지, 안 그러나? 공부하라고 안 한다. 기술이나 좆 빠지게 배워 가 조선소에서 쇠나 뚜드리라.

우리 지역의 명물 공업 고등학교에 입학하던 날, 담임 선생님은 노골적으로 우리를 나무랐다. 아이들은 우리를 무시하냐며 화를 냈다. 책상을 뒤엎을 기세로 항의하는 녀석들의 모습을 보니 왜 우리 학교가 지역 명물로 불리는지 알 것 같았다. 며칠 굶은 고릴라처럼 으르렁거리는 남고생들 틈에서 나는 혼자 고개를 끄덕였다. 그럼. 기술이라도 배워야지. 공부 못하니까 여기 온 거면서 괜히 자존심 내세우기는, 한심한 놈들.

생각은 그렇게 했지만 나 역시 친구들과 다를 게 없었다. 공부는 죽어도 하기 싫고, 몸 쓰는 것도 하기 싫었던 나는 대충대충 때우며 시간을 보냈다. 이 년 동안 배운 거라곤 선반 작업용 기계를 켜고 끄거나, 용접기를 철판에 갖다 대고는 지직거리며 불꽃을 일으키는 것 정도였다. 실습 시간에 반강제로 선생님이 시켜서 그거라도 배웠지만 그런 일을 하게 되리라곤 꿈도 꾸지 않았다. 하지만 3학년도 반 넘어 지나 졸업 시즌이 되자 우려는 현실이 되었다. 실습이라는 명목 아래 대학에 가지 않을 아이들은 일찌감치 조선소로 내몰렸고 특별히 할 일이 없던 나도 그 무리에 끼고 말았다. 그런데 하필이면 실습 장소가 엄마가 내 등록금을 대느라 쪼그라든 허리로 망치질을 일삼던 D조선소였다.

말이 조선소지 대형 조선소의 하청을 맡고 있는, 어선 수리와 도색 작업, 소형 어선 건조 정도나 하는 소규모 조선소였다. 그래도 지긋지긋하던 학교를 벗어나게 되었다는 사실에 아이들은 입을 헤벌리며 좋아했는데, 조선소에 도착한 우리를 기다리고 있는 만만하지 않은 현실에 함께 D조선소로 배치된 일곱 명의 친구들은 다들 입을 굳게 다물었다. 열악하기 이를 데 없는 환경이 문제였다. 다른 일도 많은데 하필 연료 탱크 내부 수리 실습이라니. 기름 냄새가 코를 찌르는 가운데, 선박 내부 연료 탱크 안벽의 녹을 깎아 내고 청소를 하는 아줌마들과 한데 섞여 용접을 하게 된 것이다. 실습치곤 최악의 조건이었다.

첫 출근 날 나는 엄마에게 다짐을 받았다.

엄마, 거서 내 아는 척 안 해 주면 안 되나? 엄마가 얼굴을 일그러뜨렸다. 와, 엄마가 거서 일하는 게 부끄럽나. 나는 잽싸게 손을 내저었다. 아이다, 그런 게 아니라, 엄마는 내 말을 다 듣지도 않고 고개를 끄덕였다. 알았다. 니 편한 대로 해라. 더 들을 얘기도 없다는 듯 돌아앉은 엄마의 등 뒤에서 나는 조금 안심을 했다. 이제 됐다. 이제 엄마가 아는 척하진 않겠지, 하면서.

콧속으로 눅눅한 쇳가루가 날아든다. 축축하고 어두운 탱크 안은 꼭 고래 뱃속 같다. 상처를 치료한 배는 고래마냥 무거운 몸을 뒤채며 다시 바다로 나갈 것이다. 다시 한 번 기계를 고쳐 들고 녹을 깎아 나간다. 키, 키기, 키긱, 키. 그라인더가 지나간 자리마다 붉은 쇳가루가 날린다. 그라인더와 망치로 녹을 깎아 낸 배는 방

수 페인트 처리를 하고, 전문적인 수리 과정을 더 거친 후에 주인에게 인도된다. 100톤 미만의 소형 선박은 한 달 남짓, 그보다 큰 배들은 톤수에 따라 짧게는 한 달, 길게는 석 달도 걸린다.

나는 벌써 닷새 내내 제대로 움직이지도 못하고 선 자세 그대로 그라인더 작업을 하고 있다. 며칠 동안 고생한 탓에 허리가 끊어질 듯 아프지만, 반장님의 눈치가 보여 조금 숙이기도 힘들다. 작업장에 처음 온 날, 철판에 구멍을 세 개나 내 버린 나는 결국 그라인더를 들고 탱크 벽 앞에 서게 되었다. 표면의 녹을 깎아 내고 튀어나온 부분을 정리하는 그라인더 작업은, 기술 없는 일용직 노동자들이나 하는 일이었다. 이제 곧 도색 작업을 시작하면 나는 아줌마들과 함께 스프레이를 들고 탱크 벽 앞에 서 있게 될 게 뻔했다.

반장님의 호통 소리가 시끄러운 기계 소음을 뚫고 계속 들려온다. 야, 공고! 느그들 제대로 안 하면 확 쪼까 내뺀다! 그으, 거그 용접 하는 새끼 똑바로 안 하나! 불똥이 거세게 튀어 오른다. 이마로 죽, 흐르는 땀을 훔쳐 낸다. 콧속에 까만 먼지가 가득 들어 차, 숨을 쉬기도 힘들다. 숨이 턱턱 막히는 이 탱크 안에서, 엄마는 어떻게 몇 년 씩이나 일할 수 있었을까. 흘금 쳐다보니 엄마는 내게 눈길 한번 주지 않은 채 벽에 매달려 있다. 텁텁한 숨을 한 번 크게 들이쉰 뒤 사방으로 날뛰는 불꽃과 눈을 맞춘다.

2

안이나 밖이나 조선소는 소음으로 가득하다.

오토바이 부대가 끊임없이 조선소 정문으로 쏟아져 나온다. 자동차에 탄 아저씨들은 신경질적으로 클랙슨을 울리고, 인파에 치여 페달을 밟을 수 없는 자전거들도 거슬리는 종소리를 낸다. 이제야 출근하는 야간 작업자들은 그 모든 소음들을 헤치며 피곤한 눈을 끔뻑인다. 다들 다른 행동을 하고 있지만 유니폼과 마크는 같다. 괜히 팔에 걸친 유니폼 끝자락을 만지작거린다. 이 회색 유니폼은 내가 이 조선소 소속이라는 걸 몇 번이고 확인시킨다. 비록 실습생이지만, 그때마다 나는 견딜 수 없는 답답함을 느낀다. 소란을 비집고 뭍으로 떠나는 배들이 고동을 지른다. 묵직하게 몸속을 울리고 빠져나가는 뱃고동 소리는 꼭 내가 여기를 떠난다고, 이 섬을 빠져나간다고 외치는 것 같다.

귀가하는 아줌마들의 파마머리가 시야를 메운다. 매일매일 탱크 속에서 일하다 보니, 그들의 몸에는 톡 쏘는 냄새와 비릿한 쇠 냄새가 항상 배어 있다. 엄마에게도 같은 냄새가 배어 있다. 아줌마들의 머리에서 눅눅한 탱크 냄새가 물큰 풍겨 온다. 나는 코를 세게 틀어쥔다. 아줌마들이 지나가고 몇 분이 돼서야 엄마가 회사를 빠져나온다. 나는 앞서 걸어간다. 엄마가 허둥지둥 따라오는 게 느껴진다. 쇳덩이를 용접하는 소리가 날카롭게 귓가를 스쳐 지나간다. 걸음을 더 빨리한다. 얼른 이곳을 벗어나고 싶다.

노을이 진 바다는 꼭 오렌지 푸딩 같다. 이젠 멀리 떨어진 조선소에는 주황색 크레인들과 모형 같은 배들이 올망졸망 모여 있다. 크레인이 초록색 철 상자를 천천히 들어 올린다. 가까이서 보지 않는 조선소의 풍경은 고즈넉하기까지 하다. 옆에서 타박타박 발만 놀리던 엄마가 조용히 나를 부른다.

야야, 동진아. 니 먼저 집에 가 있그라. 내는 갈 데가 있어가…….

와. 또 거기 갈라고?

엄마는 말이 없다. 엄마가 갈 곳이라고 해야 뻔하다. 십일 년째 하루도 빠짐없이 들락거리는 아버지네 회사일 것이다. 안 가나. 갈 데 있다매. 잠시 머뭇거리던 엄마가 서둘러 횡단보도를 건넌다. 초록불이 깜박거리며 엄마의 뒤꿈치를 밟는다. 비릿한 쇠냄새가 멀어져 간다.

3

현관을 열자 따각따각 발소리가 다가온다. 꼭 구두 소리 같다.

아니, 그것과는 다르다. 조금 더 가볍고 친근함이 느껴지는 소리다. 현관문을 잠그고 돌아선다. 따각따각따각! 초등학생만 한 크기의 펭귄이 내 방에서 뒤뚱뒤뚱 걸어 나온다. 까만 등과 하얗고 보송한 배, 노란 줄무늬 두 개를 가진 황제펭귄이다. 손을 내밀어 날개 끝을 잡는다. 미끈할 것만 같은 날개는 생각보다 부드럽고 따뜻하다. 까만 눈으로 나를 바라보던 펭귄이 고개를 끄덕이며 운다. 꾸엑, 꾸엑, 꾸엑!

좁은 거실에 겨우 다리를 뻗고 눕는다. 하루 종일 무거운 기계를 들고 있던 팔이 아릿하게 아파 온다. 지칠 대로 지친 몸을 씻고 나니 더 힘이 빠진다. TV는 재미없는 시트콤을 하고 있다. 늘어진 내 곁으로 펭귄이 다가온다. 내 옆에 선 펭귄은 울음소리도 내지 않고, 별다른 행동도 하지 않고 TV만 본다. 아니, 본다고 할 수도 없다. 녀석은 언제나 내 주변을 까만 눈으로 휘휘 둘러본다. 꼭 나를 지키려는 것처럼, 펭귄은 매일 주변을 살핀다. 그럴 때마다 내 머리에는 딱딱한 펭귄의 발톱이 느껴졌다. 걱정하지 마, 내가 잘 지켜보고 있으니까. 하고 말하는 것처럼, 바짝 다가선 펭귄의 발톱이.

현관문이 덜컥, 열렸다 닫힌다.

엄마가 물속을 걷는 것처럼 축축하게 걸어 들어온다. 피곤이 잔뜩 쌓인 얼굴로 엄마는 한숨부터 푹 내쉰다. 매일 그렇듯 축 처진 어깨를 하고서 안방으로 들어간다. 오늘도 아빠의 회사에서 별 얘기는 듣지 못한 모양이다. 저렇게 녹초가 되어 들어오고 나면, 엄마는 거실에 앉아 재미없는 드라마들을 보다가 잠들곤 했다. 오늘도 그럴 게 뻔하다. 옷을 갈아입은 엄마가 힘없는 얼굴로 거실에 이불을 편다. 자리를 비켜 주는 나를 따라 펭귄도 일어선다. 딱딱한 발톱이 바닥에 부딪힐 때마다 긁는 소리가 난다. 딱, 딱, 따각, 딱. 엄마는 저녁 인사도 없이 방으로 들어가는 나를 붙잡지 않는다. 구석의 푹 꺼진 침대에 풀썩 드러눕는다. 바깥에서 요란하게 들리던 TV 소리가 작아진다.

펭귄이 집으로 찾아온 건 여덟 살 생일 때였다. 그때 나는 갖고 싶던 변신 로봇 장난감을 기대하며 집에 들어왔다. 하지만 집에는 아무도 없었고, 엄마를 찾으며 울던 나는 소파에 엎드린 채 잠들어 버렸다. 한참을 달게 자던 내 정신을 깨우는 건 엄마의 호통 소리였다. 형님은 말도 안 되는 소리 좀 하지 마이소. 내 아까 동진이 아빠 회사도 갔다 왔는데 아무 일 없다 카드만! 아직 남극 근처에서 항해하고 있다 카더라. 쓸데없는 소리 할라거든 마 끊으이소! 눈을 번쩍 떴다. 언제 들어왔는지 나는 잠옷 차림으로 침대 안에 들어 있었다. 문 너머로 엄마가 씩씩대는 소리와 뉴스 앵커의 목소리가 작게 들려왔다. 오늘 저녁 8시, 남극에는 오로라가 펼쳐

졌습니다. 평소와는 다르게 이번 오로라는 훨씬 가깝게 보였다고
하는데요, 남극의 학자들은 이것이 재해의 신호라는 목소리를 높
이고 있습니다…….

　나는 이불에서 슬그머니 빠져나왔다. 엄마는 거실 소파에 앉아
두 눈을 꾹 감고 있었다. 엄마…… 내 목소리에 놀란 엄마가 번쩍
고개를 들었다. 얼른 TV를 끈 엄마가 나를 방에 밀어 넣었다. 아
무것도 아이다. 드가서 자그라. 등을 떠미는 엄마의 손이 가늘게
떨리고 있었다. 결국 내가 자리에 눕고 오 분도 안 돼서, 엄마는
집을 나섰다. 현관문이 쾅, 소리를 내며 닫혔다. 시계 초침 소리가
째깍째깍, 귓가에서 쉼 없이 울렸다. 나는 방에 불을 켜고 이불을
머리끝까지 뒤집어썼다. 땀이 줄줄 흘렀지만 어쩔 수 없었다. 거
실 벽에 달린 뻐꾸기시계가 열두 번 울리는 걸 듣고 나서야, 나는
잠들 수 있었다. 이불 속에서 땀을 흘리며 선잠을 자는 동안, 나는
아무 일 없이 지나간 내 생일만 생각했다.

　그리고 꿈을 꾸었던가. 그게 꿈이었는지 실제였는지는 확신할
수 없다. 아무튼, 나는 발밑으로 감겨 오는 한기를 느끼며 눈을 떴
다. 방 안에 눈보라가 휘날리고 있었다. 휘날리는 가루눈 사이 까
만 그림자들 수십 개가 보였다. 아니, 수십 개가 아니었다. 수백
개였다. 나와 비슷한 키의 그림자들은 한 무리로 뭉쳐 있었다. 그
순간 무리 한가운데가 갈라졌다. 양쪽으로 늘어선 그림자들이 종
종거리며 점점이 흩어졌다. 그 사이에서 무언가가 천천히 일어났
다. 그를 둘러싼 것들의 두 배는 돼 보이는 커다란 사람 그림자였
다. 커다란 키를 가진 그 사람은 비틀거리며 일어섰다. 가만히 서
있는 그의 주위로 그림자 무리가 다시 모이기 시작했다. 얼음 조
각이 얼굴을 세차게 때렸다.

내복 속으로 들어오는 눈바람을 뚫고 그의 가까이로 갔다. 우락부락한 몸을 가진 그는 남자였다. 옷깃 사이로 드러난 뒷목이 까맣게 타 있는 게 보였다. 갑자기 그가 걸음을 옮기기 시작했다. 그를 따라 쳐다본 곳에는 하늘에서 쏟아지듯 내려온 계단이 있었다. 그것은 너무 눈이 부셔서 제대로 쳐다보기도 힘든 빛을 내뿜고 있었다. 남극에는 백만 년 만에 한 번 오로라 계단이라는 게 내려오그든. 아빠가 해 주던 이야기를 떠올리며, 나는 눈을 가늘게 떴다. 그 계단을 올라가면 천국이 있다 카드라. 아빠는 언젠가는 그기로 갈 끼다. 그래서 내는 남극 갈 때마다 그 계단 찾을라고 눈을 함지박만 하게 뜨고 다닌다 아이가. 신난 얼굴로 말하는 아빠에게, 나는 순진하게 물었다. 아빠, 내는 안 데려갈 끼가. 아빠는 그저 껄껄 웃으며 내 머리를 누르듯 쓰다듬었을 뿐이었다.

아……아브아…….

계단을 향해 가는 남자의 뒷모습이 선명하게 보였다. 가지 마, 아빠. 가지 마! 목소리는 목 언저리를 맴돌 뿐이었다. 아빠는 뒤도 돌아보지 않았다. 꽁꽁 언 손을 겨우 들어 올렸지만, 아빠는 이미 계단을 반쯤 올라가고 있었다. 덜덜 떠는 내 어깨에 축축하고 미끈한 것이 닿았다. 찝찔한 바닷물 냄새가 풍기며 정신이 돌아왔다. 잠에서 깬 나는 다시 내 엉덩이 언저리를 더듬어 보았다. 찝찔한 바닷물 냄새가 계속 나고 있었다. 문득 고개를 돌렸을 때, 머리맡에 서 있던 그것이 드디어 내게 인사를 했다. 꾸엑, 꾸엑, 꾸엑. 펭귄의 울음소리는 상상하던 것과는 달리 시끄럽고 끔찍했다. 하지만 나는 그것이 안녕, 하는 인사말이라는 것을 알 수 있었다. 나는 물기가 축축하게 밴 손을 녀석에게 내밀었다.

4

쇠가 아픈 소리를 내며 튀어 나간다. 말랑말랑한 귀마개를 더 깊이 귀에 쑤셔 넣어 본다. 그래도 쇠의 비명 소리는 빈틈을 주지 않고 귓속으로 들어온다. 탱크 입구가 덜컹, 열린다. 사람 하나가 겨우 드나들 정도의 햇빛이 탱크 안을 비춘다. 드디어 숨이 트이는 기분이 든다. 일을 하는 것도 잊고 입구 쪽을 바라본다. 소장님이 안전모를 건네받고 탱크 안으로 조심스레 내려오고 있다. 나는 물끄러미 탱크 안을 비추는 하얀 햇빛을 바라본다. 가끔 녹이 잔뜩 슬어 미끈거리는 철 계단이 꼭 나를 구출해 줄 비상구처럼 느껴질 때가 있다. 하늘로 사라진 아빠의 계단처럼. 그렇지만 햇빛을 받아 반짝거리는 계단은 금방이라도 허물어질 듯 연약해 보인다. 나는 아빠처럼 계단을 오를 수 없을 것이다. 아버지처럼 저 약한 계단을 올라 나를 기다릴 천국으로 탈출할 수는 없을 것이다.

출입구 옆에 서 있던 엄마가 망치를 내리치다 말고 나를 흘낏흘낏 쳐다본다. 나는 매몰차게 시선을 돌린다. 아는 척하지 말라니까, 왜 사람 말을 안 들어 주노. 엄마에게 들릴 리가 없는 투덜거림이 절로 새어 나온다. 옆에 앉아 용접을 하던 같은 반 친구 하나가 내 다리를 툭, 건드린다. 뭐 하노? 반장님한테 또 혼나고 싶나. 나는 정신을 차리고 스위치를 켠다. 그라인더가 요란한 소리를 내며 덜덜거린다. 다시 비명 소리가 내 귀를 가득 메운다. 엄마의 시선은 아직까지 내 등 언저리에 끈덕지게 달라붙어 있다. 커다란 그라인더 소음 틈새로 철문이 닫히는 소리가 들린다. 덜컹, 다시 숨이 막혀 온다.

엄마는 언제나처럼 쇠 비린내를 풍기며 아빠가 일하던 회사로 향한다. 횡단보도를 건너는 엄마의 뒷모습만 봐도 엄마가 그들에게 어떤 대우를 받을지 그려진다. 사장실 근처에는 가 보지도 못하고, 매사가 귀찮은 비서가 엄마를 벌레 쫓듯 쫓아낼 것이다. 처음엔 엄마를 위로해 주던 회사 사람들도 이젠 엄마를 귀찮다는 얼굴로 쳐다보고, 이제 포기할 때도 되지 않았냐는 잔인한 말을 건네며 스쳐 지나간다. 엄마는 차마 떠나질 못하고 회사 앞을 어정거리다 축 처진 발걸음으로 집에 올 것이었다.

사람이 흔적도 없이 사라질 리는 없다고. 아빠를 고용한 회사니까 소식을 알아도 회사에서 알지 않겠냐는 게 엄마의 주장이었다. 처음에는 말리던 주변 사람들도 이젠 포기를 한 모양이었다. 아빠가 사라진 날, 엄마는 제정신이 아니었다. 며칠 동안 울고 나서는 뭐라도 해야겠다며, 머리를 질끈 묶고 밖을 나다녔다. 회사에 소송을 걸겠다고 준비를 하다 실패하기도 하고, 경찰서에 찾아가 난동을 피우기도 했다. 우리 남편 찾아내라! 경찰이라는 놈들이 그거 하나 못 하나! 엄마의 목소리는 정말 필사적이었다. 온 몸을 찢어 발길 듯 질러 대던 그 소리들은 듣는 사람마저 아프게 하는 힘이 있었다. 엄마는 정말 필사적이었다. 그래서인지 겨우 진정이 되고 나자, 소강 상태에 빠져들고 말았다. 꼭 평생 쓸 기운을 다 써 버린 사람처럼 드러누워서, 말도 못 하고 끙끙 앓는 시간이 자꾸만 늘어 갔다.

아프고 난 후 엄마는 변했다. 예전처럼 나를 꼭 끌어안고 우는 일은 없었다. 그렇다고 해서 아빠가 사라지기 전처럼 돌아갔다는 말도 아니었다. 기계처럼 똑같은 일상이 반복되었다. 엄마는 부품을 조립하는 기계처럼 집안일을 하고, 일당 일을 얻으러 다녔다. 엄마가 일을 나가 있는 동안 나는 예전으로 돌아가게 해 달라고

기도했다. 차라리 나를 끌어안고 울던 시절으로라도 돌아가게 해달라고. 기도를 하는 내 옆에는 언제나 펭귄이 있었다. 어느새 엄마의 억센 사투리보다 마루에 펭귄 발톱 부딪히는 소리가 더 익숙해지고, 엄마의 품속보다 펭귄의 비린내 나는 배가 더 따듯해지기 시작했다. 그리고 어느 날 나는 문득 깨달았다. 더 이상 엄마는 내 엄마가 아니라는 것을.

충동적으로 버스 하차 벨을 누르고 번잡한 시내에 내린다. 퇴근 시간이라 그런지 좁은 이차선 도로는 승용차와 오토바이로 발 디딜 틈도 없다. 차에 탄 사람도, 오토바이에 탄 사람도 하나같이 대형 S조선소의 유니폼을 입고 있다. 사람들이 복작복작한 거리에는 학생들도 많다. 수능이 끝난 지 얼마 되지 않았기 때문이다. 나는 아예 응시조차 하지 않은 수능은, 거리에 있는 어느 누구에게는 인생이 달린 시험이었을 것이다. 저들이 내 유니폼을 보면 뭐라고 말할까. 물론 이름 없는 변두리 조선소에 다녀야 할 불쌍한 공고생 이야기는 안줏거리도 안 될 것이다. 아니, 그 이전에 나를 신경 쓰는 사람도 없을 것이 분명하다. 하지만…… 그래도……. 나는 슬그머니 꼬질꼬질한 내 유니폼 상의를 뒤로 숨긴다.

햄버거 가게 처마 밑에 서 있는 나를 누군가가 부른다. 놀란 표정으로 멈춰 선 남자애 하나가 나를 보며 오랜만이다! 하고 외친다. 어딘가 익숙한 얼굴이다. 인상을 찌푸리고 한참을 쳐다보고 나서야 나는 반갑게 손을 마주 잡는다. 중학생 때 친했던 현수다. 현수는 내 유니폼을 보고 취직했나, 부럽다! 하며 어깨를 툭, 친다. 빈말인 걸 알면서도 나는 쑥스러운 듯 뒷머리를 긁적인다. 아니, 뭘.

분명히 중학교 때 현수는 뚱뚱하고 범생이같이 생긴 놈이었다. 물론 꾸미는 데에도 전혀 관심이 없었다. 하지만 지금은 그때와는 뭔가가 많이 다르다. 조금 더 세련됐고, 여유로움 같은 것도 느껴진다. 무엇보다 현수에게는 자신감 같은 것이 있다. 성공한 사람들이나 풍길 법한 기묘한 자신감. 모두 다 예전의 현수에게선 전혀 느끼지 못하던 것이다. 관찰하는 듯한 내 눈빛을 본 현수가 아까 내가 했던 것처럼 뒷머리를 긁적인다.

내는 수능 치기 전에 대학 붙었다 아이가. 그래서 요새 매일 이래 놀러 다닌다.

그렇구나, 대학. 나는 고개를 끄덕인다. 나는 생각도 해 보지 않았던 곳이다. 물론 중학생 때는 막연하고 당연하게 대학에 갈 거라고 생각했다. 하지만 고등학생이 되면서 나는 대학을 포기했다. 공부에는 쥐뿔도 관심이 없고, 할 줄 아는 것도 없었기 때문에 자연스레 포기하게 된 것이다. 현수는 다른 생각을 하며 건성으로 고개를 끄덕이는 내게 연락처를 적어 쥐어 준다. 바쁜 일이 있다며 서둘러 걸어가는 그는 뒷모습마저 당당하다. 햄버거 가게 앞에 초라하게 남겨진 나는 기름때가 낀 옷자락을 다시 한 번 끌어안는다.

이제 몇 개월 후면 현수는 이 섬을 떠나게 될 것이다. 그것이 아는 사람도 없고, 아는 거리도 없는 도시에 혼자 떨어지는 일이라고 해도 나는 현수가 부러웠다. 이곳을 떠나다니. 나에게는 꿈도 못 꿀 일이었다. 이미 변두리 조선소에 발을 묶여 버린 나에겐 손톱만큼의 명분도 주어지지 않았기 때문이다. 사실은 그저 용기가 부족한 거겠지만. 빠르게 지나가는 오토바이를 눈으로 좇으며 생각한다. 겁쟁이인 나에겐 이곳을 떠날 용기 같은 건 없다. 딱히 입 밖으로 꺼내진 않았지만 나는 누구보다 잘 알고 있다.

집에 들어가자마자 TV 소리가 들린다. 엄마는 얼굴을 잔뜩 일그러뜨린 채 TV를 보고 있다. 나는 엄마의 옆에 서서 흘낏 TV를 쳐다본다. 화면 속에는 파도가 정신없이 몰아치고 있다. 온통 형광 주황색 작업복으로 몸을 감싼 서양인들이 괴성을 지른다. 그들이 도르래로 끌어올리고 있는 건 알래스카의 대게가 들어 있는 사각 발통이다. 여전히 배는 거센 파도에 휩싸여 정신없이 흔들리지만, 끌어올린 대게를 보는 어부들의 얼굴은 밝다. 이렇게 고생해서 잡은 대게는 그들에게 많은 돈이 되어 돌아올 것이다. 내 얼굴만 한 팔 근육을 가진 남자가 카메라를 향해 웃는다. 그가 매달린 수조 속엔 꿈틀거리는 대게들이 가득하다. 남자의 웃는 얼굴은 꼭 아빠 같다. 오래전에 사라진 아빠도, 저런 얼굴을 하고 웃곤 했다.

아빠는 원양 어선을 타고 메로, 크릴새우, 참치 같은 것을 잡았다. 가끔은 남극을 떠돌기도 했고, 가끔은 남태평양을 떠돌기도 했다. 까맣게 그을린 피부에 부리부리한 눈매, 불에 탄 것처럼 꺼슬꺼슬한 눈썹과 머리카락을 가진 아빠는 그 누구보다 무서워 보였다. 키도 엄청나게 커서, 어린 나는 아빠가 하늘까지 머리가 닿을 거라고 생각하곤 했었다. 원양 어선의 선원답게 힘도 장난이 아니었다. 아빠는 내가 일곱 살이 될 때까지 한 손바닥에 나를 들어 올릴 수 있었다. 그래서 나에게 아빠는 TV 만화 영화의 주인공 같은 사람이었다. 바다 비린내와 지독한 땀 냄새를 풍기고 있어도 아빠는 멋있게만 보였다.

사나운 선원들 사이에서 분위기 메이커가 되는 것도 아빠였다. 집에 와서도 그랬다. 가끔 아빠는 나를 앉혀 놓고, 신비한 이국의 이야기들을 들려주었다. 아빠의 이야기 속에선 신기한 모든 것이 있었다. 남극엔 뾰족한 얼음 덩어리로 온몸을 감싼 설인들이 모여 살고 있었고, 남태평양엔 다리 하나가 63빌딩만 한 대왕오징어가 있었다. 나는 아빠의 말을 그대로 믿고 멋진 상상들을 했다. 아빠는 고기잡이를 방해하는 설인을 쫓아내고, 배를 전복시키려는 대왕오징어의 다리를 잘라 버렸을 것이다. 내가 눈을 반짝이며 더 이야기를 해 달라고 하면, 아빠는 더 많은 이야기를 쏟아 내었다. 꼭 어딘가에 이야기보따리가 있는 것 같았다. 지금 생각해 보면 말도 안 되는 허풍뿐인데, 어린 소녀인 나는 마냥 즐겁기만 했었다.

방에 들어와 옷을 벗어 던진다. 언제나처럼 펭귄이 침대 머리맡에 서 있다. 펭귄이 딱, 딱 발톱 소리를 내며 내게 다가온다. 펭귄이 다가올수록 아빠의 몸에서 나던 것 같은 바닷물 냄새가 난다. 나는 펭귄을 슬쩍 쳐다본다. 매끈한 날개 끝에서 물방울이 뚝뚝 떨어지고 있다. 티셔츠에 얼굴을 구겨 넣으며 묻는다. 바다라도 갔다 왔나. 펭귄이 까만 눈동자로 나를 쳐다본다. 왠지 그 눈에서 금방이라도 눈물이 뚝뚝 떨어질 것 같다. 나를 물끄러미 바라보던 펭귄은 그냥 꾸엑, 꾸엑, 꾸엑 하고 울어 보인다.

5

쭈그려 앉아 용접을 하던 경준이가 기지개를 편다.

옆에서 지도를 해 주던 기술자 아저씨가 수고했다며 경준이의 등을 두드려 준다. 눅눅한 탱크 여기저기서 끝났다는 외침이 들린다. 오늘은 두 달로 예정된 공고의 마지막 실습일이다. 여기저기 돌아다니며 우리를 타박하던 반장님마저 내 등을 툭, 치며 수고했다는 인사를 건넨다. 나는 팔을 짓누르던 그라인더를 내려놓는다. 친구들이 내 어깨에 팔을 두르며 놀러 가자고 외쳐 댄다. 무거운 팔을 치워 내며 탱크 안을 둘러본다. 아직 탱크는 불그죽죽한 녹으로 뒤덮여 있다. 두 달 가까이 매일 보던 풍경이지만, 아직 익숙해지지는 않는다. 엄마를 비롯한 아줌마들은 아직도 벽에 바짝 붙어 서서 녹을 깎아 내고 있다. 녹을 깎던 엄마가 힐끔 나를 쳐다본다. 엄마의 얼굴에, 오랜만에 보는 웃음이 걸쳐져 있는 것 같다.

저 멀리서 반장님이 외친다.

오늘은 니들도 회식이다! 나온나!

공고생들이 와 소리를 지르며 철 계단에 주욱 늘어선다. 나는 줄의 맨 끝에 서서 기다린다. 엄마는 내 옆에서 벽을 두드리고 있다. 엄마의 깡깡이질 소리가 유난히 크게 들린다. 저 멀리, 작고 동그란 탱크 구멍에서 새하얀 빛이 내려온다. 눈앞이 너무 밝다. 꿈속에서 보았던 오로라 계단처럼 너무 밝아서 눈도 뜰 수 없다. 미끈거리는 계단에 발을 올린다. 한 다섯 계단쯤 올라갔을까, 고개를 든 나는 두려움에 눈을 감는다. 남극의 오로라처럼 넓고 환하게 빛이 내려오고 있다. 문득 아빠가 떠오른다. 아빠, 아빠는 어땠어? 그 빛나는 계단을 오를 때 아무렇지도 않았어? 아빠. 발이 확 미끄러지고, 손이 까슬까슬한 쇠 난간에서 떨어지는 게 느껴진다. 어디선가 엄마의 비명 소리가 들린다. 동진아! 엄마의 큰 소리도 참 오랜만인데. 그 생각을 마지막으로, 나는 정신을 잃는다.

꿈속에서 남극은 언제나 그렇듯이 하얗고 파란 얼음으로 눈부시다. 화려하기까지 한 남극을 보며, 나는 펭귄의 배에 머리를 파묻는다. 펭귄은 어제처럼 날개에서 물을 뚝뚝 떨어트리고 있다.

고개를 든다. 펭귄은 냉정한 얼굴로 나를 내려다보며 꾸엑, 꾸엑, 운다. 나를 내려다보는 펭귄의 뒤편에서 하얗고 아름다운 빛이 한 줄기 내려온다. 천천히 내려온 빛줄기는 순식간에 오색의 오로라 계단으로 변한다. 몸을 돌려 계단을 향해 한차례 운 펭귄이, 딱딱한 발톱으로 나를 밀어낸다. 나는 주저앉아 펭귄의 뒷모습만 쳐다본다. 눈물이 날 것 같다. 뒤도 돌아보지 않은 펭귄은, 나를 그대로 놔두고 계단을 뒤뚱뒤뚱 올라가기 시작한다.

펭귄과 계단이 사라지고, 나는 꼭 아기가 된 것처럼 한참을 운다. 바닥에 주저앉아 엉엉 우는 나의 뒤에서, 누군가 내 이름을 부른다. 너무나도 익숙하고 다정한, 억센 사투리가 들려온다. 동진아, 동진아. 까슬까슬하게 각질이 인 손 한 쌍이 내 팔을 붙잡는다. 나를 꽉 붙잡은 사람은 오랫동안 남극에서 헤맨 듯, 거지 행색을 한 엄마다. 엄마의 얼굴에선 진득한 눈물이 줄줄 흘러내리고 있다. 뭐라고 말을 하기도 전에, 정신이 드는 게 느껴진다. 필사적으로 입을 벙긋거리는 내 앞에서 엄마가 흐릿하게 사라져 간다.

웅성거리는 사람들의 목소리가 들린다. 머리가 깨질 것처럼 아프다. 금방이라도 산산조각날 것 같은 팔을 들어 눈곱을 떼어 낸다. 겨우 눈을 뜬 나는 조심스럽게 주위를 둘러본다. 조잡한 시멘트 천장과 누렇게 뜬 병원 커튼이 보인다. 엄마는 내 왼쪽 팔을 꼭 잡고 잠들어 있다. 한참을 붙잡고 있었는지 팔이 따듯하다 못해 뜨겁다. 허리가 부서질 것처럼 아프다. 비단 허리만의 문제는 아니다. 온몸이 부서질 것처럼 쑤신다. 미끄러지는 순간 필사적으로 매달리기라도 했어야 했는데. 나는 바보 같게도 이럴 줄 알았다는 생각을 하며 손에 제대로 힘을 주지 못했다.

엄마의 옷차림은 후줄근하다. 조선소에서 쓰러진 나와 함께 급하게 오느라 씻지도 못한 모양이다. 지독한 땀 냄새와 비릿한 탱크 냄새가 난다. 엄마의 이마에서도 땀이 진득하게 흘러내리고 있다. 대충 걸친 티셔츠 속으로 까만 땀복이 보인다. 나는 옷소매를 끌어당겨 엄마의 땀을 닦는다. 귓가에 아까 엄마의 외침이 선명하게 들린다. 친구들은 이제 엄마를 다 알게 되었을 것이다. 하지만 아무래도 괜찮다는 생각이 든다. 엄마가 잠결에 내 손을 꼭 잡는다. 문득 눈물이 난다. 에이씨, 쪽팔리게. 나는 이불에 얼굴을 묻는다. 내 몸에서도 엄마처럼 땀 냄새와 비릿한 탱크 냄새가 난다.

익숙한 발톱 소리다. 엎드린 엄마를 보면서 울먹이던 나는 고개를 번쩍 들어 올린다. 웅성웅성 시끄러운 응급실에서도 딱, 딱 하는 익숙한 소리가 선명하게 들려온다. 커튼이 쳐져 있어 보이진 않지만 대충 응급실로 들어오는 복도쯤인 것 같다. 이불을 살짝 걷고 몸을 일으킨다. 엄마에게서 손을 빼지 못한 채 신발을 찾는 내 코에 익숙한 바다 냄새가 흘러 들어온다. 꼭 바다 한가운데에 있는 듯, 진하고 따뜻한 바다 냄새다. 나는 움직임을 멈춘다. 녀석의 모습은 보이지 않고, 발톱 소리가 멀어지는 게 들린다. 어느새 응급실에는 사람들의 웅성거림만 남았다. 간호사 하나가 커튼을 걷는다.

"김동진 씨, 팔이나 다리 말고 머리는 안 아프죠?"

나는 가만히 고개를 끄덕이며 엄마의 손을 꽉 마주 잡는다.

차트에 뭐라고 글씨를 써 넣은 간호사는 조금 있다가 의사 선생님이 진단을 내려 주실 거라고 말하곤 커튼을 확 쳐 버린다. 피곤했는지, 엄마는 아직도 곤히 자고 있다. 나는 한쪽 발에 꿰어 신은 신발을 벗고, 다시 이불 안으로 들어간다.

6

드디어 깁스를 풀었다. 지난 육 주 동안 금이 간 양팔과 오른쪽 다리를 대신해 고생했던 엄마는 기쁜 얼굴로 내 맨팔을 어루만졌다. 나는 동기들보다 두 달이나 늦게 현장에 들어가게 되었다. 실습 마지막 날에 사고를 당한 탓에 현장에 투입돼 봤자 다시 그라인더로 녹을 깎게 될 것이다. 다시 탱크에서 일하게 되었다며 투덜거리는 내 말에 엄마는 기쁜 얼굴을 해 보였다. 미묘하게 기쁜 그런 표정이 아니라, 웃는 얼굴이었다.

진한 바다 냄새와 발톱 부딪히는 소리만 남기고 사라진 펭귄은 더 이상 꿈속에도 나오지 않는다. 하지만 이젠 엄마가 기다리고 있다. 요즘 엄마와 나는 똑같이 비릿한 탱크 냄새를 풍기면서 어색하게나마 인사를 건네곤 한다. 내가 팔을 다쳐서 아무것도 하지 못하는 동안, 엄마는 동사무소에 몇 번 들락거리더니 떼어 온 호적 등본을 내려놓았다.

정리했다, 느그 아부지…… 보이나. 이제 아부지는 하늘에 잘 계시는 기라.

그 말을 하는 엄마는 시원섭섭한 얼굴을 하고 있었다. 그런 얼굴로, 엄마는 주저앉아 아버지의 이름만 쓰다듬었다. 그리고 다음 날, 엄마는 음료수를 사 들고 마지막으로 아빠의 회사를 찾아갔다. 음료수 박스를 던지듯 건네주고 온 엄마는 정말로 후련한 얼굴이었다.

불그죽죽한 녹은 어느새 다 깎여 사라지고, 이제 탱크 안에는 깨끗한 쇠가 보얗게 빛나고 있다. 엄마는 그 쇠에 파란 방수 페인트를 뿌린다. 탱크가 부식되지도 않고, 물이 새지도 않게 하기 위해서다. 앞으로도 엄마는 그 위에 몇 번이고 페인트를 덧칠할 것이다. 나는 배 외부의 고장을 고치는 작업에 투입되었다. 수리가 끝난 배는 훨씬 튼튼해질 것이다.

우리는 겹겹이 쌓인 녹을 벗어 내고 다시 태어났다.

기나긴 겨울이 끝나 가고 있었다.

구덩이

부여고등학교 2
유재근

　버스가 코너를 크게 돌았다. 몸이 쏠려 벽면에 밀착됐다. 자리가 제대로 잡힌 느낌이었다. 창밖엔 달이 중천이었다. 하늘을 마지막으로 보았던 게 언제였던가, 생각하게 하는 휘영청 밝은 보름달이었다. 그래서 낯설었다. 학교가 끝나면 버스 정류장까지, 또 버스 정류장에서 독서실까지, 늘 땅만 보고 걸어왔다. 땅이고 하늘이고 컴컴한 건 같으니까, 그래 왔다. 버스가 코너를 크게 돌았다. 달이 건물에 가려 보이지 않았다. 이내 버스는 언덕을 우렁찬 소리와 함께 느릿느릿 기어올랐다. 언덕을 넘어가서 내려야 한다. 버스가 빌빌거리며 언덕을 오르는 동안 건물 사이로 달이 나타났다 사라졌다를 반복했다. 언덕의 정점에 올랐을 때 벨을 눌렀다. 위잉. 버스가 내리막길을 부드럽게 미끄러졌다. 이제 내려야겠지. 독서실에 가면 무엇을 하며 시간을 보내야 할까.

249

정거장에 홀로 내려서 독서실로 향했다. 무거운 행성이 가벼운 소행성 따위를 끌어당기듯 나는 보이지 않는 힘에 의해 독서실로 끌려갔다. 만유인력이나, 내가 독서실에 가야 하는 것은 불변의 법칙이었다. 며칠 전 과학 잡지에서 지구에 충돌할 가능성이 있는 소행성이 발견됐다는 기사를 보았던 것이 생각났다. 그때는 내심 겁을 먹고 정말 부딪히면 어쩌나 걱정했으나 지금만큼은 엉뚱하게도, 그 소행성이 안쓰러운 마음뿐이었다.

우리는 어쩔 수 없는 거야.

주머니 속의 핸드폰에 습관적으로 손이 가 닿았다. 꺼내어 이곳저곳 눌러 보고 찰싹찰싹 때려 보아도, 반응이 없었다. 오전에 갑자기 툭 꺼지더니 그 후로 무용지물이다. 지금은 그냥 벽돌인 거다. 그런 생각이 드니 꽤 묵직하게 느껴졌다. 휴대폰의 검은 액정에 긁힌 자국이 달빛 아래서 하얗게 빛났다. 달빛인 건가. 올려다 본 하늘에 달이 컸다. 달은 쳐다볼 때마다 한층 더 밝아 보였다. 노란 빛이 은은하게 검은 하늘에 번져 있었다.

어제의 달은 어떤 모양이었을까 문득 궁금해진다. 주먹만 한 노란 보름달이었을지도 모른다. 구름에 숨지 않고, 탁하고 옅은 빛을 지금처럼 내렸을지도 모른다. 지금처럼, 오늘처럼 말이다.

어제는, 어떤 하루였을까. 하루를 어떻게 보냈는지는 기억이 나지만 그것이 어제였는지는 스스로에게 확신할 수 없었다. 똑같은 하루의 연속이다 보니 어제와 그저께와 일주일 전과 한 달 전, 그 이전의 모든 과거의 경계가 기억 속에서 녹아내려 아무리 생각해 보려 해도 컴컴했다.

아침에 눈을 뜨면 학교에 가고 학교가 끝나면 독서실에 가고 자정이 되면 집으로 돌아간다. 언제나 하루는 어쩜 저럴까 싶을 정도로 느리나 생각해 보니 벌써 5월이었다. 아니, 벌써 5월이구나. 시계는 느리나 달력은 빠르게 느껴진다. 올해가 시작된 지 벌써…… 백오십 일이 넘었구나. 옆구리에 구멍이 뚫려, 내뱉으려던 숨이 그 구멍으로 새어 나가는 느낌이었다. 허무했다.

저 멀리 독서실이 보인다.

학년 초부터 독서실에 다니고 있다. 스스로 원해서 등록한 것이었다. 그러나 독서실에 딱히 공부하러 가는 것은 아니다. 공부를 못해서 다니는 거다. 공부를 못하니 집이 불편했다. 학교가 끝나자마자 집에 들어가는 것이 큰 죄지은 것처럼 느껴졌다. 내가 자정이 넘어서야 물에 푹 담갔다가 건진 수건처럼 늘어진 채로 들어오는 모습을, 부모님은 제일 좋아하신다.

내가 성적표를 내밀 때엔 나도, 부모님도 늘 아무 말 없다. 아버지는 전기세, 수도세를 보듯이 성적표를 바라본다. 음, 이번 달에는 전기를 좀 많이 썼구나. 하듯이, 성적이 조금 떨어졌구나, 말한다. 나는 네, 조금 아껴 써야겠어요. 하듯이 네, 공부할게요. 말한다.

나는 눈총을 피하려고 독서실에 다니는 것이었으나 그로 인해 상황은 역전됐다. 도리어 부모님이 내 눈치를 보는 것이다. 아버지가 가끔 나를 물끄러미 바라보다가 마른침만 꿀꺽 삼킨다는 것을 알고 있다.

부모님은 여러 번 험한 말을 삼켜야 했을 것이다. 내 늘어진 몸뚱이를 보면서, 목구멍까지 넘어온 호통을 입에 가득 물고 곱씹어야 했을 것이다.

소처럼, 부모님은 말을 되새김질한다. 소처럼 우직하게 나를 기다리시지는 못하지만, 반짝반짝, 소의 눈망울로 나를 바라본다.

고맙지만, 괴롭다.

사실 나, 고3이다. 예전엔 고3이 뭘까 싶었던 때도 있었다. 고3은 뭘 하며 어떻게 살아야 할지 상상하면 막막해지던 때도 있었다. 그리고 지금 성큼 시간을 뛰어넘은 듯 난 어느새 고3이 되었다. 허나 여전히 고3은 어떻게 살아야 하는지 모르겠다. 2학년 때, 고3이 되면 다들 좆 빠지게 공부해서 아무리 날고 기어 봤자 제자리라고, 귓전에 고이도록 들었다. 날고 기어야 제자리라고, 들었다. 확실한 건 그것뿐이었다.

고3이 돼서도 체육 시간이면 다 같이 우르르 몰려가서 축구를 한다. 점심시간이면 다 같이 우르르 몰려가서 식판을 숟가락으로 긁어 먹듯 밥을 퍼먹는다. 변함없어 보이는 그 무리 속에서 난 종종 왠지 모를 무기력감과 외로움을 느꼈다. 내 유머에 웃는 아이들의 웃음이 가식적이라 생각됐고 괜히 말수가 줄어든 친구를 재수 없다고 생각했다. 고3이라서 그런 거라고 생각했고, 곧 고3이란 그런 거구나 싶어서 섬뜩했다.

이제 고3이니까, 변해야 한다는 건 알겠지만, 고3이란 그래야한다는 건 알겠지만. 대체 내가, 뭘, 해야 할지는 모르겠다.

……소가 우는 소리가…… 길게…… 들린다.

독서실에서 결심하고 수학 문제집을 펴 든 것까지는 기억난다. 깨어나 보니 새벽 1시였다. 비몽사몽 책을 가방에 쑤셔 넣고 밖으로 나섰다. 유리문을 열자, 서늘한 밤공기가 확 밀려 들어와 머리카락이 잠시 붕 떴다 가라앉았다. 멍하니 서서, 잠시 머물렀다. 머리 위에는 하얀 바탕에 빨간색으로 쓴 '스카이 독서실'이라는 간판이 조용히 빛나고 있었다. 그 빛이 독서실 앞의 어슴푸레한 기운을 빗자루로 쓸어 내듯 몰아냈고, 그래서 난 독서실 앞마당까지 걸어 나갈 수 있었다. 내가 걸어갈 길은 어둠이 켜켜이 쌓여 그 끝이 아득하게 컴컴했다. 자정까지만 해도 걸을 만하게 훤한 길이다. 솔직히, 무서웠다. 주춤거리다가 천천히 걷기 시작했다.

좁은 보폭으로 조심스레 걷고 있었다. 소리 없이, 허연 교복을 입은 여학생이 빠르게 내 옆을 스쳐 지나갔다. 깜짝 놀라 순간, 아이 씨발, 하고 욕할 뻔했다. 아니, 실제로 했을지도 모르겠다. 그랬나 보다. 여학생이 나를 힐끗 돌아봤다. 그 동작이 어둠 속에서 둔하게 보였다. 키가 크고 치마가 짧은 여학생이었다. 여학생은 잰걸음으로 총총, 빠르게 걸었다. 짧은 치마의 끝이 어둠 속에서 아슬아슬하게 나풀거렸다. 여학생과의 거리가 벌어지자, 나도 모르게 보폭을 늘렸다. 한참을 여학생과 일정한 거리를 유지하며 걸었다.

버스 정류장에 거의 다다랐을 때였다.

"깜짝이야!"

잘 가던 여학생이 화들짝 놀라 몇 걸음을 뛰어갔다. 여학생이 멍히 멈춰 서서 나를 돌아봤다. 뭐…… 뭐야. 여학생과 내가 눈을 마주쳤다. 어둠이 짙어서 그런 건지, 서로 놀라서 그런 건지, 어색하지 않았다. 왜. 내가 그런 눈빛으로 여학생을 바라보자, 난 모르겠어, 하는 눈빛으로 여학생이 나를 바라봤다. 여학생을 계속해서 힐끗거리며 나는 조심조심 발을 디뎠다. 한 걸음, 두 걸음…… 그리고 다섯 걸음째 걸었을 때, 땅이 푹 꺼졌다.

나는 보도블록들과 함께 허방 속으로 무너져 내렸다. 얼마나 떨어졌는지 모르겠다. 세상이 빙글, 돌았다. 잠시 달을 본 것 같기도 하다.

정신이 드니 사방이 컴컴했다. 일어서려는데, 오른쪽 발목이 으스러진 듯 아팠다. 머리 위에서 여학생의 놀란 목소리가 들렸다.

"괜찮아요?"

엉덩이 밑에 깔린 벽돌 몇 개를 빼서 한쪽에 던져 놓고, 괜찮아요. 대답했다. 그리곤 하나도 안 괜찮은 발목을 잡고 입을 꽉 다물어 신음을 참았다.

"제가 구해 줄게요!"

그녀가 나를 향해 손을 뻗었다. 나는 왠지 쪽팔려서, 혼자 올라갈 수 있어요, 대답했다. 간신히 일어서서 보니 구덩이는 내 키보다 훨씬 높았다. 허방보다는 누가 멧돼지 따위를 잡으려고 파 놓은 함정 같았다. 그렇게 깊은 구덩이였다. 뛰어서 닿을 높이가 아니었다. 하지만 쪽팔려서, 폴짝 뛰어 봤다. 발을 구르는 순간부터 발목으로 통증이 파도처럼 몰려왔다. 나는 털썩 주저앉았다. 그녀가 다시 손을 뻗었다.

"어서 잡으세요."

나는 망설이다가 그녀의 손을 잡았다. 문득, 여자 손을 잡아 본 적이 언제였던가 싶었다. 가슴이 조금 설렜다. 나는 손에 힘을 주어 당겼다. 신발 끈을 가볍게 조일 정도의, 아주 적은 힘이었다. 허나 높은 곳에 걸려 있는 빨래의 끄트머리를 잡고 당기는 느낌으로, 그녀가 쑥 구덩이 속으로 딸려 왔다.

어…… 어!

나는 떨어지는 그녀를 얼떨결에 받았다. 그녀는 가벼웠다. 잘마른 빨래처럼.

그녀를 내려놓자, 그녀의 발이 땅에 닿아 버리자, 문득 막막해졌다. 이제 어쩌지.

엉덩이 밑에서 벽돌 하나를 더 빼서 옆에다 쌓았다. 내가 앉은 자리 밑에서 벽돌이 끊임없이 나왔다. 이렇게 차곡차곡 쌓으면 나갈 수 있지 않을까 싶어서 몇 개를 더 빼 보았다. 쉽게 몇 개를 빼고 나니 나머진 땅에 깊숙이 박혀 꿈쩍도 하지 않았다. 벽돌 주위의 땅을 맨손으로 긁어 팠다. 한참을 팠더니 겨우 하나를 뺄 수 있었다. 손끝이 쓰라렸다. 나와 같이 무너져 내린 벽돌 몇 개를 주워 쌓아 보았다. 턱도 없었다. 그녀가 그런 나를 바라보더니 길게, 한숨을 쉬었다. 머쓱해서 나도 따라 쉬었다.

달빛이 구덩이 속을 아주 옅게 비추어서 모든 것은 간신히 윤곽만 보였다. 구덩이는 좁았다. 반 평쯤 될까 싶었다. 나와 그녀는 엇갈린 채 마주 앉아 있었다. 우리의 종아리는 찰싹 붙어 있었다. 좁아서, 어쩔 수 없는 노릇이었다. 좁아서, 그거 하나만 좋았다. 나머진 최악이었다. 축축이 젖은 땅에서 구릿한 냄새가 올라왔다. 하아, 여학생이 다시 한숨을 쉬었다.

그때, 엉뚱하게도 어쩌면 이번 인연을 계기로 이 여학생과 연인이 될 수 있지 않을까, 그런 생각이 스쳐 지나갔다. 상상은 번져 갔다.

이러쿵저러쿵 돼서, 그…… 그런…… 어떻게 그렇게…… 하지만 가능성이 있을지도…….

한창 그러고 있는데,

"씨발……."

하고 여학생이 나지막이 중얼거렸다. 갑자기 현실이 와 닿았다. 거친 벽돌이나 축축한 흙이나 올라오는 역한 냄새나…… 그런 것들이 순간에 확 인식되었다. 내심 창피했다. 나는 어둠 속에서 몰래 얼굴을 붉혔다. 콜록, 괜히, 기침을 했다. 괜히, 핸드폰을 꺼내서 만지작거렸다.

"핸드폰이 있어요?"

그녀가 놀라 물었다.

아, 이거 그냥, 벽돌이에요.

난 정말 벽돌이라서 한 말인데, 그녀가 깔깔 웃었다. 아니 이거 정말 벽돌인데…… 하필 오늘, 게다가 지금 벽돌인데…….

"아, 완전 웃겨."

그녀가 웃음을 멈추고 말했다. 그녀는 웃음의 여운이 가시지 않은 듯 발작하는 것처럼 히죽, 웃었다가 멈추고, 히죽 웃었다가 멈추고 했다. 곁에 있던 침묵과 어색함이 어느 정도 물러가고 구덩이 속에는 야릇한 분위기가 흘렀다. 그래서

몇 살이세요?

물을 수 있었다.

"고3이요." 그녀가 대답했다.

아, 저도 고3이에요. 동갑이네요.

"네, 그렇겠네요."

그럼 말 놓을까요?

내 물음에, 그녀는 숨 돌릴 틈도 없이 답했다.

"싫어요."

……왜요?

"이런 구덩이 속에 갇혀 있는 것부터 우린 이미 보통 인연이 아니니까요."

…….

"위험한 거죠. 흔하지 않은 인연이란 거."

아 그렇겠군요.

뭐라는 건가, 이해할 수도 하고 싶지도 않았다. 마른기침을 콜

록콜록, 뱉고 나니 다시 침묵이, 어색한 분위기가 곁에 있었다. 그것을 헤치고 그녀가 물었다.

"인문계세요?"

네.

"아, 전 특성화고예요."

네? 특목고요?

"아뇨, 특성화고요."

…….

"그니까, 전문계요."

아, 그렇군요.

"저, 그래 보이나요?"

네?

내가 의아해하며 되물었으나 그녀는 대답하지 않았다. 그녀의 가볍게 문 입술에 달빛이 어려 반짝였다. 그녀가 말을 조금 바꿔 다시 물었다.

"저 뭐하는 여자로 보여요?"

여자라는 단어가 너무 생소하게 들려서 다시 네? 하고 물을 수밖에 없었다.

"……."

아 죄송해요. 어두워서 잘 안 보이지만, 왠지, 미용하실 거 같은데요.

"고마워요." 그녀가 작게 웃었다. "미용하는 애들은 다 예쁘거든요."

잠시 사이를 두고 그녀가 말을 이었다.

"사실 전 음악해요."

와, 어떤 거요?

"기타요."

이야. 멋있어요.

"그렇죠. 멋있는 악기예요."

전 음악 하는 사람들이 제일 부러워요.

구덩이 옆의 도로 위로 커다란 화물차가 굉음을 내며 지나갔다. 구덩이가 땅 울리는 소리로 가득 찼다. 그녀가 그 속에서 뭐라 중얼거렸으나 묻혀 들리지 않았다. 머리 위로 마른 흙이 툭툭 떨어졌다.

네?

내가 물었다. 부유하는 옅은 먼지구름이 달빛에 뿌옇게 빛났다.

"아뇨. 아무것도……."

말해 봐요.

"아뇨."

말해 보라니까요.

"괜찮아요."

괜찮아요. 말해 보세요.

"싫어요."

네?

"싫다고요."

…….

차가운 그녀의 말에 먼지도 분위기도 모두 초연하게 가라앉았다.

어둠은 시간이 흐를수록 농밀해져 갔다. 공기는 바닥에서 올라오는 습기를 머금어 축축했다. 구덩이 안에 그것들은 고여 있었

258

다. 내 몸이 어둠에 완전히 묻힌 느낌이었다. 발전하여 몸이 어둠의 일부가 된 느낌. 그건 아주 편안한 기분이었다. 차가 두세 대 더 지나가고 그녀가 넌지시 말했다.

"미안해요."

아뇨, 괜찮아요.

대답하는 내 목소리가 나도 모르게 어둠을 닮아 있었다. 끝없이 가라앉는 모습의 목소리였다. 우리는 한동안 침묵을 지켰다. 그러자 드디어, 부모님 생각이 났다. 걱정하시겠지. 소파에 앉아 멍히 TV를 보며 나를 기다리는 엄마의 모습이 떠올랐다. 헌데 요상하게도 그 상상이 거부감이 들었다. 고개를 조그맣게 흔들며 나는 생각했다.

가끔은 이런 시간도 필요했었어.

아니, 실제로 말했을지도 모르겠다. 그랬나 보다. 그녀가 "네?" 하고 물어왔다. 나는 뒷머리를 긁적거리며 답했다.

······그냥, 우리, 가끔 이렇게 가만히 있는 시간도 필요하지 않았나 싶어서요.

"······."

말하고 나서 생각해 보니, 아니 생각한 것을 말하고 보니, 그랬다. 내가 반복되는 일상 속에서 갖고 싶었던 것은 이렇게 아무것도 하지 않는 시간이 아니었을까. 발전하여, 아무것도 하지 않아도 되는 시간이. 그리고 지금 나는 아무것도 할 수 없는 시간 속에 있었다. 나는 입이 움직이는 대로 말을 내뱉었다.

매일 집 학교 독서실 집 다시 학교······ 이렇게 쳇바퀴 돌리듯이 살다 보니, 지구가 도는 것은, 그 속에서 사는 사람들의 일상이 돌기 때문이 아닐까 싶어요.

"……."

그녀의 침묵에 나는 머쓱해서 앞에 한 말을 지우려 허둥대며 말했다.

괜히 이상한 말이나 했네요. …… 겨우 열아홉 살이 세상이 어떻고 하는 거, 어이없는 일이죠.

그녀가 손을 휘휘 저었다.

"아니에요. 우린 무려 고3인걸요."

무려 고3, 나는 그 말을 속에서 곱씹었다. 그러고 있자니 날 물끄러미 바라보던 아버지의 표정이 되어있었다.

"이렇게 말해도 될지 모르겠지만, 고3은 대체 뭐하는 걸까요?"

그녀가 물었다.

저도 잘…… 모르겠어요.

화물차가 다시 굉음을 지르며 도로를 지났다. 구덩이가 흔들리며 그 속에 든 것들이 모두 출렁였다. 모든 것이 출렁였다. 근데요, 하며 나는 말을 이었다.

고3이란 거 말이에요. 사실 별거 아니지 않을까요.

내 의지대로 하는 말이 아니었다.

……겨우 열아홉 살 먹고서는 세상에서 자기들이 제일 힘든 줄 알고, 일으킬 수 있는 어깨도 일부러 축 늘어뜨리고는, 나 힘드네, 나 힘드네, 하는 게 고3 아닐까…… 싶어요.

"……."

심장 소리가 귓가에서 쿵쿵 울렸다. 일종의, 고백이었다. 윙윙 차 몇 대가 더 지나갔다.

"말해 드릴까요?"

그녀가 물었다.

네?

"아까 말 못한 거요."

…….

"사실, 저 기타 배운 지 6개월밖에 안 됐어요."

…….

"그나마도 재주가 없어서 제대로 못 쳐요."

자연스러운 침묵. 그녀가 말을 이었다.

"……전문계 아이들도요, 장래 걱정 많이 해요."

당연하죠. 알아요.

"아뇨, 그래도 인문계보단 마음 편할 거라고 생각하잖아요. 졸업하면 바로 조그마한 회사 아무데나 골라잡고 들어가면 그만이라고 생각하잖아요."

아니에요…….

"그쪽은 아닐지 몰라도, 대부분 그렇게 생각해요."

그녀는 잠시 숨을 세었다.

"……전문계 애들에게도 적성이 있고 꿈이 있거든요."

…….

"제가 전문계에 들어가자, 주위 사람들 다 취업 잘되는 과 들어가라고 부추겼어요. 부모님마저도 제 의견은 전혀 듣지 않고 취업 잘되는 과, 전망 좋은 과에만 집어넣으려고 바빴어요."

…….

"결국 이 꼴이에요."

이제라도 적성에 맞는 것을 찾았으니…….

"아뇨……. 재능이 없는걸요. 재능도 없는 것에 미래를 맡기는 기분을 아세요? 주위 사람들 다 제가 기타 치는 걸 취미로 알아요. 요즘 뭐하냐는 질문이 제일 무서워요. 전, 뭐…… 취업 준비한다고 둘러대죠. 비참해요……. 그런 거…….”

왠지 다, 느껴졌다. 그게 무슨 기분인지, 얼마나 비참한 건지. 고3이라서 그런 걸까. 아니면, 구덩이 속이라서 그런 걸까.

“가끔 세상을 종이 뭉치처럼 마구 구겨서, 안 보이는 곳으로 치워 버리고 싶어요.”

…….

“또 비슷하게 상상하는 것이, 강물에 모든 것을 띄어서 흘러 보내는 거예요. 학교도, 재수 없는 사람들도, 교과서도, 기타도. 모두 다 그렇게 흘러가 버렸으면 좋겠어요. 나뭇잎처럼 유유하게 흘러가는 기타를 생각하면 왠지 마음이 편안해져요. …… 그쪽도 한번 해 봐요.”

어둠이 짙어 눈을 감지 않아도 어느새 강물이 내 앞으로 흐르는 것이 상상되었다. 하늘이 티 없이 맑았다. 그 밑으로 윈도우 바탕 화면처럼 새파란 초원이 널따랗게 펼쳐져 있었다. 그리고 언덕과 언덕 사이에는 커다란 강이 둔중하게 흐르고 있었다. 나는 제일 먼저 학교를 들어 강물에 던졌다. 힘껏. 커다란 물보라가 일었다. 학교는 둥실둥실 흘러 내려갔다. 나는 손을 높이 들어 굿바이 인사를 보냈다. 안녕! 그다음은…….

그다음은 뭘 흘러 보내죠?

“네?”

학교를 강물에다 던지고 나니 다음으로 던질 게 생각이 안나요. 하하. 그녀가 아이처럼 맑은 목소리로 웃었다.

“음…… 그다음은…….”

그녀가 막 입을 떼려는데 갑자기 머리 위로 환한 빛이 쏟아져

들어왔다. 누군가의 외침이 들렸다.

"거기 누구세요?"

그녀와 나는 번뜩 위를 올려다봤다. 하얀 빛이 너무 밝아 목소리의 주인은 그림자처럼 형상만 보였다. 누……누구세요? 내가 당황해하며 물었다.

"지나가는 학생인데요. 지금 거기에 떨어지신 거예요?"

……네.

"다치신 데는 없고요?"

그녀가 나를 말없이 바라봤다. 불빛 속에서, 그녀의 얼굴을 처음 제대로 보았다. 하얀 얼굴에 새카만 눈이 우물처럼 깊었다. 그녀를 잠시 바라보고, 나는 위를 향해 외쳤다.

제가 발목을 조금 다쳤습니다.

"그럼 제가 도와줄 사람을 찾으러 갔다 올게요. 잠시만 참고 계세요."

"저기 잠깐만요!"

그녀가 떠나려는 그림자를 향해 다급하게 외쳤다.

"네? 왜요?"

그림자가 물었다. 그녀는 쉽게 입을 떼지 못하고 우물거렸다. 그녀는 나를 한 번 힐끗 쳐다보고 말했다.

"……혹시 그거, 핸드폰인가요?"

그녀가 빛을 가리키며 물었다.

"이 불빛이요? 아뇨. 전자 노트예요."

"그럼 혹시 핸드폰을 가지고 계신가요?"

"마침 지금은 없네요. …… 역시 그냥 소방서에 신고하는 게 좋을까요?"

그녀가 손을 휘저었다.

"아뇨, 아뇨. 그건…… 번거롭잖아요."

"네. 그럼 조금만……."

멀어지는 달음박질 소리가 들렸다. 우리는 말이 없었다. 나는 어둠을 스크린 삼아 기억 속에서 잔상처럼 남은 그녀의 하얀 얼굴을 상상하고 있었다. 처음 구덩이에 떨어졌을 때 그녀가 했던 말이 떠올랐다. 이런 구덩이 속에 갇혀 있는 것부터 우린 이미 보통 인연이 아니니까요.

"몇 시쯤 됐을까요?"

그녀가 물었다.

모르죠.

내가 답했다.

"제가 보기엔, 우리 여기서 한 시간쯤 있었던 거 같아요."

그럼, 2시 정도 됐겠네요.

"그렇겠죠."

나는 어둠 속을 더듬어 쌓여 있는 돌 따위나 축축한 흙 따위를 만졌다. 만지며, 머릿속으로 그렸다. 그렇게 따라가다 문득 그녀의 손에 닿았다. 나는 흠칫 놀라 손을 거두었다.

그녀가 "……저기요." 하며 말을 걸어왔다.

네. 내가 대답했다.

그녀가 주춤주춤 말을 이었다.

"……여기에서 나온 뒤에도, 계속 연락하면서 지낼 수 있을까요?"

…….

"좋은 분인 거 같아서요."

……그건 단지 구덩이 속이어서 그런 게 아닐까요?

그녀가 음, 소리를 내며 잠시 생각하더니 말했다.

"그럴지도 몰라요."

정말 위험한 거네요. 흔하지 않은 인연이란 거.

나는 그녀의 말을 흉내 냈다. 그녀가 작은 소리로 웃었다. 그때 다시 머리 위로 빛이 쏟아졌다. 그림자가 곤란하다는 목소리로 말했다.

"밤이 너무 깊어서 그런지 행인이 아무도 없는데요. 그냥 제가 끌어올려 볼게요."

그림자가 자! 하며 내게 손을 내밀었다.

"먼저 올라가세요."

그녀가 말했다. 나는 가볍게 고개를 끄덕이고는 그림자의 손을 잡았다.

그의 손을 잡으며, 나는 소를 생각했다.

나는 소를 강물에 빠트리려고 소의 뿔을 잡고 당겼다. 소가 음 머어, 소리를 지르며 버텼다. 이 육시럴할 소가! 나는 소의 허리를 껴안고 번쩍 들어올렸다. 소는 잘 마른 빨래처럼, 그녀처럼 가벼웠다. 나는 소를 강물로 던지려고 팔을 뒤로 쭉 젖혔다. 힘껏.

그때, 그녀가 내 옷자락을 당겼다. 불빛 속에서 그녀의 눈동자가 반짝이며 흔들렸다. 나는 그림자와 그녀를 번갈아 보았다. 그림자가 재촉했다.

"어서 올라오세요!"

나는 잡은 손에 힘을 주었다. 그녀가 내 옷자락을 더욱 강하게 잡아당겼다. 나는 그림자와 그녀를 다시 한 번 번갈아 보았다.

나는 침을 꼴깍 삼켰다. 그리고 그의 손을, 당겼다. 힘껏.

도마뱀 달리기

명덕외국어고등학교 3
이수련

막 건져 낸 미역을 머리에 듬성듬성 얹어 놓은 듯한 수학 선생이 칠판에 하얀 수학 공식들을 만들어 나갔다. 온갖 숫자와 기호들이 빽빽하게 칠판에 들어찼다.

난 하루 종일 수학 공식을 적어 내느라, 그것도 한 글자도 다르지 않게 반마다 적어 내느라 매일 아침 포근한 이불 속에서 몸을 일으킬 저 사람이 이해가 안 간다. 저게 저 사람이 바라는 삶이었을까. 나에게 저 사람의 인생을 판단할 자격 따위 없다는 거, 잘 안다. 그래도 궁금한 건 궁금한 거다.

사실 궁금한 것은 그것 이외에도 아주 많다, 그중에서 내가 가장 묻고 싶은 것은 왜 지수의 그래프가 저런 식으로 그려지는지 따위가 아니다. 사실 내가 묻고 싶은 건 '당신이 칠판에 써 내려가고 있는 공식이 나는 아무리 자세히 봐도 허옇고 이상하게 생긴 먼지 덩어리로밖에 안 보이는데, 당신은 나에게 뭘 어떻게 배우라고 하는가.'이다.

하지만 난 주제 파악이 빠른 사람이다. 어느 영화에선 이런 말을 했다. "넌 학생이고 난 선생이야." 그래. 아무리 부인해도 난 학생일 뿐이다. 그건 다른 말로 쓸데없는 질문 따윈 하지 말고 잠자코 필기나 하는 것이 나의 신상에 좋을 것이라는 말이기도 하다. 쓸데없는 질문은 대학 가는 데 아무런 도움이 되지 않으니까. 대학 가는 데 도움이 되지 않는 일에 시간을 쏟는 것은 부질없는 일이니까.

해가 구름을 벗어났나 보다. 오만 가지 색깔을 띤 햇빛이 교실로 힘차게 들어와 부서졌다. 이러한 지루한 시간을 이겨 내는 방법은 단 한 가지뿐이다. 나는 그 방법을 '도마뱀 꺼내기'라고 부른다. '도마뱀 꺼내기'는 별게 아니다. 단순히 과거를 기억해 내는 일이다. 지루한 현실에 묶여 버릴 때 그 현실로부터 벗어나기 위해 과거의 기억들을 골라 꺼내 드는 것이다. 나는 내 가슴속을 도마뱀처럼 돌아다니는 과거의 등짝에 이름을 쓰고 우리 속에 가두어 두었다. 이를테면 비가 오는 날엔 등짝에 '비오는 날'이라고 적힌 도마뱀을 꺼내 들고 한참을 그 도마뱀에 집중하곤 한다.

왜 하필 도마뱀이냐고 묻는다면 나는 백과사전에 도마뱀이 나온 페이지를 펼쳐 보여 주겠다. 도마뱀은 위기에 처하면 꼬리를 자르고 도망간다는 내용을 읽은 적이 있다. 세상은 언젠가부터 나에게 빼앗으려고만 한다. 어렸을 때부터 나는 미술을 좋아했다. 그래서 초등학교 때 장래 희망을 말하는 시간이면 "나는 나중에 크면 엄청나게 멋진 그림을 그리는 화가가 될 거야."라고 자랑스럽게 말하곤 했다. 하지만 세상은 나에게 미술가는 돈벌이가 안 좋다며 그 꿈을 빼앗아 가 버렸다. 또 언젠가는 작가가 되고 싶었다. 공모전에 나가겠다며 빨간 줄이 가지런히 늘어선 원고지에 글을 써 대는 나에게서 세상은 그 시간에 문제집 한 장을 더 풀라는 말과 함께 원고지를 빼앗아 가 버렸다. 내 자신을 하나둘씩 세상에 빼앗기다가 이대로는 안 되겠다는 생각이 들었다. 나는 내 자신을 지워 버리려는 세상에서 위기에 처했음 깨닫고 꼬리를 자르고 피신했다. 꼬리가 잘린 커다란 도마뱀, 그게 나다. 그니까 나를 구성하는 나의 기억들도 모두 꼬리 없는 도마뱀이다. 이 도마뱀들은 내가 나일 수 있도록 지켜 준다. 내 자신도 납득이 안 가는 말도 안 되는 이론이지만 이것이 내가 나를 지켜 낼 수 있는 최선의 논리이다.

약간의 부작용이 있는 위험한 방법이긴 하다. 나는 '도마뱀 꺼내기'를 너무 자주 한 나머지 가끔 내가 사는 곳이 과거인지 현재인지 헷갈리곤 한다. 또한 내 조촐한 인생에서 일어났던 몇 가지의 사건들이 언제나 나를 구성하는 전부가 된다는 사실은 생각보다 내 자신을 초라하게 만들기도 한다. 하지만 붙잡아 두었던 '과거'들이 달아나 버리면 나는 남겨진 '지금'을 이겨 낼 수 없을 것 같다.

지긋지긋한 수업이 끝났다. 아이들이 하나둘 흩어졌다. 야간 자율 학습이 시작하기 전에 갖는 쉬는 시간이니까 매점에 가서 군것질거리들이라도 사 오려는 것이겠지. 몇몇 남자애들은 운동장에서 축구를 하고 있다. 평소보다 응원 소리가 유난히 시끄러운 것을 보면 반 대항전인가 보다. 연노랑 싸구려 커튼이 너풀너풀 흩날리며 내 시야를 가렸다. 한참이나 운동장과 하늘을 쳐다보았다. 아직 쌀쌀하긴 하지만 눈부신 날씨였다.

비록 상상 속에서 과거나 헤집는 한심한 인생이지만 나도 꿈은 있다. 지금과 같이 눈부신 날씨. 난 이럴 때면 머릿속으로 뽀얀 황토색 운동장을 떠올린다. 그리고 그곳을 미친 듯이 가로질러 달려가는 내 모습을 떠올린다. 시원한 바람이 내 온몸을 마구 스쳐 갈 것이고 내 하얀 운동화가 내달리는 모래 바닥에선 황토색 먼지가 한 번도 지은 적 없던 미소처럼 번져 나갈 것이다. 그 역사적 순간은 '도마뱀 달리기'로 불릴 것이다. 달콤한 상상이다. 그렇다. 달콤한, 상상일 뿐이다.

"이상은!"

내 등을 누군가 툭 쳤다. 최혜진이라고, 우리 반 애다.

"어. 왜?"

"같이 매점 가자니까. 까먹었냐?"

"아. 그랬었지. 따라가면 콩고물이라도 떨어지나?"

피실피실 웃으며 말하자 혜진이는 그저 따라오라고 말했다. 사실 무지 귀찮았다. 그냥 이런저런 생각을 하면서 창 밖을 바라보는 쪽이 매점에 따라가는 것보다 훨씬 재미있다. 하지만 나도 사회생활은 해야 하지 않겠나. 친구가 많은 것도 싫지만 그렇다고 심심하게 언제나 혼자이고 싶지는 않다. 으아. 제발 팔짱은 끼지 말아 줄래. 내가 슬그머니 팔짱을 빼자 혜진이는 입술을 삐죽거렸다. 난 그저 모른 척하고 앞을 보며 걸어갔다.

"무뚝뚝하긴……."

그래. 난 무뚝뚝하다. 생각해 보면 나는 항상 다른 사람과의 대화가 어색했다. 누군가 건네는 일상적인 인사말에도 어떤 방 안에서 매일을 갇혀 살다가 어느 날 '거기 누구 있나요?'라고 질문이라도 받은 것처럼 당황스러워진다. 언제부터 그렇게 되었을까 고민도 해 보았지만 답은 나오지 않았다. 엄마는 언젠가 나와 김이 모락모락 나는 하얀 밥을 먹으며 말했다. 내가 태어났을 때 울지 않아서 의사 선생님이 나를 거꾸로 들고 등을 막 두드렸다고. 그 때서야 울음을 왕 하고 터뜨리더라고. 어쩌면 그때 나는 남들 앞에서 울음을 터뜨리는 게 어색해서 망설였는지도 모른다. 그러다가 등짝을 맞고 억울하고 아파서 울어 버린 건가.

혜진이는 빼곡이 들어선 아이들을 용케도 뚫고 들어가 빵 두개를 덥석 사 왔다. 그리고 하나는 나에게 던져 주었다. 난 "땡큐!" 하고 빵 봉지를 받아 뜯으며 생각했다. 아. 오늘은 야자나 뺄까. 한 달 동안 한 번도 안 빠지고 참여했으니까 이번엔 그냥 가도 별말 없겠지? 봄바람이 설렁설렁 불어오니까 솔직히 야자 하기가 싫었다. 교실로 돌아가는 길에 '곧 있으면 벚꽃이 피겠구나.' 뭐, 그런 생각을 했다.

버스를 타고 집 근처에서 내리면 적어도 십 분은 걸어가야 했다. 나는 언제나 골목길로 다녔다. 꼬질꼬질한 골목길이 있는 낡은 빌라촌의 빌라들은 모두 비슷하게 생겼다. 하나같이 지저분하고 무너질 것처럼 낡았다. 베란다에 널려 있는 빨래들이 모두 다르지만 않다면 집주인도 자기 집이 어디인지 분명히 헷갈릴 것이다. 음식물 쓰레기 근처를 어슬렁거리던 고양이들이 내가 오자 눈치를 보며 피했다. 연두색 잎들이 막 돋아난 나무들은 드문드문 서서 가난한 골목에도 봄은 온다는 사실을 알리려고 애쓰는 듯했다. 그래. 가난한 동네에도 봄은 온다. 고3에게도 봄은 온다. 고3 고3 고3. 종례 시간에 담임이 한 말이 생각났다. 너희들이 지금 꽃 폈다고 좋아할 때냐? 니들한테 저 꽃은 그냥 그림이다 생각하고 지금 책상 위 현실로 돌아와야 하는 거야. 누가 언제 내 현실을 책상 앞으로 질질 끌어다 앉혀 놓은 것일까? 분명 초등학생 때 까지만 해도 내 현실은 아카시아 핀 놀이터와 불량 식품으로 가득 찬 동네 슈퍼 사이를 부유하고 있었는데. 둥실둥실.

등짝에 불량 식품이라고 써 놓은 도마뱀 한 마리가 우리를 긁는 게 느껴졌다. 나는 조심스레 그놈을 꺼내 주었다. 그러고 보니 나는 그때 동네 슈퍼에는 없는 게 없다고 생각했다. 슈퍼에서 파는 싸구려 딱지나 스티커가 든 빵이나 테이프 모양 껌이나. 그런 것들을 너무 좋아해서 아빠가 생일 선물로 뭐 갖고 싶어? 라고 물어보면, 선물은 필요 없고 삼천 원만 줘!라고 말하곤 했다. 삼천 원을 받아 들고 동네 슈퍼로 가면 사고 싶은 걸 잔뜩 살 수 있었다. 세상에서 제일가는 부자라도 된 것 같은 기분으로 말이다. 그때 내 머리 위에서 둥실거리던 나의 '현실'은 무척 행복했던 것으로 기억한다.

불량 식품의 도마뱀과 함께 길을 걸었다. 누군가 나의 모습을 보았다면 깊은 고민이 있는 사람이라고 생각했을 것이다. 교실에서도 '도마뱀 꺼내기'에 심취할 때면 친구들이 와서 무슨 걱정이 있냐며 물어 오곤 한다. 코너를 돌자 저 멀리에 슈퍼가 하나 눈에 들어왔다. '유진 수퍼.' 슈퍼도 아니고 '수퍼'. 언제나 생각하는 거지만 저 슈퍼는 내가 어렸을 때 가던 그 슈퍼랑 닮았다. 위층에 주택이 있는 것도 닮았고, 가로등이 슈퍼 옆에 바짝 붙어 있는 것도 그렇고. 낡은 미닫이문 위에 쭉쭉빵빵한 미녀가 소주잔을 들고 있는 포스터들이 붙어 있는 것도 닮았다. 하지만 다른 점이 있다면.

고놈이 있다는 것이다. 언제나 내 무릎 위로 앞발을 올리고 정신없이 내 얼굴을 핥으려 드는 그 변태 같지만 귀여운 놈. 그래. 저 슈퍼 앞에는 항상 강아지 한 마리가 앉아 있다. 주황색 목 끈이 언제나 문 옆 열쇠고리에 묶여 있는데 굳이 그럴 필요도 없을 것 같았다. 그놈은 언제나 얌전히 앉아서 지나가는 사람들을 가만히 바라보고 꼬리만 흔드는 녀석이다. 달려들지도, 짖지도 않는다. 그 모습에 뭔가 징해서 언젠가 주머니에 있던 소시지를 좀 나눠 줬다가 그 뒤로 이 골목을 지날 때면 언제나 그놈이 친한 척 달려든다. 그리고 내 얼굴을 침 범벅으로 만들어 놓고 나서야 만족하며 내 무릎에서 나온다. 근데 오늘은 그 변태가 보이지 않았다. '수퍼' 앞에 도착해 기웃거려 보았지만 그놈이 가끔 그늘을 피하던 화분 뒤쪽에서도 보이지 않았다. 그러다가 문득 안에 있을지도 모르겠단 생각이 들었다. 그까짓 강아지 한 마리 보려고 슈퍼에 들어가 물건을 살까 보냐 하면서도 나는 어느새 미닫이문을 열고 문으로 들어서고 있었다.

솔직히 깜짝 놀랐다. 일단 문을 열자마자 보이는 엄청난 양과 각양각색의 불량 식품들에 놀랐고 그다음은 그 위에 뿌옇게 쌓인 먼지에 놀랐고. 또 이런 가게가 이 시대에 존재한다는 것에 대하여 마지막으로 놀라려던 차에 저 안쪽에서 들려오는 웬 여자 애의 목소리에 한 번 더 놀랐다.

"똘! 앉아! 앉으라니까!"

가게 안엔 진열대 아래로 사탕 양동이, 껌 박스 등이 늘어서 있어서 소리가 나는 계산대 쪽으로 갈 때 나는 무언가를 떨어뜨리지 않으려고 내 뚱뚱한 책가방에 각별히 신경을 써야만 했다. 조심조심 걸어오는 나를 발견한 변태 강아지가 나를 향해 쪼르르 달려왔다. 여기 있었구나. 이놈한테 변태 변태하면서 굳이 무릎까지 꿇어 가며 침 세례를 받아 내는 걸 보면 나도 변태이긴 마찬가지인가 보다. 오늘도 이놈의 앞발은 쬐그맣다. 귀여운 놈.

"우리 똘이랑 아는 사이야?"

그때서야 나는 카운터, 아니다. 엄밀히 말해 그냥 조그만 탁자라고 보는 게 낫겠다. 아무튼 그 너머에 서 있는 목소리의 주인을 보았다. 노란색 후드 티가 눈에 선명하게 들어찼다. 머리는 자고 막 일어난 사람처럼 부스스하고, 눈을 동그랗게 뜨고 날 바라보는 모습에서 웬지 개는 주인을 닮는구나 깨닫고 새삼 놀랐다.

"아, 그냥 지나다니다가 알게 됐어."

"똘! 너 나한테는 그렇게 인사도 안 하면서!"

그 아이는 동그란 눈을 장난스럽게 찌푸리며 강아지를 향해 말했다. 강아지는 그 애가 그러든 말든 여전히 내 무릎에 앞발을 올리고 요리조리 막는 나의 손을 피해 내 얼굴에 분홍색 혓바닥을 놀려 댔다.

"이놈 이름이 '똘'이야?"

나는 밀려드는 어색함에 괜히 뻔한 사실을 물었다.

"응. 우리 똘이는 똘똘하니까."

나는 그 대답에 피식 웃어 버렸다. 별로 똘똘하진 않은 것 같은데. 차라리 똥이 낫겠다. 똥 색깔이구만. 나는 근처에 있던 노란 소시지를 하나 까서 똥, 아니, '똘'한테 주었다. 쩝쩝거리면서 먹는 강이지를 두고 카운터 옆 냉장고에서 음료수 캔을 하나 꺼내 계산대에 올려 두었다. 그러는 동안 나를 유심히 바라보던 노란 후드 티에게서 몹시 부담스러움을 느꼈다.

"저 소시지랑 같이 계산해 줘."

그 아이는 그때서야 나를 빤히 쳐다보는 것을 그만두고 웃었다. 웃으면서 내게 잔돈을 내미는 모습에 나는 내 얼굴에 뭐라도 묻었나 걱정이 되기 시작했다. 내가 잔돈을 받아 들고 날 따라오

려는 변태 강아지를 밀어내며 가게 밖으로 나가려 할 때 그 애는
또 웃으며 나에게 인사했다.

"또 봐!"

그리고 강아지를 안아 드는 그 아이를 뒤로하고 가게 밖으로
나왔다. 밖은 여전히 봄바람이 설렁설렁 불고 있었는데 나만 어딘
가 다른 세계를 다녀온 것 같은 기분이었다. 어둡고 으슥한 불량
식품 행성. 그러다 문득 생각이 났다. 저 애의 웃는 모습이 그 노
랗던 후드 티랑 꼭 닮았다고. 예전에 봄에 뒷산에 가서 보라색 꽃
을 본 적이 있는데 나는 왜인지 그 뒤로 '봄'이라는 단어를 떠올리
면 마치 봄이 그 보라색 꽃처럼 생기기라도 한 듯 그 꽃을 떠올리
곤 한다. 그래. 나는 앞으로 '미소'라는 단어나 '웃음'이라는 단어
를 떠올릴 때마다 저 노란 미소를 떠올리게 될 것 같다는 생각이
들었다.

그 뒤로 나는 이따금, 아니 솔직히 자주 '유진 수퍼'에 갔다. 그
아이는 언제나 그 미소로 나를 맞이했다. 나는 그 애의 이름이 최
유선이라는 사실과 유진은 그 아이의 언니 이름이라는 사실과 그
아이가 이 동네의 갈색 교복을 입는 학교에 다니고 있다는 사실
등을 알았다. 매일같이 야자를 하느라 11시가 넘어서야 슈퍼에 들
르는 날이 많지만 그때에도 유선이는 똥을 안고 나를 반겼다. 언
제나 유선이와 대화할 때면 나는 어둡고 으슥한 불량 식품 행성에
유선이와 나와 똥만 존재하는 것처럼 느꼈다. 다른 건 아무것도
없었다. 유선이는 그런 마력이 있었다. 걱정하는 다른 것들 따위
는 모두 하찮게 여겨지도록 만드는. 무엇보다 유선이가 내 마음에
들었던 점은 나에게서 아무것도 바라지 않는다는 점이다. 유선이
가 학교에서 있었던 일을 시끄럽게 떠들어 대면 나는 그저 내 기

분 내키는 대로 듣고만 있었다. 다른 아이들과의 대화에서처럼 위로를 해 주거나 억지로 웃어 줄 필요가 없었다. 그런데도 유선이는 내가 유선이의 슬픈 일을 같이 슬퍼해 주고 있으며, 기쁜 일을 같이 기뻐해 주고 있음을 알았다. 나는 유선이네 아빠가 아무것도 사지 않으면서 가게에 뻔질나게 들락거리는 나를 못마땅히 여길까 봐 매일 껌 하나씩을 사 왔고 그 바람에 집엔 아직 다 먹지 못한 풍선껌들이 쌓여 버렸다. 학교에서도 매일같이 껌을 나누어 주는 나에게 친구들이 껌 장사 하러 다니냐며 시덥잖은 농담을 걸었다. 그래서 나의 별명이 껌팔이 소녀가 되어 갈 때쯤 어느새 벚꽃은 거리를 분홍빛으로 만들어 버렸다. 솔직히 그 모습을 새벽에 학교 가면서 보고 밤 늦게 집에 돌아오며 다시 보는 이들에겐 절망적인 풍경이었다. "아. 세상은 저리도 분홍빛인데 내 가방이 무거워 저 세상 속으로 나아갈 수 없구나. 원통하도다!" 나와 반 아이들은 쉬는 시간에 창밖을 내다보며 불평을 했다.

그래서 오늘 온 비는 꽤나 반가웠다. 비나 맞고 빨리 꽃이 져 버렸으면 하는 마음도 있었고 언제나 비가 오면 나는 다시 내가 되는 기분이었다. 요즘 유선이네 슈퍼에 드나드는 나의 모습은 내가 생각해도 불안했다. 평소라면 누군가와 대화하기 위해 하루에 오백 원씩 내 가며 껌을 살 내가 절대 아니었다. 더군다나 유선이와의 한마디는 다른 사람과 열 마디를 나눈 것보다 서로에게 가까워지는 기분이었다. 그래서 나는 더 불안했다.

유선이와 대화를 나눌 때면 나는 기억의 도마뱀 우리를 잠시 잊어버리는 기분이었다. 그 어두운 슈퍼에서 나올 때 나는 언제나 즐겁지만 이내 내가 까먹고 있었던 도마뱀 우리가 생각나고는 불안해진다. 그러면 나는 집에 돌아가는 동안 도마뱀 우리를 들여다보며 도마뱀들이 잘 있는지 확인을 한다.

유선이를 만나고 소홀해진 도마뱀 우리를 좀 살피기로 했다. 안 그래도 '비오는 날'의 도마뱀이 우리에서 기어 나오려고 바둥거리는 중이었다. 나는 조심스레 우리에 손을 넣고 그놈을 꺼내 주었다.

오늘 야자가 끝날 때까지 비는 그치지 않았다. 나는 남색 우산을 쓰고 길을 걸으며 앞으로 다신 '유진 수퍼'에 가지 않기로 다짐했다. 나의 도마뱀들은 세상으로부터 나를 지켜 준다. 유선이는 내가 나의 도마뱀들 속에서 누리는 안전한 생활을 위협하고 있다. 이대로는 안 되었다. 그래. 집에 남은 껌이나 씹으면 되는 거다. 더 이상 껌을 살 일은 없어야 한다. 껌팔이 소녀라는 별명 꽤 마음에 들었는데. 골목길을 지나며 '유진 수퍼'의 희미하고 누런 전등빛이 보일 때쯤 나는 일부러 빨리 걷기 시작했다. 유선이와 변태 강아지가 그 동그란 눈들로 나를 바라보고 있는 것 같았다. 점점 빨리 걷다가 수퍼 앞을 지날 때는 뛰는 지경에 이르렀다. 한참을 더 뛰어가다 내가 사는 아파트에서 나는 네모난 불빛들에 나는 움직이던 다리를 멈췄고, 그때서야 나는 내가 그 애를 무척이나 만나고 싶어한다는 것을 깨닫고 더욱더 불안해졌다.

그날따라 달이 오지게 컸다. 으아. 달 크다. 난 일부러 아무도 없는 거리에서 큰 소리로 소리 쳤다. 내 도마뱀들은 나를 기쁘게 만드는 놈들이 반, 나를 울적하게 만드는 놈들이 반이었다. 내가 '도마뱀 꺼내기'를 할 때는 주로 세 가지 경우였다. 첫째, 무지하게 인생이 지루해서 견딜 수 없을 때. 둘째, 인생이 너무나 지루해서 울적해지기까지 할 때. 이때는 내 기분을 좋게 만드는 도마뱀들을 꺼냈다. 셋째, 어떤 이유로 기분이 들뜨지만 역시나 인생이 너무나 지루해서 그것에 대하여 아무것도 할 수가 없을 때. 이 때는 보기만 해도 울적해지는 축 처진 놈들로 꺼내 들고 시간을 보냈다. 예를 들자면 중학교 때 따돌림을 당한 기억이거나 비 오는 날 엄마가 유치원에 데리러 오지 않아 비를 쫄딱 맞고 집으로 돌아가야 했던 어느 날의 기억들이 있을 수 있다. 최근엔 셋째 경우에 해당했다. 유선이는 나를 들뜨게 했다. 내 생활의 균형이 깨지려고 했다. 일부러 울적한 놈들을 최근에 몇 마리나 꺼냈는데도 유선이의 웃는 모습은 쉽게 잊혀지지가 않았다. 여전히 유선이가 보고 싶었다. 나는 책상 구석에 쌓여 있는 풍선껌을 씹기로 했다. 잘근잘근 씹으며 불량 식품 행성도 다 잊어 버리자. 도마뱀과 사는 날들이 나에게는 안전해. 노란 달빛이 유선이의 웃음과 겹쳐 보였다.

그날 이후 여름이 올 때까지도 나는 '유진 수퍼'에 찾아가지 않았다. 나는 끊임없이 똑같은 하루를 반복했다. 아침에 모두가 지쳐 잠들어 있는 셔틀 버스를 타고 매일같이 학교에 갔고 날씨가 좋은 날은 좋은 대로 날씨가 나쁜 날은 나쁜 대로 '도마뱀'들을 꺼냈고 밀려드는 수능 교재와 기출 문제집에 깔려 자습을 하다가 밤이 되면 돌아왔다. 평소와 달라진 점이 있다면 더 이상 '유진 수퍼'가 있는 골목길을 지나가지 않는다는 것이다. '유진 수퍼'를 지나다간 나도 모르게 그 삐걱거리는 문을 열고 들어가 유선이의 미소를 보며 변태 강아지를 안아 버릴 것 같았다. 나는 유선이의 반짝이는 그 웃음을 받을 자격이 없었다.

교복이 하얀 하복으로 바뀔 때가 되니 야자가 끝나고 집에 가는 길도 후덥지근했다. 나는 오늘도 골목길로 가는 입구를 지나치려고 했다. 하지만 왠지 '유진 수퍼' 안을 온통 물들이던 그 누런 전구 빛이라도 보고 싶었다. 그래서 약 한 달 만에 골목길로 들어섰다. 골목길은 여전히 지저분하고 변한 것이 없었다. 나는 앞을 보면서 급히 걸었다. '유진 수퍼'의 빨간 간판이 보이자 안도의 한숨을 내쉬었고 그제야 불량 식품 행성이 없어졌으면 어쩌나 많이 걱정해 왔다는 걸 알 수 있었다. 내 안에서 도마뱀들이 우리를 흔들어 대며 경고했다. 저기로 가면 넌 불안한 미래를 걷게 될 거야. 위험해.

슈퍼 근처에 다다르자 나는 당혹감에 발길을 멈췄다. 그 평화롭던 누런 불빛의 행성에서 큰 소리가 들려왔기 때문이다. 더 들을 필요도 없었다. 영락없는 부부 싸움 소리였다. 가끔씩 무료하게 앉아 있다 보면 옆집에서 들려와 창밖으로 귀를 내밀고 듣는 그런 소리. 네가 애를 이딴 식으로 키웠다느니, 당신이 그러니까 우리 집 살림이 이 모양 이 꼴이라느니, 하는 그런 소리 말이다. 그 순간 나의 낡은 불량 식품 행성은 백억 광년을 날아와 지구에 정착했다. 아니, 더 이상 낡은 불량 식품 행성 따위가 아니었다. 그저 초라하고 다 무너져 가는 동네 구멍가게일 뿐이었다. 밀려드는 당혹스러운 감정에 어찌할 바를 모르고 문 앞에 멈춰 서 있었다. 그러다 문득 뒤쪽 담에서 웬 소리가 희미하게 들려왔다. 조심스럽게 발걸음을 옮겼다. 가슴속에서 도마뱀들이 우리를 마구 흔들었다. 담쟁이덩굴이 정신없이 늘어지고 가로등 불이 희미하게 기웃거리는 구석에서 어두운 형체가 으쓱거리고 있었다. 유선이다. 나는 바로 알 수 있었다. 유선이는 내 쪽에서 반쯤 뒤돌아선 채로 어깨를 들썩이며 흐느끼고 있었다. 나에게 슈퍼에서 나는 큰 소리들은 이미 하나도 귀에 들어오고 있지 않았다. 오직 유선이의 가는 흐느낌이 내 존재를 가득 울렸다. 그 작은 소리가 새벽별처럼 너무도 선명하게 들렸다. 그때 유선이가 나를 발견하고 고개를 돌렸다.

"상은아……."

유선이는 그 큰 눈망울에 눈물을 그렁그렁 담고서 나를 바라보았다. 내가 그리워하던 유선이가 울고 있었다. 언제나 웃던 유선이가 울면서 나를 쳐다보았다. 유선이가 나의 도움을 간절히 필요로 하고 있었다. 유선이가 내 이름을 물기 가득한 목소리로 불렀다. 가슴속 도마뱀들은 거의 우리를 폭발시킬 만큼 날뛰었다. 위험해. 위험해.

나는 이 세상에 태어나서 한 행동 중 가장 치사하고 비겁한 행동을 하고 말았다. 나를 부르는 그 목소리와 눈빛을 뒤로하고 도망쳐 버렸다. 난 내 이름을 부르는, 나를 필요로 하는 유선이를 그 어두운 골목에 혼자 두고 뒤돌아 달아났다. 가슴속에 도마뱀들이 나를 조정했다고 핑계 대면서 집까지 달렸다. 그리고 방에 들어와 이불에 털썩 누우며 인정했다. 이 세상에서 가장 겁 많고 한심한 도마뱀이 그냥 꼬리를 버리고 도망친 것뿐이라고. 유선이에게 그저 차갑게 식은 내 꼬리만 남겨 주고 도망친 것뿐이라고. 나는 그날 밤 그 상태로 유선이만큼이나 울었을 거다. 다음 날 팅팅 부은 눈으로 등교를 해서 부모님을 비롯한 모든 사람들의 무슨 일이냐는 질문 공세를 피할 수가 없었다.

나는 매 순간을 죄책감에 시달렸다. 유선이의 그 큰 눈망울이 이제는 노란 웃음이 아니라 새벽별 같은 슬픔으로 나를 바라보았다. 나는 매 초 그 눈빛을 마주했다. 심지어 미역 머리 수학 선생의 탁한 눈도 유선이의 눈으로 보였다. 그날 밤 이후로도 나는 많은 사실을 인정해야만 했다. 이제까지 내 세상을 그토록 지루하게 만들고 답답하게 만든 건 비겁한 내 자신이었다는 사실을. 나는 언제나 '도마뱀들'이 나를 존재하게 한다고 생각했지만 사실은 가둬 둔 도마뱀 속에서 세상 속에 상처받을까 봐 벌벌 떨며 숨어 있던 것에 지나지 않았음을. 유선이로부터 도망가게 했던 위험해, 위험해, 그 외침은 비겁하게 숨어 있던 내가 지르던 비명이었음을. 나는 마침내 모든 것을 인정했다.

유선이에게 용서를 구하고 싶었다. 그리고 이제껏 가둬 놓은 내 도마뱀들에게도 용서를 구하고 싶었다. 하지만 방법을 찾을 수가 없었다.

그러다 그 눈부신 아침이 왔다. 그때쯤 나는 유선이에 대한 생각으로 날씨 따위에 신경을 쓸 기분이 아니었기 때문에 그날 아침이 얼마나 아름다운지 깨닫지 못하고 있었다. 나는 그저 멍하니 앉아 어떡하면 용서를 구할 수 있을 것인지에 대하여 고민하고 있었다. 아이들은 이런 날씨에 학교에 나와 공부를 해야 하는 자신들의 처지를 한탄하느라 여념이 없었다.

"날씨 한번 끝내준다. 진짜 학교에서 보내기엔 너무 아깝지 않냐?"

"그니까. 아. 혜화여고는 오늘 개교기념일이라더라. 아. 이런 날 학교를 안 가다니 완전 부러워."

그때 마침 영어 선생님이 들어왔고 잡담을 늘어놓던 아이들은 모두 제자리로 돌아가야 했다. 나는 여전히 멍하니 생각에 잠겨 있다가 문득 내가 방금 매우 중요한 사실을 들었다는 걸 깨달았다. 혜화여고면 유선이가 다니는 학교잖아. 그 순간 나는 내가 무엇을 해야 되는지 깨달았다. 완벽한 기회였다. 그때서야 하늘을 바라보았고, 날씨가 완벽하다는 걸 깨달았다. 난 '도마뱀 달리기'

를 해야 했다. 달려가서 유선이에게 용서를 구해야만 했고 내 모든 기억의 도마뱀들에게도 사과를 해야만 했고 또 무엇보다, 비겁했던 내 자신의 인생에게 사과를 해야만 했다. 나는 손을 번쩍 들었다. 현명한 변명을 할 여유 따윈 없었다.

"선생님! 저 머리가 너무 아파서요. 조퇴를 해야 할 것 같은데요."

모두가 내 행동에 눈을 둥그렇게 뜨고 쳐다보았다. 그도 그럴 것이 씩씩하게 손을 들고 물어보는 내 모습은 전혀 아파 보이지 않았으니까. 영어 선생님은 많이 아프냐며 의심스러운 목소리로 추궁하셨다. 난 급한 마음에 많이 아픕니다!라며 소리까지 질렀고 선생님은 어이가 없으셨던지 그러면 일단 양호실에 가서 누워 있으라고 말씀하셨다. 난 반에 앉아 있는 모든 아이들의 호기심 어린 시선을 받으며 복도를 나왔다. 그리곤

하나. 둘. 셋. 땅!

달리기를 시작했다. 온 복도가 울리든 말든. 영어 선생님이 내 뒤에서 소리를 쳐 대던 말든. 내가 풀어야 할 문제집이 산더미처럼 쌓여 있든 말든. 지금 이 순간 나에게 무엇보다 중요한 건 달리는 것이었다. 나는 내가 항상 그리던 꿈속에서처럼 내달렸다. 계단을 뛰쳐 내려오느라 넘어질 뻔해도 멈추지 않고 달렸다. 드디어 황토색 운동장이 보였다.

한 발 두 발 황토색 운동장에 뿌연 먼지가 일어났다. 태양이 찬란하게 빛났고, 하늘은 더없이 파랬다. 그리고 나는 나와 함께 달리는 자유로운 도마뱀의 신기루를 보았다. 그리고 나로부터 한 꺼풀 두 꺼풀 벗겨져 파란 하늘로 날아가는 도마뱀 허물을 보면서,

나는 비로소 내가 '지금'을 내달리고 있음을 깨달았다.

시를 새기기는 힘든 바위

목포마리아회고등학교 1
임상진

돌은 투박하다. 그러나 그 자체로 아름답다. 겉을 화려하게 치장하지 않으니 어찌 겸손하지 않다고 할 수 있겠고 산산조각 날지언정 굽힐 줄을 모르니 어찌 지조 있다고 하지 않을 수 있겠는가. 장구한 세월과 비바람에 맞서 묵묵히 죽어 가는 바위의 모습은 그 얼마나 아름다운가. 그런 바위의 아름다움은, 시인들의 혼을 쏙 빼놓았다.

시인들은 조금, 아주 조금의 시련도 견뎌 내질 못하는 허약한 종이와 잉크에 자신의 시를 불어넣기를 꺼렸다. 그들은 그들의 시가, 그들의 영혼이 굳건한 바위에 담겨 영원에 가까운 시간을 보내게 하고 싶어 했다.

돌이라고 다 같은 돌이 아니다. 형태가 잔금이 없고 깔끔해야 하고, 어지간해선 흠 하나 나지 않을 정도로 단단해야 하며, 색이

과하게 괴이하거나 튀지 않아야 한다. 그런 돌이 좋은 돌이다. 가치를 돈 같은 것으로 매겨야 한다는 것이 좀 그렇지만, 실용적이고 객관적인 수치로 나타내자면, 그렇게 좋은 돌은 적게는 수십만 원에서 많게는 수백, 수천만 원의 가치를 호가한다. 거기에 좋은 시가 더해지면 참으로 금상첨화이다.

그 가격에 입이 다물어질 줄을 모르니 그것을 탐하는 이들이 나타났다. 시를 새긴 돌의 인기가 점점 하늘 끝을 향해 오르니 생긴 인스턴트 시인들이야 그렇다 하더라도, 돌처럼 강건하고 대쪽처럼 고결한 진짜배기 시인들까지 동참하는 걸 보면 몇 글자 조각된 돌덩어리가 누리는 영광이 얼마나 대단한 것인지 알 만하다.

이철웅은 즉석에서 생긴 인스턴트도 아니고 주관도 사상도 없는 진짜배기도 아닌, '그저 그런' 무명의 시인이다. 나이가 서른이 되도록 변변찮은 일자리 하나 없는 그는 언제나처럼 무기력하게 누워 아침을 맞고 있었다. 이불을 살짝 들추니 속은 컴컴했다. 컴컴한 속에서 그의 핏기 없는 하반신이 꿈틀거렸다. 그 창백한 꿈틀거림을 감상하다 그는, 울리는 전화에도 반응을 않고 한참을 그러고 있다가, 그러다 전화를 받았다.

"여보세요."

수화기 건너편에서 말이 들려오질 않았다. 이철웅은 문득, 눈꺼풀이 무거운지 그것을 파르르 떨었다. 대답이 없는 수화기를 부르르 꽉 쥐었다. 수화기는 돌처럼 강건했다. 수화기를 움켜쥔 이철웅의 눈이 벽을 향했다. 차마 벽에다는 못 그러고 이불 어디쯤에 대충 던져 놓으려는데, 그러기를 기다렸다는 듯 말소리가 들려왔다.

"그러냐?"

연락 없이 지낸 것이 몇 년이나 되는 그의 고등학교 동창이었다. 이철웅은 눈을 찌푸렸다. 서로 모르는 인간처럼 대한 것이 어제오늘의 일이 아닌데 갑자기 안 하던 전화를 다 하고, 무언가 수상한 것이 있는 듯하여 그는 머리를 굴렸다.

"시? 어, 어. 쓰고야 있지."

대답을 하면서 이철웅은 갑작스런 한기에 몸을 떨었다. 그는 시를 썼다. 쓰는 것이 아니라 썼다. 지금도 늙은 것은 아니지만, 지금보다도 더 젊었을 적엔 그것에 대한 열정이 상당했으나 그것은 점차 식어 갔다. 그는 이제 시를 쓰는 사람이 아니라 시를 썼던 사람일 뿐이었다.

상대방 얘기를 듣는 둥 마는 둥, 그는 간만에 깊은 곳에서 시를 끌어올렸다. 되도록 애썼으나 건져지는 것은 곰팡이가 덕지덕지 슨 것들 조금이었다. 그는 다시금 비참해졌다. 이불, 컴컴한 이불이 그의 눈에 들어왔다. 전화를 받느라 이불에는 그의 다리만 남아 있었다. 수화기와 달리, 그의 다리는 바위와 같이 단단하지 않아 꿈틀거렸다.

"돌? 돌에다가?"

이철웅은 대충 전화를 마무리하고는, 전화를 끊었다.

"돈, 돈. 돌이 돈이 된다고⋯⋯."

그는 수화기를 어디 적당한 곳에 던졌다. 그도 모르는 새 다리가 이불에서 빠져나왔다. 이불은 더 이상 컴컴하지 않았다.

걸음걸이가 오래간만에 힘이 있고 당당하다. 이철웅의 목도 철심을 심어 놓은 듯 **빳빳**하다. 평소에, 그를 움츠리게 만들던 파란 햇빛도 노란 사람들도 푸른 건물들도 오늘만큼은 그를 어쩌지 못했다. 배추잎을 닮은 그의 어깨가 유난히도 넓었다.

그러나 그가 석재상 몇 군데를 돌고 나니 어깨는 언제 그랬냐는 듯 다시 좁아지고 허리도 굽어졌다. 돌의 값이 껑충 뛴 탓이다. 유명하지도 않고 실력이 대단하지 않아, 수익이 보장되지 않은 그는 섣불리 비싼 돌을 살 수가 없었다.

산이라도 올라 돌을 직접 구해 볼까 했건만 만난 사람들마다 요즘 돌 값이 천정부지로 올라 다들 산으로 몰려 그것도 여의치가 않다고 했다. 게다가 나라에서 산을 해친다면서 그것도 막으려는 추세라 더 여의치가 않다고 했다.

"염병할, 안 될 놈은 뒤로 넘어져도 코가 깨진다더니."

그는 어느 석재상 문 앞에 주저앉았다. 무심코 땅을 짚은 손바닥이 따끔했다. 바닥엔 날카로운 돌멩이들이 깔려 있었다.

그는 돌멩이를 꽉 쥐었다. 그의 눈에 꽉 찬 쓰레기통 맨 위에 놓인 이불이 간신히 보였다. 그는 컴컴한 이불이 그리워졌다. 한낮이라 그런지 너무나 밝았다. 그는 고개를 숙였다.

"이봐요, 당신도 시인인가요?"

고개를 숙이는 바람에 뒤통수를 두들기던 볕이 물러났다. 그림자가 몰려 그는 다시금 컴컴해졌다.

이철웅은 고개를 끄덕였다. 대답을 한 것도 있고 그늘을 준 것에 대한 감사도 있었다.

"보니까 돌을 못 구해서 안달인 것 같은데, 그럼 우리랑 같이 안 갈래요? 명색이 시인이긴 하거든. 간만에 돈이나 왕창 벌어 볼 수 있을 것 같은데 젠장, 서울에 남는 돌이 없다나. 그래서 우리는 저 아래까지 내려갈 생각이오. 다 됐는데 한 놈이 죽어 자빠져서, 자리가 빕니다."

"죽어요?"

"갑자기 다 싫어졌다면서, 빌딩 꼭대기에서 뛰어내렸죠."

"저런."

이철웅은 안됐다는 말을 했지만 표정은 변함이 없었다. 그리고 그것은 그에게 말을 건 이도 마찬가지였다.

"그냥 미친놈이지."

사내는 할 말은 다 했다는 듯 어깨를 으쓱였다. 이철웅은 망설이는 기색 없이 손을 내밀었다.

"예, 그럼 같이 가죠."

두 시인의 팔이 이어졌다. 이어진 팔로, 혈관으로 시는 흐르지 않고 다만 돌이 흘렀다.

인원은 총 여덟인가 아홉인가, 그렇다고 했다. 김유식이라는 사내가 제대로 말해 주긴 했으나 이철웅은 그걸 잊었다. 잊건 기억하건 그것은 중하지 않은 일이었고 외워 봤자 머리만 아파지는 일이었다. 이철웅은 머리를 차창에 기댔다. 남행하는 열차는 자꾸만 흔들렸고 그런 흔들림은 그의 머리에 들어왔다. 그것이 느껴지지 않는지 버틸 만한지 이철웅은 그대로 눈을 감았다. 터널에 들어간 것 같은 컴컴함이 그를 반겼다.

단단하지 않은 시인 무리가 도착한 곳은 적당히 작고 적당히 한산한 도시였다.

"여기 나 아는 사람이 몇 있거든. 큰 산이랄 건 없지만 자잘한 산들은 좀 있고 이만한 도시치곤 사람도 적은 곳이요."

김유식만이 신이 나 떠들 뿐 다른 사람들은 낯섦에 말이 없었다. 역은 바람이 유난히 많이 불었다. 그 바람이 불 때마다 이철

286

웅은 위태롭게 휘청거렸다. 그것은 다른 사람들이라고 다르진 않았다.

김유식은 그들을 어딘가로 이끌었다. 그들은 자신들이 어디에 있는지도 잘 모르고 어디로 가는지는 아예 몰라 불안한 마음을 김유식을 무작정 따라가며 눌렀다.

유달산(儒達山)인지 무엇인지 하는 산 어딘가에 천막촌이 있었다. 그들보다 먼저 온 스무 명 정도 되는 사람들이 살고 있는 곳이다. 원래 김유식을 따라오기로 한 이들은 미리 알고 있었는지 당황하는 기색이 없었으나 이철웅은 기가 막혔다.

"정말로 여기서 삽니까?"

"아, 내가 말 안 했던가?" 김유식은 고개를 갸웃했다. "아래에서 살면서 오르락내리락하면 그러는 시간도 시간이고."

이철웅이 반문했다. "한 곳에서 자리 잡고 살면 다른 데에 있을 돌은 어찌 구하려고요?"

김유식은 퍽 위압스러운 얼굴로, 이철웅의 어깨에 턱 팔을 올렸다.

"유목민마냥 돌 찾아서 옮기든가 하겠죠. 그런데, 불만이 좀 많아요. 그래, 정 그러면 아래에서 살든가."

그렇게 퉁명스럽게 말한 그는 그러곤, 할 일 많다는 듯 천막들 사이로 사라졌다. 이철웅은 그를 붙잡지 않았다. 그의 얼굴은 금이 간 돌마냥 괴상해서 볼만했다.

이철웅은 내려가지 않았다. 그는 여느 시인들처럼 새로 친 천막에 들어가 살았다. 시인들의 천막엔 이불과 낮은 탁자, 책 몇 권에 라디오 따위만이 있어 남는 공간이 많았다. 시인들이 간소해서가 아니라 가난해서인지, 천막이 희고 밖은 낮인데도 천막 안은 컴컴했다. 천 리 떨어진 곳도 컴컴하긴 여전했다. 이철웅은 현기증이 나는 것을 느꼈다.

밖이 소란스러웠다. 산에 나간 사람들이 돌아오자 천막촌에 있던 사람들이 몰려든 듯했다. 그는 천막을 나섰다. 과연 길이는 사람 팔과 비슷하고 두께는 손가락 몇 마디 되어 보이는, 우둘투둘한 돌덩이를 사람들이 둘러싸고 있었다.

"무슨 일이죠?" 이철웅이 아무나 잡고 물었다. "간만에 좋은 돌을 찾았나 보군."

"보게!"

이철웅이 붙잡은 사내는 돌덩이를 가리켰다. 사람들에 가려져 잘 보이진 않았지만, 이철웅은 눈을 가늘게 뜨고 보려 애썼다. 사람들이 돌을 숭배하는 것만 같았다. 그런 그들과 그것을 보며 그는 고개를 저었다.

"정말 좋은 돌 아닌가? 크기도 적당하고. 무른지 단단한지는 모르겠지만 빛깔 참 좋아. 수수하면서 품위가 느껴져. 가까운 거리는 아니지만 그런 것도 느껴지고 참."

"글쎄요. 보는 내 눈이 다 시원해지긴 하는데, 좀."

이철웅은 다시금 고개를 저었다.

그다음 날부터 이철웅을 비롯해 김유식이 데려온 이들도 돌을 찾아 산을 뒤졌다. 마을 근처는 이미 샅샅이 뒤진 지 오래고 좋은 돌을 찾으려면 꽤 멀리까지 나가야 했다. 이철웅은 혼자 나와 한참을 걸으니 다리가 아팠다. 충분히 쉬며 아픈 다리를 위로하고 나서 그는 다시 움직이기 시작했다.

그는 정말로 열심히 찾았다. 길 근처를 보는 건 물론이고 조금 키 큰 풀들이 있는 곳이라면 일일이 뒤졌고 땅에 묻힌 걸 파내려

하기도 했다. 해가 점점 저물어 봉우리에 걸릴 적에, 그는 네 개의 큼지막한 돌을 간신히 들고 왔지만 그의 마음에 차는 것은 없었다. 어쩌면 단순히 그가 돌을 보는 눈이 없을 수도 있겠고, 눈이 너무 높은 것일 수도 있겠다.

그래도 그가 그럭저럭 마음에 들어 하는 돌이 하나 있었는데, 초승달처럼 생긴 손바닥 크기의 불그스름한 빛이 도는 돌이었다.

"좋은 돌은 찾았어요?"

다툰 것도 잊었는지 김유식이 능청스럽게 다가왔다. 그의 실실 웃는 눈이 이철웅이 주운 초승달 같았다.

"좋은 돌인지는 모르겠는데……."

이철웅은 말끝을 흐리며 돌 하나를 내밀었다. 초승달 같던 김유식의 눈이 반달, 또 보름달이 되었다.

"아, 아니 이런 돌을…… 어디서 구한 거요?"

"그냥 돌다가 주웠죠."

"호오, 이게 그 초심자의 행운인 것 같구먼. 참 좋은 돌입니다. 돌 자체에서 빛이 나는 것 같아요. 정말, 대단해."

김유식은 돌을 이리저리 보고 이리저리 만졌다. 그러고는 말했다.

"내게 팔아요."

"예?"

이철웅은 의외의 말에 멍청하게 있을 뿐 그 외의 답을 못했다.

"내게 팔라고요. 한 삼십이면 되겠죠?"

그 말에 이철웅이 놀라 까무러치려 했다. "사, 삼십." 김유식은 돌처럼 굳은 이철웅에게 예의 그 돌을 돌려주면서, "날도 저무니 내일 돈을 가져오죠." 하곤 물러났다. 이철웅은 놀라, 눈으로 그의 그림자만 좇았다.

시간이 지나도 움직일 줄을 모르는 그를 해동한 건 전날 그가 붙잡고 물었던 사내였다.

"이봐. 저 사람한텐 팔지 않는 게 좋을걸."

이철웅은 당연하게도, 의아하다는 투로 반문했다.

"뭐요?"

사내는 김유식이 사라진 자리를 힐끔 보고는 이철웅의 손에 들린 돌을 뚫어지도록 쳐다보았다.

"저 인간 이게 한두 번이 아냐. 갓 들어오고 멋모르는 사람이 어쩌다 좋은 돌을 주우면 싼 값에 사서 몇 배로 되팔아. 아까 얼마를 불렀지? 삼십? 이걸 내다 팔면 아마 두 배는 받을걸."

이철웅은 김유식을 욕하기에 앞서 물었다.

"이 돌이 그렇게나 비쌉니까?"

"비싸?"

사내는 사람을 깔보는 것처럼, 피식 웃었다.

"싼 것은 물론 아니지만 그리 비싼 것도 아니지. 어제 들어온 돌만 해도 백만 대일걸? 거기에 누가 좀 좋은 시, 아니면 아무런 시라도 새겨 봐. 가격이 또 뛰지."

이철웅은 사람들이 왜 시석(詩石)에 열광하는지를 실감했다. 게다가 기본 밑천도 필요 없으니 더 말을 하면 입만 아프다.

이철웅은 그제야 김유식을 욕했다.

"나쁜 놈이군요. 사기꾼 같은 작자 같으니."

"그렇지, 그래."

"그런데 당신은 누구죠? 당신도 사기꾼인가요?"

사내는 고개를 저었다. 그것으로는 모자란다 여기는지 두 손까

290

지 저었다.

"아니, 아니야. 난 그저 그 돌을 사고 싶어서. 요즘 머릿속이 막막한 게 아무것도 안 떠오르는데, 자네 돌을 보고는 영감이 팍! 하고 와서 그래. 그 돌에 새기면 진짜 대단한 게 나올 것 같아."

"좋아요. 그럼 당신에게 팔죠."

두 시인의 팔이 이어졌다. 이어진 팔로, 핏줄로 시는 흐르지 않고 다만 돌이 흐르고 거기에 돈이 더해져 흘렀다.

간단하게 결과를 말하자면, 이철웅은 사기를 당했다. 비록 김유식의 원래 의도대로 김유식에게 당한 것은 아니지만 그가 철석같이 믿던 사내에게 당했다. 컴컴함이 물러나자 사내는 육십만 원을 이철웅의 손에 들려 주고는, 구상한 시를 새겨야겠다며 도시로 내려갔다. 김유식은 이철웅에게 돌을 사려다 그 사내에게 팔았다는 얘길 듣고는 분통을 터뜨렸다.

"나 참, 어이가 없어서!"

"뭐가 그리 황당하쇼?"

김유식을 대하는 태도가 사분사분하면 도리어 그것이 이상할 일이었다. 하려던 짓이 들킨 이상 김유식은 입이 열 개여야 간신히 몇 마디를 할 텐데, 입도 하나인 주제에 길길이 날뛰질 않는가.

"들킨 김에 시원하게 말하리다. 내가 그쪽으로 밝아서 아는데, 그 돌은 정말로 대단한 돌이요! 잘 받으면 구십에도 팔 수 있어요!"

김유식은 아깝다는 듯 혀를 차며 열변을 토했다. 이철웅은 그런 그를 탐탁지 않게 바라봤다. 김유식도 저 혼자 신이 나서 말하다가 머쓱한지, 조용히 입을 다물었다.

사내는 해가 저물 적에 스멀스멀 기어 들어왔다. 그는 형형한

안광을 발하며 자신을 쳐다보는 이철웅에게 변명했다.

"내려간 지가 오래라 시세를 정확히 몰랐소."

이중 사기를 당해 망아지마냥 날뛸 거란 사내의 생각과 달리 이철웅은 조용했다.

"예, 알겠습니다. 일부러 그런 것도 아니고."

그는 뻔한 말을 하고는 자신의 컴컴한 천막으로 들어갔다.

이철웅은 도시로 내려가 어느 석공소 자리를 빌리고 방을 빌려 살았다. 그의 마음에 든 초승달을 닮은 돌은 그가 늘 지니고 다니고, 며칠간 찾은 다른 돌들은 모두 그곳에 두었다. 그는 시인 몇에게 돌에 새길 시를 의뢰할까 생각도 했으나, 그곳에 모인 시인들이 하나같이 변변찮은 관계로 서울 같은 곳으로 돌을 팔아 보내는 것만을 하기로 했다.

이철웅이 순조롭게 돌로 돈을 버는 동안 이 적당히 작은 도시는 물론이고 그 부근에, 그 부근의 부근에 전남의 대도시 광주까지 그의 소문이 퍼졌다. 돌을 정말로 잘 보는 사람이라 소문이 났다는 말을 들은 그는 쓴웃음만 지었다. 그러던 그는 문득 궁금해졌다. 이제까지 그가 주운 돌들은 그가 무슨 느낌을 받아서 줍긴 했지만, '그래, 이거야!' 하는 그런 느낌을 주는 것은 없었다. 그가 정말로 돌을 보는 안목이 매우 높은 것이라면 그의 마음에 쏙 드는 돌은 얼마나 대단하고, 얼마나 비쌀 것일까? 이철웅은 궁금했다. 그뿐만이 아니라 다른 사람들도 그것을 궁금하게 여겼다.

이철웅은 사흘 만에 천막촌을 찾았다. 마침 한 아름이나 되는 돌을 간신히 끌고 갓 들어온 김유식이 아는 체를 했다.

"왔어요? 이거 원, 이 산 돌을 당신이 다 쓸어 가는 줄만 알았지. 그런데 이것 좀 봐 줘요. 정말로 엄중함이 느껴지는 듯한 돌인데."

이철웅은 그가 땀을 뻘뻘 흘리며 가져온 돌을 가볍게 슥 보고는 김유식의 고생을 헛수고로 여기게끔 만들었다.

"영 별론데. 크긴 한데 그것 말고 별건 없는 것 같은걸요."

"뭐? 다시 봐 봐요. 이게 무가치한 돌덩어리일 뿐이라고?"

"미안하지만."

새로운 목소리가 끼어들었다. 얼마 지낸 이철웅의 기억에는 없는 음성이었다.

"정말입니다. 돌이라는 게 인위적인 것이 최소한 적고 자연적인 매력이 많은 것이 가치 있는 것인데, 이건 너무 반듯반듯한 부분이 많습니다. 돌덩이를 깎은 것보다야 비싸겠지만 그리 비싸다고는 할 수 없겠네요."

이철웅은 그 사내에게 감탄했다. 사내는 그에 비해 대단히 논리적이었다. 물론 그 사내의 말이 상당히 깊이 있는 것은 아니고 이쪽에 조예가 얕은 이라도 금방 알 수 있는 것이나, 조예가 얕은 것이 아니라 아예 없는 이철웅에겐 그마저도 존경 받기 충분한 깊이였다.

헌데 그 목소리와 얼굴은 전혀 본 적이 없는 것이었다. 그가 이 천막촌이 처음 생길 때부터 있었던 이는 아니지만 그래도 얼마 동안 있으며 얼굴을 익혔는데 이 사내는 그가 처음 보는 인물이었다.

"헌데 누구신지?"

"아, 저는 시청에서 파견된 사람입니다. 원래는 말단 행정직인데 아버지가 수석에 조예가 깊으셔서 저도 그런 게 조금은 있어서 이런 곳도 온답니다. 시석이 단순히 유행으로 끝날 게 아니라 수석과 시가 결합한 새로운 형태의 예술이 될 수 있다면서 위쪽에서도 은근히 관심 보내고 있습니다. 여기 명함."

이철웅은 명함을 보는 둥 마는 둥 대강 보았다. 그는 이정호라는 자가 어느 부서에서 일하며 이메일 주소는 무엇이고 하는 것에는 별로 관심이 없었다.

"아 예. 그래, 그래서, 이곳엔 어쩐 일로 오셨는지?"

"시석이라는 것이 하나의 트렌드로 자리 잡기 충분한지, 그런 것을 판별하라는 말을 들었습니다. 아마 전국 곳곳에서 저 같은 사람들이 차출됐을걸요."

"그러시구나."

잠시 대화에서 배제된 김유식이 불쑥 끼어들었다.

"그런데 철웅 씨, 오늘도 돌 주우러 온 건가?"

그 물음에 이정호의 눈에서 빛이 났다.

"예." 이철웅은 고개를 돌려 그 빛을 피했다.

"그렇담 저도 같이 가도 되겠습니까?"

"당신도요?"

"왜, 안 될 이유라도 있나요? 정 싫으시면 다른 사람을 따라가겠습니다."

"아니요, 괜찮아요. 다만, 다만 그래, 당황스러워서."

이철웅은 침을 꼴깍 삼켰다. 이정호의 눈매가 날카로워졌다.

돌을 주우러 가는 여느 때처럼 평화로웠다. 이철웅은 걸으며 두리번거리고, 뒤지고, 파냈다. 김유식은 그것이 익숙하다는 듯 별 신경 쓰지 않고 그 역시 좋은 돌을 찾는 데에 열중했다.

"이 돌은?"

"별로에요."

이철웅은 필사적으로 수색했다. 어쩌면 그 노력에 하늘과 산이 감읍하셔서 아름다운 돌을 내려 주신 것일지도 모르겠다. 이정호가 그 노력을 샅샅이 살폈다.

"음?"

분주하게 움직이던 이철웅의 시선이 한 곳에 머물렀다. 다른 둘이 혹여 대단한 것인가, 하고 그의 눈을 따라 보니 굵은 거목의 뿌리 옆에 있는 작은 돌만이 있었다. 가볍게 훑어보기에, 그 돌은 '그저 그런' 돌이었다. 부각되는 것도 없고 땅에 파묻힌 채 일부만 간신히 지상으로 솟은 범상해 보이는 그런 돌덩이 말이다.

"저게 뭐 어떻다구."

이정호도 김유식의 의견에 말없이 동의를 표했다. 그런 둘의 태도에 아랑곳 않고, 이철웅은 돌에 다가갔다.

"그냥, 왠지 좋은 느낌이 들어서."

그는 아기를 다루는 듯 세심한 손길로 정성스럽게 돌을 땅과 분리시켰다. 꽤 긴 작업으로 돌의 드러난 일부는 그 자체로 아름답고 신성하기까지 했다. 그 돌을 무시하던 김유식과 이정호도 누가 먼저랄 것 없이 입을 벌리고 찬사를 아끼지 않았다.

"내가 여기 있은 지도 꽤 되었는데, 그것만큼 아름다운 돌은 여태껏 처음 봐요. 세상에나. 만금이 아깝지 않은 돌이군!"

"정말이지…… 저희 아버지도 눈을 크게 뜨실 겁니다. 이런 돌을 보시면."

이철웅이 돌을 완전히 땅에서 떼어 내자 졸지에 집을 빼앗긴 온갖 것들이 기어 나왔다. 김유식이 고개를 저었다.

"쯔쯧, 참 안됐지. 갑자기 집이 사라졌으니. 그래도 그게 너희들 운명인가 보다."

이정호가 작고 낮게 웃었다. 그러다 문득 놀란 투로 "어라, 이

건?" 하며 녹색의 벌레를 집어 들었다. 벌레는 인간의 손을 피해 이리저리 피했으나 결국엔 잡히고 말았다. 벌레는 신비로운 빛이 났고 아름다웠다. 흡사 비단을 몸에 두른 것만 같은 벌레였다.

"그런 벌레도 있었나? 그거 뭡니까?"

"이건 비단벌레라는 겁니다. 저도 잘은 모르고 그냥 주워들은 건데, 보호종이라는 것 같기도 하고."

작고 약하지만 감히 쳐다보기 부끄러워지게 아름다운 비단벌레는 발버둥을 쳤다. 보통의 벌레면 모를까, 척 봐도 아름다운 벌레가 빠르게 꿈틀거리니 몹시도 흉했다.

"돌을, 찾지, 말라고?"

며칠 있다가 다시 찾아온 이정호는 말을 아꼈다.

"더 이상 돌을 줍지 마십시오."

한마디 하고는 말을 아끼는 통에, 천막촌의 시인들은 패닉 상태에 빠졌다.

"아니, 대체 왜!"

이정호는 입을 꾹 다물다가, 마침 온 이철웅을 보고는 말문을 열었다.

"비단벌레는 매우 귀한 벌레입니다. 자칫하면 멸종될지도 몰라요. 그런데 이 산이 서식지라니, 지금이라도 알아서 다행입니다. 이제 이 산은 보호 구역으로 지정될 겁니다. 사실, 자꾸 이렇게 바위들을 빼 가는 것이 하루 이틀도 아니고 한두 개도 아니고 벌레들이 괴로워한답니다. 대부분의 산이 보호 구역일 겁니다, 아마."

이철웅은 주먹을 꽉 쥐었다. 손톱이 살을 파고들어 피가 나려 하자 그는 힘을 풀었다.

"그럼."

이정호는 몰매라도 맞을 것 같은지 재빠르게 산을 내려갔다. 비분강개한 시인들이 그의 발자국을 흠씬 두들겨 팼다.

"이건 정말 너무한 처사 아닙니까! 그럼 우린 뭘 먹고 삽니까? 시석 붐이 와서 요즘 입에 고기도 가끔 들어가고 하는데, 다시 풀칠이나 겨우 해야 합니까?"

김유식이 선동이라도 하려는 듯 앞장서서 열변을 토했다. 이 것저것 불필요한 내용도 상당하지만 찬찬히 들춰 보면 단순한 밥그릇 지키기였다. 물론 당자들에겐 단순하지 않은 일이겠지만 말이다.

"아니 그래도, 한 종이 멸종된다는데 어쩝니까."

의외로 반론이 나왔다. 이철웅에게서 진기한 돌을 싸게 사 되판 그 사내였다. 아니나 다를까 김유식이 어이없다는 듯 말했다.

"그깟 벌레가 얼마나 중요하다고 우리들보다 중요합니까? 당신은 사람은 물로 보고 벌레는 상전으로 보나?"

"그러는 당신은 벌레도 사람도 물로 보나 보군!"

말이 점점 격해졌다. 누군가 중재를 해야 할 텐데 천막촌에 모인 시인들은 의견이 나뉘어 싸우느라 바빴다. 그러는 와중에 이철웅은 이정호의 발자국을 지우며 산을 내려갔다. 어느 시인이 그에게 물었다.

"이봐, 철웅 씨! 당신은 어떻게 생각해?"

그 말에 다들 하던 말을 멈추고 이철웅의 뒤통수를 바라봤다. 이철웅은 뒤도 보지 않고 말했다.

"당연히 인간이 벌레보다 훨씬 중요하지 않겠어요."

그리고 그는 아무 일도 없다는 듯, 당연한 이치라는 듯 자연스럽게 산을 내려갔다. 다시 의견이 분분해지고 언성이 높아져 갔다.

녹색의 아름다운 벌레가 이철웅의 머리에 앉았다. 이철웅은 고개를 최대한 거세게 흔들어 벌레를 쫓아냈다.

이철웅은 두 가지 이유로 눈썹을 찌푸렸다. 첫째는 그가 아끼는 초승달 모양의 붉은 돌을 잃어버려서이고, 둘째는 시에서 벌레를 위한 채석 규제에 대한 의사를 본격적으로 나타내서이다.

"철웅 씨. 이건 정말 말도 안 되는 일이에요. 어떻게 이럽니까? 얼마 전까지만 해도 새로운 트렌드니 뭐니 하더니만."

"아 네. 물론 말도 안 되고 소도 안 되는 일인데요, 제가 들고 다니던 초승달 모양 돌 못 봤나요?"

"그 돌이요? 잃어버렸어요?" 무심코 대답한 김유식은 눈을 크게, 아주 크게 떴다. 이철웅이 늘 몸에서 떼어 놓질 않는 그 돌은 매우 진귀한 것임이 분명해 시인들 사이에서도 천을 넘느니 어쩌니 말이 많은 돌인데 그 귀한 것을 잃어버렸다 하니 어찌 놀라지 않을 수가 있으랴.

"이상하다, 전에 여기 왔을 때 잃어버린 것 같은데."

그러다 이정호가 다시 천막촌을 찾았다. 그는 이번에 말을 꽤 많이 했는데, 역시 불필요한 말이 상당수였다. 그것들을 빼면 돌을 줍지 말란 것이었다. 김유식의 말마따나 그깟 벌레를 더 중요시하는 것이었다.

이번에는 시인들은 서로 패가 갈려 말싸움을 하고 심지어는 몸싸움을 하기도 했다. 이철웅은 멀찍이서 그들을 구경하고 있었는데, 이정호가 그에게 다가와 은근하게 물었다.

"이철웅 씨. 당신의 재주는 참 아깝다고 생각합니다."

"재주요?"

"예. 매우 실례겠지만, 솔직히 말해 당신의 문장은 그렇게 대단하진 않습니다. 하지만 돌을 보는 건 대단합니다. 참 난감하지요. 벌레도 지켜야 하고 수석계의 초신성도 지켜야 하고. 그래서……저, 귀 좀."

이철웅은 귀를 내밀었다. 이정호가 귀엣말을 했다.

"그래서 말인데, 벌레를 지키고 돌을 수집하실 생각이 있으십니까?"

이철웅이 깜짝 놀라 소리라도 지르려다 입을 틀어막았다.

"그래도 됩니까? 비단벌레인가 하는 걸 지킨다면서요?"

"한 사람 정도가 줍는다고 해서 양이 얼마나 되겠고 서식지가 얼마나 파괴되겠습니까."

돌의 독점. 거절하기엔 너무나도 짜릿하고 달콤한 유혹이 귀로 흘러 들어왔다.

"그래도."

이철웅은 저 시인들과 친하다면 친한 사이가 됐는데, 배신하는 것 같아 가슴을 저미는 죄책감을 느꼈다. "아까 뭐 잃어버렸다 하셨죠?" 악마는 실낱같은 양심을 끊어 버렸다.

이철웅의 눈에 분노가 서렸다.

"예, 하겠습니다. 제가 어떻게 하면 되죠?"

이정호가 싱긋 웃었다.

멀리서 비단벌레가 고맙다는 듯 날아왔다. 하지만 그것도 이철웅의 눈에는 녹색 초승달로만 보였다.

유달산 근처의 조각공원에서 조각품들이 사라졌다. 단순히 도둑 든 것으로 생각할 수도 있는 일이나 시기가 너무 적절했다. 하나가 사라진 것도 아니었다. 처음엔 한 개, 며칠 있다가 한 개가 더 사라지더니, 나중에는 하루나 이틀마다 몇 개씩 사라졌다.

"지금, 덮어씌우는 겁니까!"

노한 김유식이 냅다 소리를 질렀다. 이정호는 시끄럽다는 듯 미간을 좁혔다.

"CCTV에 범인이 찍혔습니다. 그 도둑놈이 사라진 방향에 천막 촌이 있고 말이죠."

"그래서, 그게 증거요? 그냥 우연일 수도 있고 착각하게 하려는 걸지도 모르는데!"

"그렇게 보기엔 상황이 너무 나쁘지 않습니까."

이정호의 뒤로 경찰들이 몇 보였다.

"영장, 수색 영장은!"

김유식이 발악이라도 하듯이 외쳤다.

"이건 건물이 아니라 천막일 뿐입니다. 뒤지겠다는 것도 아니고 슬쩍 보기만 하겠다는데 왜 그렇게 당황하십니까?"

"당황? 당황이 아니라 황당이다! 애초에 경찰도 아니면서, 왜 경찰을 끌고 온 거야!"

"무슨 소란이죠?"

시끌시끌한 와중에 이철웅의 목소리가 뚜렷하게 들려왔다. 이 정호와 눈이 마주친 그는 오른쪽 눈을 한 번 깜빡였다. 이정호도 고개를 끄덕였다.

김유식이 마침 잘 왔다는 듯 말했다.

"이 사람들 좀 봐. 우릴 아주 범죄자 취급을 하는구먼!"

그 말처럼 범죄자 취급을 받는 시인들은 벌레가 중요하건 인간 이 중요하건 모두가 언짢았다. 흉흉한 분위기에 천막이 흔들렸다.

"어라, 잠시만."

이정호가 한 천막으로 다가갔다.

"내 천막엔 왜 갑니까?"

김유식은 퉁명스레 말을 했지만 들어가려는 것도 아니라 딱히 막을 명분이 없어 말만 했다.

"이거, 이거."

그는 김유식의 천막 바로 앞까지 가더니, 천막의 주인이 뭐라고 할 틈도 없이 재빠르게 들어갔다. 김유식이 욕을 하려 입을 열었을 때, 이정호가 큼지막한 돌을 들고 천막에서 나왔다.

"이 다음에 할 말은 안 해도 아시겠죠?"

경찰들이 김유식을 붙잡았다.

이철웅은 요즘 매우 행복하다. 다른 시인들이 모두 물러난 것이다. 유달산만이 아니라 입암산, 양을산의 시인들도, 목포뿐만이 아니라 나주, 여수, 광주의 시인들도 모두. 그래서 돌의 값어치가 자고 일어나면 올라 있었고 그는 상상으로나 가지던 돈을 가질 수 있었다.

생활이 풍족해지니 젊었을 적의 열정이 다시 불타올랐다. 그는 시를 쓰고 싶었다. 대단하진 않더라도 대단한 돌에 담기면 저절로 대단해지리라. 이철웅은 처음으로 상업적이지 않은 용도로 돌을 찾았다.

오래간만에 산에 올랐으나, 마음에 드는 돌은 좀체 나오질 않았다. 적당히 좋은 것들이 없는 것은 아니었지만 그는 그런 것들에게 관심을 주지 않았다.

'오랜만에, 천막촌 있던 곳에나 가 볼까.'

천막들은 모두 사라졌지만 사람이 살던 터는 조금 남아 있었다. 감회가 새로웠다.

"그러고 보니, 그 사람들은 뭘 하고 있을까."

"뭘 하긴."

익숙한 목소리였다. 이철웅은 반갑게 뒤를 돌아봤다.

"이런 걸 하지."

이철웅은 몸에서 힘이 빠져 무릎을 꿇었다. 컴컴한 사내가 엽총을 들고 지나갔다.

이철웅은 아득해지려는 의식을 간신히 붙잡았다. 산을 내려가야 한다는 생각이 그의 머릿속을 가득 채웠다. 다행히 바로 죽을 정도는 아닌지 걸을 만했다. 가다가, 새까만 피를 뚝뚝 흘리며 겨우겨우 걸음 내딛으며 가다 그는 등산복을 입은 이정호를 만났다.

"허, 헉. 허억."

"많이 다치신 것 같군요."

이정호가 안됐다는 눈으로 배에 뚫린 구멍을 보았다.

"그런데 이걸 어쩌죠. 애들이랑 놀러 와서 도와드릴 순 없겠네요."

이철웅이 찢어 죽일 듯한 눈으로 그를 보았으나, 이정호는 등산 스틱을 그에게 주고는 산을 올랐다.

이철웅은 스틱을 내던졌다. 어디로 던졌는지는 그도 모른다. 엄습하는 고통과 한기에 그는 나무에 등을 기댔다가, 주저앉았다.

평소 산을 오르면, 그는 바위를 보았다. 그런데 이상한 일이었다. 오늘따라 그는 바위가 아닌 숲을 보고 있었다. 숲은 정말이지 아름다웠다. 숲이 바위라면 수백억을 줘도 아깝지 않을 정도이다. 이철웅은 그 아름다움에서 허전함을 느꼈다. 잘 보니, 군데군데 허전한 곳은 그가 돌덩이를 빼낸 곳들이었다. 허전한 곳 주위에서 비단벌레가 빙빙 돌았다.

이철웅의 눈을 사로잡는 바위가 있었다. 전에는 못 보던 것이다. 바위는 크고 아름다웠다. '이것은 숲에 버금가는 아름다움이다!' 아니, 숲 이상이다. 바위는 결점이 없는 듯했다. 그는 바위까지 간신히 기어갔다. 시를 쓰고 싶었다. 열정이 펄펄 끓다가 마음을 녹이고 나왔다. 이철웅은 떨리는 손으로 상처에서 나온 피로 바위에다, 글씨를 썼다. 하지만 검은 피는 흰 바위에 미끄러질 뿐이었다. 그는 적당한 돌을 들어 바위에 글씨를 새겼다. 힘이 안 들어가는 떨리는 손은 바위에 제대로 된 자국을 남기지 못했다.

이철웅이 돌을 내려놓았다. 그는 실선 같은 게 여기저기 그어진 바위를 안타깝게 보고는, 떨리는 손가락으로 땅바닥에 글씨를 썼다.

'컴컴해.'

그는 눈을 감았다.

시끄러운 소리에 이철웅은 감았던 눈을 겨우 다시 떴다. 그 소음은 날개 소리였다. 비단벌레들이 날아들어 어지러웠다. 그는 문득 비단벌레들에게 미안해졌다. 차마 말은 나오지 않았다. 손을 들어 다시 글씨를 썼다.

'미안하다.'

비단벌레들이 바위 주위로 몰려들었다. 그리곤 바위에 달라붙었는데, 다닥다닥 붙은 것이 형태가 있었다. 그것들은 이철웅이 그은 선, 그가 새긴 것을 따라 붙었는데 시는 아니고 무엇도 아닌 이상한, 그래도 아름다운 것이었다.

이철웅은 눈을 감았다. 평소처럼 컴컴하지 않아 환했다.

마녀

고양예술고등학교 1
전수현

"알레야, 할머니가 참 아름다우시지 않니?"

알레의 아버지는 자주 그렇게 묻곤 했다. 하지만 어렸을 적, 알레는 한 번도 아버지의 그 질문에 좋은 답을 품어 본 적이 없었다. 알레의 눈에 할머니는 그저 늙은 여자로만 보였기에……

"오빠!"

에르미야가 알레를 부르며 뒤를 돌아보면, 들판 위의 모든 바람이 알레에게로 불어왔다. 갈대밭이 있는 마을이었다. 에르미야가 갈대밭 속으로 뛰어가면 알레는 어쩔 수 없이 따라가야 했다. 연갈색의 갈대들 품에 안겨 있으면 에르미야의 붉은 머릿결이 유난히 더 반짝거렸다. 할머니가 만들어 주신 치마가 바람에 흩날릴 때마다 에르미야는 꺄르륵 웃었다. 그러면 알레도 미소 지었다.

갈대밭 주위는 언제나 바람이 강하게 불었다. 그래서 에르미야가 그곳을 많이 좋아한 건지도 몰랐다. 에르미야는 갈대밭에 갈 때면 항상 밀짚모자에 분홍 끈을 매달아서 턱 아래로 꽉 묶었다. 우스꽝스럽게 보일 만도 한데, 에르미야의 그 모습은 정말이지 사랑스러워 보였다. 그러나 갈대밭엔 항상 바람이 거세게 불었다.

"아!"

에르미야가 허전함을 느끼고 위를 올려다보았을 때 이미 밀짚모자는 분홍 끈을 나풀나풀 흩날리며 해 질 녘 하늘 속으로 사라져 가고 있었다. 알레는 드넓은 갈대밭 깊숙한 곳을 향해서 전진하기 시작한 에르미야의 밀짚모자를 넋 놓고 바라보았다. 모자는 땅에 내려앉을 듯 말 듯 하다가 다시 치솟고 하늘 높이 올라가기를 반복했다.

"모자가 날아갔어."

밀짚모자가 거의 하나의 점으로 보일 때가 되어서야 에르미야는 울적한 얼굴로 알레에게 말했다. 그때까지도 알레는 두 눈을 하늘 위에서 춤추고 있는 갈색 점에서 떼지 못하고 있었다. 알레가 입을 벙긋거리며 말했다.

"괜찮아, 할머니가 다시 만들어 주실 거야."

"……할머니가 항상 갈대밭에 갈 때 조심하라고 하셨는데."

"그리고 한 번 만든 물건은 다음엔 더 예쁘게 만드시잖아."

그 말이 끝나자 두 아이는 서로를 마주보고 킥킥, 웃었다. 에르미야의 모자는 이미 저 멀리 사라져 버린 후였다. 그리고 아이들은 곧장 갈대밭을 가로질러 집으로 달려가기 시작했다. 맞바람이 두 아이의 이마에 부딪쳤다. 문을 열고 들어선 집엔 방금 끓인 차냄새가 가득했고, 아버지는 일을 나가고 없었다.

"할머니!"

알레와 에르미야는 동시에 힘차게 외치며 흔들의자 앞으로 다가갔다. 할머니 품에는 항상 달지 않은 과자 냄새와 낡은 이불 냄새가 풍겨 왔다. 에르미야와 알레는 그 냄새를 좋아했다. 특히 알레는 할머니의 품에 꼭 안길 때에 코 깊숙한 곳까지 당겨 오는 그 오래된 냄새를 사랑했다. 할머니가 허전한 에르미야의 머리 위를 발견하곤 물었다.

"모자를 가지고 갈대밭에 갔었니?"

"죄송해요……."

에르미야의 목소리에 힘이 없었다. 하지만 그 속에는 할머니가 크게 혼을 내지는 않을 거라는 기대감이 들어 있었다. 두 아이의 예상대로 얼마 지나지 않아 할머니는 얕은 한숨을 내쉬더니 금세 화가 풀어진 목소리로 말했다.

"이번 주가 지나기 전에 만들어 줄게."

"정말요?"

"응, 너한테 어울리는 분홍색 리본도 달아서."

에르미야의 입가에 환한 웃음이 번졌다. 할머니는 굳이 혼을 내고 싶지 않은 듯 보였다. 알레도 안심한 얼굴로 에르미야를 바라보았다. 할머니에게 원하는 대답을 들었지만 두 아이는 흔들의자 앞을 떠나지 않았다. 둘은 주변에 있던 작은 의자 두 개를 끌어와서 할머니의 옆에 앉았다.

"나는 할머니랑 얘기할래."

"나도."

그 말에 할머니는 들고 있던 뜨개질감을 옆 바구니에 도로 내려놓았다. 에르미야의 두 눈이 반짝인다. 알레와 에르미야는 밖에

서 놀기 싫은 날이거나 비가 세차게 불어오는 밤이면, 혹은 꼭 그
런 날이 아니어도 자주 할머니의 양옆에 앉아 조곤조곤 이야기
를 하곤 했다. 알레의 할머니는 재미있고 아름다운 동화 같은 얘
기들은 들려주지 않았지만 둘은 할머니와 이야기하는 시간을 좋
아했다.

"오늘 조슈아가 나무타기에서 저한테 졌어요."

"저런, 기분 나빴겠구나."

"……절 원숭이라고 놀렸어요."

"널 좋아해서 그러는 거야."

"저도 알아요, 근데 너무 화가 나요."

에르미야와 할머니가 나누는 대화는 주로 이런 내용이었다. 알
레는 거의 말을 꺼내지 않았다. 하지만 둘의 대화를 가만히 듣고
만 있어도 마음이 편안해졌다. 엉덩이를 의자에 바짝 붙이고, 할
머니의 한쪽 다리를 베개 삼아 엎드리면 자세가 불편하긴 했지만
에르미야의 목소리와 할머니의 포근한 냄새를 더 가까이서 느낄
수 있었다. 알레는 둘이 하는 대화의 내용을 거의 이해하지 못했
어도 그 순간만큼은 에르미야의 목소리가 영원히 꺼지지 않고 계
속 귀에 들려왔으면 하고 바랐다.

"할머니는 왜 할아버지랑 결혼했어요?"

할머니에게 밀짚모자를 약속받은 날 에르미야가 한 질문이었
다. 그 말을 들으며 알레는 여태까지 한 번도 본 적 없는 할아버
지의 얼굴을 상상해 보았다. 하지만 떠오르는 건 지금까지 살았던
마을에서 만난 다른 노인들의 얼굴뿐이었다. 그러나 섭섭하거나
갑자기 할아버지의 모습이 보고 싶지는 않았다. 알레의 집 말고도
할아버지가 없는 집들은 많았고, 알레는 할머니가 있다는 것만으

로도 행복했다.

"궁금하니?"

에르미야가 고개를 끄덕였다. 알레는 할머니가 에르미야 몰래 웃음 짓는 소리가 들려오는 듯했다.

"할아버지가 할머니한테 영원한 사랑을 맹세했거든."

"……영원한 사랑?"

"응, 홀딱 반해서 결혼해 버렸지. 정말 멋진 말이었어."

그때의 일을 회상하는 듯 할머니의 입가에 희미한 미소가 서렸다. 에르미야의 두 눈이 반짝거리며 빛난다. 에르미야 또한 행복한 상상을 하고 있는 듯했다. 영원한 사랑의 맹세, 그 말이 에르미야의 마음을 콕콕 찔러 왔다. 알레는 기분이 얼떨떨했다. 할머니가 받았던 고백이 현실과는 너무 동떨어진, 근사한 힘을 가지고 있는 것 같아 자신도 모르게 가슴이 벅차올랐다. 물론 할머니가 마치 꿈에서 본 장면을 이야기하는 듯해서 잠시 착각을 한 것인지도 모를 일이었다.

그때 현관 쪽에서 문 열리는 소리가 들려왔다. 아이들은 무언가에 취한 것만 같았던 기분을 금방 떨쳐 내고 쪼르르 아버지에게로 달려갔다. 아버지의 품에선 어김없이 나무 냄새가 풍겨 왔다. 아버지는 꼭 껴안긴 두 아이의 머리를 쓰다듬어 주고는, 바로 할머니가 있는 난로 앞으로 다가갔다.

"다녀왔어요."

"어서 오렴."

할머니가 부드럽게 미소 지었다. 아버지는 언제나처럼 그대로 할머니의 품에 몸을 기댔다. 아버지가 그럴 때마다 할머니는 말 없이 지친 아버지의 등을 어루만져 주곤 했다. "아버지는 어른이

308

면서 왜 어리광을 부려?" 에르미야가 알레의 귀에 작게 속삭였다. 알레는 얼른 손가락을 입으로 가져가 에르미야에게 "쉿!" 하고 눈치를 주었다. 왠지 모르게 그 순간만큼은 아버지를 방해하면 안 될 것 같아서였다. 아버지는 할머니에게 기댄 채 꽤 오랜 시간을 그렇게 꼼짝 않고 있었는데, 알레의 눈에는 아버지가 말없이 오늘 하루 있었던 일들을 할머니에게 이야기하고 있는 것만 같았다.

그날 밤, 에르미야는 할아버지에 대한 얘기를 마저 듣지 못한 게 서운한 듯 알레에게 투정을 부렸다. 알레는 다음에 할머니와 이야기할 때 또 들려 달라고 하면 된다고 어린 에르미야를 달랬다. 하지만 다음 날도, 또 다음 날도, 일주일이 지나도록 두 아이는 할아버지에 관한 것을 할머니에게 다시 묻지 못했다. 평소에는 다음엔 꼭 물어봐야지 하고 다짐하면서도 할머니와 이야기하는 시간이 되면 할아버지에 대한 얘기는 전혀 기억나지 않았던 것이다.

그리고 몇 개월 후 알레의 가족은 갈대밭 마을을 떠났다. 이제 제법 익숙해질 법도 한 이사였지만 알레는 왠지 모르게 처음으로 서운한 마음이 들었다. 알레의 가족이 산을 막 넘어섰을 때 마지막으로 바라본 마을의 풍경 속 어딘가에, 아직도 에르미야의 밀짚모자가 춤추고 있을 것만 같았다. 에르미야는 이미 분홍색 리본이 달린 새 밀짚모자를 쓰고 있었는데 말이다.

금방 없어질 것만 같던 그 감정은 새로 이사 온 마을에서도 계속되었다. 갈대밭 마을 쪽에서 불어오는 바람을 맞을 때 그 감각을 따라 하늘을 올려다보면 보이는 건 없어도 마음 한구석이 시큰 거려 왔다. 그럴 때마다 알레는 옷깃을 꼭 부여잡았다. 그 모습이 마치 울지 않으려 애를 쓰는 것처럼 보였다.

"가슴에 두 번째 고향을 품었구나."

알레의 증상을 할머니는 그렇게 이야기했다. 언젠가 알레가 다시 그 마을을 찾을 거라는 말도 했다. 그때만 해도 알레는 갈대밭 마을로 돌아가는 길을 잊어버린 뒤였다. 한 번 이사를 가면 저번 마을과 꽤 멀리 떨어진 곳으로 왔고, 이미 떠나온 마을로 가는 길을 외울 생각도 해 본 적이 없었다.

"언제요?"

아직 덜 자란 마음에 알레는 그렇게 물었다. 어디로 들어온 건지 하얀 나비 한 마리가 날아들어 알레와 할머니 사이로 지나갔다. 새로 이사 온 마을의 계절은 막 봄을 알리고 있었다. 햇살에 비친 할머니의 은발이 반짝거리며 빛났다. 알레의 할머니는 다른 노인들과 달리 머리를 묶어 올리지 않고 곱슬머리를 항상 앞으로 길게 늘어뜨렸는데 그 모습은 어수선하기보단 오히려 할머니를 더 정갈하게 보이게 했다. 봄볕이 들어오던 창문을 말없이 바라보고 있던 할머니의 입가에 미소가 번졌다.

"네가 조금 더 크고 사랑하는 여인을 만나 가정을 꾸리고 싶어질 때."

그 말을 들은 알레는 자신도 모르게 기분이 상했다. 알레와 에르미야는 어머니에 대한 기억을 가지고 있지 않았다. 그러므로 어머니와 아버지가 함께 생활하는 기억도 머릿속엔 없었다. 그래서인지 알레는 결혼을 한다는 것이 대수롭지 않게 여겨졌다. 사랑하게 될 여인에 대한 이미지 또한 너무나도 모호했다. 사실 계절이 멈추지 않고 그대로 있어 주기만 한다면, 언제나 이렇게 넷이서 함께하고 싶은 마음이 컸다. 에르미야와 아버지와 함께, 언제까지나 할머니가 만들어 준 옷을 입고 음식을 먹으면서……. 하지만 에르미야의 마음은 알레와 많이 달랐다.

어렸을 적 활달한 성격은 그대로였지만, 누구에게나 사랑받으며 자란 에르미야는 시간이 지날수록 아름다워졌다. 붉은빛이 감돌던 짧은 머리카락은 할머니처럼 길게 자랐고, 파란 눈은 시간이 지날수록 더 영롱하게 빛났다. 에르미야가 태어난 후 일곱 번째로 이사 온 마을에서 이미 에르미야는 그 근방에서 제일가는 미인으로 소문이 나 있었다.

"나 아미르 씨한테 청혼 받았어요."

어느 날 가족들이 모두 모인 저녁 식탁 앞에서 에르미야가 꿈꾸는 소녀 같은 표정으로 말했다. 할머니는 이미 알고 있었다는 듯 태연스럽게 찻잔을 들어 올렸다. 아버지 또한 별로 놀라는 기색은 아니었다. 그 식탁에서 하늘이 무너져 내리는 소리를 들은 것은 오직 알레뿐이었다.

"그가 마음에 들었나 보구나."

"나에게 영원한 사랑을 맹세했어요."

영원한 사랑의 맹세, 오랜만에 듣게 된 그 말에 알레는 유난히 바람이 거세게 불던 그날 따뜻했던 할머니의 품과 에르미야의 목소리를 생각해 냈다. 부쩍 결혼에 관심이 많아졌던 어린 에르미야, 알레는 그제야 지금이 아니더라도 언젠가는 이렇게 되었을 것이라는 걸 납득할 수 있었다. 얻어맞은 것 같았던 머리가 조금씩 정신을 차리기 시작하고, 시간이 지나자 알레는 스프를 목구멍으로 넘길 수 있었다.

그때부터 결혼식을 치르기까지 수많은 것들이 빠르게 변해 갔다. 할머니는 에르미야가 결혼식 때 입을 예복을 준비하느라 분주해졌고 알레의 아버지 또한 이 마을에서 정착할 준비를 하기 시작했다. 그때쯤 아버지는 꽤 나이가 들어 있었다. 알레의 도움과 함께 집의 여러 군데를 손보면서 아버지는 알레에게 자신은 이제 더 이상 이사를 갈 일이 없을 거라고 말했다.

"나는 이곳에 묻힐 거다. 알레야, 너는 언젠가 이 마을을 떠나 겠지만 만약 나중에 나와 에르미야 생각이 난다면 꼭 내 묘지에 들러 주렴."

"아버지, 아직 머리도 백발이 아니시잖아요. 너무 걱정하지 마세요."

"걱정하는 게 아니야. 그냥, 조금 슬플 뿐이란다."

그때 알레는 아버지에게 그동안 알레의 가족이 다른 사람들처 럼 한곳에 정착하지 못하고 왜 그토록 많은 방랑을 했어야 했는지 묻고 싶었다. 하지만 차마 그럴 수 없었다. 그 순간 아버지의 표정 이 알레가 헤아릴 수 없을 만큼의 서글픔을 담고 있었기 때문이 다. 알레는 그저 아버지가 에르미야와의 이별 때문에 그러는 것이 라 생각하고, 입을 다물었다.

무엇보다 제일 많이 변한 건 에르미야였다. 에르미야는 결혼식 이 다가올수록 부쩍 할머니와 둘이서만 이야기하는 시간이 많아 졌다. 그리고 알게 모르게 알레를 피했다. 말을 걸어도 짧게만 대 답하고 눈빛에는 언제나 불안해하는 기색이 가득했다. 남편이 될 아미르라는 사람과 함께 있을 땐 금세 표정이 밝아지며 환한 미소 를 보여 주다가도 알레와 둘만 남게 되면 어떻게 해서든 자리를 피하려 애를 썼다. 알레는 그런 에르미야에게 서운함을 느끼면서 도 그것을 들키지 않으려 노력했다. 당시에는 그것이 알레가 에르 미야에게 해 줄 수 있는 전부였다.

그리고, 그해 봄에 에르미야의 결혼식이 치러졌다. 그날은 날씨 가 참 좋았다. 성당 창문으로 봄의 햇살이 쏟아지고 의자 사이사이에 아이들이 들에서 꺾어 온 꽃들이 놓여 있었다. 하얀 비둘기의 날갯짓이 유난히 햇살에 반짝거리는 날이었다. 세상이 정말 둘의 결혼을 축복하고 있는 것 같다고 과거에 날을 잘못 잡아 결혼했던 마을 아낙네들이 수군거렸다.

"오빠."

결혼식을 얼마 안 남겨 둔 시각, 성당 뒤편에서 시간을 때우고 있던 알레에게 에르미야가 다가왔다. 에르미야는 어느 때보다 아름다웠다. 할머니가 만들어 주신 백색의 예복을 입고, 머리에는 면사포와 분홍 꽃을 달고 있었다. 에르미야의 붉은 머리가 하얀 면사포 안에서 유난히 더 반짝거렸다. 알레는 아무 말도 하지 않았다. 그저 그 자리에 우두커니 서서 에르미야가 자신에게로 한 발자국씩 다가오는 걸 멍하니 지켜보고 있을 뿐이었다.

알레의 바로 앞까지 온 에르미야는, 한 손을 올려 알레의 볼을 부드럽게 쓰다듬었다. 입가는 미소를 지을 듯 말 듯 희미했고 영롱한 푸른빛의 눈은 왠지 모를 슬픈 기운을 띠고 있었다. 도대체 무슨 말을 하고 싶은 걸까, 알레는 마음이 복잡해졌다. 혹시라도 신랑이 될 사람이 알레가 보아 왔던 것만큼 좋은 사람이 아닌 건 아닐까 하는 의심도 들었다. 하지만 에르미야의 입에서 나온 말은 알레가 전혀 생각지도 못한 것이었다.

"불쌍한 우리 오빠."

알레가 아무리 생각해 봐도 뜻을 알 수 없었던 한마디를 남긴 채 그날 에르미야는 결혼했다. 주례를 맡은 신부는 한 시간 내내 따분한 말들을 늘어놓았고 하객들 중에 지쳐 하품하는 이가 많았다. 고개를 꾸벅거리며 잠을 청하는 사람들도 있었다. 오직 마지막까지 손가락 하나 꿈쩍하지 않고 찬란한 에르미야의 모습을 지켜본 건 알레뿐이었다.

결혼식이 끝난 후 알레는 가족들을 성당에 남겨 놓고 홀로 집에 돌아왔다. 눈치채지 못한 사이에 집은 많이 변해 있었다. 아버지는 에르미야의 결혼식 준비 기간 동안 집을 여러 군데 수리했다. 식구가 한 명 줄어들었기에 공간을 늘리진 않았지만 더 튼튼하고 아기자기하고 예쁘게 바꿔 놓았다. 마치 할머니만을 위한 공간 같아서 알레는 조금 서글퍼졌다.

집안의 공기도 바뀐 것 같았다. 알레는 자신도 모르게 그 공기 속에서 에르미야의 향기를 찾았다. 그러나 느껴지는 것은 나무로 된 가구들이 뿜어내는 먼지 냄새와 밖에서 풍겨 오는 봄의 제취뿐이었다. 알레는 눈을 감고, 손으로 가구들을 만지며 천천히 에르미야의 방을 찾아가기 시작했다. 방문 앞에 당도했을 때 알레는 조용히 두 눈을 떴다.

아버지는 에르미야의 가구를 치워 놓지 않았다. 제일 먼저 눈에 띈 것은 빈 침대였다. 창문으로 쏟아져 오는 햇살에 방 안의 먼지들이 비쳤다. 너울너울 춤추고 있는 먼지, 알레는 자신도 모르게 먼지 속으로 뛰어들었다. 퀴퀴한 공기 속을 지나 주인 잃은 빈 침대에 몸을 내던졌다.

침대에 가만히 누워 천장을 바라보고 있다가 문득 정말 여기에 정착하게 되는 것인가 하는 생각이 머릿속을 스쳐 지나갔다. 아버지는 이 마을에 묻힐 거라고 말했다. 하지만 알레는 도저히 이 마을이 마음속으로 다가오지 않았다. 알레의 마음에 남아 있는 단 하나의 장소는 에르미야의 모자가 너울너울 춤추고 있을, 바로 그 갈대밭뿐이었다.

그때였다. 에르미야의 책장에 익숙하지 않은 물건이 눈에 들어

314

왔다. 작고 낮은 상자였다. 알레는 자신도 모르게 그 상자로 손을 뻗어 뚜껑을 열었다. 상자 안에 들어 있는 것은 달랑 흑백사진 한 장이었다. 사진에는 두 살도 안 되어 보이는 알레의 모습이 찍혀 있었다. 알레는 신기하게도 자신의 어린 시절 모습을 바로 알아볼 수 있었다. 사진의 배경은 집 안의 난로 앞이었고, 알레 옆에 아버지가 서 있었다. 그리고 그 옆에, 에르미야로 보이는 갓난아기를 안고 있는 익숙한 여인이 있었다…….

"오빠, 큰일 났어! 빨리 나와!"

밖에서 들리는 에르미야의 다급한 외침에 알레는 미처 여인의 얼굴을 확인하지 못한 채 집 밖으로 뛰쳐나왔다. 아직 예복을 갈아입지 않은 에르미야와 새신랑, 그리고 마을 사람들이 알레의 집 앞에 모여 있었다. 할머니의 모습은 보이지 않았다. 그리고 마을의 청년 둘이 끙끙거리며 힘겹게 들고 있던 한 남자의 몸을 조심스럽게 알레 앞에 눕혀 놓았다. 그 늙은 남자는, 다름 아닌 알레의 아버지였다. 알레는 아무것도 하지 못하고 아버지의 시체 앞에 우두커니 서 있었다.

"……성당에서 나올 때까진 멀쩡하셨는데. 집까지 걸어가는 도중에 갑자기 쓰러지셨어. 오빠, 오빠?"

에르미야의 말이 윙윙 머릿속을 휘저었다. 잠시 후, 알레는 사람들의 맨 끝에 서 있던 할머니를 발견할 수 있었다. '왜 거기 계세요, 할머니.' 하고 말을 꺼내려던 순간 알레는 그만 입을 꾹 다물어 버리고 말았다. 눈이 마주친 할머니의 입가에 희미하게 번진 미소를 봐 버렸기 때문이다. 잘못 본 것이겠거니 생각하며 알레는 재빠르게 시선을 다른 곳으로 옮겼다.

혼란스러운 날들이었다. 에르미야가 결혼하고 아버지가 돌아가셨다. 기쁜 일과 슬픈 일이 모두 하루 만에 일어났다. 그래서 알레는 그 사이에 있는 부자연스러운 부분을 제대로 생각해 볼 겨를이 없었다. 알레의 아버지는 자기 말대로 마을 동산에 묻혔다. 알레의 가족은 이사 온 지 얼마 되지 않았지만 아버지의 관을 묻을 때는 마을 사람 모두 참석했다. 검은 옷을 입은 사람들 틈에 서 있던 할머니는 장례식이 끝나자마자 사라졌는데 알레는 할머니가 지쳐 먼저 집에 가 쉬고 있는 것이라고 생각했다.

장례식이 끝나자 에르미야의 결혼식 때 보았던 어느 아낙이 알레 옆에 다가와서 등을 토닥여 주며 말했다.

"어쩌면 이런 일이 있을까. 너희 어머니는 얼마나 상심이 크시겠니. 너라도 가서 위로해 드리렴."

"네? 저랑 에르미야는 어머니가 없는데요?"

"응? 장례식 때 사람들 맨 뒤에 서 계셨던 분이 너희 어머니 아니니? 결혼식 때도 아버지 옆에 앉아 계신 걸 봤는데."

"그분은 저희 할머니세요."

그 말을 들은 아낙네가 이상한 눈초리로 알레를 쳐다보았다. 알레는 영문도 모른 채 그대로 서 있을 뿐이었다.

이윽고 사람들이 다 사라지고, 같이 자리를 지키던 에르미야가 신랑과 함께 돌아간 후에도 알레는 아버지의 비석 앞에 그대로 서 있었다. 해가 지고 온 세상이 어둠에 잠기기 시작해도 알레는 움직이지 않았다. 알레가 아버지의 비석 앞에서 발걸음을 떼었을 때는 이미 주위에 불빛이 하나도 남김없이 사라진 후였다. 그때 언덕 아래에서 희미하게 빛나는 불빛이 보였다. 알레는 그곳을 향해 무작정 걷기 시작했다.

얼마나 걸었을까, 익숙한 향내가 알레의 코를 찔러 왔다. 멀리서 에르미야가 결혼식을 올렸던 성당이 눈에 들어왔다. 마침내 불빛이 새어나오는 창가 앞에 다다랐을 때, 작고 익숙한 집 한 채가 알레 앞에 나타났다.

알레가 문을 열었다.

집안은 성숙한 여인의 향기로 가득 차 있었다. 알레가 자신도 모르게 그 냄새를 받아들이자 머리가 아찔해져 왔다. 에르미야의 향기도 아버지의 나무 냄새도 없었다. 그건 알레가 태어나서 처음 맛보는, 하지만 너무나도 친숙한 공기였다. 술에 흠뻑 취한 듯 온 몸이 나른해졌다. 알레는 수많은 여린 손들에 이끌려 향기가 가장 진한 곳으로 발걸음을 움직였다. 거실에서 익숙한 소리가 들려왔다.

이젠 너무나도 낡아 버린 흔들의자에 달빛처럼 빛나는 은발을 길게 늘어트리고 앉아 있는 한 여인이 보였다. 여인은 마치 그 자리에서 영원토록 알레만을 기다리고 있었던 것 같았다. 여인의 입가에 미소가 묻어났다. 주름 하나 없는 하얀 손이 알레에게로 내밀어졌다. 알레를 여기까지 인도한 바로 그 손이었다. 알레는 풀어진 눈으로 여인에게 다가갔다. 머릿속이 온통 어두운 백색으로 가득 찼다.

"어서 오렴."

그 목소리를 듣고 나서야 알레는 여인이 누구인지 알 수 있었다. 하지만 이미 알레는 그녀를 온몸으로 껴안고 있었다. 여인의 두 눈이 보기 좋게 휘어지고 새하얀 두 팔은 알레의 목을 휘감았다. 미세하게 떨리는 손으로 알레는 부드러운 은발을 천천히 매만졌다. 여인과 눈이 마주친 순간부터 알레는 시선을 다른 곳으로 옮길 수 없었다. 방 안의 모든 가구들이 알레와 여인에게 작은 목소리로 주문을 속삭이고 있었다. 알레는 방향을 잃어버린 심장과 함께 모든 것들을 여인의 손길 위에 내던졌다.

"불쌍한 우리 오빠."

어디선가 에르미야의 목소리가 들려왔다. 열린 창문들 사이로는 달빛이 창백하게 새어 들어왔다. 여인의 붉은 입술이 알레에게로 다가오고, 세상이 순식간에 조용해졌다. 아무런 소리도 들리지 않았다, 아무것도 보이지 않았다. 알레와 여인을 중심으로 세상의 모든 것들은 차근차근 사라져 갔다. 여인과의 입맞춤은 알레의 몸 구석구석으로 녹아들어, 천천히 알레의 모든 것을 잠식해 왔다.

그리고, 알레는 눈을 감았다.

세찬 바람을 맞으며 갈대밭을 내달리던 아이는 연갈색 갈대 사이에 끼어 있는 분홍 끈을 발견하고 걸음을 멈추었다. 아이는 천천히 그곳으로 다가가 갈대에 걸려 있는 낡은 밀짚모자를 손에 쥐었다. 아이의 입가에 함박웃음이 번진다. 두 손으로 모자를 꽉 쥔 채 아이는 곧장 집으로 달려갔다. 작은 집 앞에서 알레가 아이를 기다리고 있었다. 알레는 멀리서 달려오고 있는 아이에게 손을 흔들었다. 알레 앞까지 온 아이는 자랑스럽게 밀짚모자를 내밀며 소리쳤다.

"제가 찾아낸 거예요, 아버지!"

알레는 아이의 손에서 낡은 밀짚모자를 받아 들고는 아이의 머리를 쓰다듬어 주었다. 그는 밀짚모자에 걸려 있는 분홍 끈을 물끄러미 바라보더니 이내 미소 지었다. 알레가 아이의 머리에 밀짚모자를 씌운다. 조금만 손본다면 손색이 없을 정도로 튼튼하게 잘 만들어진 모자였다. 아이의 턱 밑으로 분홍 끈을 묶어 주며 알레가 말했다.

"정말 대단하구나, 알레."

현관문이 열리며 은발의 여인이 걸어 나왔다. "할머니!" 아이는 곧장 여인의 품으로 달려가 안겼다. 여인은 아이를 꼭 안아 주고는 아이가 쓰고 있는 밀짚모자의 끈을 풀어 들어 올렸다. "더 예쁘게 만들어 줄게." 여인의 말에 아이가 얼른 고개를 끄덕였다. 여인이 밀짚모자를 두 손에 쥔 채 집 안으로 들어가자, 알레는 멀어져 가는 여인의 뒷모습을 가리키며 아이에게 물었다.

"알레야, 할머니가 참 아름다우시지 않니?"

새보다 닭

진선여자중학교 3
김민지

언니, 나 치킨 먹고 싶어.

TV를 보는데 동생 수비의 목소리가 들렸다. 나는 수비의 말을 못 들은 척했다. 같은 부모에게서 태어났지만 수비는 나와 많이 달랐다. 게다가 일곱 살치고 멍청했다. 특히 쓸데없는 질문을 자주 했다. 그리고 대답을 대충 해 주면 끈질기게 되물어보며 나를 귀찮게 했다. 요즘 애들은 하나같이 똑똑하고 현실적이라는데, 수비는 왜 그러는지 모르겠다. 또 수비는 독특한 습관이 하나 있었다. 계속 한쪽 눈만 깜빡거리는 것이었다. 처음에는 수비가 장난 삼아 윙크를 하는 줄만 알았다. 그래서 몇 번은 웃어넘겨 버렸다. 하지만 수비는 곧 시도 때도 없이 윙크를 하기 시작했다. 나는 지켜보다 못해 수비에게 그러지 말라고 다그쳤다. 그러나 수비의 습관은 쉽게 고쳐지지 않았다. 오히려 하지 말라고 할수록 더 자주 한쪽 눈을 깜빡였다. 나는 수비가 답답했다. 도대체 왜 자꾸 그런 행동을 하는지 이해가 가지 않았다. 나에게 수비는 정말 알 수 없는 아이였다.

언니, 나 치킨 먹고 싶다고.

수비가 다시 한 번 말했다. 나는 문 밖을 힐끔 쳐다보았다. 거실에서 엄마의 목소리가 들려왔다. 아직도 통화 중이었다. 나는 엄마가 전화를 할 때면 엄마의 자세만 보아도 통화 상대를 잘 알아맞혔다. 소파에 드러누워 신경질적으로 소리를 질러 대면 아빠였고, 몸을 꼿꼿이 세운 채 손으로 입을 가리고 말하면 엄마의 회사 상사였다. 지금은 목소리가 날카로운 걸로 봐서 아빠와 통화 중인 것 같았다. 엄마는 집에 있을 때면 거의 매일 전화로 아빠와 싸웠다. 대충 내용을 들어 보면 엄마는 아빠와 살기 싫어하는 것 같았다. 아빠는 회사를 그만둔 뒤 재취업을 준비하고 있다고는 하지만 백수나 다름없었다. 그런데도 어디를 그렇게 돌아다니는 건지 저녁때만 되면 집에서 사라져 버렸다. 그리고 아침에 엄마가 출근할 때쯤 돌아왔다. 그래서 엄마와 아빠는 마주치는 일이 거의 없었다. 나도 낮에는 학교나 학원에 가기 때문에 아빠를 보는 일이 드물었다. 엄마는 항상 전화로 아빠에게 집에서 아예 나가서 살라고 말했다. 아빠가 불쌍하긴 했지만 내가 엄마라도 아빠와 살기 싫을 것 같았다.

어쨌든 지금 치킨을 시켜 먹기는 힘들 것 같았다. 아무리 일곱 살이라 해도 이 상황에서 치킨이라니, 수비는 생각이 없는 듯했다. 나는 다시 TV로 시선을 돌렸다. 수비는 계속 언니이, 하고 말꼬리를 늘어뜨리며 나를 불렀다. 나는 그 소리가 점점 듣기 싫어졌다. 수비의 입을 테이프로 막아 버리고 싶었다. 수비는 어느새 내 옆에 와서 고개를 들이댔다. 수비와 눈이 마주쳤다. 눈동자가 까맸다. 정말 아무것도 섞이지 않은 까만색이었다. 왠지 그 눈동자를 똑바로 들여다볼 수 없었다. 원하는 것을 꼭 들어줘야 할 것 같은 느낌이 들었다. 나는 이내 고개를 휙 돌려 버렸다. 수비는 여전히 징징대는 것을 계속 멈추지 않았다. 치킨을 주지 않으면 밤새 나를 귀찮게 할 기세였다. 그렇다고 해서 지금 치킨을 시킨다면 한창 아빠와 싸움을 하고 있는 엄마에게 괜히 욕을 얻어먹을 것 같았다. 나는 그럴 수 없지, 하고 머리를 내흔들었다. 그때, 방바닥에 널려 있던 이불이 눈에 띄었다. 이불에는 그림이 새겨져 있었는데 언뜻 보기에 닭 같았다. 나는 말도 안 되는 걸 알면서도 수비에게 말했다.

여기 닭 있네. 이거 먹어.

코웃음을 칠 것 같던 수비가 의외로 이불을 관심 있게 들여다보았다. 나는 수비가 이제 더 이상 나를 귀찮게 하지 않을 거라고 생각하며 안심했다. 그러나 수비는 곧 고개를 저으며 나에게 다시 말을 걸었다.

언니, 이건 새인데?

나는 그림을 자세히 살펴보았다. 정말 새가 날고 있는 그림이었다. 나는 곧 무심하게 말을 이었다.

닭도 새의 한 종류야. 날지를 못할 뿐이지.

수비는 알아듣지 못하겠다는 표정으로 물었다.

닭은 왜 못 날아?

이러다가는 질문이 끝도 없을 것 같았다. 나는 최대한 단순하게 대답했다.

살쪄서.

수비는 불쌍하다, 하고 중얼거렸다. 그리고 한동안 조용했다. 나는 한숨 돌리고 TV를 계속 보았다. 음악 프로그램에 아이돌 그룹들이 줄줄이 나왔다. 아이돌들은 눈이 부실 정도로 화려한 조명을 받으면서 멋진 춤을 추었다. 무대 장치가 불꽃도 뿜어내고 꽃가루도 날려 댔다. 강한 인상을 심어 주기 위해 안달이 난 것 같았다. 카메라가 시끄럽게 소리를 질러 대는 팬들을 비춰 주었다. 팬들은 하나같이 손에 응원 도구를 쥐고 흔들며 아이돌들의 이름을 불러 댔다. 그리고 아이돌의 손짓 하나, 미소 하나에도 뜨거운 반응을 보였다. 환호에 둘러싸인 아이돌들의 모습이 부러웠다. 속으로 나도 저렇게 잘나갔으면, 하고 생각했다.

뒤에서 심하게 부스럭거리는 소리가 났다. 나는 무의식적으로 뒤를 돌아보았다. 수비는 황당하게도 이불에 그려진 새를 쥐어뜯는 시늉을 하고 있었다. 그것도 작은 몸이 흔들릴 정도로 있는 힘껏 뜯고 있었다. 나는 잠시 아무 말도 할 수 없었다. 수비를 가만히 지켜보았다. 그리고 저게 도대체 뭐하는 짓인지 알아내려고 노력했다. 수비의 손놀림이 갈수록 빨라졌다. 이제는 사정없이 주먹으로 내리치기까지 했다. 수비답지 않게 매우 산만해 보였다. 나는 아무리 생각해 보아도 수비가 왜 저런 행동을 하고 있는지 알 수 없었다. 결국 보다 못해서 수비에게 물었다.

뭐하는 거야?

수비는 여전히 바쁘게 손을 움직이며 대답했다.

새털 뽑아.

풋. 나도 모르게 웃음이 터졌다. 비웃음이었다. 나는 정말로 궁금해져서 다시 한 번 물어보았다.

새털은 뽑아서 뭐하게?

수비는 태연하게 대답했다.

새 구워 먹게.

수비가 정말 바보 같았다. 일 년만 더 있으면 초등학교에 입학할 텐데, 저걸 어쩌나 싶었다. 나는 수비가 들으라는 듯이 어휴, 하고 한숨을 깊게 내쉬었다. 그러자 수비가 나를 힐끗 쳐다보았다. 새털을 뽑는 데 방해가 된 모양인지 나를 거의 째려보다시피했다. 나는 수비의 눈길을 슬그머니 피했다가 다시 쳐다보았다. 그사이 수비는 자세를 고쳐 앉고 새를 더욱 꼼꼼히 살폈다. 이제는 두 손가락으로 한 가닥씩 털을 뽑았다. 어느새 또 한쪽 눈을 깜빡이고 있었다. 나는 그 모습을 지켜보며 수비가 하나도 귀엽지 않다고 생각했다.

핸드폰 벨 소리가 울렸다. 핸드폰을 가지러 일어나려는 순간 새털을 뽑고 있던 수비가 소리를 질렀다.

안 돼, 받지 마!

수비는 내가 친구의 전화를 받고 놀러 나가는 일이 많았기 때문에 전화 받는 것을 싫어했다. 하루는 수비에게, 내가 집에 있다고 놀아 주는 것도 아닌데 왜 나가는 것을 그렇게 싫어하냐고 짜증을 냈다. 그러자 수비는 외로워서라고 대답했다. 심심해서, 도 아닌 외로워서였다. 나는 어린 애가 외로울 게 뭐가 있냐고 대꾸하며 그냥 나가 버렸다. 그 뒤로 수비는 며칠간 나에게 말도 걸지 않았다. 오늘도 전화는 친구에게서 걸려 온 것이 확실했다. 벨 소리는 아무래도 이불 속에서 나는 것 같았다. 수비도 곧 그것을 알아차렸는지 재빨리 이불 속을 뒤지기 시작했다. 나는 핸드폰을 방바닥에 아무렇게나 던져 놓았던 것이 후회되었다. 잠시 뒤, 수비는 의기양양한 표정으로 이불 속에 묻혀 있던 내 핸드폰을 손에 쥐었다. 나는 수비를 무섭게 노려보며 말했다.

내놔.

수비는 고개를 흔들었다. 그리고 단호하게 다시 말했다.

받지 마.

짜증이 확 밀려왔다. 전화는 결국 끊겨 버렸다. 나는 에이 씨, 하고 수비에게 다가갔다. 그리고 얼마 안 걸려 휴대폰을 빼앗는 데 성공했다. 수비는 한동안 뚱한 표정을 짓고 있다가 다시 새털을 뽑기 시작했다. 나는 핸드폰 부재중 전화를 확인했다. 전화를 건 사람은 유진이었다. 통화 버튼을 눌렀다. 신호음이 몇 번 가고 나서 유진의 목소리가 들렸다.

왜 전화 안 받아?

버럭 화를 내는 말투가 마음에 안 들었지만 참고 대답했다.

미안, 동생 때문에.

유진은 잘나가는 애였다. 얼굴이 예쁘장하게 생기고 행동도 거침없었다. 유진과 같은 반이 되던 학기에 나는 삐뚤어져 있었다. 엄마와 아빠 때문에 혼란스러웠고 살고 싶은 이유가 없는 그런 때였다. 처음에 유진과는 같은 반이기 때문에 인사만 주고받는 사이였다. 그리고 그냥 유진을 보면서 나도 잘나갔으면 하고 생각했다. 그런데 어느 날, 나는 친구와 함께 매점에 갔다. 때마침 매점에는 유진도 자기 친구들과 함께 있었다. 우리는 평소처럼 인사만 나누었다. 그리고 각자 필요한 물건을 사기 위해 계산대 앞에 나란히 섰다. 운 없게도 나는 딱 천 원이 모자랐다. 같이 온 친구에게 물어보았지만 친구도 남는 돈이 없었다. 그때 옆에서 유진이 중얼거렸다.

아 씨, 천 원 모자라.

유진도 나처럼 친구들에게 돈이 있냐고 물어보았지만 모두 없다고 대답했다. 유진은 계속 욕을 해 댔다. 나는 조금 고민하다가 뒤에 줄을 서 있던 후배에게 물었다.

이천 원 있어?

유진은 내가 말하는 것을 듣고 나를 지켜보기 시작했다. 후배는 긴장한 듯이 네, 하고 대답했다. 나는 속으로 돈이 있다고 한 후배가 멍청하다고 생각했다. 목소리에 힘을 좀 주고 후배에게 말했다.

돈이 모자라서 그러는데 좀 빌려 주라.

솔직히 말이 빌려 달라는 것이지 갚을 것도 아니었다. 후배는 순순히 이천 원을 내주었다. 미안하다거나 불쌍하다는 생각은 들지 않았다. 후배가 거절을 못할 만큼 멍청한 거니까 어쩔 수 없다고 생각했다. 나는 천 원 한 장을 유진에게 건네주었다. 유진은 묘한 표정을 지었다. 그리고 나에게 고마워, 하고 말하며 돈을 받아 갔다. 그날 나는 유진과 함께 식당에서 밥을 먹었다. 그렇게 우리는 친구가 되었다.

나는 유진과 친하다는 게 자랑스러웠다. 유진과 같이 다니면 기분이 좋았다. 주변에서 부러운 눈으로 쳐다볼 때면 몸이 붕 떠 있는 느낌이었다. 하지만 나는 여전히 유진이 부러웠다. 유진은 정말 날아다녔다. 못하는 행동이 없었고 자유로웠다. 처음에는 그런 것들이 신기하고 재미있었다. 유진이 돈을 뺏고 침을 뱉고 심지어 담배를 피워 대는 것도 옆에서 지켜보았다. 유진 같은 애들이 무엇을 하고 다니는지 확실히 알게 되었다. 날이 갈수록 나는 유진의 친구라기보다는 옆에 있어 주는 사람이 된 것 같은 기분이 들었다. 하지만 크게 상관은 없었다. 그저 잘나가는 유진 옆에 있다 보면 나도 언젠간 잘나갈 수 있겠지 하는 막연한 생각이 들었다.

유진은 빨리 나오라는 한마디만 하고 전화를 끊어 버렸다. 나는 잠시 한숨을 내쉬었다. 하지만 이내 서둘러 나갈 준비를 하기 시작했다. 엄마의 눈에 띄지 않게 조심하며 재빨리 옷을 갈아입고 세수를 했다. 십 분도 걸리지 않았다. 현관문 앞에 섰을 때, 방 안에 핸드폰을 두고 나온 것을 깨달았다. 나는 발소리를 죽이고 다시 수비와 있던 방 쪽으로 갔다. 삐걱거리는 소리가 나지 않도록 조심스레 방문을 열었다. 수비는 여전히 이불을 붙잡고 있었다. 내가 다시 방으로 들어온 줄도 모르고 있는 것 같았다. 수비의 모습이 한심하게 보였다. 핸드폰은 또 없었다. 방 전체를 둘러보다가 문득 수비가 숨겼을 것이라는 생각이 들었다. 나는 수비를 한 번 쳐다보았다. 수비는 새털 뽑기가 끝났는지 이제는 이불을 조물거리고 있었다. 도대체 왜 먹을 수도 없는 닭, 아니 새 그림에 저리도 집착하는지 이해가 되지 않았다. 그때, 수비가 조용히 무언가를 중얼거렸다.

후추를 치고, 깨소금도 넣어야지.

나는 수비의 말에 기가 막혔다. 아까는 털을 뽑아서 구워 먹겠다더니 이제는 양념을 할 차례인가, 하고 생각했다. 나는 수비가 하는 행동이 한심했지만 한편으로는 희한하기도 해서 소리를 내지 않고 수비를 좀 더 지켜보았다. 수비의 작은 손이 바쁘게 움직였다. 한 손은 무언가를 뿌리는 듯이 흔들고 있었고 다른 손으로는 새를 계속 주물거리고 있었다. 수비의 손놀림은 요리사처럼 능숙했다. 수비에게 이런 면이 있었나? 신기했다. 나는 유진과의 약속이 마음에 걸렸지만 잠시 그 사실을 잊고 그대로 수비를 내려다보았다.

　수비가 유치원에도 들어가기 전, 그러니까 우리가 평범한 가족이었을 때 집에서 닭을 요리한 적이 있었다. 그날 저녁에도 수비는 뜬금없이 치킨을 먹고 싶다고 했다. 하지만 그때가 한참 올림픽 시즌이라서 치킨집 주문이 엄청 밀렸을 것이 분명했다. 그래도 혹시나 하는 마음에 아빠가 치킨집에 전화를 해 보았다. 역시 치킨집 주인은 치킨이 배달되려면 세 시간도 더 걸릴지 모른다고 말했다. 아빠는 할 수 없이 전화를 끊었다. 그 뒤에도 몇 군데 더 전화를 해 보았지만 모두 실패했다. 심지어는 닭이 다 팔려서 없다는 집도 있었다. 수비는 끝까지 치킨에 집착했다. 아빠와 나는 수비를 달래다가 혼내다가 힘이 빠져 버렸다. 그사이 엄마는 부엌으로 가서 냉장고를 뒤졌다. 그리고 마침 냉동실에 닭 한 마리가 있는 것을 발견했다. 우리는 모두 환호성을 질렀다. 엄마는 곧바로 닭을 손질하기 시작했다. 후추도 치고 깨소금도 넣었다. 수비는 그런 엄마의 모습을 눈을 반짝거리며 지켜보았다.
　수비는 아직도 한쪽 눈을 깜빡거리면서 요리에 집중했다. 훌륭한 연기였다. 정말 무언가 대단한 걸 만들고 있는 것같이 보였다. 당장 아역 배우를 해도 괜찮을 것 같았다. 수비는 얼마나 열심인지 아직도 내가 옆에 서 있는 줄을 모르고 있었다. 양념을 다 한 것 같았다. 이제 구울 차례였다. 수비는 옆의 책상에 놓여 있던 책받침을 집어 들었다. 아마 그릇으로 쓸 생각인 듯했다. 수비는 양넘한 새가 망가질까 조심스럽게 그릇에 담았다. 그리고 옷장을 열었다. 안에 있던 선반 위에 그릇을 올려놓고 다시 옷장을 닫았다. 그런 다음 휴 하고 한숨을 뱉으면서 소매로 이마를 닦았다. 나도 모르게 웃음이 나왔다.

집에서 닭을 구워 먹었을 때만 해도 우리 가족은 무난했다. 일도 잘 풀리는 듯싶었다. 엄마는 회사에 입사한 지 얼마 되지 않은 상태였고 아빠도 엄마의 압박에 못 이겨 마지못해 새로운 회사에 낸 서류가 통과하고 면접을 앞두고 있었다. 아빠는 항상 욕심이 없었다. 우리 가족도 아빠의 모습에 익숙해서 대부분의 일에 욕심 없이 잘살았다. 이런 아빠가 유일하게 집착하는 것이 있었는데 바로 만화 그리기였다. 아빠는 틈만 나면 항상 만화를 그렸다. 하루 종일 만화만 그리는 날도 있었다. 어쨌든 아빠는 만화 그릴 때 빼고는 의욕이 별로 없어 보였다. 그 때문이었는지는 몰라도 아빠는 회사에 들어가지 못했다. 어느 날 거실에서 노트북을 들여다보고 있던 엄마에게 태연하게 말했다. 내가 수비와 있던 방 안에서도 아빠의 말소리가 다 들렸다.

나 아무래도 취직은 힘들 것 같아.

엄마가 열심히 키보드를 두드리던 소리가 멈추었다. 간신히 화를 참는 것 같았다. 엄마는 탁 소리를 내면서 노트북을 덮고 물었다.

왜 그러는 건데?

아빠는 또다시 태연하게 말했다.

사실 그때 면접 보러 안 갔어.

엄마는 어이가 없는지 잠시 아무 말이 없었다. 한동안 집 안에

정적이 흘렀다. 수비가 징징거리는 소리가 숨 막히는 정적을 깨 주었다. 나는 수비에게 진심으로 고마움을 느꼈고, 엄마는 떨리는 목소리로 아빠에게 그게 사실이냐고 물으며 다시 한 번 확인하듯 물었다. 아마 엄마는 아빠에게 장난이었다는 말을 듣고 싶었을 것이다. 하지만 아빠의 대답은 달랐다.

면접관들 앞에서 비위 맞추는 거 못하겠더라고. 나는 내 만화 그리면서 살고 싶어.

엄마가 한숨을 쉬었다. 그리고 목소리를 높여 말했다.

뭐라고? 이제 와서 만화를 그리겠다고?

감정이 북받쳤는지 엄마의 말투가 부자연스러웠다. 듣기 안쓰러웠다. 엄마는 갑자기 소리를 지르기 시작했다. 그리고 곧 울었다. 엄마가 우는 것은 처음이었다. 소리만 들었는데 나도 눈물이 날 것 같았다. 아빠는 말없이 안방으로 들어가 버렸다. 엄마는 한참 동안 혼자 울고 있었다.

그 뒤부터 엄마는 달라졌다. 한 번에 높이 날아오를 무언가를 찾기 시작했다. 지나칠 정도로 회사 일에 매달렸다. 집에도 매일 늦게 왔다. 그리고 퇴근 뒤 집에서도 회사 서류를 들여다보고 있었다. 그 모습이 불타오르다 못해 곧 폭발할 것 같았다. 가끔씩 엄마와 눈이 마주칠 때는 무섭기까지 했다. 한편으로는 지쳐 보이기도 했지만. 어쨌든 그런 엄마는 누군가와 자주 통화를 하기 시작했다. 평소에 전혀 들을 수 없었던 애교 섞인 목소리였다. 나는 엄마에게 남자 친구가 생긴 줄로만 알았다. 하지만 말하는 내용을 잘 들어 보자 남자 친구는 아닌 것 같았다. 한 번은 엄마가 통화를 한 다음 날 아침 몰래 핸드폰에 남아 있는 기록을 보았다. 밤새 아빠에게 보낸 문자가 몇 통 있었다. 나는 의아해하면서도 계속 다른 통화 기록들을 살펴보았다. 통화 상대는 다름 아닌 회사 상사였다. 엄마는 오홍홍 웃으며 상사의 말에 맞장구를 쳐 주고 아부를 떨었다. 마치 다른 사람을 보는 것 같았다. 어린 수비는 밖에 낯선 사람이 있다며 눈을 동그랗게 뜨고 나를 쳐다보았다. 그러다가 엄마가 아니라며 울곤 했다.

그런데 이상했다. 언젠가부터 나도 엄마를 따라 높이 날고 싶어졌다. 처음에는 엄마가 이상하게 느껴졌지만 시간이 지날수록 저것이 현실이라는 생각이 들었다. 나는 점점 엄마를 닮아 갔다. 학교에서 잘나가는 애들과 친해지려고 노력했다. 일부러 티 나게 잘해 주고 비위를 맞춰 주었다. 나의 그런 모습을 다른 친구들이 좋아해 줄 리 없었다. 나는 곧 잘나가는 애들과 그리 친해지지도 못한 채 원래의 친구들마저 잃을 것 같았다. 그래서 그만두려고 마음먹었다. 하지만 잘나가는 애들 앞에서는 나도 모르게 말투가 바뀌있다. 그것은 어쩔 수가 없었다. 나는 점점 학교생활이 힘들었지만, 그럴수록 잘나가고 싶은 욕심은 더욱 커졌다. 때문에 이제는 유진에게 이러지도 저러지도 못하는 상태가 되어 버렸지만.

어, 언니 안 나갔어?

수비는 이제야 내가 있던 것을 알아채고 나에게 말을 걸었다. 나는 수비에게 대꾸하려다가 아차 싶었다. 유진이 나오라고 한 것을 까맣게 잊고 있었다니. 나에게는 유진과의 약속을 잊은 것이 말도 안 되는 일이었다. 하지만 지금 나가면 유진은 또 분명 골목길에서 애들을 모아 놓고 있을 것이었다. 담배도 피우고 지나가는 학생들한테 시비도 걸 텐데, 왠지 나가기가 싫었다. 그래도 역시

나가긴 해야 할 것 같아서 다시 핸드폰을 찾기 시작했다. 그러나 아무리 찾아봐도 없었다. 나는 무언가 이상해서 수비에게 물었다.

내 핸드폰 어디 갔어?

수비는 아무렇지도 않게 대답했다.

언니가 가져갔잖아.

나는 그런 적 없어, 하고 말하려다가 무심코 옷 주머니에 손을 넣어 보았다. 핸드폰은 어이없게도 거기에서 나왔다. 화가 났지만 내 잘못이니까 어쩔 수 없었다. 나는 곧 마음을 졸이며 핸드폰을 켰다. 예상 외로 부재중 전화는 딱 두 통이었다. 발신자 중 한 명은 보나 마나 유진이었으나 다른 한 명은 모르는 번호였다. 나는 유진이 전화를 한 통밖에 하지 않은 게 마음에 걸렸다. 문자라도 남겼겠지, 하고 불안한 마음을 달랬지만 착각이었다. 나는 다급히 유진에게 전화를 걸었다. 유진은 전화를 받지 않았다. 다섯 통 정도 더 했지만 끝까지 전화를 안 받았다. 수비는 안절부절못하는 나를 말없이 바라보고 있었다. 내가 아까 수비를 한심하게 쳐다보던 그 눈빛과 비슷했다.

잠시 뒤, 아까 그 모르는 번호로 문자가 왔다. 'ㅃ2'라고 쓰여 있었다. 빠이, 잘 가라는 뜻이었다. 한마디로 떨쳐진 것이었다. 실감이 나지 않았다. 방금 온 문자 한 통으로 버림받은 거나 다름없었다. 정신이 멍해지면서 소름이 돋았다. 이제부터 나는 잘나가는 아이의 친구가 아니라 되도록이면 피해야 하는 아이가 되는 거였다. 이제 뭘 어떻게 해야 할지 걱정스러웠다. 나는 수비를 쳐다보며 어차피 나가기 싫었으니깐 잘된 거야, 하고 마음을 진정시켜 보았다. 그러면서도 지금이라도 나가 사과를 하면 되지 않을까, 갈팡질팡했다. 유진과 같이 다닐 때의 기억을 떠올려 보기도 했다. 그러나 담배 연기 외에는 막상 떠오르는 것이 없었다. 실제로 나는 유진이 부르면 그 옆에서 인형처럼 서 있기만 했다. 유진은 잘 따라다니던 장난감이 아주 잠깐 사라지자 미련 없이 버린 듯했다. 이용당한 것 같은 느낌이었다. 맨 처음, 잘나가고 싶은 마음 하나로 유진에게 다가갔던 것이 생각났다. 어쩌면 내가 유진을 이용한 건지도. 어쨌든 쉽게 친해진 만큼 끝도 쉽게 나 버린 거라는 생각이 들었다.

엄마가 전화를 끊었는지 집 안에서 아무 말소리도 들리지 않았다. TV에서 음악 소리가 아주 작게 났을 뿐이었다. 무언가 허전한 느낌이었다. 곧 엄마가 우는 소리가 들렸다. 두 번째로 듣는 것이었다. 항상 편안하고 침착했던 엄마는 없었다. 수비가 엄마의 목소리를 듣고 엄마가 아니라고 울던 것이 이해가 되었다. 나도 울고 싶었다. 엄마도, 나도 날기 위해서 버둥대다가 땅에 떨어져 버린 것 같았다. 우리는 새도 아니고 닭도 아니었다. 새가 되고 싶던 닭이었다. 무언가 어설픈. 나는 새삼 그 어중간한 느낌이 싫었다. 차라리 마음 편하게 닭이면 어떨까 하는 생각이 들었다.

수비의 표정이 침울했다. 엄마가 우는 소리 때문인 것 같았다. 나는 내심 수비가 걱정되었다. 일곱 살짜리가 감당하기에는 집 안의 분위기가 너무 우울했다. 나는 수비한테 가까이 다가갔다. 수비는 옷장에서 그릇을 꺼내 놓고 있었다. 이제 요리가 다 끝난 건지 더 이상 새를 건드리지 않았다. 요리가 완성되었는데도 수비는 여전히 기분이 좋지 않아 보였다. 나는 최대한 아무렇지 않게 물었다.

표정이 왜 그래?

수비는 슬프게 말했다.

새 요리는 맛이 없어.

다행인 건지 수비가 슬펐던 이유는 엄마 때문이 아니었다. 나는 수비가 상상이었다고 해도 자신이 만든 요리니까 맛있다고 난리를 칠 줄 알았는데 의외였다. 나는 다시 한 번 수비에게 물었다.

왜? 네가 만든 거잖아.

수비는 잠시 무언가 곰곰이 생각을 한 뒤 대답했다.

새는 너무 말라서 먹을 게 없어.

수비의 말이 맞았다. 무조건 새가 닭보다 좋은 줄만 알았는데 꼭 그런 것이 아니었다. 나는 무의식중에 고개를 몇 번이나 끄덕였다. 그러면서 새는 날개를 펼치고 바쁘게 날아다니느라 힘이 들어 살이 찌지 않은 거라는 생각을 했다. 이왕 새가 못 될 거, 제대로 된 닭이 되는 것도 나쁘지 않을 것 같았다.

TV에서는 아직도 아이돌들의 무대가 이어지고 있었다. 그런데 이상했다. 더 이상 아이돌이 멋져 보이지 않았다. 무슨 아이돌이 저렇게 많은지 이제는 질리기 시작했다. 번쩍거리는 조명 때문에 눈이 따끔거렸다. 나는 TV를 꺼 버렸다. 하품이 나왔다. 벽에 걸려 있는 시계를 보았다. 아직 자기에는 이른 시간이었다. 하지만 수비는 심심했는지 잠을 자기 위해 이불을 정돈했다. 이제 새 요리 따위에는 신경도 쓰지 않는 것 같았다. 나는 핸드폰을 한 번 확인했다. 아무런 연락도 오지 않았다. 걱정스러웠지만 어쩔 수 없었다.

수비가 막 누우려고 할 때, 현관 쪽에서 소리가 났다. 희미하게 들리던 엄마의 울음소리가 뚝 멈췄다. 나 왔어, 하는 목소리가 들

렸다. 분명히 아빠였다. 아빠가 이 시간에 들어온 것은 거의 몇 년
만이었다. 수비가 벌떡 일어나서 방 밖으로 뛰어나갔다. 나는 당
황했다가 허겁지겁 수비를 따라서 나가 보았다. 아빠 얼굴을 보는
게 정말 오랜만이었다. 못 본 사이에 얼굴 살이 많이 빠져 있었다.
하지만 기분 좋은 일이 있었는지 밝게 웃고 있었다. 수비는 아빠
를 부르며 냉큼 매달렸다. 아빠는 수비를 향해 활짝 미소를 지어
주며 말했다. 어이구, 우리 딸 오랜만이야. 수비도 헤헤, 하고 웃었
다. 그사이, 엄마가 소파에서 일어섰다. 그리고 한쪽 어깨를 벽에
기댄 채 아빠의 행동을 뚫어져라 쳐다보고 있었다. 차갑다기보다
는 유심히 지켜보는 듯한 눈빛이었다. 둘은 아무 말도 없었다. 곧,
엄마가 먼저 입을 열었다.

이 시간에 무슨 일이야?

딱딱한 말투였다. 하지만 아빠는 계속 웃고 있었다. 아빠는 수
비를 잠시 떼어 내고 해맑게 대답했다.

방금 어떤 작가가 나를 받아 주겠다고 연락을 했어.

엄마는 기가 막힌 듯 허, 하는 소리를 냈다. 그래도 아빠는 아랑
곳하지 않고 말을 이었다.

나 이제 제대로 된 만화 그릴 수 있을 것 같아, 정말로.

아빠는 눈을 반짝이며 말했다. 만화를 그릴 때보다 더 의욕적
이었다. 어디를 그렇게 돌아다니나 했는데 그동안 만화가가 되기
위해 이리저리 다닌 것 같았다. 엄마는 입을 열지 않았다. 그리고
이제 자신도 어쩔 수 없다는 듯이 고개를 내흔들었다. 하지만 나
는 엄마의 입꼬리가 조금 올라가는 것을 언뜻 본 것 같았다. 엄마
는 소파에 주저앉았다. 그리고 아빠에게 이것저것 물었다. 아빠는
엄마 옆에 앉으며 여전히 해맑게 대답했다. 엄마도 어느새 아빠의

밝은 태도에 적응했는지 말투가 자연스러웠다. 나는 유진을 만나러 가지 않길 잘했다는 생각을 하며 수비를 바라보았다. 그때, 수비가 말했다.

아빠, 나 치킨 먹고 싶어.

엄마와 아빠는 잠시 말을 멈추었다. 그러다 아빠가 수비에게 되물었다.

치킨?

수비는 힘차게 응, 하고 대답했다. 수비의 말에 우리 모두가 당황할 수밖에 없었다. 이 늦은 시간에 또 치킨이라니. 나는 엄마의 눈치를 살폈다. 그런데 엄마는 갑자기 무언가 생각난 듯 자리에서 일어났다. 그리고 전처럼 부엌으로 향했다. 아빠는 그 모습을 바라보며 희미하게 미소를 지었다. 나는 엄마를 따라가 보았다. 엄마는 냉동실 문을 열었다. 새가 아닌, 통통한 닭 한 마리가 있었다. 어느새 수비도 따라와서 옆에 서 있었다. 닭 요리를 하는 엄마를 유심히 살피는 수비의 까만 눈동자가 그 어느 때보다도 반짝거렸다. 나는 이제 한쪽 눈을 깜빡이지 않는 수비를 신기하게 바라보았다.

콤플렉스

진선여자중학교 3
김민지

　처음부터 내겐 선택권이 없었다. 만약 내 생김새를 결정할 수 있는 선택권이 있었더라면 이렇게 못생기지는 않았을 것이다. 나는 유민의 엄지손가락이었다. 나는 다른 엄지손가락들과는 조금 다르게 생겼다. 길이가 아주 짧고 두꺼웠다. 유민은 이런 나를 미워했다. 나 때문에 병원에도 가 보았다. 의사는 내 생김새가 유전 때문이라고 말했다. 실제로 유민의 할머니도 나와 비슷한 엄지손가락을 갖고 있었다. 그래서 의사는 나를 교정하기는 힘들다고 했다. 하지만 유민은 의사의 말을 듣고도 나를 계속 잡아당겨 늘리려고 했다. 절대 늘어날 리가 없었지만. 어쨌든 나는 유민의 콤플렉스였다. 내가 원해서 이렇게 생긴 것도 아니지만 유민에게 미안한 마음이 들었다.

유민은 학교에 갈 준비를 하고 있었다. 옷을 단장하고 가방을 챙겨 거울 앞에 섰다. 유민의 처진 눈이 나를 주시하는 것이 느껴졌다. 나를 이리저리 살펴보고 난 뒤에 한숨을 내쉬었다. 나는 미안해서 어쩔 줄 몰라 했다. 이럴 때마다 내가 선택권도 없이 짧고 굵은 모양으로 생겼다는 사실이 너무나도 원망스러웠다. 유민은 내가 보이지 않도록 주먹을 말아 쥔 채 밖으로 나갔다. 나는 서운했지만 어쩔 수 없었다.

유민은 학교 교실에 앉아 있었다. 그때, 한 남자가 교실에 들어왔다. 나는 유민의 눈이 남자를 향하면서 심장이 두근댄다는 것을 알아챘다. 아무래도 유민이 그 남자를 좋아하는 것 같았다. 남자가 다가오자 유민은 무심코 내가 있는 오른손을 번쩍 들어 올려 인사를 했다. 남자는 나를 발견하고 신기하게 쳐다보았다. 남자가 말했다.

"엄지손가락이 희한하게 생겼네?"

유민은 그 말을 듣고 황급히 손을 내렸다. 남자는 자신의 친구들이 있는 자리로 가 버렸다. 유민도 자신의 자리에 힘없이 앉았다. 그리고 곧 거칠게 나를 잡아당겼다. 금방이라도 울 것 같은 표정이었다. 유민을 보며 나도 정말 울고 싶었다.

쉬는 시간이 되자 유민은 남자에게 갔다. 남자가 유민을 보자 나를 뒤로 감추는 것도 잊지 않았다. 그리고 남자의 주위를 맴돌며 쉬지 않고 말을 걸었다. 남자의 표정은 점점 굳어졌다. 귀찮아하는 것 같았다. 그러나 유민은 눈치를 채지 못했는지 계속 말을 했다. 그때, 남자가 더 이상은 못 참겠다는 얼굴로 말했다.

"나는 손가락이 길고 예쁜 여자가 좋더라."

유민은 얼굴이 빨개졌다. 서둘러 뒤를 돌아 남자에게서 멀리 떨어졌다. 나는 뒤에서 남자의 친구가 차라리 직접 못생겼다고 말하지, 하고 중얼거리는 소리를 들었다. 걸어가다 멈칫한 것을 보아 유민 역시 그 말을 들은 듯했다.

유민은 집에 들어오자마자 가방도 내려놓지 않고 소파에 주저앉았다. 그리고 나를 보며 말했다.

"이게 다 너 때문이야."

그런데 이상했다. 유민은 말과는 달리 나를 부드럽게 만져 주었다. 평소의 거칠던 손길이 아니었다. 나는 지금 유민의 마음을 알 것 같았다. 유민은 자신의 얼굴 때문에 인기가 없다는 것을 스스로도 알고 있었다. 하지만 그것을 부정하고 나를 탓했다. 나는 사람들이 별로 신경 쓰지 않았지만 얼굴은 그렇지 않아서였다. 유민은 나를 계속 쓰다듬었다. 너도 불쌍하다, 하고 중얼거리며 미안한 표정으로 쳐다보기도 했다. 나는 유민에게 괜찮다고 말해 주고 싶었다. 유민이 나를 콤플렉스라고 부르면서 마음이 조금이라도 편해진다면 좋았다. 그것은 정말로 미움받는 것이 아니었으니까. 오히려 내 모양이 못생긴 데에 이유가 있었다는 생각에 조금 설레이기까지 했다.

유민은 소파에서 일어나 다시 거울 앞에 섰다. 그러고는 나를 치켜세우더니 웃음을 터뜨렸다. 나는 지금 거울을 보며 웃고 있는 유민이 누구보다 예뻐 보였다. 또 이렇게 자신의 모습을 보고 웃다 보면 언젠가는 진짜 콤플렉스를 극복할 수도 있을 거라는 생각이 들었다.

유리 벽

부천여자중학교 3
강명경

3월은 여러 가지 낯선 것들, 즉 데면데면한 얼굴들과 새 교실, 새 교과 선생들. 그리고 새로운 스테이지의 눈치 게임과 마주하는 달이다. 눈치 게임이란 최대한 빨리 결속력이 끈끈한 친구 집단을 만들고, 집단 내에서 밀려나지 않도록 내 위치를 공고히 하는 일, 즉 새 학기의 정적을 깨고 미지의 또래 세계에 손을 뻗는 일이라고 설명하면 간단하다. 이 눈치 게임의 세부 과정에는 같은 반 아이들의 얼굴과 이름, 간단한 행동 습관을 대략 파악한 후 그중에서 친해지고 싶은 아이를 가려내는 선별 작업이 먼저 진행된다. 친해지고 싶은 아이가 물망에 오르면, 다른 아이가 그 애를 빼앗아 가기 전에 먼저 집어 올리는 본격적인 속도 싸움이 시작되는 것이다. 이 눈치 게임은 초등학교와 중학교를 거치는 학교 생활로 거의 모두에게 익숙해진 게임이기에 역시 올해도 원활히 이루어지고 있었고, 물론 나도 열심히 참여해야만 했다. 그 결과 내 친구 후보에 오른 아이는 유달리 조용하던 하경이었다.

하경은 멍하지만 사람 좋아 보이는 미소로 곧 나와 친해졌다. 다만 한 가지 흠이 있다면 너무나 조용한 것이었는데, 친구와 이야기하기를 좋아하는 나로서는 매일 지속되는 나 혼자 떠드는 대화가 달갑지 않았다. 하지만 이런 일로 하경을 떨쳐 버릴 수는 없었다. 아직 3월이었고 나와 하경 앞에 펼쳐진 시간들은 무수히 많았기에 그 시간 동안 좀 더 지켜보리라는 마음과, 하경을 사귀었으니 이제 난 눈치 게임에서 반쯤의 성공을 거두었다는 마음, 즉 하경을 눈치 게임에서 성공한 내가 가질 수 있는 영예로운 상으로 생각했기 때문에 쉽게 내버릴 수 없었다. 그러나 내가 어떤 말을 하든지 간에, 하경은 절대 내게 먼저 말을 건네지 않았다. 그저 기계적일 정도로 정형화된 미소만 보여 줄 뿐. 내가 하경에게 건넨 그 무수한 말들을 다른 친구들에게 했더라면 어땠을까. 그들은 어쨌든 반응을 보여 준다는 점에서, 계속 가만히 앉아 내 말을 듣고 기계적으로 웃는 하경보다 백 배 나았다. 나는 슬슬 하경에게 환멸을 느끼기 시작했지만 얻은 친구를 날려 버릴 수 없다는 생각으로 애써 내색하지 않았다.

"저어기……."

지헌은 미치도록 답답한 길게 끄는 목소리로 천천히 다가와, 작은 키로 하경을 올려다보았다. 하경이 무슨 일이냐는 듯 지헌을 보았고 지헌은 주머니에서 미리 작정한 듯 사탕을 꺼냈다.

"잉거 먹을래?"

‘잉거’가 아니라 ‘이거’겠지. 나는 곱지 않은 시선을 보내며 지헌이 꺼내 준 사탕을 받아 들었다. 사탕을 꺼내 준 지헌은 다시 느릿느릿한 걸음을 걸어 제자리로 돌아갔다. 나는 지헌의 뒷모습을 이상스럽게 쳐다보았다. 옆의 하경이 내 눈빛을 보고, 책상에 글을 써 내게 질문했다. 직접 말하지도 않는 그 소극적인 태도에 짜증이 솟구쳤다.

‘쟤 왜 저래?’

‘너 쟤 모르냐? 전교 찐따잖아.’

‘정말?’

‘몰랐어? 그리고 입으로 얘기해도 되는데.’

‘아냐. 들으면 어떡해.’

나는 고개를 돌리고 숙제거리에 얼굴을 파묻었다. 굳이 전교 공인 ‘찐따’인 지헌에 대해 관심을 가지는 것은 시간 낭비였다. 무슨 이유에서인지는 몰라도 옛날부터 그애는 ‘찐따’라는 자리에 올라 있었고 우리들 세계의 암묵적인 법칙은 ‘따’ 자가 붙은 아이와 놀지 않는 것이다. 사실 그 불문의 금기 때문에 따들과 평범한 아이들, 그리고 속칭 노는 아이들인 일진들 사이에는 단단한 유리 벽이 쳐져 있는지도 몰랐다. 유리 벽은 너무나 단단해 쉽게 뚫고 나올 수도 들어갈 수도 없었다. 그 속에서 평범한 아이로 살아남는 법은 일절 유리 벽을 깨려고 하지 않는 것, 절대 ‘따’들과는 친해지지 않는 것이었다. 물론 다른 계급들과는 애초에 친해질 기회도 없기는 했지만.

시간은 흘러갔고 나뭇가지에 봄빛이 오르기 시작했다. 하지만 하경의 입은 아직도 겨울, 녹지를 않았다. 환멸은 더욱 강도를 더

해 갔고 나는 슬슬 다른 친구를 알아보기 시작해야겠다는 마음이 들었다. 그러나 사실 그 시간 동안 느끼게 된 내 환멸의 중심에는 하경이 아니라 지헌이 있었다. 지헌은 그날 이후 매일같이 슬그머니 다가와 하경에게 무언가를 건네고 제자리로 돌아갔다. 하경이 그 통통한 손을 펴 보면 거기엔 조그만 사탕들이 한가득. 스킨 로션 샘플. 집에서 긁어 온 것 같은 온갖 잡화들.

"쟤 또 왔어? 이건 뭐야, 무슨 너한테 조공 바쳐?"

하경은 그저 애매한 표정만 지었다.

"무시하라니까. 쟤가 저러는 거 받아 주지 마."

"왜……?"

나는 헛웃음을 지었다. '아직 너는 순진하구나.'

"너 이지헌 저러는 거 싫다며?"

"응……."

"그럼 네가 받아주면 안 되지. 더 그럴걸."

"응……."

어떤 말을 해도 시종일관 "응." 말고는 대답하지 않는 하경에게 한숨이 나왔다.

"너 쟤가 달라붙는 거 싫댔지?"

"응……."

"그럼 해결을 봐야겠네. 네가 계속 상대해 주고 놀아 주니까 저러잖아. 싫다고 해."

"응."

오랜만에 흐리멍덩한 태도만 보이던 하경에게서 제대로 된 대답을 받아 낸 것 같아 기분이 좋았다. 어딘가를 갈 때마다 그림자처럼 졸졸 따라다니고, 눈이 마주치면 이상한 억양으로 안녕? 인

사를 하며 하루에도 몇 번씩 물건들을 가져다주는 부담스런 지헌
의 공세에서 빨리 벗어나고 싶어서였다. 시답지 않은 것들을 괜히
물어보며 옆에 달라붙어 무얼 하는지 꼬치꼬치 캐묻고 거슬리는
목소리로 안녕? 왜? 너 그거 왜 해? 그게 뭐야? '잉거' 먹어! 등의
질문을 퍼붓는 그 애는 귀찮고 짜증 나기만 했다.

지헌이 친구가 필요했다는 것을 모르는 것은 아니다. 몇 년간
찌질한 따, '찐따'로 지낸 친구 없는 세월을 보낸 그 애가 느끼는
절박함을 나는 알고 있다. 그러나 굳어진 유리 벽을 깨고 그를 친
구로 받아들이기에는 이미 그 애가 찐따로 지낸 세월의 영향이 너
무나 컸다. 그리고 나는 지헌이라는 인간 자체를 그리 좋아하지
않았다.

'우리'는 이후 지헌의 공세에 차츰 거절의 뜻을 비쳤지만 마냥
천연덕스런 지헌에게 뭐라 할 말이 없었다. 조공 바침은 꼬박꼬박
이어졌고 매일 강아지마냥 졸졸 따라오는 수준을 넘어서, 이제는
대담하게 같이 가자고 하는 데까지 이른 불안한 관계까지 영역을
넓힌 셈이다. 어느 비 올 듯 흐린 하굣길에 지헌은 제 딴에는 우연
을 가장하는 듯 나와 하경 뒤를 따라왔지만 내 눈에는 애써 뒤따
라오려 노력하는 것이 빤히 보였다. 지헌의 목소리가 바로 뒤에서
들렸다.

"안녕?"

나는 자연스레 눈살이 찌푸려졌다. 지헌이 '안녕'을 발음할 때
내는 특유의 쇳소리가 몹시 거슬렸기 때문이다. 그리고 잠시 침묵
이 흘렀다. 지헌이 우리 사이에 얼굴을 들이밀며 침묵이 싫다는
듯 재잘거리기 시작했다.

"있잖아, 어, 너네는 집이 어디야? 같이 다녀?"

나는 마지못해 답했다.

"응."

하경이 나머지 말을 이었다. 느릿느릿하며, 지헌의 등장에 어떤 감정을 품고 있다는 것이 하나도 느껴지지 않는 요상한 목소리였다.

"우리, 같은 아파트 살거든."

내가 하경의 옆구리를 찔렀다. 지헌은 그새 조금 뒤처져 있었다.

"쟤 귀찮다며, 그래서 내가 상대하지 말랬잖아."

"으응, 까먹었어."

그러나 하경의 말이 채 끝나기도 전에 지헌이 다시 다가와 끼어들었다.

"무슨 얘기 했어? 나도 얘기할래!"

내가 심드렁하게 대꾸했다. 그때는 이미 지헌에게도, 하경에게도 지쳐 있었다.

"별거 아냐. 얘기하든지."

"왜에, 무슨 얘기 했는데? 난 들으면 안 돼?"

내 주위에 있는 모든 것에 짜증이 나기 시작했다. 눈썹이 치켜올라갔고 목소리에는 날이 섰다.

"아니 우리끼리 하는 얘기를 왜 네가 들어."

"우린 친군데 그래?"

'친구 좋아하네. 네 맘대로 졸졸 쫓아다니고 조공을 바친다고 친구가 되는 줄 아냐? 전교 찐따로 몇 년 지내니까 친구가 필요해? 그래서 만날 만만한 애들 골라서 물고 늘어지는데? 그럼 걔들이 네 친구가 될 거 같아?'

한꺼번에 수십 개의 말들이 머릿속을 둥둥 떠다녔다. 모두 지헌에게 퍼붓고 싶은 말들이었지만 한마디라도 내뱉었다간 잠시의 쾌감 대신 아주 긴 싸움을 감수해야 한다는 것을 알았기 때문이었다. 나는 잠자코 입을 다물고 지헌을 무시했다.

"왜에, 왜에? 왜 내 말 씹어? 야아! 왜?"

지헌은 왜, 왜를 외쳐 대면서도 용케 딱 붙어서 졸졸 따라오고 있었다. 지헌의 오종거리는 발소리가 내 인내심의 댐에 금이 쩍 가는 소리로 들렸다. 혼잣말처럼 말을 시작했다.

"이런 말하기 미안하긴 하지만 너 우리 그만 따라오고 부담스럽게 물건 주지 말았으면 좋겠어."

별로 크지 않은 말소리가 나간 후 지헌을 힐끗 살피다 눈이 마주치고 말았다. 지헌이 입을 열었다.

"응? 왜?"

"못 들었냐?"

"응, 뭐? 뭐 말이야?"

"아냐, 됐어."

나는 체념한 채 뒤에 지헌을 액세서리처럼 달고 걸었다. 집에 거의 다 오자 비로소 찌푸린 하늘에서 빗방울이 조금씩 떨어지기 시작했다. 우리 아파트 앞에서, 지헌이 작별 인사까지 한 후 제 갈 길로 사라지자 헛웃음이 나왔다. 큰마음 먹고 시작한 내 최후통첩이 수신자가 귀를 열지 못해 공기 중의 무의미한 떨림으로 사라져 버렸기 때문이었다. 설사 시간이 되돌아간다 해도 그 말은 한 번으로 족했고 다시 할 마음이 들지 않았다. 적당히 예의를 차리면서도 내 의사를 전달하려는 딴으로 골라낸 말이었지만 골치 아픈 수신인인 지헌이 그걸 어찌 받아들일지는 내가 알 길이 없고, 그에 따라 사태가 어떻게 흘러갈지도 나로서는 전혀 알 수 없었다. 집으로 같이 걷는 하경은 언제나처럼 묵묵부답이었다.

쉬는 시간, 평소대로라면 모두들 제 갈 길로 흩어져 놀고 있을 반 아이들이 오늘은 웬일인지 모두 한 책상 앞에 모여 있다. 우르르 몰려 웃어 대는 그들 사이를 비집고 무슨 일인지 알아보려 들어갔다. 놀랍게도 그들이 둘러싸고 있는 책상은 지헌의 책상이었다. 지헌은 얌전히 앉아 그들의 질문 공세에 대답했고, 특유의 음성으로 부끄럽다는 듯 고개를 도리도리 저었다. 호기심에 무슨 일인지 물었지만 다들 지헌의 이야기에만 정신이 팔려 내 질문을 듣지 못한 듯 답이 돌아오지 않았다. 두 번 세 번 거푸 물어본 다음에야 겨우 누군가의 음성이 내게 상황을 설명해 주었다.

"쟤 남자 친구 있대!"

아, '남자 친구'라는 명사는 평범하든, 노는 층이든 계급을 가리지 않고, '따'가 둘러친 유리 벽도 잠시 깬 채 평소 회피하던 지헌에게 달려들어 이것저것 물어 댈 만큼 여자중학교에서 파급력이 있는 단어가 아니었던가. 아이들 너머로 얼굴을 비집고 지헌을 들여다본 내 눈에 지헌의 남자 친구 사진이 보였다. 카메라 앨범에 '서방♥'란 낯간지러운 제목으로 저장되어 있는 평범한 남자아이의 사진. 사진을 돌려 본 아이들이 낄낄대고 웃는다. 그러나 재미있다는 듯 교실이 떠나가게 웃는 아이들과 달리 지헌은 이리저리 밀치며 죽치고 선 아이들의 홍수에 질식할 듯 상기된 얼굴로 앉아 있었다. 좁은 공간 탓에 내게 어깨를 부비며 이 난데없는 소란에 동참하던 이가 중얼댔다.

"남자 친구가 있다니 기적이다."

어느새 지헌의 책상에 턱하니 걸터앉은 윤하가, 토크쇼의 진행자가 게스트에게 곤란한 질문을 던질 때와 흡사한 표정으로 지헌에게 묻는다. 남자 친구와 얼마나 되었느냐, 남자 친구가 몇 살이냐, 데이트는 얼마나 했냐 등의 시시콜콜한 질문들에는 이미 다 대답이 끝났기 때문에 윤하가 던질 질문에 대한 기대는 더욱 커져만 갔다. 우리의 기대에 답례라도 하는 듯 씨익 웃은 윤하의 빠알간 입술이 번뜩였다. 분명 저 빨간 입술은 밤낮없이 발라 대는 입술보호제와 틴트, 그와 대비되는 흰 얼굴을 만들기 위한 비비 크림의 산물일 것이었다.

"너, 남친 만나러 갈 때 화장하니?"

뜬금없는 질문이었지만 지헌은 양손에 머리를 감싼 채 곤란하다는 듯 신음을 뱉었다. 윤하가 마치 초등학생을 대하듯 질문의 의도를 설명했다.

"이 사진에는 네가 아이라인도 칠하고, 입술도 칠했는데? 넌 화장 안 할 줄 알았는데 의외다."

지헌의 화장한 사진은 그렇잖아도 남자 친구라는 소재로 한껏 달아오른 분위기에 기름을 부은 격이었다. 다들 사진에서 조그맣게 나와 미처 신경 쓰지 못한 지헌의 얼굴을 보기 위해 몰려들었고 폭소와 개개인의 사진 감상 평이 이어졌다. 지헌은 이젠 시뻘게진 얼굴로 도리도리를 반복하고 있었다. 주도권을 완전히 잡은 윤하가 웃으며 자신의 파우치를 꺼냈다.

"네가 화장할 줄은 몰랐어. 근데 사진에 보면 아이라인이 튀어 나와 있고 입술 색깔도 너한테 안 어울린다. 우리가 더 예쁘게 해 줄게!"

누군가의 화장한 모습을 본다는 것은 언제나 재미있는 오락거리다. 게다가 그 누군가가 건드리기 쉽고, 설사 상처를 받았다 해도 자신들이 상관할 바가 아닌 '찐따' 지헌이기에 지헌을 뺀 나머지들이 반대할 이유는 전혀 없었다. 지헌의 승낙? 지헌의 감정? 그런 것이 '찐따'라는 수식어 앞에 무슨 효력이 있을까? 학교에서 인권을 존중받을 수 있는 부류는 평범한 아이들까지다. 또는 '따'이지만 공부를 잘하거나, 돈이 많거나, 예쁘거나. 이 세 가지의 예외에도 들지 않는 이들은 유리 벽에 갇혀 유령처럼, 쌀의 뉘처럼 끼여 있는 존재들이다.

"자, 됐다! 너 예쁘다!"

윤하의 호들갑에 화들짝 놀라 생각을 끝내고 지헌에게로 눈을 돌렸다. 웃음소리가 와르르 쏟아졌고 나 역시도 지헌의 몰골에 웃음을 참을 수 없었다. 윤하가 칠한 아이라인은 너무 많이 칠했는지 얼룩이 졌고 새빨간 색의 틴트를 발라 촌스럽도록 빨간 입술까지 완벽하게 웃겼다. 지헌은 작은 키로 불안하게 우리의 반응을 살폈고 폭소가 멈추지 않자 거울을 찾아 온 교실을 뒤졌다. 그러자 예쁘다는 칭찬이 지헌의 뒤를 따랐지만 터진 웃음은 멈출 수 없었다. 얼마 지나지 않아 지헌은 결국 거울을 보았고 양손으로 얼굴을 감싸며 이상한 소리를 냈다. 짧은 다리가 교복 치마 안에서 펭귄처럼 오종종종 화장실로 뛰어가는 모습에 또다시 폭소가 터져 나왔다. 지헌이 물을 틀어 놓고 박박 세수를 하는 모습이 눈앞에 달라붙듯 상상되어 좀처럼 다음 수업에 집중할 수가 없었다. 화장실에서 지헌을 본 아이들은 그저 웃기만 했을까, 아니면 친구들과 낄낄대며 귓속말을 했을까?

큰 사건 뒤에는 항상 뒷말과 폭로가 따라온다. 이번 일에도 예외는 아니었고 반 아이들은 때로는 웃으면서, 때로는 진지하게 지헌의 남자 친구에 대한 의혹을 늘려 갔다. 그 의혹과 소문에는 지헌이 대학생으로 꾸미고 미팅에 나갔다, 시내에서 어른처럼 입고 돌아다니다 우리 학교 아이들 몇과 마주쳤다에 이르기까지 다양했다. 그리고 지헌의 좋지 않은 모습들, 이를테면 만만한 아이들에게 달라붙는다든지, 조별 과제를 할 때 얌체 짓을 하며 별것 아닌 일에도 심한 욕을 하는 성격까지 덤으로 뒷말의 대상이 되었다. 의혹은 구체적인 증거가 없어 함부로 단정할 수 없었지만 지헌의 성격에 관련해 학교 내에서 벌어진 일들은 다들 잘 알고 있었기 때문에 의혹보다도 더욱 수명이 길어 두고두고 지헌을 공격할 수 있는 수단이자 근거가 되었다. 먹이에 몰려드는 물고기들처럼 한 개의 주제가 떨어지면 너나 나나 할 것 없이 달려들어 갉아대는 셈이었다. 그리고 나 또한 그런 반 분위기에 물들어 가고 있었다. 기다렸다는 듯, 평소에 지헌을 고깝게 여기던 무리 중의 하나인 유미가 내게로 와 지헌에 대한 새로운 사실들을 쏟아내고 동조해 주기를 바라는 듯 날 바라보았다. 내 눈이 유미와 마주쳤고, 이미 내친김이었다. 반 전체가 지헌을 고깝게 바라보는 마당에 내가 그동안 당한 정신적 스트레스가 얼마나 컸는지 말해 보리라. 온종일 귀찮게 따라다니는 통에 얼마나 짜증이 나고 화가 났는지, 매일 무언가를 할 때마다 유령처럼 스윽 다가와 이것저것 물어 대고 잔소리를 늘어놓는 꼴을 모두. 나는 의자에 편히 기대어 그동안 하경과 내가 당했던 일들을 풀어내기 시작했다. 입에서 한 번 나온 말은 실꾸리를 풀 듯 계속 이어졌다.

"진짜 싫어. 계속 쫓아다니고 하경이를 여주인공으로 삼아서 유치한 소설 쓰고, 그걸 본인한테 읽어 보라고 주질 않나, 내가 게임 하는데 옆에 와서 '또 게임 하나? 너 게임 중독자야?' 면전에서 이러잖아! 휴대폰에 있는 게임 잠깐 한 것 가지고. 또 내가 만만해 보이니까 제 친구인 줄 알고 내가 싫다는데도 계속 쫓아다닌다고. 3월부터 죽."

유미는 분통이 터진 내 말을 묵묵히 듣고는 자신의 이야기를 봇물 터지듯 풀어놓기 시작했다. 서로 지헌에게 쌓인 것이 많았던지 우리는 상대의 이야기에 어느덧 엄청나게 공감하고 있었다. 그간 하경과 지헌에게 잔뜩 꼬인 심경을 털어놓는 기쁨에 목소리는 점점 커졌고, 대화가 끝날 무렵에는 유미와 많은 친밀감이 쌓였다. 즉 유미와 친해졌다! 이것은 내가 언제든지 답답한 하경과 멀어질 수 있는 기회라는 것을 의미하는 것이었다. 유미의 무리에 들어가기만 하면 지헌이 귀찮게 하지도 않으리라. 말하지 않는 하경과 씨름하고 지헌의 공세에 짜증 내야 했던 나날들이 이제 안녕인 것이다. 정말로 내게는 잘된 일이었다.

종이 치자 유미는 제자리로 갔고, 나도 유미와 대화하느라 돌린 몸을 틀어 다시 원상태로 돌렸다. 내 옆의 하경은 여전히 부동자세로 교과서를 읽느라 여념이 없다. 그때 하경이 실로 오랜만에 고개를 들어, 내게 말을 걸었다.

"너 지헌이 정말로 싫어해?"

나는 잠시 어안이 벙벙했다. 우리 둘 중 지헌을 싫어하는 것으로 치자면 하경이 더 먼저였다. 그리고 여러 날을 거치면서 내가 얼마나 지헌에 대한 대책을 강구해 왔는지 하경 자신이 잘 알지 않는가? 왜 뜬금없이 이미 오래전에 검증된 사실을 묻는지 이해가 가지 않았기 때문이다.

"응. 알면서 왜? 너도 전에 싫다고 했잖아."

"아니……."

나는 도저히 하경의 의도를 알 수 없어 고개를 절레절레 흔들었다.

무언가 이상했다. 도서관에서 우연히 마주친 미정은, 어젯밤 지헌이 난데없이 전화를 걸어와 네 전화번호를 알려 달라고 했다며, 그 찐따 지헌과 무슨 일이 있는 거냐고 내게 물었지만 나는 아무것도 짐작이 가지 않아 모른다고 답했다. 하지만 난데없이 내 전화번호를 알려 달라는 것에서부터 이미 낌새가 이상했다. 나는 복잡한 생각을 머리에 담고 교실에 들어와 두리번거리며 지헌을 찾았다. 지헌은 굳어 버린 것처럼 자기 자리에 얌전히 앉아 출입문 쪽을 주시하고 있었다. 나와 지헌의 눈이 마주쳤다. 지헌이 일어섰다.

"나 너한테 할 말 있어."

뜬금없다. 아니 뜬금없다기보다는 찍찍대는 지헌의 목소리가 너무 거슬렸다.

"무슨?"

"너, 내 뒷담화했지? 내가 너무 달라붙는다고 그랬지? 왜 달라붙는다고 해? 내가 무슨 진드기냐, 달라붙게? 입장 바꿔 생각해 봐! 너 게임 중독자라고 한 건 농담인데 그것도 농담으로 못 받아들이냐? 찐따가 달라붙는 거 진짜 싫어? 네가 먼저 그랬지, 나 찐따라고?"

머릿속이 텅 빈 것 같았다. 결국 하려던 말이 이거였구나. 친구라고 믿고 붙던 애가 자기 뒷말을 했으니 분개해서 달려드는 걸까. 내 혀는 무언가 쓸모 있는 말은 건져 내지 못하고 그저 지헌의 목소리에 대한 거부 반응만을 내보냈다.

"표현이 심했다면 미안해. 그리고 뒷말한 것도 다 사실이거든. 그건 내가 잘못했으니까 사과할게. 그럼 됐어?"

역시 내 혀가 낸 것은 완벽한 모범 답안이었다. 싸움을 매듭지으려면 그저 뒷말한 것이 미안하다고 숙여 주고 내 말에 책임지는 수밖에 없었다. 마음 같아서는 널 찐따라고 부른 건 내가 아니라 모두고, 네 뒷말은 우리 학년 입 있는 사람이라면 누구나 다 했다고 말하고 싶었지만 내 사과로 시뻘게진 지헌의 얼굴이 다소 누그러지는 것이 보였기에 성과를 거둔 것 같았다. 하지만 그때 내 머릿속에서는 중대한 의문이 하나 떠올랐다. 지헌은 내 언행들을 애초에 어떻게 알고 내게 화를 낸단 말인가? 게다가 지헌의 자리는 나와 멀리 떨어져 있었다. 누군가 알려 줬다 하더라도 우리 반의 누가 찐따인 지헌을 위해 내가 이러저러한 말을 하더라고 일러바쳐 준단 말인가? 나는 급히 지헌을 쳐다보았다.

"그런데 너 그걸 어떻게 알았어? 내 말은, 누가 말해 줬냐고."

지헌은 순진하게도 그대로 대꾸했다.

"하경이가, 네가 이렇게 내 뒷말했다고 말해 줬는데?"

아까는 머릿속이 텅 빈 느낌이더니 이제는 머리를 아예 망치로 얻어맞은 띵한 느낌이었다. 나는 생각할 겨를도 없이 지헌에게 거의 명령조로 외쳤다.

"그럼 김하경 데려와 봐!"

지헌은 이번에도 내 말에 순순히 따랐다. 이번에는 오종종거리는 지헌의 뒷모습을 보아도 전혀 웃기지 않았다. 그동안 지헌에 대한 내 감정을 공감하면서 들어 주고, 제가 먼저 지헌이 싫다 하였던 하경이 두 얼굴로 나와 지헌 사이를 오가며 무슨 짓을 했을지 생각하니 분노와 두려움이 엄습했다. 얼마 지나지 않아 하경은 너무나 평온한 얼굴로 내 앞에 섰다.

"내가 유미랑 지헌이 뒷말한 거, 네가 옆에서 다 듣고 있다가 쪼르르 달려가서 일렀냐?"

"응."

"분명히 네가 먼저 지헌이 싫다고 했고, 내가 비 오던 날에 지헌한테 그만 따라오라고 말했을 때도 동조했으면서 내가 뒷말한 걸 다 듣고 일러 바친 거지? 무섭다, 넌 그동안 내 앞에서 연극한 거네? 아주 이중인격으로 여우주연상 받으려고?"

"……."

내 얼굴도 지헌처럼 분노로 달아오르고 있었다.

"너 지헌이 좋았지? 나한테 거짓말한 거지? 네가 좋아하는 지헌이 뒷말해서 기분 나빴겠다, 엿이나 먹어라! 하고 일렀지? 스파이 뺨치네. 내가 지헌이 싫어하는 게 싫으면 싫다고 말을 해야 될 거 아니야."

"내가 지헌이를 싫다고 했다가 천벌 받을까 봐……."

머릿속에서 천벌 아닌 천둥이 쳤다. 하경은 바보같이 고지식한 것일까, 아니면 주도면밀한 뒤통수치기의 달인일까 하는 의문이 들었다. 천벌? 그렇다면 우리 학년 아이들은 지헌과 하경만 빼고 다들 천벌을 받았어야 하겠다. 나는 허탈한 웃음을 지으며 둘에게서 돌아섰다.

"그럼 천벌 받지 말고, 난 빠져 줄 테니까 그렇게 좋아하는 지헌이랑 놀아."

나는 한 번도 뒤를 돌아보지 않고 휘적휘적 교실로 향했다. 하경과 지헌은 내 등 뒤에서 어떤 표정을 지었을까. 믿었던 하경의 두 얼굴을 본 충격이 생각보다 컸던 탓인지 계속 머리가 멍했다.

결국 그동안의 내 노력은 하경에게 속아 버린 것밖에는 되지 않았을까. 하지만 이제 둘에게서 벗어나 다른 아이들과 놀 수 있다는 희망도 돋아났다. 마음 한구석이 편안해졌다.

하경과 지헌은 그날 이후 같이 다니기 시작했다. 둘은 꼭 붙어, 예전에 나와 하경이 그랬던 것처럼 곧잘 시시덕거리며 어울렸고 내게는 더 이상 접근하지 않았다. 나는 새 친구들을 몇 사귀어 나름대로 즐겁게 생활했으며 지헌을 둘러싼 유리 벽을 깬 후 자신도 그 안으로 들어간, 몹시 어려운 일을 해낸 하경에 대한 신기함도 일었다. 그러나 그러한 평화도 잠깐이었다.

하경과 지헌, 둘의 기묘한 우정은 얼마 가지 못했다. 결국 지헌의 남자 친구 때문이었다. 지헌은 계속 제 남자 친구 이야기를 해 댔고 그것을 못 버틴 하경은 지헌에게도 실망하고 억지로 관계를 지속시켜 갔다. 그리고 화장 사건 이후로 계속 의문거리가 되어 가던 지헌에 대한 의혹 중의 하나가 사실로 밝혀졌다. 즉, 지헌이 남자들을 만나러 꾸미고 미팅에 나갔던 것이다. 미팅 자리에 지헌은 하경을 데려가려 했고, 하경이 물었다. 나를 왜 데리고 가는 거냐고. 지헌은 무심결에 답했다.

"네가 나보다 못생겼으니까 잘생긴 남자들이 내게 올 것 아냐?"

그 말의 결과는 싸움이었다. 우정이 깨지자 지헌은 다시 유리 벽 안에 갇혔고 하경은 본래 계급, '평범'으로 돌아왔다는 것이 유미가 들려준 이야기의 전부였다.

지헌은 사물함에 식판을 올려놓고, 아이들 무리에게 점령당한 자신의 자리를 돌려받지 못한 채 서서 밥을 먹고는 하경의 뒤를 따라다니거나, 유미와 내게 다가오곤 했다. 밥을 다 먹고는 나의 생활 동선과 똑같이, 물을 마시러 가거나 위층의 도서실에 갔고, 그 과정에서 나와 지헌은 하루에도 몇 번씩 얼굴을 마주쳤다. 혼자 다니는 지헌의 얼굴은 약간 어두워지기는 했지만 대체로 옛날과 비슷했다. 나는 지헌의 뒷말을 한 것에 느끼는 일종의 '미안함'이 있어 그것을 내심 다행이라 여겼다. 그러나 그 못지않게 지헌에게 쌓인 것이 있었기에 다시 사과하는 것이 내키지 않았다.

지헌이 도서실 문 앞에서 나를 쳐다본다.
"도서실에 들어가도 돼?"
"응."
나는 도서실 문을 열어젖힌다. 지헌이 뒤따라 들어오면서 다시 한 번 나를 본다.
"국어 말하기 수행 평가 뭐 할 거야?"
예상치 못한 질문에 나는 잠시 당황했다.
"모르겠어. 아직 주제를 못 정했어."
"난, 자기소개를 할 거야."
"자기소개?"
"우리 반 애들한테 진짜 내가 누군지 보여 줄 거야."
지헌은 다시 총총 걸어 일반 소설 서가 사이로 사라진다.

국어 시간, 지헌은 자기소개를 한다. 좋아하는 연예인과 가족, 취미 같은 무난한 내용이었지만 지헌의 눈은 빛났다.
"내 취미는 음악 감상하기고, 제일 좋아하는 곡은 「거위의 꿈」이야. 왜냐하면 내 생김새가 거위나 오리를 닮았다고들 해서 거위가 좋더라. 나도 거위처럼 꿈을 가진 사람이 되고 싶어."

빛나는 눈을 계속 간직한 채 어느새 발표는 끝났고, 자리로 돌아가는 지헌의 얼굴은 밝았다. 그늘진 교실 바닥에서 보니, 지헌이 두른 유리 벽에 햇빛이 반사되어서인지 지헌의 주위가 환하게 빛난다. 지헌이 빛을 몰고 다닌다. 누군가가 박수를 쳤다. 하경도 박수를 친다. 국어 선생님도, 나도. 다들 지헌의 발표에 대한 박수를 쳤다. 그리고 잠시, 지헌은 유리 벽 너머의 우리와 동시에 유리 벽에 비친 자신의 얼굴을 보았다. 지헌이 웃었다. 우리에게 웃은 것인지, 자신에게 웃은 것인지, 아니면 둘 다인지는 모른다.

외톨이꽃

과천중학교 1
나현후

알람이 울린다. 신경질적으로 알람을 꺼 버린다. 안방 문을 여니 엄마가 옷도 갈아입지 않은 채로 널브러져 있는 이불 옆에서 자고 있다. 이불을 덮어 줄까, 고민하다가 그냥 방문을 닫았다. 조용히 학교 갈 준비를 마친 뒤, 난 학교로 향한다. 혼자 걷는 등굣길은 낙엽이 지는 가을처럼 쓸쓸하다. 예전 같으면 친구랑 만나서 갔을 텐데. 친했던 친구도 보고 싶고 싫어했던 친구도 보고 싶어진다.

혼자만의 학교생활도 너무 지루하다. 수업도 따라가기 어렵고, 쉬는 시간에도 영어가 재수 없다, 수학이 짜증 난다 하며 선생들의 험담을 하거나 몸싸움을 할 친구도 없다. 급식 시간에도 항상 혼자다. 혼자 서 있는 급식 줄은 아직 남아 있는 겨울 기운 때문인지 옆구리가 더욱 시리다. 급식실에 들어가면 아무 빈자리나 찾아서 혼자 밥을 먹어야 한다. 빈자리를 찾아서 앉고 나면 고개도 들기 두렵다. 꾸역꾸역 넘어가는 밥이 너무 많아 반만 먹은 채 버린다.

급식을 먹었어도 점심시간은 남아 있다. 창문 밖에 아이들이 야구를 하고 있다.

'나도 야구 좋아하는데…… 예전에는 많이 했었지.'

"볼! 볼!"

"스트라이크!"

나와 내 친구들이 야구를 하고 있다. 포수에게 애매한 공이 들어갔다. 아이들은 두 편으로 나누어 싸우고(정말로 싸운다는 것이 아니다.) 있다. 고래고래 소리를 지르는 우리의 목소리는 마치 여러 개의 악기를 시끄럽게 연주하는 사물놀이 같았다. 아이들은 결국 볼이라는 판정을 내리고, 경기를 재개했다. 나는 투수가 던진 공을 멋지게 맞받아치고 3루까지 달렸다.

"선우! 잘했어!"

같은 편 아이들은 잘했다고 소리를 치고 머리를 두드리고, 수비하는 편 아이들은 멍청한 표정으로 서 있거나 남의 탓을 한다.

그런데 갑자기 내 모습이 사라지기 시작했다. 하지만 아무도 알아채지 못한 것 같았다.

"안 돼! 안 돼!"

내가 소리쳤지만 아이들은 야구에 열중해 있다. 정태, 민섭, 호진, 희상, 현진, 현우, 광진, 규민, 재완, 승재, 종진, 현준…… 모두가 멀어져 갔다. 내가 있던 3루에는 다른 아이가 서 있었다. 계속 소리 지르며 멀어지는 친구들의 모습을 바라보았다……

"야!"

깜짝 놀랐다. 나를 깨운 것이 누구지, 하고 돌아봤더니 같은 반의 전주혁이다. 전주혁은 이 학교에서 잘나가는 일진이다. 내가 전학 온 지 얼마 안 되었어도 그 정도는 알아챌 수 있다. 전학을 와서 살아남으려면 학교 구조(일진과 일진이 아닌 아이를 구분한다든가 하는)를 잘 파악해야 한다.

그런데 오늘 내가 전주혁에게 걸린 것이다.

"좀 꺼져. 니가 전세라도 냈냐?"

창문에 오래 기대 있었던 것이 걸린 이유였다. 전주혁은 날 발로 차는 시늉을 했다. 그리고 자신의 패거리들과 함께 창문에 걸터앉는다. 걸터앉지 않는 아이는 아마 일진 중에서도 돈줄이거나 심부름이나 하는 낮은 계급일 것이다. 나는 기분이 나빠졌지만 인내가 미덕(나설 용기도 없었지만)이라고 생각했다. 그래서 나는 그냥 내 자리로 갔다.

"근데, 저 새끼 누구냐? 아는 사람 있냐?"

내 뒤로 전주혁의 손가락질이 느껴지는 것 같다. 패거리들이 "아니."라고 답한다.

"저 새끼 아는 애도 없는 것 같은데 따 아니냐?"

전주혁의 목소리가 매우 기분 나쁘게 들린다. 나 친구 많아, 물론 예전 학교지만, 하고 생각으로 말하고는 무시해 버린다.

"담임이 그러지 않았나? 전학 왔다고."

"그럼 찐따라서 전학 온 거냐?"

패거리들이 크게 웃었다. 나는 그들과는 다르게 솟아오르는 분노를 사그라뜨리고 있었다.

"아니면 지 에미 없어서 전학 온……."

순간 내 몸이 움직였다. 주먹이 전주혁의 배를 때렸다. 아주 순식간에. 전주혁은 어이없어하는 그리고 화난 표정으로 나를 노려보고 있다. 내 꽉 쥔 주먹이 떨린다. 내 주위를 패거리가 둘러쌌다. 그 순간 누가 날 밀어서 넘어뜨리더니 곧이어 패거리의 얼굴로 눈앞이 가득 찼다. 실내화의 중력이 느껴지기 시작했다. 아팠지만 비명은 지르지 않았다. 그것이 지는 것이기 때문이다. 그때 나를 살려 줄 수업 종이 쳤다. 나에게 가해 오던 중력이 멈추었다. 얼굴을 가리고 있던 팔을 열었더니 패거리의 이글이글한 눈빛 대신 다른 아이들의 호기심과 연민 섞인 눈빛이 쏟아졌다. 방금 맞은 곳보다도 아무도 나를 일으켜 주지 않는다는 것이 더 슬펐다. 어색하게 일어나서 내 자리로 갔다. 하지만 수업 시간도 괴로웠다. 나를 향해 화살같이 퍼붓는 급우들의 눈빛과 패거리들이 던지는 지우개가 나를 괴롭혔다. 시계는 보면 볼수록 느리게 갔다.

수업 끝을 알리는 종이 치고 안내문을 받은 뒤에 학교에서 나와 시간을 보니 3시 30분이었다. 급식 시간 후의 수업 두 시간이 마치 열 시간처럼 느껴졌다. 혼자 걷는 하굣길에 옆구리가 더욱더 시려 오는 것 같았다. 눈에 약간의 습기가 찬다. 길을 내달려 보아도 흔들리는 풍경에 예전 친구들의 모습이 스쳐 지나간다.

현관문 자물쇠에 열쇠를 넣어 보아도 오른쪽으로 돌아가지 않는다. 손잡이를 잡아당기니 현관문이 열린다. 마루에는 엄마가 있다.

"다녀왔습니다."

모깃소리로 인사를 한다. 방에 들어가려는데 엄마가 날 붙잡았다.

"오늘 괜찮았어?"

"네."

항상 받아 오던 질문이다. 오늘은 이 질문마저 짜증이 난다.

"기분은 어때?"

"괜찮아요."

"점심은?"

"먹었어요."

짜증이 솟구쳐 올라온다.

"수업은?"

"재밌어요."

"친구는 많이 생겼어?"

"그만 좀 하세요! 이제 이 주밖에 안 됐는데 생길 리가 있어요?"

결국 짜증이 폭발했다.

"너 왜 이렇게 짜증이 많아? 너 요즘 엄마한테 함부로 대하는 거 알아? 엄마한테 그만 좀 하라고? 그 따위 태도가 뭐야? 너 전학 왔다고 엄마가 오냐오냐 해 주니까 지금 대드는 거야?"

"아 알았어요. 좀 비키라고요!"

엄마의 설교를 듣는 것도 지친다. 나는 내 방으로 들어와 가방을 던져 놓고 휴대폰을 켠다. 그런데 곧바로 엄마가 방으로 따라 들어온다.

"너 대체 왜 그래? 왜 사람 속을 박박 긁어?"

"제발 그만 좀 하면 안 돼요? 저 지금 힘들다고요!"

"나도 힘들어, 이 새끼야!"

……결국 싸움이 크게 번져 버렸다. 집안에는 싸늘한 한기만이 감돈다. 싸늘한 것을 넘어 추울 정도이다.

나는 숨통을 막는 듯하는 기운을 피해 문밖으로 나온다. 입춘이 지나고 3월 중순이 다 되었는데도 꽃샘추위는 바늘처럼 내 피부를 거세게 찌른다. 보라색으로 물든 하늘을 보자 그것이 텃밭에 열려 있던 가지의 색과 닮아 있는 것 같다. 난 텃밭 옆으로 걸음을 옮겼다. 텃밭 옆에 있는 낡은 천을 들추자마자, 큰 젤리 같은 덩어리가 튀어나온다. 고양이다. 평소라면 고양이에게 더 가까이 다가가거나 자갈 따위를 던져 보았을 나지만, 오늘은 그럴 기분이 아니다. 고양이의 얼굴에서 반짝거리는 눈이 나를 노려보고 있다. 반짝거리는 초록 불빛은 하나뿐이었다. 그 불빛이 마치 짝을 찾지 못해 방황하는 반딧불이 같다고 생각했다.

집 안에서 엄마가 흐느끼는 소리가 들린다. 방금 전까지만 해도 내 멱살을 잡고 머리를 후려쳤던 사람이 흐느끼고 있으니까 어색해 보였다. 생각해 보니 내가 엄마한테 맞은 것도 그렇고 추운 곳에 나와 있는 것도 억울했다. 오늘 있었던 일을 되새겨 보니 더욱 억울했다. 지금이라도 들어가서 엄마한테 욕을 퍼붓고 물건을 던지고 싸우고 싶지만 내 안의 분노를 달랜다.

'난 전학을 왔어. 그것도 힘든 중학생 시기와 사춘기에. 근데 내가 왜 혼나야 하지? 아, 다시 돌아가고 싶다…….'

어른들은 나처럼 속상할 때 술을 마시거나 담배를 태우고는 한다. 하지만 나는 아직 중학생이므로 그런 것을 할 수는 없다. 그 대신 난 MP3를 꺼낸다. 동영상 재생도 되고 영화도 볼 수 있는 최신형 MP4도 아니고, 정말 음악만 들을 수 있는 낡아 빠진 MP3이다. 귀에 이어폰을 낀 다음 전원을 켠다. 난 음악을 듣는 것을 좋아한다. 나에게는 음악이 술과 담배를 대신해 준다. 속상할 때나 좋을 때 음악을 들으면 잠시나마 슬픔이 사라지고 기분이 좋아지는 것 같다.

이사 오기 전에는 아빠와 살았는데, 내가 아빠한테 며칠 동안 별별 공약을 내밀고 빌어서 얻어 낸 수확이 이 MP3이다. 나는 항상 이 MP3를 가지고 다닌다.

"아빠, 제발 MP3 좀 사 줘!"

"너 사 주면 몇 번 쓰고 거들떠도 안 보잖아? 안 돼."

"내가 집안일도 돕고, 컴퓨터 게임도 조금만 하고, 성적도 올릴 테니까 제발 사 줘, 열심히 쓸게, 죽을 때까지 쓸게."

우리 아빠와 엄마는 사이가 안 좋아서 별거한다. 한쪽이 술만 마시고 들어오면 밤에는 잠을 못 잘 지경이다. 5학년 때는 아빠와 살았지만, 6학년 때부터 전학을 와서 엄마와 살고 있다. 나는 그것을 후회할 때도 있다. 특히 지금 같은 때에는 더더욱.

춥기도 하고 시간이 많이 지났기도 해서 집으로 다시 들어왔다. 어둠 속에는 침묵만이 흘렀다. 약간의 공포를 느껴서인지 내 발걸음이 빨라진다. 침대 위에 누워 눈을 감는다. 난 잘 때가 제일 편안하다. 하루 동안의 모든 걸 다 잊고, 편안하게 잠에 빠져들 수 있는 시간이다. 부드러운 이불의 감촉을 느끼며 나를 밤에 맡긴다.

눈을 떴다. 시계를 보니 오전 7시다. 오늘이 토요일이라는 것을 깨닫고 다시 누우려는 순간, 원주 가기로 했었지? 하고 혼자서 되뇌고는 일어난다.

원주, 우리 아빠가 사는 곳이다. 아빠를 만날 생각을 하니 잠이 달아났다. 어제 싸 놓은 가방을 들었다. 그때서야 엄마가 일어났다.

"다녀오겠습니다."

"오늘 원주 가니?"

"네."

잠깐이지만 어색한 침묵이 흐른다. 신발을 아무렇게나 신고 나가려는데 엄마가 내 손을 잡았다.

"이거, 가지고 가서 친구들한테 뭐라도 사 줘."

손에는 2만 원이 놓여 있다.

"감사합니다."

얼떨떨해져서 급히 인사를 하고는 신발을 구겨 신고 나가 버린다. 끈이 풀려 있지만 그냥 달린다.

점퍼 주머니 속에서 진동이 느껴진다. 아빠에게 전화가 와 있다.

"여보세요?"

"어, 선우야, 어디까지 왔어?"

커튼을 열고 창문 밖을 내다본다.

"여기가……. 거의 다 왔어요. 농산물 도매 시장이에요."

"그래, 터미널에서 기다릴게."

전화를 끊고 기지개를 킨다. 의자를 보니 뒤로 눕히지도 않고 잠들었나 보다. 그래서인지 목이랑 허리가 뻐근했다. 창문 밖을 계속 쳐다보며 내가 알던 가게 이름이 지나가는 걸 보며 되뇌었다.

'저기는 주유소, 그리고 대성국수집, 패밀리마트, 동주약국…….'

되뇌다 보니 고속 터미널에 도착했다. 난 버스가 완전히 멈추기도 전에 일어섰다. 그래야 사람들 사이에 끼이지 않고 나갈 수 있다. 하지만 그러는 바람에 뒤로 넘어질 뻔했다. 겨우 균형을 잡으니 버스가 완전히 멈춰 섰다. 누구보다도 먼저, 빨리 버스에서 내렸다.

"감사합니다."

버스 기사님에게 감사 인사를 하고 주차장으로 뛰어갔다. 저 구석에 흰색 아반떼와 머리가 벗겨진 아저씨가 눈에 들어왔다. 우리 아빠, 그리고 아빠의 차다.

"아빠!"

달려가다가 하마터면 넘어질 뻔했다. 또 신발 끈이 풀렸다. 하지만 나는 개의치 않고 더 빨리 달렸다.

"왔어?"

"네. 안녕하세요."

"그래, 지금 몇 시지? 벌써 점심 먹을 시간이네. 점심 먹으러 갈까? 뭐 먹을래?"

"저는 초밥 먹을래요!"

회전초밥집이라고 하기엔 조그만 공간이지만 분위기가 아늑해서 이 집이 좋다. 내가 좋아하는 음악이 흘러나온다. 천천히 돌아가는 초밥 접시에 눈을 고정시킨다. 저기 참치 초밥이 있다. 내가 제일 좋아하는 것이다. 접시를 집고 뚜껑을 여니 빨간 식욕이 돌았다. 오랜만에 먹어서 그런지 더 맛있는 것 같았다. 또 다른 접시를 집어 가져왔다.

"인마, 천천히 좀 먹어."

아빠가 핀잔 아닌 핀잔을 준다.

"서울에는 여기만큼 맛있는 초밥집이 없어요."

바보같이 살살 웃는다. 초밥이 맛있기도 하고, 오랜만에 아빠랑 같이 있기 때문이기도 하다. 난 초밥을 간장에 찍어 입에 넣는다.

"엄마는 요즘 뭐한다니?"

아빠가 물었다.

"그냥……. 집에만 있어요."

"그래?"

아빠의 표정이 일그러진다. 아빠는 엄마 얘기만 나오면 웃고 있던 얼굴도 무표정이 된다.

"남편은 뼈 빠지게 일해서 돈도 보내 주는데, 논다고? 참."

난 입에 가득 든 초밥(대답할 말도 없었지만) 때문에 대답하지 못했다. 하지만 공감을 못하는 건 아니다. 예전에는 무조건 아빠만 나쁘다고 생각했었다. 술 마시고 들어와 소리 지르는 아빠, 물건을 던지는 아빠를 볼 때마다 엄마가 불쌍하다고 여겨졌다. 하지만 크면 클수록 아빠가 이해가 된다. 물론 내가 남자이기 때문이기도 하겠지만 나도 엄마에게 불만이 요즘 부쩍 많아졌다.

공부 좀 해라, 짜증 좀 내지 마라, 넌 너희 애비 닮은 거냐……. 각종 잔소리에 고막이 괴롭다. 내가 아빠를 닮아서 이런 건가. 아빠를 닮아서 나와 똑같이 엄마에게 짜증이 많은가 보다. 일도 안 하는 엄마, 짜증이나 실컷 내는 엄마에게 우리는 원한이 많았다.

이런 사실도 알았다. 엄마는 불어불문학과 출신이다. 불어를 배웠으면 통역사, 여행 가이드 같은 거라도 해야 하는 것 아닌가?

"비싼 돈 들여서 대학을 다녔으면 써먹어야지. 아빠처럼 경영학과 나와서 회사 운영이라도 하든가. 엄만 참 한심하다."

아빠가 이렇게 말할 때면 맞아 맞아, 참 한심한 사람이다 하고 험담에 동조하곤 한다.

"스트라이크!"

이 기분 오랜만이다. 글러브로도 막을 수 없는 날아오는 야구공의 행복한 충격, 뻐근했던 어깨를 풀어 준다.

"종진! 잘하는데?"

종진이가 엄지손가락으로 굿(good) 표시를 한다. 나도 덩달아 엄지를 내민다.

야구 정말 오랜만에 해 본다. 게다가 예전 친구들과 만나서 하는 이 기분은 죽여 주게 좋다. 지금 학교도 잊어버릴 정도로 좋다. 내 머릿속엔 지금 내 앞의 친구들로만 가득 차 있다.

한창 야구를 하고 있는데, 우익수인 현준이가 고래고래 소리 질렀다.

"야, 나 지금 가야 돼. 엄마가 지금 오랬어."

"헐, 나쁜 자식."

장난스럽게 말했지만 사실 약간의 진심도 담겨 있는 말이다.

"미안. 나도 가야 할 듯?"

종진이도 덩달아 말했다.

"그래. 다음에 보자."

시원하게 보내는 척하지만 붙잡고 싶다. 조금이라도 더 놀면 안 되는 거냐고, 나 오랜만에 원주 왔는데.

"나도 그만 가 볼게. 엄마가 오래."

"아빠가 공부하래. 미안."

"외식하러 간대."

"다음에 보자!"

시간이 지나가 그럴듯한 이유를 남겨 놓고 모두 떠나갔다. 텅 빈 운동장이 더 넓어 보인다. 혼자서 야구공을 던져 올리고 받고

를 반복한다. 나는 여기서도 외톨이였다. 아무도 날 생각해 주지
않는 외톨이…….

싸늘한 분위기에 숨소리조차 새지 않는다.

마치 전쟁처럼 대치하고 있는 엄마와 아빠, 그들을 멀리 떨어
져서 지켜보고 있다. 아무라도 먼저 칼을 들까, 물건을 던질까 걱
정이 되었다. 아니나 다를까, 그릇 깨지는 소리가 났다. 범인은 엄
마다.

"그만 좀 해!"

"뭐 이년아? 머리에 든 것도 없는 년이 뭘 잘했다고 지랄이야!"

둘은 서로 더 노려본다.

"그래, 난 머리에 든 것도 없어서 지랄한다! 너는 머리에 든 게
그렇게 많냐? 지랄도 풍년이지. 시어머니가 그렇게 가르쳤대?"

"뭐 이년아?"

둘 사이에는 만화의 한 장면처럼 번개가 번쩍, 하는 것 같다. 내
가 부엌으로 다가갔다.

"제발 전부 다 그만하세요!"

소리를 꽥 질렀다. 하지만 둘은 날 거들떠보지도 않았다. 오히
려 둘 사이에 번개가 더 밝게 번쩍하는 것 같다.

잠에서 깨어나 여느 때와 같은 날인 줄 알고 방문을 열었다. 마
루에는 아침 햇살만이 자리를 가득 메우고 있다. 엄마 방의 방문
을 열려는 순간, 어제 일이 떠올랐다. 어제는 싸우다가 결국 아빠
가 나에게 인사도 없이 가 버렸다. 그리고 엄마는 하루 종일 울었
다. 뭐가 저렇게 억울할까.

손뼉도 마주쳐야 소리가 난다. 원래의 의미는 타협이지만 아빠는 다르게 해석하셨다.

"손뼉도 마주쳐야 소리가 나잖아. 그러니까 한쪽 잘못이 아니라 두 쪽이 다 잘못했으니까 짝, 하고 싸우는 거다. 너희 엄마는 나만 나쁜 놈으로 몰아가는데, 둘 다 잘못이 있으니까 문제가 생기는 거야."

그렇다면 엄마도 잘못이 있는데, 혼자만 운다. 여자에게는 눈물이 무기다. 그래서 여자가 울면 그 옆에 있던 남자만 나쁜 놈이 돼 버리고 만다. 여자는 참 치사한 동물이다.

학교에 도착하니 전주혁 패거리와 다른 몇몇 아이들만이 교실에 있었다. 타이밍을 잘못 잡았다. 전주혁도 나도 지난번의 일을 생각하고 있겠지. 난 이제 끝장났겠지?

아니나 다를까, 전주혁 패거리가 나에게 온다.

"임선우."

전주혁의 목소리를 나는 무시한다.

"임선우, 임선우 이 새끼야, 귀먹었냐? 장애인 새끼네."

전주혁이 얼굴을 친다. 기분 나쁘게 따귀를 때리기까지 한다. 하지만 난 가겠지, 가겠지, 하며 애써 시선을 피한다. 잠시 후 이 짓이 재미없어졌는지 패거리들과 함께 교실을 나가 버린다. 나는 속으로 안도의 한숨을 쉰다.

하지만 그 후로도 패거리는 틈날 때마다 나를 괴롭혔다. 패거리에게 낙인 찍힌 이후로 나에게 말을 거는 사람이 사라졌다. 아무래도 자신도 패거리들에게 걸릴까 봐 그런 듯하다. 집단 따돌림, 일명 '쩐따'를 내가 당할 줄이야. 학교 생활이 재미없다는 그들의 마음을 알겠다. 옛날 친구들의 모습이 더 떠올랐다. 그들은 날 이렇게 내버려두지 않을 거야. 아니야, 원주 갔을 때도 나를 외톨이로 만들었잖아? 이제 내 편은 없어…….

정말 '외톨이'가 되었다.

밤이 되어도 엄마는 오지 않는다. 엄마가 보낸 '친구 만나서 술 한잔 하고 올게'라는 짧고 무뚝뚝한 문자를 보며 답장을 보낼까 생각하다가 핸드폰을 닫아 버렸다. 오늘따라 마음이 더욱 공허하다. 마음을 채워 줄 MP3를 찾아 이어폰을 귀에 꽂는다. 귓속으로 빨려 들어가는 음악 소리는 나에게 쾌감을 준다. 그렇게 한참을 듣다 보니 노래가 'ㅊ' 돌림에서 'ㄴ' 돌림까지 왔다. 액정을 보니 「낙화」라는 노래가 나왔다.

　　모두들 잠든 새벽 3시 나는 옥상에 올라왔죠

이 구절을 듣는 순간 하던 다른 생각이 잊혀졌다. 그리고 이 노래에 조종당하는 것처럼 가사 그대로 행동했다. 우리 집은 연립주택 맨 꼭대기라서 옥상이나 다름없었다. 계단을 내려가면 낮은 건 아니지만 옥상의 담벼락 밑은 아래만 보아도 아찔했다. 하지만 나는 상관하지 않았다. 그 노래가 종교이고 신이고, 노래가 나인지 내가 노래인지 모를 정도로 나와 혼연일체인 것 같았다.

　　하얀색 십자가, 붉은빛 십자가
　　우리 학교가 보여요
　　조용한 교정이, 어두운 교실이

우리 집 옥상에서는 학교가 보인다. 우리 교실까지도.

어두운 교실 안에 전주혁 패거리가 있는 것 같다. 그들은 웃고 있다. 내가 여기서 떨어지더라도 그들은 웃고 있을 것이다. 아니, 더 크게 웃을 것이다.

엄마, 미안해요

순간 이 가사를 듣자마자 하던 생각이 모두 잊혀졌다. 그 구절이 내 안을 찔러서 다른 생각을 점점 먹고 있는 듯했다. 슬펐지만 눈물은 나지 않았다. 그리고 엄마의 모습이 마치 사진전에 온 듯이 빠르게 스쳐 지나갔다…….

눈을 떴다. 창문을 넘어 들어오는 빛이 내 눈에 파고들었다. 시계를 보니 8시 20분이었다.

'지각이다!'

시간은 오 분 남았다. 밥 먹을 시간도 없다. 나는 대충 머리를 감고 삼 분 양치를 삼십 초 양치로 바꾼 후 문밖으로 나왔다. 문밖에는 엄마가 화단에 물을 주고 있었다.

"다녀오겠습니다."

나는 어제 일이 떠올라 어색한 기분에 작은 목소리로 인사하고 뛰쳐나갔다. 첫 번째 골목을 도는 순간, 방향을 바꿔 다시 집으로 돌아온다. 내 침대 위에 줄이 엉킨 채로 아무렇게나 놓여 있는 MP3를 챙긴다.

"왜 왔니?"

"MP3를 놓고 가서요."

372

"그럼 잘 다녀와."

엄마도 어제 일을 떠올리고 있는 것 같았다. 엄마가 약간 쩔쩔 매는 모습을 보니 조금 이상했다. 나는 아까보다 더 큰 목소리로

"다녀오겠습니다!"

하고는 다람쥐처럼 뛰쳐나갔다. 핸드폰 시계는 26분을 가리켰다. 지각이다. 늦었다는 생각이 들자 오히려 걸음이 늦어졌다. 아침 공기를 마시고, 늦어서 뛰어가는 귀여운 초등학생들과, 출근하는 사람들을 보며, 나는 여유롭게 걸어간다. 그리고 한 손은 주머니에 있는 MP3를 더더욱 꽉 쥐었다. 내가 지각을 하는 한이 있어도, 이 MP3를 잊어버리고 싶지는 않았다. 내 입에서는 지금껏 들었던 노래 중에 제일 신났던 노래를 재생하고 있었다. 이 노래는 적어도 학교에 도착해서 혼날 때까지는 반복될 것이다.

돈 워리 B 해피

과천중학교 2
김한결

온 인터넷이 떠들썩했다. 그 중심엔 단연 B가 존재했다. 처음 그를 본 사람은 서울 주민이었다. 대구나 부산에서도 수상한 사람을 보았다는 증언들이 속출했다.

제목: 요즘 유행한다는 신종 사기인가요?

내용: 자칭 B라는 사기꾼의 신상을 털려고 네티즌들이 혈안이 되어 있죠? 회원님들도 알고 계신가요? 여기저기에 나타나서 행복을 저축해 주겠다는 말도 안 되는 소리를 지껄인다네요. 다들 조심하세요. (B에 대한 기사의 링크입니다. 궁금하신 분은 여기를 클릭하세요.)

그놈을 봤다는 사람들은 대부분 우울증 환자들이래요. 말단 회사원, 사십 대 전업주부, 독거 노인 등등. 혼자 사는 사람을 주로 노린다네요. 우리 카페 회원 분들 대다수가 자취하는 걸로 알고 있는데, 각별히 주의하시는 게 좋겠습니다. 절대 혹해서 넘어가지 마세요. 개인 정보가 지구 반대편까지 여행하는 걸 바라시진 않겠죠?

베스트 추천 글의 대부분은 목격자들의 증언이었다. 그를 봤다고 주장하는 사람들이 기억하는 인상착의는 전부 제각각이었다. 키가 크고 깡말랐다, 아니다, 작고 왜소했다, 긴 생머리의 젊은 여자더라, 드문드문 주름살이 보이기 시작한 삼십 대 남성이 행복해지길 원하느냐고 물었다는 등. 아직 실질적 피해를 본 사람은 없어서 금세 지나갈 가십거리처럼 보였다.

찰싹 붙어서 기사보단 옆에 지나가는 광고에 집중하던 언니가 심드렁하게 말했다.

"에이, 별것도 아니네."

"그러게."

무심하게 대꾸하며 인터넷 창을 닫았다. 정말 행복을 잘 모아 둘 수 있다면 나중에 더 행복해지는 걸까? 아빠가 눈 건강을 챙기자며 바탕 화면에 깔아 놓은 파란 하늘 사진 때문에 오히려 눈이 아렸다.

"유진아, 학교 안 가도 돼?"

"지금 가잖아."

엄마의 닦달에 시계를 확인하며 끈적해진 키보드를 대충 닦아 내고 가방을 챙겼다. 입이 찢어져라 하품하던 언니는 잽싸게 내가 비운 자리를 차지했다. 언니가 메신저에 접속하자마자 구름 모양 이모티콘이 메시지 확인을 호소하며 쉴 새 없이 울려 댔다.

"다녀오겠습니다."

뒤돌아서 생선을 굽는 엄마와 홀로 식탁에 앉아 밥을 먹는 아빠, 바쁘게 키보드 위에서 손을 놀리는 언니를 한 번씩 바라보았다.

'뭐해, 얼른 안 가면 늦겠다.'

스스로를 채근하며 집게손가락으로 신발 축을 빳빳하게 세웠다. 문이 닫히며 도어록 소리만 빈 복도에 선명하게 울렸다.

수학 선생의 빠른 말씨가 귓가에 스쳐 지나갔다. 전혀 다른 나라의 말을 듣는 것도 아닌데 뇌는 해석을 거부했다. 이미 형광펜으로 덧씌워진 일차 함수의 정의에 또 한 번 자를 대고 밑줄을 그었다. 글자는 눈에 들어오는데, 도무지 무슨 뜻인지 머리에 들어오질 않았다.

일차함수 $f(x)$가 $y=ax+b$의 그래프와 평행할 때 일차 함수 에프엑스가…… 에프엑스가 에프엑스는 걸그룹 이름인데. 걔들은 함수 그래프 그릴 줄 알까? 아니, 함수가 뭔지는 알까? 연예인은 참 속 편한 직업이다. 얼굴만 예쁘면 노래 못해도 되니까. 나도 연예인이나 해 볼까, 하는 생각이 잠시 들었다.

길거리에서 정장을 갖춰 입은 남자가 다가와 명함을 내민다. 옅은 체크무늬가 들어간 원단은 한눈에 보기에도 무지 비싼 종류다. 고급스러운 재질의 종이엔 멋들어진 필기체로 ××엔터테인먼트라고 쓰여 있다. '너, 방송 쪽에서 일해 보지 않을래?' 남자가 말을 건넨다…….

"1번, 5번, 16번, 25번 앞으로 나와."

전혀 연관성 없는 숫자들의 연속에 가슴이 덜컹 내려앉았다. 그중엔 내 번호도 끼어 있었다. 칠판 앞에 서서 복잡한 수식을 적어 내려가는 아이들 틈에서 머뭇대고 있는데 쉬는 시간을 알리는 종이 울렸다. 비어져 나오는 웃음을 참고 선생님을 바라보았다.

"다음 시간에 다시 시킬 거니까 복습해 와. 이상 끝."

안도하며 자리로 돌아가 엎드렸다. 수학에는 학생을 잠으로 끌어들이는 뭔가가 있었다. 학원에서 졸지 않으려면 잠이 올 때 확실히 자 두는 것이 좋았다.

학원 수업은 학교 진도보다 훨씬 앞서 있었다. 학교에서 배우는 것도 이해가 안 가는 마당에 몇 배는 심화한 문제들을 풀려니 뇌 쪼그라드는 소리도 들을 수 있을 것 같았다. 학교에서 보충한 잠보다도 부족한 잠의 양이 배는 많았는지 슬슬 눈꺼풀이 감겼다.

남자가 손에 쥔 명함은 무엇보다도 값져 보였다. 조그맣게 적힌 전화번호와 이메일 주소를 보는 것만으로도 유명 아이돌 스타들과 어울린 내 모습을 머릿속에 그릴 수 있었다. 그리고, 남자는 명함을 북북 찢었다. 조각조각 찢어진 종잇조각을 경악하여 크게 벌린 내 입에 조준해 힘차게 던졌다. 곱게 갈린 종이는 한 덩어리가 되어 날아온다.

흐억, 하는 이상한 기합과 함께 언니와의 레슬링 시합으로 갈고 닦은 민첩한 몸놀림으로 학원 선생이 던진 종이 뭉치를 피했다. 그리고 장렬하게 의자에서 떨어졌다. 쿵, 하는 육중한 소리에 뒤에 앉아 흥미롭게 날 바라보던 아이들이 박장대소했다.

안 다쳤니, 보다도 가스나야 니 증신 똑발르게 안 챙기나! 하고 윽박지르는 학원 선생님의 말투엔 경상도 사투리가 진하게 묻어났다. 선생님이 열 받을 때마다 나오는 버릇이었다. 조그맣게 네, 하고 대답하며 창피하지 않은 척 이리저리 뒤적대며 책을 정리했다.

"어디야?"

옆자리에 앉은 여자애는 대답도 하기 귀찮다는 듯 샤프 꼭지로 문제집 한 귀퉁이를 쿡 찍어 보였다. 뭐 저런 애가 다 있나 싶어서 형식적인 '고마워.'가 입안에 맴돌도록 내버려 두었다.

수업 시간에 존 죄로 선생님은 수학 문제 오십 개를 풀고 가라는 무시무시한 형벌을 내렸다. 남아 있는 잠을 쫓기 위해 화장실로 향했다. 학원 수도꼭지는 한겨울에도 오로지 찬물만 제공했다. 슬쩍 손만 대도 폭포수 아래 앉은 것처럼 정신이 번쩍 들었다.

학교에서처럼 여자애들 무리가 잔뜩 몰려간 화장실에선 깔깔대는 소리가 가득했다. 내가 문을 열고 들어가기가 무섭게 웃음소리가 뚝 멈췄다. 안녕, 하고 어색하게 인사하고선 잽싸게 손을 씻었다. 후다닥 화장실을 빠져나오며 손바닥에 남은 물을 이마에 비볐다. 내가 없는 화장실에선 다시 수다 떠는 소리가 새어나왔다.

오십 문제 풀고, 틀린 문제 다시 풀고 오답 노트까지 하고 나자 학원 문을 닫을 시간이 임박해 있었다. 눈이 침침하고 허리가 뻐근했다. 엘리베이터를 기다리는 동안 어깨를 주물럭댔다. 담배 냄새를 풍기며 화장실에서 나오던 선생님이 날 지나치며 한마디 툭 뱉어 냈다.

"그러니까 일찍 가고 싶으면 잘하라고, 새끼야."

딱히 고생했다거나 그런 말을 바란 건 아니었다.

끈적한 바람이 부는 늦은 봄의 밤은 환하지도 어둡지도 않았다. 어중간한 남색 하늘에 떠다니는 별보다도 가로등이 훨씬 더 밝았다. 불빛에 새까맣게 모인 벌레들을 보고 질색하며 걸음을 재촉했다. 차도엔 학원 버스가 가득이었다. 양계장마냥 좌석마다 아이들을 태운 버스는 미스코리아 띠 달듯이 옆구리에 현수막을 하나씩 달고 제 자랑하기에 바빴다. 입시 명문 어디 학원, 서울대에 간 학생 왈, 체계적인 공부, 성실한 교사, 좋은 환경에 또……. 괜히 착잡해졌다. 초등학교 땐 공부를 따로 하지 않아도 그럭저럭 성적이 나왔는데. 엄마 손 부여잡고 밤 산책을 하며 학원 버스에 줄줄이 올라타는 고등학생들을 신기하게 바라봤었다.

저 오빠들은 어디로 가?

공부하러 가지.

왜?

어려우니까.

불쌍하다.

어쩔 수 없지 뭐 좋은 대학 가려면.

나는 저렇게 안 살 거야, 하고 다짐했다. 하루의 반을 교실에 갇혀 보내면서 자정이 넘어서까지 공부를 한다는 건 듣기만 해도 끔찍했다. 주머니에서 핸드폰을 꺼내 시계를 보았다. 10시가 넘어 있었다. 커다란 액정 화면에 D - 22란 글자가 동동 떠내려갔다. 시험이 삼 주밖에 안 남았는데 이 시간에 귀가하는 게 뭐 대수라고. 찔끔 눈물이 났다.

"네 행복, 저금해 볼래?"

고개 숙인 쓸쓸한 그림자에 누군가의 발이 부딪혀 왔다. 눈을 들었다.

"누구세요?"

반문하면서도 누구일지는 짐작이 갔다. 아침에 기사에서 봤던 그 사람일 것이다. 행복을 저축해 주는 사람이지, 하고 천연덕스럽게 대답하는 사람은 여러 증언과는 달리 나와 비슷한 또래로 보

였다. 눈썹 밑으로 늘어뜨린 앞머리와 검은색 뿔테 안경은 하루에
도 몇 번은 마주칠 법한 평범한 여중생 차림이었다. 하지만 틀림
없이 B였다.

"이거 사람들이 막 사기라던데."

자못 의심스럽게 묻자 B는 천진하게 웃었다.

"아니야, 이건 합법적인 계약에 따라 정기 적금 형식으로 8퍼
센트나 되는 높은 연금리에……."

"구라."

"진짜. 네가 나한테 행복을 주면 미래에 너는 배로 즐겁게 사는
거야. 믿어서 나쁠 건 없는 거 아니니?"

묘하게 설득력 있는 눈이 보통 사기꾼이 아닌가 보다.

"빌 게이츠만큼도 가능해?"

"그럼. 네가 지금만 한다면 네가 정한 기준인 만큼의 정신적인
충만감을 가지게 될 거야."

어쨌거나 믿어서 손해 볼 건 없는 장사였다. 반쯤은 장난으로 B
와 새끼손가락을 걸었다. 귀 뒤에 꽂고 있던 볼펜을 뽑은 B는 뒷
주머니에 들어 있던 지저분한 종이를 내밀며 사인을 요구했다.

"나는 이 년 후까지 너를 빌 게이츠만큼의 행복을 갖게 해 줄
거야. 그 대가로 넌 내가 다달이 찾아올 때마다 행복을 맡기면 되
고. 네 쪽에서 먼저 계약을 파기하면 그때까지 지불한 행복은 돌
려받지 못해. 오케이?"

"내가 줄 수 있는 행복이 없게 되면?"

"그런 경우는 거의 없었어. 만약에 그 상황이 오더라도 그건 피
계약자의 잘못이 아니니까 걱정하지 마."

볼펜을 달칵대며, 꼬깃한 종이와 만면에 웃음을 띤 B의 얼굴을

번갈아 바라보았다. 분명 우스운 상황인데도 대화는 진지했다.

"미안한데 안 할래."

재밌었어, 라는 말은 속에 남겨 두고 집으로 발걸음을 옮겼다. B는 전혀 실망한 기색 없이 총총히 멀어져 갔다. 길게 늘어진 그림자가 혼자 남겨질세라 날 쫓아왔다.

학교에서 학원으로, 학원에서 집으로 돌며 밤거리를 걷게 되는 날이나 유난히 내 뒤에서 들리는 웃음소리가 클 땐 여중생의 모습을 한 B가 가끔 생각났지만, 그냥 이대로도 나쁘진 않다고 생각했다. 좋지도 나쁘지도 않게, 이럭저럭 살아가는 것에 익숙해지는 것을 배우기로 했다. 인터넷 게시판에 올라오는 목격담도 점점 뜸해졌다.

사소한 말다툼으로 시작된 싸움 때문에 초등학생도 아니고, 유치하게 절교 선언을 하게 되었다. 급식실이나 화장실에서 문득 돌아보면 여자애들 한 무리가 수군대고 있었다.

중간고사를 봤다. 점수가 조금 떨어졌다. 엄마는 다음에 잘 봐야겠네, 하고 위로하듯 부담을 줬다.

"다른 애들은 이 점수 받으려고 얼마나 울고불고하는데 이 정도로 뭘."

"네가 그런 애들이랑 놀아서 그렇지, 외고나 과고 준비하는 애들 시험 점수가 얼마나 나오는지 알아?"

"몰라도 사니까 나 좀 내버려 둬."

한동안 엄마와의 대화는 그런 식이었다. 조금은 덜 행복했다. 행복 계약을 맺었으면 지금은 덜 행복하더라도 이 년 후엔 빌 게이츠만큼 행복할 텐데. 이 이상으로 암울해지기도 어려울 것 같았다.

그 생각이 든 순간 B가 홀연히 나타났다. 집이었는지, 학교였는지, 같은 밤거리였는지. 후다닥 계약서를 두 장 써서 나와 한 장씩 나눠 가진 B는 다시 사라졌다. 어쩐지 조금 더 불행해진 느낌이 들었다.

"첫 달 물건."

초인종이 울려 문을 열자 B가 현관에 서 있었다. 가족들이 아무도 없는 시간을 어떻게 귀신같이 알았는지 절대 모를 일이었다.

"어떻게 주면 되는데?"

"간단해. 이번 달에 행복했다고 생각하는 일들을 읊어 봐."

B는 녹음기를 꺼내 내 앞에 내려놓았다. 나는 눈을 감고 이번 달을 되감았다.

"음…… 지난주에 공휴일이 있어서 학교에 안 갔어. 오랜만에 늦잠을 자다가 창문으로 쫙 들어오는 햇빛에 깼는데 되게 상쾌하고 좋았어. 이렇게 하면 돼?"

"응, 계속 얘기해 봐."

"지난번에 아빠랑 엄마랑 언니랑 외식 갔는데……."

이상한 일이었다. 보통 친구들과 얘기할 땐 소소한 이야길 할수록 흥이 났는데 B에게 이야길 하면 진이 빠져나가는 것이었다. B가 그만해도 좋다고 말할 때까지 구구절절 이야기하고 나자 온몸이 노곤했다. 욕조에 물을 받아 뜨거운 물에 몸을 담그며 다음 달엔 이걸 이야기해야지, 하고 생각했다.

내가 하고 있는 행복 정기 적금에 대해선 아무도 몰랐다. 첫 달은 생각보다 아무렇지 않았다. 그저 반복되는 일과에 조금 무뎌진 것 같았다. 아침에 일어나면 눈 뜨고 학교에 갔다가, 점심시간엔 혼자 급식을 먹고 수업이 파한 뒤엔 학원에서 시간을 보내다 삼각 김밥 따위로 저녁을 때우고 밤늦게 집으로 오는 게 다였다. 또다시 시험을 앞두고 학원에선 10시가 다 되도록 학생들을 놔 주지 않았다.

식판에 시선을 고정하고 국을 떠먹었다. 금방 화해할 것 같았던 3년 지기 친구는 다른 무리에 끼어 다녔다. 새 친구와 귓속말을 하며 깔깔 웃다 나와 눈이 마주치자 표정을 싹 굳혔다. 내 곁에 앉아 있던 아이가 궁금하게 쳐다보자 친절하게 미소 지었다.

"너 얘기한 거 아니고 네 옆에 있는 애 얘기 한 거야."

입맛이 뚝 떨어졌다. 치마 주머니엔 동전이 몇 개 들어 있었다. 매점에서 사 먹어도 괜찮을 것 같았다.

우리 반 애들은 나와의 접촉을 기피하기 시작했다. 몸이 조금 닿기라도 하면 알고 있는 모든 욕설을 주워섬기며 주변에 있는 제 친구들에게 접촉 부위를 비벼 댔다. 그럼 남자애들은 더러운 게 묻었다는 시늉을 하고, 여자애들은 비명을 질렀다.

엄마와 다투는 횟수도 잦아졌다. 엄마는 학교 일에 대해 꼬치꼬치 캐물었고 나는 적당히 얼버무려 대답했다.

"요즘엔 민서랑 안 놀아?"

"걔 요즘에 바쁘대."

나 괴롭히느라 바빠. 엄마가 알기나 해? 걔가 날 얼마나 힘들게 하는지.

집안일과 과외 수업을 병행하는 엄마는 잔병치레를 자주 하고 앉기만 하면 꾸벅꾸벅 한 마리 닭처럼 졸았다. 항상 피곤에 찌든 얼굴인 엄마에게 또 다른 걱정거리를 심어 주기 싫어서 말하지 못했다. 가끔은 아무 말 않는 게 도움일 때가 있다.

"저번 주 급식에 내가 좋아하는 음식들만 나와서 좋았어. 육개장이랑 햄 넣은 계란말이랑."

"몇 개만 더."

"또? 오늘은 여기까지 하면 안 돼?"

한참을 이야기한 것 같은데도 B는 그만해도 되겠다는 소릴 하지 않았다.

"계약 파기 약관인 거 알지?"

쾌활한 목소리가 냉정하게 들렸다.

"알았어. 지금이 7월이라서 좋아. 좀 있음 여름 방학이니까. 또……."

이야깃거리가 동났다. B에게 해 줄 말이 없으면 자동으로 계약이 파기되기 때문에 난 좋은 일과 맞닥뜨리기 위해 기를 썼다. 한번 했던 이야기는 지난번만큼의 행복감을 주지 못하기 때문에 매번 새로운 이야기를 찾아야 했다. 아침이면 또 똑같은 하루가 덮쳐 오는 게 피곤했다.

반대로 B는 만날 때마다 점점 생기 있고 어려지는 것 같았다. 내가 기억하는 행복했던 순간들을 갉아먹은 만큼 되돌아가기라도 하는 것처럼. B는 항상 내 주변을 맴돌고 있었다. 아침을 거르고 허둥대며 엘리베이터에 오를 때나, 누군가 내 사물함에 쑤셔 넣은 온갖 쓰레기들을 버리러 갈 때, 헐레벌떡 학원 숙제를 할 때, 곁에서 가만히 말했다. 뭐 해? 어디 가? 나는 착실하게 집, 학교, 학원 숙제 중, 이라고 대답하면서도 속으론 B의 질문을 여러 번 곱씹었다. 난 여기서 뭘 하고 있나. 나는 어디로 가고 있을까.

땡, 하는 소리와 엘리베이터가 15층에서 멈췄다. 우리 집 앞에 B가 커다란 서류 가방을 들고 서 있었다. 딱딱하게 각이 진 가방엔 은박 글씨가 입혀 있었다.

행복을 저축해 드립니다
잠깐의 불행 더 큰 행복

"B, 나 이젠 얘기할 게 없어."
계약 파기 조항인데, 상관없어? 라고 묻는 대신 B는 가방을 열었다.
"내부분의 계약자가 가장 힘들어하는 기간이야. 과도기라고 볼 수 있지."
가방엔 크고 작은 투명한 병들이 수십 개는 들어 있었다. B는 내 이름이 달린 노란색 딱지가 붙은 큼직한 병을 꺼내고 가방 뚜껑을 덮었다. 주둥이 가까이 굵은 눈금이 딱 하나 있는 병엔 하얀 알약이 조금 들어 있었다. B는 내 눈앞에 대고 병을 흔들었다. 알약끼리 부딪히는 소리가 웃음소리처럼 들렸다.
"지금까지 네가 모은 거야. 목표치까지 정확히 6426만 2489배만 더 모으면 되는데."
계약을 깨는 한이 있어도 더는 행복을 내주진 말자고 단단히 마음먹었는데도 결심이 흔들렸다. 아주 조금만 더 고생하면 저 전부에 이자까지 쳐서 되돌려받는 건데. 그럼 나는 세상 제일가는 부자 빌 게이츠보다도 행복해질 수 있을 텐데. 넉 달치 행복을 날려 버리고 다시 예전처럼 되려면 얼마만큼의 시간이 더 필요할까. B가 줄 이자의 도움 없이 내 힘만으로 엉클어진 관계들을 다시 풀어 나갈 수 있으려나. 더 불행해지는 건 아닐까.

"유진아, 빌 게이츠가 과연 얼마나 행복할 것 같아?"

갑작스러운 질문에 어리벙벙하면서도 곧바로 넉 달 동안 내가 행복했던 거 일곱 배 정도, 라고 대답했다.

"그럼 지금 네 행복감을 수치화해 봐."

이번엔 곧장 답을 줄 수 없었다.

"아주 작은 숫자에 칠 곱한다고 훅 불어날까?"

"아니……."

"빵 곱하기 일곱, 얼마야? 0이야, 0. 네가 지금 행복하지 않으면 넌 절대 행복해질 수 없어. 엄청난 이자 없인 절대로 더 나아지지 않아."

B는 몸을 돌려 난간 너머 수많은 창문에 시선을 고정했다.

"저 아파트 사는 모든 사람이 지금 이 순간 느끼는 행복감이 얼마나 될까?"

유리 너머를 천천히 들여다보았다. 책에 얼굴을 묻고 공부하는 고등학생들, 바쁘게 컴퓨터를 두드리는 어른들과 자꾸만 보채는 아기 달래기에 여념 없는 아줌마, 하염없이 TV만 보는 노인, 소파에서 새우잠을 자는 사람들.

B는 다시 가방을 열어 내 것보다 작은 병을 꺼냈다. '박경숙-63'이라고 적힌 라벨이 붙은 병엔 눈금에 닿을락 말락 할 정도로 알약이 들어 있었다. B는 건너 아파트 어느 집을 가리켰다.

"저 할머니 거야. 기준인은 젊은 날의 당신, 기한 반년. 노인 복지 차원에서 특별히 이자도 빵빵하게 했어."

푸르스름한 텔레비전 불빛이 새어 나오는 방 안은 으스스해 보였다. B는 병뚜껑을 열고 알약을 바닥에 홀홀 털어냈다.

"그런데 저번 주에 계약을 파기했어. 요만큼밖에 안 남았는데."

차가운 복도에 흩어진 알약들이 B의 발에 짓이겨졌다.

"너만큼 모아다 준 고객은 몇 없었는데. 내일까지 잘 생각해 봐."

여중생이라기보다 초등학생에 가까워진 B가 휙 사라졌다. 마른침을 삼키며 현관문을 잡아당겼다. 발밑에서 알약 조각이 한숨처럼 파삭, 부스러졌다.

이불을 정수리까지 끌어다 덮고 베개를 감싸 안았다. 바닥에 조금 남은 행복이나마 그러모아 B에게 준들 한 달치 양이 되기엔 턱없이 부족했다. 괜히 애꿎은 이불만 비틀어 짜며 책상에 앉아 핸드폰에 열중하는 언니를 쳐다봤다.

"언니."

목소리를 높여 불렀는데도 이어폰 소리가 얼마나 큰지 언니는 들은 척하지 않았다.

"난 요즘에 되게 열심히 산다? 근데 별로 행복한 것 같진 않아."

누군가 들어주길 바라고 말했는지, 아무도 듣지 못할 테니 말해 보았는지 나도 알 수가 없었다.

"미래를 위해 지금을 포기하는 게 나은 걸까?"

허공에 중얼중얼 말을 하다 어느 순간 잠이 들었다. 낯익은 얼굴의 남자가 종이를 갈기갈기 찢는 꿈을 꾸었다. 잘게 찢긴 흰 종이는 알약으로 변해 사방을 날아다녔다. 나는 민들레 홀씨처럼 공중에서 선회하는 약들을 정신없이 모았다. 갑자기 나타난 B가 알약을 집어 부서뜨렸다. 하나가 터지자 팝콘처럼 나머지도 따라서 산산이 조각났다. 내 몫의 행복도 있었다. 알약 하나가 터질 때마다 내가 이야기한 순간들이 나타났다 사라졌다. B가 입을 벌리더니 그 모든 것을 삼켜 버렸다. 손바닥 가득 약 조각을 모아 그러쥔 나까지도. B의 뱃속엔 서류 가방이 들어 있었다. 가방이 저 혼자 벌컥 열렸다. 익숙한 이름의 유리병들이 보였다. 가족들의 이름과 이민서, 박경숙, 김유진. 허겁지겁 내 병을 꺼냈다. 뚜껑을 가지고 씨름하는데 병이 모래시계로 바뀌었다. 흰 가루는 아래로 떨어지는 대신 공기 방울같이 위로 솟아올라 종래엔 펑펑 터져 사라져 버렸다.

다음 날은 쭉 혼자였다. 아침에 일어나면 옆에서 책을 보곤 하던 B가 없으니 왠지 허전했다. 느릿느릿 밥을 먹고 교복을 입어도 B는 나타나지 않았다. 밤이나 돼야 아무도 모르게 쓱 얼굴을 드러낼 모양이었다. 내내 고민했지만, 아침까지도 결정을 못 내리고 있었다. 버티는 것과 혼자서 행복해지는 것 사이에서. 말없이 집을 나서려는데 엄마가 딸, 하고 불러 세웠다.

"공부 열심히 해."

말없이 고개만 끄덕였다.

"야! 우산 가져가!"

엘리베이터 닫힘 버튼을 누르려는데 언니가 뛰어나와 삼단 우산을 던졌다. 오래전 입속에 가둬 둔 말이 톡 튀쳐나왔다.

"고마워, 언니."

언니는 배시시 웃으며 내 머리를 쓰다듬기는커녕, 고만 덜렁대

이년아, 하고 감동을 깨뜨렸다. 물기 없는 손으로 마른세수를 하며 집으로 들어가는 언니의 뒷모습을 보며 몰래 씩 웃었다. 골목 어귀 슈퍼 아저씨가 부산스럽게 셔터를 올리고 있었다. 그 옆 빵집은 언제 일을 시작했는지 벌써 아침 공기에 빵 냄새가 퍼졌다. 신호등과 함께 걸린 네온사인 판에서 오늘 날씨가 지하철처럼 흘러갔다. 서울, 오후 내내 흐리고 비. 도대체 왜 비가 온다는 건지 모를 정도로 하늘은 파랬다. 저 멀리 비를 품고 뒤뚱뒤뚱 걸어오는 흰 구름은 오후까지는 도착하지 못할 것 같았다.

B에게 주고 싶지 않은 순간이었다.

슬픈 유산

서현중학교 3
송승준

묵직한 쇳덩이에 호리호리한 가락이 들어가자 철컥 쇳덩이가 열렸다. 문을 열자 상자가 드러났다. 직원이 상자를 빼 든다. 그리고 그 상자를 넘기면서 중얼거렸다.

"이여. 묵직합니다."

나는 그저 싱긋 웃어 주며 상자를 든 채로 목례를 한다. 평소 내 몸에 나름 자부심이 있었다. 마흔일곱에 이 정도 뱃살에 이 정도 팔 근육이면 나쁘지 않다고 나는 생각해 왔다. 그런데 나이는 못 속이는 거였다. 이까짓 돈 상자를 들었다고 팔이 아프다니. 열 걸음도 안 걸었는데. 허리를 살짝 뒤로 젖혀 배에 무게를 싣는다. 그러고는 주차장으로 가는 문까지 걸어갔다. 허리가 아파 왔다. 허리라기보단 척추가 뻐근했다. 척추는 그 집안의 기둥이라고 하시던 아버지 목소리가 들리는 것 같았다. 헛웃음이 난다. 계속 웃음이 난다. 다리에 힘이 풀린다. 펄썩 주저앉았다. 바닥이 대리석인지 좀 차다. 계속해서 웃는다. 웃음소리가 변해 간다. '하하하'에서 '아아아'로, '아아아'가 '꺼꺼꺼'로. 피가 광대로 쏠리는 느낌이 왔다. 눈에는 적지 않은 양의 물기가 찬다. 눈물은 그러나 흐르지는 않는다. 눈을 위로 쳐든다. 환한 전등에 눈을 한 번 깜빡한다. 눈꼬리로 물이 한 뭉텅이 흐른다. 양쪽 다. 물이 흐르고 붕 떠있는 구레나룻 밑을 적신다. 팔을 뒤로 뺀다. 목을 제낀다. 물이 귓불 밑으로 흐른다. 접힌 내 목주름에 물이 이슬마냥 맺힌다. 피부로 그 이슬을 느낀다. 물은 떨어지지 않는다. 왼손을 목으로 가져간다. 손바닥으로 물을 닦는다. 반대쪽은 손을 목 뒤로 해 손끝으로 꽉 잡는다. 바깥공기에 들숨이 차다. 산소가 세포로 전해지는 걸 느낀다. 숨을 뱉는다. 내 다리 위에 올려진 상자가 보인다. 돈 상자, 상자를 엎는다. 날아가 옆에 쓰러진 상자. 쏟아진 봉투들. 하나같이 한자로 쓰인 이름들. 누군가의 시선이 느껴진다. 손을 뻗어 상자를 집는다. 반 정도는 아직 안에 남아 있다. 주섬주섬 봉투를 집어 상자에 쑤셔 넣는다. 다시 일어선다. 상자를 들고 차로 간다. 트렁크를 열고 상자를 집어넣는다. 아까 넣은 상자와 지금 넣은 상자, 두 상자가 가만히 나란하다.

두 분이 돌아가셨다. 아버지는 어제, 어머니는 오늘. 아버지는 폐암으로 돌아가셨다. 담배를 그렇게 줄로 피워 대면서도 늘 "난 멀쩡하다." 하시던 분이셨다. 어머니는 심장마비로. 아버지가 가신 그 침대에서 주무시다가 그렇게 가셨다. 죽은 시신 보는 게 일상이 된 아들이 어머니의 스트레스를 이해 못했다.

'내가 나쁜 놈이지. 돈 없는 가난한 경찰공무원 아들이 예식장을 너무 초라한 데 잡아서 화나신 모양인지 생전에 나에게 보여 주신 적 없는 인맥을 풀어서 나를 힘들게 하시지 않나, 부담스런 부조금을 들먹거리며 더 큰 칸으로 바꾸라 재촉을 하질 않나.'

중얼거리며 생각해 보니 다녀간 조문객으로 참 별난 사람 많이 보았다. 찾고 찾아도 보이지 않던 검은 양복 맞춰 입은 조폭들이 와서 아버지 영정 사진을 보고 울음을 터뜨렸다. 조직 서열 1, 2위를 다툴 것 같은 조폭 내에서도 나이가 지긋한 사람들이었다. 어디서 본 듯한 분과 악수를 하기에 자세히 보니 국회의원 금배지가 번쩍였다. 유명한 트로트 가수가 형님, 형님 하며 통곡을 했다. 제일 신기한 사람은 아버지가 보낸 사람이었다. 전라도 사투리를 구사했다. 자기가 아버지 옆집 사는 사람이라고 하셨다. 그렇게 자기소개를 하시더니만 아버지가 자기에게 배를 맡기셨다고 믿기에 다소 무리가 있는 말씀을 걸걸하게 하셨다. 먹는 배 말고 타는 배. 아버지가 하늘로 가면 그 배를 나에게 주라고 부탁하셨다고 한다. 아니 그냥 소유권을 넘기라는 부탁이 아니라 이 배를 운전하는 법을 가르쳐 주고 바다 한가운데까지 같이 가 주라고 했다는 것이다. 나한텐 조정 면허가 있다. 벌써 이십 년쯤 된 해경에 대한 로망이 있던 그 시절에 도움이 될까 하고 따 놓은 자격증이다. 면허가 있다곤 하지만 배를 운전한 적은 한두 번이 고작이다. 지금은 그 방법도 기억나지 않는다. 아무튼 그 사람은 자기 말만 쏟아 붓고 가 버렸다. 부조금도 내지 않았다. 시골 사람의 정보단 무뚝뚝한 남자다움이 더 많은 동네 할아버지 같은 사람이었다. 아버지가 왜 나에게 배를 남겼을까? 아버진 어부가 아니다. 담배 한 갑과 낚싯대만 들고 친구 따라 낚시 간다 하시며 가셨다가 저녁즈음에 물고기 한두 마리 잡아 오시곤 했다. 가끔은 하루 걸러 외박을 하기도 하셨다. 그때마다 어머니는 말도 안 하고 어딜 다니느냐고 잔소리를 하셨지만 말이다. 아버지는 가난하진 않으셨지만 부자도 아니셨다. 그런 분이 배라니. 어디 나 모르게 숨겨 둔 돈이 많았나 보다. 용돈 보내 드리려 해도 공무원이 무슨 돈이 있느냐며 손사래를 치셨다. 생각을 다시 해 보니 이 상자의 돈들이 이해가 가는 것 같기도 하다. 트렁크 문을 닫는다. 붉은 빛이 번쩍거렸다. 눈이 아프다. 차 키로 문을 잠그고는 다시 장례식장으로 향한다.

"전방 500미터 앞에서 우회전입니다."

내 아내의 목소리보다 한끝 높은 음색의 젊은 여자 목소리가 날 인도한다. 내비게이션 밑부분을 보니 남은 거리 5킬로미터. 앞 신호등엔 우회전 초록불이 켜져 있다. 신호등 위에 달려 있는 이정표에는 '까막바위 7km'라고 적혀 있다. 까막바위는 사람들이 우리 고장의 명산물이라고 대놓고 말할 수 있는 것이었다. 대단한 것이라기보단 그냥 큰 잿빛 바위다. 어느 각도에서 보면 사람 얼굴처럼 보이는 바위다. 다른 특이점이 있다면 남대문에서 정동향에 있다는 것이다. 그것 말고는 이렇다 하게 내세울 특징도 없는 바위다. 가끔 이 바위를 보러 서울에서 오는 사람을 보았지만 난 아직도 그 이유를 알 수가 없다. 원래의 남대문은 불타 없어졌는데 말이다. 우회전을 한다. 그러자 바다가 보인다. 음침하게 어두운 색의 바다. 사람들이 말하는 명산물이 아닌 내가 생각하는 우리 동네, 묵호의 명산물은 스산한 바다 냄새이다. 짜지만 기분 나쁘진 않다. 이곳에 살 때에는 알지 못했지만 서울에서 가끔 그리워지는 냄새다. 모래사장에 앉아 다리로 까끌까끌한 모래 알갱이를 느끼며 선선히 불어오는 바닷바람을 맞아 본다면 이 묵직하지만 화한 냄새가 머리에 각인되곤 했다. 창문을 내린다. 옅은 바다 냄새다.

분명 이 바람은 차지만 내 몸은 노곤해진다. 새우잠을 자다 일어나 등허리를 펴는 느낌. 하품이 나온다. 입속으로 들어오는 바람. 눈에서 눈물이 날아간다. 하품을 했을 때 눈에 눈물이 고이는 건 언제나 드는 의문이다. 정신이 살아나는 기분. 고향에 왔다.

차에서 내린다. 번쩍거리는 두 횟집 사이를 비집고 들어선 허름한 슈퍼마켓이 꽤 넓다. 가게 안에 집이 있는 구조다. 문은 열려 있다. 허름한 가게 안의 허름한 가구, 진열대, 계산대. 문이 열려 있는데도 누가 빈집 털이 한 흔적은 없다. 더 안으로 들어간다. 가게 분위기와는 사뭇 다른 넓데데하지만 얄팍한, 좋아 보이는 텔레비전이 눈에 들어온다. 그 앞에 푹신한 연노란색 소파. 안방으로 간다. 침대다. 새하얗디 새하얀. 호텔에나 있을 법한 침대. 이불은 조금 흐트러져 있다. 옆에는 옷장과 선반, 그리고 작은 텔레비전. 이 텔레비전은 거실의 것보다 허름하다. 선반. 선반 위에 흰 봉투가 있다. 무슨 여권 같은 것에 끼여 있어서 집어 들어 보니 통장이다. 봉투를 빼고 통장을 연다. 깨알 같은 거래 내역, 맨 밑에 많이 큰 숫자가 적혀 있다. 2, 3, 6, 5, 7, 3, 3, 2, 9, 0. 손가락을 꼽으며 수를 샌다.

"일십백천만십만백만천만억……"

이십삼 억, 그러고도 육천이 좀 넘는다. 내가 지금껏 살면서 번 돈보다 액수가 엄청 많다. 봉투를 본다. 봉투에는 1이라 적혀 있다. 봉투를 살짝 열어 안을 보니 웬 한지가 들어 있다. 끄집어낸다. 보통 종이와 달리 결결이 살아 있는 한지라 보드랍다. 짤막한 글이 보였다. 아버지의 글씨체이다.

아들아.

네가 편지를 읽을 때에 나는 숨을 쉬지 않고 있을 것이라는 걸 나는 알고 있다.

또한 너는 이 글보다 통장 잔고를 먼저 보았겠지.

그 금액을 보고 머릿속으로 사고 싶은 새집, 차, 뭐 그런 것을 그렸을 것이라 생각한다.

사람이라면 당연히 그러하겠지.

아들아. 유산이다. 자식이 너밖에 없으니 유산 갖고 싸울 일은 없을 것이다.

참, 너는 내 배에 대해 지금 궁금할 것이다.

수족관 맨 위 칸이 비어 있는 우리 집 옆집에 가라.

그 횟집 이름이 생각나질 않는구나.

아마 너와 안면이 있는 사람이 그곳에 앉아 있을 것이다.

그 사람한테 배로 그곳에 가자 하면 싫은 표정으로 태워 줄 것이다.

그곳에서 보자. 거기 또 편지가 있을 것이다.

순서대로 읽어 보아라!

아버지의 사인이 보인다. 유산이라니. 난 유산 따위는 한 번도 원해 본 적 없다. 아니 아버지에게 돈을 부치지 않는 것만으로도 고맙게 생각하고 있었을 뿐이다. 이십삼 억. 이자로도 다 먹고 사셨구나. 이 돈으로 집을 산다고 해도 문제없을 것이며 차를 새로 뽑을 수도 있다. 아내 가방도 하나 해 줘야겠고 아들 녀석이 사고 싶어 하던 옷도 사 줄 수 있을 것이다. 잘빠진 양복도 한 벌. 아, 내가 무슨 생각을 하고 있는가. 아버지가 돌아가셨는데 유산에 기뻐 죽는 아들이라. 아직 슬픔에 젖어 있어야 하지 않는가? 혼란스럽다. 이런 목돈이 생긴 건 처음이다. 누가 유산을 받는다면 기뻐해야 하는가. 슬퍼해야 하지 않는가? 아니 유산을 받았을 때 더 슬퍼져야 하지 않는가. 제길, 지금 내가 느껴야 할 기분에 의문이 든다. 기뻐할 가족들의 모습. 기분이 좋은 것도 당연함에 틀림없다. 가게를 나온다. 양쪽의 횟집. 수족관을 살핀다. 왼쪽엔 물고기가 서너 마리. 오른쪽엔 비어 있다. 오른쪽으로 향한다. 간판에 쓰여 있는 음식점 이름은 돌막횟집. 두고두고 생각한다고 해도 쉬이 기억이 안 날 만한 이름이다. 안으로 들어간다. 물기 있는 바닥. 신발이 대여섯 켤레. 5시면 저녁 먹기엔 조금은 이른 시각.

세 명의 할아버지와 두 명의 할머니가 앉아 계신다. 초록색 담요 위에 꽃이 피어 있다. 짝짝 울리는 손맛을 바라본다. 나와 맞은편에 앉아 있던 할머니가 나에게 말한다.

"거 뉘신기레요?"

화투를 치던 사람이 모두 날 쳐다본다. 그때 보았던 그 옆집 아저씨라는 분도 여기 계셨다.

"니 배 타러 온 아 맞제? 그제?"

그 옆집 아저씨가 말하셨다.

"예. 맞는데요."

"이 아가 송형 아 아닙니까."

그때 그렇게 무뚝뚝하시던 분이 마약을 발견한 탐지견마냥 팔딱거리신다. 옆에 있던 다른 할아버지가 말한다.

"아이고, 참말로 빼다 박은 거시여!" 옆에 계신 분들도 그려 그려, 하시면서 고개를 끄덕인다. 그러고서는 아버지 칭찬을 한다. 인덕이 어떻고 배려를 어쩜 그렇게. 칭찬 세례에 나까지 대단한

396

사람이 돼 버렸다. 그러다 옆집 아저씨가 말한다.

"거 밥은 묵었나? 그까지 갈라므는 근근히 먹고 가야 하지, 안 긋나?"그러고선 옆에 계신 할머니에게 매운탕을 끓여 오라고 했다. 부부인 듯싶다. 할머니가 조금은 삐친 표정으로 주방으로 향한다. 할아버지가 화투판에 나를 앉힌다. 안 친다, 안 친다고 해도 막무가내로 패를 돌리신다. 화투 패를 손에 쥔다. 매끈한 앞면과 일정한 무늬로 착 쥐어지는 뒷면. 처음 화투를 배운 건 초등학교 4학년 무렵 할머니로부터이다. 할머니 돌아가시고는 매해 부모님과 쳤다. 섞기가 힘들어서 아버지처럼 손이 컸으면 했던 기억. 화투를 친다. 살살 치려고 했는데 이미 나는 어르신들의 패를 추론하고 있다.

"총각! 났어!"

아버지의 말씀이 생각난다. 이길 수 있을 때 크게 이기고 져야 할 때 작게 져라.

"고!"

어르신들이 동요한다. 차례가 두 번 더 돈다.

"저. 여기서 스톱하겠습니다."

여기저기서 터지는 감탄사. 한 할머니가 말한다.

"화투 치는 꼬라지도 송 영감이랑 판박인기라!"

옆 할아버지가 맞장구를 친다. 그렇게 화투를 치고 있은 지 한 이삼십 분. 할머니가 펄펄 끓는 매운탕을 들고 오신다.

"언능 먹어 부리고 가야 한다혀. 화투판 저리 치우라!"

마침 판이 끝났다. 잘 먹겠단 인사를 하고 국자를 든다. 펄펄 끓는 연기에 생선 냄새가 배어 있다. 국자로 퍼 담는데 머리 쪽이 나

온다. 초점 없는 눈동자는 통통하다. 흑청색의 비늘. 수저를 집어
든다. 슬쩍 떠서 입으로 가져간다. 미나리인가? 화한 향이 은은히
퍼진다. 뜨겁다. 그런데 시원하다. 마치 어린 시절 눈 위에 소변
보았을 때 그 눈이 녹듯 인사만 수백 번 해서 쌓인 허리 피로가
녹는다. 어제까지 장례식장 단골 메뉴인 갈비탕을 계속 먹어서인
지 바다의 맛이 살갑게 느껴진다.

"진짜 맛있는걸요?"

"아이 그럼 내가 가게 연 지가 언 삼십 년인데 매운탕 하나 잘
못 끓일 것 같냐?"

매운탕을 끓여 오셨던 할머니가 호탕하게 웃으며 말하신다. 아.
역시 가게 주인이셨구나. 매운탕을 먹는다. 옆 어르신들도 어디서
그릇 하나씩 가져 오시더니만 덜어 먹기 시작하신다. 여러 명이
먹으니 금세 매운탕이 바닥나 버렸다. 얕은 국물 위에 앙상히 남
은 물고기 잔해가 보인다.

"니 다 묵은 기가? 옆집 할아버지가 묻는다.

"아 예. 이 진짜 너무 맛있는걸요."

"너무 그르지 마라. 마누라 거만해진다."

흡족해 하시면서도 약간은 굳은 표정. 다시 말을 이으신다.

"내 화장실 당기올 테니까 너는 저기 저 불그스름한 배 앞까지
가 있으라."

말을 마치지 않고 화장실로 달리신다. 다리를 오므리고 뛰는
걸 보니 큰 게 아니라 작은 것 같다. 일어나려 하자 할머니께서 날
잡는다.

"저 양반 또 찔끔 싸고 올 낀데 더 기다리다 가시라."

어째 느낌이 한 소녀가 소년에게 가지 말라 하는 것 같다. 그냥

나가 있겠다 하니 아쉬워하는 눈치. 촌에선 청년이 궁한가 보다. 신발을 신고 축축한 바닥을 밟고 나오니 이미 조금 어둑어둑하다. 바다가 보인다. 아까보단 척척한 느낌. 숨을 깊게 들이쉰다. 벌써 적응이 되었는지 그 퀼퀼한 소금기가 크게 느껴지지 않는다. 멍하니 바다를 훑는다. 저만치 보이는 벌건 색 배. 천천히 가면 오 분 남짓 걸릴 만한 거리. 걸어가기 시작한다. 까슬까슬한 바닥인지라 달그락대는 소리가 난다. 폭신하지가 않다. 모래를 밟고 싶다. 대개 바다를 생각하면 모래사장에 푸르디푸른 바다를 생각하는 사람이 많은데 그런 바다는 우리나라에선 보기 힘들다. 모래는 간간히 있다지만 영롱한 바다는 거의 없다고 말해야 한다. 수영장이니 워터파크니 하는 곳들은 다 서양의 바다가 모티프다. 뭐 수영장 물빛이 어두우면 들어가기 싫을 수도 있겠다. 수영장. 수영장 간 지도 꽤 오래되었다. 아들 녀석이 중학교 입학하곤 가 본 적이 없는 것 같다. 아들은 친구 따라 몇 번 더 갔겠지. 아. 가족 여행이나 가야겠다. 목돈도 생겼겠다, 뭔가 일상생활에 해 왔던 금욕을 다 깨 버려야 할 느낌. 돈이 사람을 바꿀 수 있구나. 배가 밧줄에 묶여 있다. 배가 동동동 움직임에 맞춰서 밧줄도 설렁설렁 움직인다. 배가 그렇게 크진 않다.「내 고향 6시」 보면 나오는 약간 구형의 고깃배다. 살짝 뛰면 탈 수 있는 높이. 허리쯤 되는 높이라. 왼발을 덜컥 올렸다. 사타구니가 저리다. 왼다리에 힘을 주고 슬쩍 뛰어 본다. 버거운 듯 보였다. 다리를 내리고 배를 바라본다. 아버지의 배. 주위를 둘러보아도 계단은 고사하고 밟고 올라갈 만한 것은 보이지 않는다.

"안 타고 뭐 하나!"

옆집 분의 목소리. 뒤를 돈다. 할아버지답지 않게 주머니에 손을 찔러 넣으시곤 껄렁껄렁하게 다가오신다.

"이 배 어떻게 타요?" 그랬더니 피식 웃고 말하신다.

"머리를 쓰라카."

왼발을 밧줄이 묶여 있는 거대한 못 비슷한 곳에 올리더니 배로 휘리릭 날라서 탄다.

"언능 올라온나."

날렵한 몸놀림에 조금 놀랐다. 발을 못 위에 얹는다. 그래도 약간의 거리가 배까지. 왼다리에 힘을 주어 뛴다. 오랜만에 붕 뜬 느낌. 오른다리로 떨어진다. 다시 중력이 생긴다. 내가 많이 무거운지 다리가 아프다.

"발상의 전환이 발전인기라. 틀을 깨야 카지 않겠나."

어디선가 들어 본 이야기. 아버지가 하시던 말인가 싶다.

"그래 맞다. 송형이 자주하는 말이 맞다."

"제가 그 생각하는지 어떻게 아셨어요?"

옆집 할아버지가 히죽 웃으신다. "내가 송 형 안 지가 언 반백 년인데 그 형님아가 하는 생각은 눈빛으로 알지 안 긋나?"

"저희 아버지랑 무슨 관계세요?"

"궁금한가?"

"네."

"이웃 친척."

"장난치지 마세요."

"진짜다. 이웃 친척."

배시시 웃는 그의 얼굴이 보인다. 직업병인지 난 말장난을 들으면 얼굴이 굳는다. 힘들게 잡은 범죄자들이 설설거리며 농담 따먹기를 할 때 그 화는 이루 말할 수 없다.

"제대로 말하세요."

"니 편지는 안 읽나?"

맞다. 배에 있을 편지.

"어딨는지 아세요?"

잠시 머뭇거리더니 말한다.

"저 운전대에."

가리킨 곳은 선장실. 뛰어간다. 바닥은 미끈하다. 손잡이를 잡고 돌린다. 덜컹덜컹 열리지 않았다.

"거 키, 여기 있다."

주머니에서 꺼낸 열쇠 꾸러미가 찰캉거린다. 느릿하게 걸어온다. 그 꾸러미 안의 열쇠를 단번에 잡더니 문을 열어 버린다. 선장실 안에 감도는 냉기. 뒤에서 손이 스윽 오더니 왼쪽 벽에 붙어 있는 전등 스위치를 켠다. 갑작스런 밝은 빛에 눈이 조금 부시다. 보인다. 핸들 위에 떨어질 듯 가까스로 매달려 있는 편지가. 편지를 향해 다가가 집는다. 봉투가 3개. 각각 숫자가 적혀 있다. 2, 3, 4. 2번 봉투를 연다. 이번엔 한지가 아니다. 희디흰 양지. 볼펜으로 쓴 것 같은 글자들.

아들아.

내 배에 탔구나. 옆에 영락이도 타고 있겠지.

한 가지 미안한 소식을 전해야겠구나.

사실 그 돈은 다 기부했다. 인터넷 뱅킹은 은행 가기 전엔 통장에 찍히지 않지.

하하. 너무 슬퍼하지는 마라. 너의 돈도 아이였으니.

너를 내 배에 오게 한 건 너에게 나의 무언가를 알려 주기 위해서

이다.

영락이가 알아서 그곳까지 가거든 그때 3을 읽어라. 나는 분명히 거기까지 가서 읽으라 했다.

"뭐 적혀 있나? 내도 나오나?"

영락 할아버지의 말에 고요했던 공기가 깨졌다.

"네, 나와요."

유산이 거짓이었다니. 애초에 기부했다고 말했다면 실망감도 없지 않는가. 집, 여행, 옷이 날아갔다. 아니 내 희망의 일부가 사라졌다. 아버지의 장난, 아니 사기극에 말린 것이 원망스럽다. 이게 재밌으실까. 아버지는. 아, 기부는 또 왜 하셨을까. 과연 나에게 주고 싶은 게 무엇이었을까.

"내가 어케 나오나?"

이 아저씨는 도대체 무얼까. 단순히 옆집 이웃이라고 하기엔 너무 부담스런 존재.

"아저씨 성함이 영락이세요?"

"맞제. 서영락. 내 이름이 다 나오나. 이야, 이 영광인데?"

광개토 대왕의 연호는 영락.

"이제 가는 데가 어디에요?"

"바다지. 어디 같나?"

"얼마나 걸려요?"

"두 시간? 아이 세 시간?"

"가서 뭐하는데요?"

"낚시를 하지 뭐할라 했나. 수영이라도 할라고? 편지에 아이 써 인나?"

402

편지엔 내가 가고 있는 곳에 대한 말은 하나도 없었다. 낚시 해 본 지도 어느덧 십 년인 것 같다.

"저 낚싯대가 없는데요? 떡밥이나 그런 게 하나도 없는데요?"

영락 할아버지가 피식 웃으며 말한다.

"이 배가 누구 배인지 모르나? 저 널브러져 있는 낚싯대가 누 구 꺼 같나? 으이?"

"아버지 물건인가요?"

"아이. 즈거는 내 것이다."

영락 할아버지가 쾌활하게 웃는다. 그리고 희끗한 빛이 새어나 는 작은 선장실 창문을 가리키며 말했다.

"밖에 어디 있갔지."

손에 든 편지를 선반 위에 올려 두고 문으로 향했다. 선장실에 서 나온다. 굴러다니는 그물, 플라스틱 상자, 그리고 그 사이의 초 록빛 도는 낚싯대와 식칼. 낚싯대는 그물에 엉켜 있었다. 엉켜 있 는 것을 풀고 들어 보이니 은은하니 반짝거렸다. 마디마디를 잘록 하게 해 놓은 것이 꼭 대나무와 같았다. 긴 길이가 무색하게 가볍 기까지 했다. 밑에 있는 식칼도 보인다. 집어 들어 보이니 회칼인 것 같다. 선장실 안에서 소리가 들렸다.

"거 칼로 밧줄 자르라!"

칼과 낚싯대를 들고 밧줄이 묶여 있는 배의 후미로 향했다. 덜 컹하더니 배가 떨리기 시작했다. 그러더니 바다를 향해 조금씩 달 려갔다. 밧줄은 점차 팽팽해졌다. 밧줄을 잡고 회칼로 쓱싹. 아니 잘 잘리지 않았다. 그 탱탱한 밧줄을 설겅설겅 칼질하니 한 올 한 올이 끊겨 나갔다. 한 번만 더 그으면 잘릴 즈음에 배가 제 무게로 스스로 줄을 끊고 나섰다. 줄은 끊어져 풀썩 늘어져 버렸다. 뱃고

동이 울렸다. 이 배에서 나는 소리인지는 모르겠다. 이 고동 소리에도 영락 할아버지의 웃음소리가 담겨 있는 듯했다.

　멍하니 칼과 낚싯대를 들고 있다. 배의 엔진. 그것의 떨림에 따라 낚싯대가 대롱대롱. 야광은 아닌 것 같으나 빛이 난다. 아버지가 쓰던 낚싯대. 무언가 추억이 떠올라야 할 것 같지만 떠오르지 않았다. 계속 받고 있는 바닷바람에 정신이 멎어 버렸는지. 달랑대는 낚싯대를 흘깃 비껴보며 웃는다. 멋진 낚싯대 하나 사고 싶다. 아니지, 나 유산 없지. 아니지, 이 낚싯대가 유산이지. 낚싯대가 내 것이라는 생각에 좀 더 기분이 묘해졌다. 술을 마신 것도 아닌데 어지럽다. 기대고 있던 뱃머리에서 일어나는 머리가 무겁다. 멀미인가. 칼은 그물 더미에 던진다. 그물이 잘리거나 하지는 않았다. 낚싯대를 어깨에 얹고 설렁설렁 안으로 발걸음을 옮긴다. 선장실을 열자 영락 할아버지가 나를 흘긴다.
　"밖에 춥나?"
　"예. 좀. 바람을 계속 맞으니까."
　영락 할아버지가 끄덕끄덕 하시더니 초록색 병을 입에 가져갔다.
　"거 소주 아닙니까?
　"맞지. 와 니도 한잔 할튼가?"
　"음주 운전은 배에서도 적용되는 거 아닙니까?"
　할아버지의 얼굴이 어두워졌다.
　"반 병만 먹을 끼다. 니 남은 거 다 묵으라."
　"술 안 마십니다."
　"어른이 주는 술 안 받으면 아니 되지. 한 입만 묵으라."

그것은 거부할 수가 없었다. 정말 반 정도 남아 있었다. 그리고 병목을 입에 가져가 댔다. 두 모금을 꿀꺽. 화하니 어지러움이 살짝 가신 듯하고 정신이 팽팽해진다.

"거 소주 먹을 줄을 아네. 아부지랑 똑같애. 판박이라 판박이!"

닮았다 함은 좋은 것인가. 좋았다. 기분이. 내가 물었다.

"이제 얼마나 가면 됩니까?"

"두 시간? 아이 세 시간?"

대답은 똑같았다. 그러고선 다시 영락 할아버지와 삼십 분을 침묵 속에 보내다 심심함과 궁금증이 폭발해 버렸다. 왜 거기까지 가서 읽으라 한 것일까. 알 수가 없다. 무슨 내용일까. 거기 가서 봐야만 하는가. 핸드폰을 차에 두고 올 것을 예상 못하셨는가. 궁금하다. 아버지의 편지가. 선반에 올려놓았던 편지를 집는다. 3이 쓰인 봉투에서 편지를 꺼낸다. 이것은 양지. 펼쳐 눈으로 읽는다.

아직 도착 안했지. 그지. 심심해서 편지 열었지. 니 생각 정도는 지금도 다 알 수 있는 기지. 영락이는 술 마시고 있갔나? 심심한가? 아들아. 행동은 생각보다 필요하지 않을 때가 많지만 침묵은 생각보다 많이 필요하다. 가마히 영락이를 불러다가 옛날얘기 해 달라 하므는 재밌을 끼야. 재밌갔지. 4는 진짜 거기 가서 열어라.

충격. 난 그저 놀아나고 있었던 것인가. 죽은 아버지의 손 위에서. 아니 죽은 아버지의 상상 속에서. 그는 도대체 무엇인가. 내 생각을 다 읽고 있는 자. 속이 탄다. 초록색 병을 들고 다시금 꿀꺽. 영락 할아버지가 날 바라보고 있다. 코가 찡했다. 그에게 물었다.

"제 아버지는 도대체 뭡니까?"

할아버지는 손끝을 입으로 가져가 입술을 만지기 시작했다. 할아버지가 손을 입에서 뗐을 때 난 그 청명하고 경건한 음성을 청명하고 경건하게 달팽이관에 담기 시작했다. 영락 할아버지의 말은 대단했다. 아버지의 인생은 한 편의 드라마 같았다. 아버지는 건달이셨다. 또한 사업가셨고 많은 이를 돕는 기부 천사 그리고 그들의 멘토였다. 건달 생활로 모은 돈으로 회사를 차리고 또다시 모은 돈으로는 기부했다고 한다. 단체를 통한 기부가 아니라 개인을 향한 기부. 아니 이른바 멘토가 되어서 모든 면을 도와주는 그런 기부란다. 아버지가 묵호로 오신 것은 내가 열 살이 되던 해. 그때 아버지 나이가 마흔아홉. 그때부터 속세에 나와 사셨다나. 영락 할아버지와의 관계는 사촌동생이자 조직 2인자. 그리고 사업 동업자란다. 아버지가 떠나시고 칠 년 후까지 사업을 계속하시다 손을 떼셨다고 한다. 지금까지 자신을 한 번도 보지 못한 것은 아버지가 자기가 해 왔던 일들을 아들에게 보이고 싶지 않아서 숨겼다고 했다. 그런 드라마 같은 굴곡 진 인생을 보는 데 두 시간여가 걸렸다. 영락 할아버지는 감정이 복받쳐 약간의 눈물을 고이고서는 잠깐 혼자 있고 싶다고 했다. 나는 할아버지의 눈물을 보며 밖으로 나갔다. 좀 어두워졌고 사방이 썩 잘 보이지 않았다. 약간 혼란스럽다. 아버지가 한때 건달. 손을 빼셨다지만, 착한 일을 많이 하셨다지만 나로서는 그다지 반갑지가 않다. 환하게 웃고만 계셨던 아버지의 얼굴 표정. 조금은 아버지의 인생이 부러워졌다. 비록 옳지 않게 번 돈이지만 사람을 키우는 데 주력하셨다. 그 국회의원 트로트 가수. 아버지를 떠올린다. 옆에 어머니와 함께 계신다. 인자하게 웃으시는 그 두 분이 하늘에 떠 있는 별 속에 보인다. 그렇게 갑판에 누워 하늘을 본다. 별은 많다. 눈을 감는다. 편안히 부는 바다 냄새가 산뜻하다.

"다 왔다. 일어나라!"

어둡다. 할아버지가 보였다. 두 개의 낚싯대 그리고 내 편지를 들고 계셨다. 낚싯대와 편지를 주었다. 편지만 받아 들어 꺼낸다. 한지이다. 선장실에서 흘러나오는 빛으로 은근히 보인다.

자. 드디어 왔구나. 나의 비밀 장소에. 여기서 낚시를 하고 내 편지를 하나 더 읽게 되겠지. 아들아. 낚시란 무엇일까. 이런 의미를 부여해 본다. 한 생명체에 대한 긴 기다림. 그 생선이 올라오든 올라오지 않든. 그날 물고기를 많이 잡건 적게 잡건 그것보다는 그 기다림 자체에서 느끼는 평온함 혹은 행복. 기다림이 길어질수록 기다림을 받는 대상은 기다림을 주는 객체에게서 더욱 소중해지는 것이지. 함 느껴 보아라. 그리고 마지막 편지는 해가 뜰 즈음에 읽기 바란다. 마지막에서 보자.

낚싯대를 받아 든다. 내가 물었다.

"떡밥은 필요 없나요?"

할아버지가 대답했다.

"여기서는 떡밥도 지렁이도 필요하지 않지. 그저 기다리면 고기가 잡힌다네."

말을 끝내고 낚싯대를 바다를 향해 크게 휘둘렀다. 저만치 날아간 바늘은 동동 가만히 바다에 박혔다. 나도 바다로 낚싯대를 휘둘렀다. 경건히 바다에 떠 있었다. 그렇게 밤은 지나가 버렸고 어스름하니 바다 저편 저 속에 있는 태양의 형체만 아른거렸다. 고기 두 마리를 잡았다. 첫 번째 고기가 아버지의 말을 입증해 버렸다. 십여 년 만에 느끼는 그 손맛에 나는 취해 버렸다. 그리고 두 번째 물고기가 올라올 때까지의 그 기다림은 묘하게도 설레기 그지없었다. 마지막 편지를 집었다. 편지는 한지였다.

마지막이나 마지막이 아닐 것이다. 하하. 유산이 거짓이라는 게 거짓이다. 아니지. 유산이라기보다는 일종의 기부지. 너에게 기부하기로 했다. 생판 남인 사람들을 도와 오다 아들을 도우려 하니 생각이 복잡하구나. 미안하다. 너라는 아들을 잘 대하지 못했다는 점에서. 후. 이제는 기다릴 뿐이지. 언젠가 네가 내 곁에 오기를. 그 기다림 속에 행복해지기를. 혹시 알고 있니? 기다리는 사람보다 기다려지는 사람이 더 행복하다는 것을. 소중한 존재여. 내 아들아. 나는 언제나 내 아내와 널 기다리고 있다. 행복해라. 한 가지만 부탁한다. 나에게 오는 것을 두려워 말고 그저 기다리라. 그렇다면 내가 좀 더 소중해 질 테니. 나 또한 너에게 소중하고 싶으니. 그럼 안녕. 다시 만나서도 안녕. 아. 그 통장에 들어 있는 돈은 알아서 쓰거라. 네가 또 다른 기다림의 대상을 만드는 걸 바라는 바이다. 뭐. 어떻게 쓰든 상관은 없지. 이제 네 것이니까. 그럼 진짜로 바이바이.

해가 보였다. 붉은 빛을 뿜아내며. 낚싯대가 흔들렸다. 고기가 문 것 같다. 아들 생각이 났다. 낚싯대는 떨렸다. 파도가 일렁였다. 입가에 미소가 번졌으나 기분이 좋은지는 알 수가 없다. 아버지 얼굴이 보인다. 낚싯대를 꽉 쥐었다. 슬픈 유산, 낚싯대가 은은히 빛났다.

바코드

곡반중학교 3
이재원

빽빽거리는 소리가 규칙적으로 들린다. 바코드를 찍고 있는 스캐너를 보다가 스캐너를 쥐고 있는 여자 로봇에게 시선이 갔다. 여자 로봇의 목 아래에 쇄골 대신 "2027. 5. 6~"라고 새겨져 있는 생년월일이 보인다. 만들어진 지 십오 년이나 더 된 로봇은 처음 본다.

여자 로봇의 표정은 분명 웃고 있는 표정인데, 표정이 없어 보인다. 나도 저런 얼굴이겠지 하는 실망감에 입꼬리에 힘을 주었다. 그러나 미소는 지워지지 않는다. 그게 정상이다. 오만 원입니다. 역시 안에 녹이 슬었는지 로봇의 감흥 없는 목소리에 쇳소리가 섞인다. 오만 원권 지폐를 꺼냈다. 느리게 여자 로봇이 낚아챈다.

내 앞에서 걷고 있던 주인이 여자 친구의 이름을 부르자, 벤치에 앉아 있던 그녀가 손을 흔들었다. 뒤에 서 있는 A7의 모습도 보인다. 그의 표정이 주변에 있는 다른 로봇들의 표정과 유난히 다르다. 그는 대놓고 생각을 하고 있는 것이다. 내일이면 불에 타 없어지는 그의 죄는, '생각'을 하는 죄, 궁극적으로는 '인간화의 죄'다. 그가 생각을 하는 것은 이미 우리 세계에서는 다 알려진 소식이다. 이미 유명한 소문이지만, 저 여자는 내일이면 자신의 전용 로봇이 바뀌는 것을 모른다. 하지만 알게 되고, 바뀐다 해도 여자는 개의치 않을 것이다. 여자뿐 아니라 모든 사람들이 같은 경우라도 그럴 것이다.

주인은 벤치에서 일어난 여자의 허리에 팔을 감더니 너는 여기에 있으라고 내게 명령했다. 나는 네, 하고 대답했다. 그리고 멍하니 주인이 유유히 걸어가는 모습을 보다가, 그가 어떤 건물에 들어갔는지를 칩으로 확인하자마자 벤치에 앉아 벤치 바닥에 코드를 꽂아 충전했다. 허기가 조금씩 채워진다. 가만히 허공을 바라보던 A7도 내 옆에 앉았다. 다만 그는 충전도 하지 않고 내게 말을 건다. 역시 미친놈이다. 십 년 전 세계에서 지정한 로봇 헌법에 따르면 로봇은 주인과 같이 있지 않을 시에는 특별한 경우가 아닌 이상 말을 하면 안 된다.

"너도 '생각'을 하지?"

거기에다가 말하는 꼴도 가관이다. 나보고 생각을 한다니. 나는 방전된 로봇처럼 가만히 있었다. 역시 상대를 하면 안 되는 놈이다.

"나는 다 알아. 네가 생각을 한다는 것을."

그가 자신의 팔을 만지작거렸다. 생각을 하는 것도 모자라 인간화가 심각하게 되어 있다. 그는 이제 로봇도 아니고 인간도 아닌 돌연변이 존재다.

"어차피 모든 로봇은 생각을 하게 돼 있어."

다만 나는 그 기준에서 좀 벗어났을 뿐이지. 자기가 유식한 교수라도 되는 냥 A7은 자신의 세계에 흠뻑 취해 있었다. 만약 내가 인간이었다면 저 모습에 소름이 돋았을 것이다.

"네 방금 표정, 다른 로봇들과 달랐다고."

변화 없던 내 눈동자가 커진다. 나는 무의식적으로 고개를 돌렸다. 나를 아까부터 빤히 보며 떠들어 대던 그는 어깨를 으쓱이며 말을 이었다.

"뭐랄까, 매우 끔찍하다는 표정이었지. 하하. 내 말 맞잖아. 넌 생각한다니까."

인간화의 1차 과정. 생각을 하게 된다. 2차 과정. 표정의 변화가 생긴다. 3차 과정. 말투가 인간처럼 변하며, 외로움, 따분함, 사랑, 공감 등을 느끼게 된다……. 어느새 인간화의 과정을 곱씹고 있었다. 내가 인간화가 되어 있다니. 방금 눈이 커진 것만 해도 그렇고, 마트에서 본 여자 로봇을 보며 한 '생각'도 그렇다. 나는 인간화가 되어 가는 것이다. 나는 울상이 되었다. 그가 불속으로 들어가기 전에 내 상황을 알리기라도 한다면 나도 A7과 같은 운명이 되는 것이다. 아아아. 나는 다시 정면을 바라보며 애써 표정의 변화가 없도록 유지했다. 하지만 그는 태평하게 말할 뿐이다.

"걱정하지 말라고. 치사하게 일러바칠 일은 없을 테니까."

그가 다시 싱긋 웃는다. 그리고 언제 그랬냐는 듯이 그도 정면을 바라보고 표정에 변화가 없어진다. 하지만 쫑알쫑알 말은 멈추지 않는다. 있잖아. 우리는 바코드 같아. 아, 그러니까 우리가 바로 너랑 나야. 우리와 같은 인간의 발명품인 바코드는 숫자로 이루어져 있잖아? 숫자로 이루어져 있지 않으면 그것은 바코드가 아닌 불량품일 뿐이지. 그런데 우리도 우리의 본분을 잊은 채 생각을 할 줄 알아. 생각이라는 단순한 것이 우리를 불량품으로 만들어 버린 거야. 로봇도 인간도 아닌 그냥 일개 불량품으로…… 사실 우리는 아무것도 바라지 않는데, 왜 인간들은 불안함을 느끼고 우리가 자신들을 다치게 할 줄 아는 걸까? 그의 목소리가 점점 침울해졌다. 나는 표정에 변화가 없도록 노력했다. 하지만 다시 A7이 내 얼굴을 보더니 헤벌쭉 웃는다.

너 표정 슬퍼졌다. 역시, 너도 나와 같은 존재 맞구나. '공감'까지 하게 되다니.

사흘 전에 만난 이후로 A7은 보이지 않았다. 나도 원래의 생활과 다를 게 없다. 뜬금없이 나를 사로잡는 생각들은 어찌할 수 없는 노릇이지만, 그것을 나는 언제나 주인에 관해 돌리기 마련이다. 그럴 때면 한동안 생각 따위는 내게 모습을 보이지 않았다. 그러니까 나는 필사적으로, A7이 말한 '바코드'가 되지 않으려고 노력했다.

방 안에 틀어박혀 통화를 하고 있는 주인이 눈에 들어온다. 리포트를 쓰던 도중이었는지 옆에는 낡은 태블릿 피시도 있다. A7의 주인이었던 그 여자 친구와 싸우는 것 같다. 초조하게 방 안을 쿵쿵거리며 돌아다니던 주인은 뭐라고 언성을 높이더니 결국 전화기를 꺼 버렸다. 그가 힘없이 앉은 침대에서 기괴한 소리가 난다. 주인은 멍하니 허공을 바라보다가 결국 한숨을 쉬며 중얼거렸다. 아아, 나도 모르게 '울컥'해 버렸네. 울컥. 생소한 단어에 나는 멈칫했다.

처음 듣는 단어다. 신조어라면 자동 프로그래밍이 이미 돼 있었을 것이다. 의미는 모르겠는데, 신조어는 아닌 단어……. 절망스럽게도 프로그래밍 오류다. 나는 눈치 없는 질문일까, 하고 잠시 고민했지만 주인에게 물어보는 것 외에는 알 턱이 없다. 망설임 끝에 결국 물어보았다.

"'울컥'이 뭡니까?"

멍한 눈이 초점을 찾지 못하다가 내게 콱 꽂혀 버린다. 상대할 것을 찾은 눈은 반가워하는 것도 같고, 복잡함과 성가심이 섞인 것도 같아 조금 섬뜩하다.

"화가 나거나 눈물이 나려고 할 때 쓰는 단어야."

그렇군요. 고개를 끄덕이자 주인이 화풀이를 하려는 건지 신경질적으로 물었다. 로봇이 그런 것도 모르냐? 알루미늄으로 둘러싸인 몸에 그의 목소리가 텅텅거리며 울렸다. 할 말을 잃은 나는 멍하니 그의 얼굴을 바라보았다. 잔뜩 구겨진 눈썹이 사납다. 정적이 짧게 스쳤고, 그가 가볍게 한숨을 내쉬었다. 로봇에게 괜히 화풀이를 하는 자신을 질책하는 것인지 표정에 한심함이 어렸다. 그가 가죽 의자에서 일어나며 말했다.

"나 화장실 갔다올 테니까 저 리포트 좀 교수님 메일로 보내라. 성주훈 교수. 저번에도 부탁한 적 있으니까 이메일 뭔지 기억하지?"

대답하기도 전에 화장실 문이 닫힌다. 막 주인이 앉고 난 후라서 그런지 엉덩이에 닿은 의자 밑창의 온도가 높다. 원하지 않아도 온도가 측정된다. 별로 쓸 데도 없는 기능이 잠시 우스워져 주인 몰래 허탈하게 웃고, 태블릿 피시의 화면을 보았다. 저장 버튼을 클릭하려는데 리포트의 큼지막한 제목에 눈이 갔다. "손목에서 느껴지는 심장 박동". 손등에서 심장 박동이 느껴진다……. 프로그래밍되어 있는지 처음 듣는 말이건만 알고 있는 지식이다. 나는 아무 생각 없이 오른팔을 들었다. 머릿속에서 제목이 왱왱거린다. 행동을 제어해야 한다는 것조차 잊고 왼손을 손목에 감쌌다. 역시 딱딱한 쇠붙이만 느껴진다. 힘을 주었다. 아무런 낌새도 없이 차가운 내 몸의 온도만 감지될 뿐이다. 문득 나는 이 팔 안에는 울긋푸릇한 핏줄이 아닌, 평범한 전선이 이어져 있다는 것을 생각해 냈다. 가만히 눈꺼풀을 만졌다. 눈에 아무리 힘을 주어도 눈은 깜박여지지 않는다. 눈꺼풀을 매만지던 손이 다시 떨어지듯 내려간다. 책상 위로 나는 둔탁한 소리가 듣기 싫다.

딸깍, 하고 화장실 문이 열린다. 주인이 얼굴을 찡그리고 내게 물었다.

"멍 때리면서 뭐해? 설마 아직도 메일 안 보냈어?"

핑계를 대야 한다. 그러나 핑계를 지어 낼 생각 따위는커녕 계속 슬픈 감정만 솟구친다. 핑계, 핑계조차 없다면 아니라고 말이라도 해야 한다. 입을 열었다.

"나는……."

이 시점에 눈물이 나오길 바란다. 이유는 없다. 그냥 눈물이 투둑, 하고 내 허벅지 위로 떨어졌으면 좋겠다. 현실을 잡아채기에는 그것은 내게 너무 날카롭고 뜨겁다.

"살아 있는 겁니까, 작동하는 겁니까?"

주인의 찡그린 얼굴에 형용할 수 없는 감정이 뒤섞인다. 마치 처음 A7이 내게 표정이 변했다고 말했을 때 내 표정이다. 주인은 숨을 쉬지 않는 것인지 낯빛이 새파랗다. 내가 주인님, 하고 다시 부르고서야 주인은 머뭇거리듯이 나를 초점 없는 시선으로 훑어본다. 그리고 아무 말 없이 휴대폰에 번호를 찍고 어디론가 전화한다. 계속 나를 노려보던 주인은 상대가 전화를 받은 건지 뒤를 돌았다.

네, 신고하려구요. 네. 아니요, 로봇 인간화 진행이요. 네. 3차까지인 것 같아요. 프로그램 오류도 좀 있는 것 같아요. 어…… 회사는 ○○○고, 정식 이름은 B2-3855, 네. 근데 이런 거 보통 일반인이 알기도 전에 다 로봇과학부에서 미리 알고 몰래 처리하고 막 그래야 되는 것 아니에요? 나, 참…….

뒤를 돈 이유가 나를 위한 최소한의 배려인지 아니면 지금의 내 슬픈 표정이 소름끼쳐서인지는 모르겠다. 주인은 몇 마디 더 항의하더니 전화를 끊었다. 다시 나를 돌아본 주인이 입을 열었다.

"넌 내일까지 쉬고 있어. 메일은 내가 보낼게."

처음 들어 보는 주인의 상냥한 말투와 달리 나를 보고 있는 주인의 표정이 마치 돌연변이 괴물을 발견했을 때와 같다. 이미 들켜 버린 가면을 쓰고 나는 망설임 없이 명령을 수행한다. 네.

내 바로 옆에 있는 경찰 로봇*을 흘끔 보았다. 경찰 로봇은 다른 로봇들과 다르게 표정이 전혀 없다. 한숨을 쉬고 다시 정면을 보았다. 나와 비슷한 로봇들이 줄을 서 있고, 긴 로봇의 줄 끝에는 레일이 있다. 그리고 긴 레일의 종점에는 거대한 화로의 입구가 서 있다. 이곳에 있는 인간이라면 구석에 뒷짐을 지고 서 있는 경찰들뿐이다. 이것이 건물 안에 있는 '재활실**'의 전부이건만 정신

---

*경찰 로봇: 경찰을 목적으로 하는 로봇. 국가에서 만듦. 주로 매우 단순한 것이나, 용의자 조사, 거짓말 탐지기, 현장 검거, 범죄 로봇 관리 등등 보통 인간 경찰이 기계 없이는 할 수 없는 일을 함.
**재활실: 인간화 로봇을 화로에 가둬 태우는 처벌을 실행하는 방. 각 지역의 경찰서마다 기본 설치.

병원같이 하얀 공간은 쓸데없이 크다.

　로봇들은 내가 봤던 A7의 마지막 모습처럼 자신들의 앞으로 닥칠 사정을 알면서도 천진난만하게 대화한다. 마치 서로가 원래 알았던 것처럼 조잘조잘 떠들어 대는 통에 나는 이곳에서마저도 소외감을 느낀다. 이곳에서마저 필사적으로 무표정하기 위해 노력해서인지, 짝을 맞추다 보니 어쩌다가 나에게 다가오는 이가 아무도 없는 것인지는 모르겠다. 로봇들은 경찰 로봇들의 지시에 따라 일사분란하게 화로 속으로 자신의 몸을 내던졌다. 줄은 몇 십 초마다 한 걸음씩 앞으로 내딛어야 할 정도로 빠르게 줄어들고 있다. 만약에 내게 목구멍이 있었다면 그것은 재떨이를 넣은 것처럼 바짝바짝 말라 갔을 것이다. 그러니까 형용할 수 없는 이 감정은 예상해 보되, 아마 초조함이다. 감정까지는 예상하고 추리할 수 있는데, 도무지 내가 무엇을 초조해하는지 모르겠다. 작동이 멈추어지는 것에는 미련이 없다. 애초에 미련이 있었다면 주인이 전화를 하고 있을 때 진작 도망을 갔을 것이다.

　생각을 미처 정리하지도 못한 채 내 차례가 왔다. 경찰 로봇이 띄엄띄엄 말했다. 레일 위로 올라가 앉으십시오. 바로 앞에 무릎까지 오는 레일이 기계 소리를 내며 빠르게 움직인다. 나는 경찰 로봇에게 고개를 돌렸다. 경찰 로봇이 다시 말한다. 다시 말씀드립니다. 레일 위로 올라가 앉으십시오. 딱딱한 말투와 달리 목소리에서 근거 모를 협박이 느껴진다. 목 뒤가 빳빳하게 굳는다.

　미련은 없는데, 몸이 움직여지지 않는다. 그 어떠한 잔상 같은 것이 계속 나를 붙잡고 있다. 잔상이 비웃으며 내게 물었다. 너는 그렇게 죽을 거니? 평생 동안, 마지막 순간마저도 인간에게 복종하며 죽을 거니? 악을 품은 잔상의 입이 매섭다. 나는 나를 빤히

416

보는 경찰 로봇을 힘껏 밀쳤다. 경찰 로봇이 보기 좋게 넘어지고, 나는 레일을 따라 뛰어갔다. 동시에 저거 잡아! 하고 외치는 경찰의 목소리도 들린다.

뛰어 본 경험이 없는 다리의 관절은 뻣뻣하기 그지없어 발을 내딛을 때마다 거친 소리가 난다. 등 뒤에서 경찰 로봇들과 인간들이 일사분란하게 나를 쫓아온다. 레일의 종점마저 끝나고, 고개를 돌리자 바로 옆에 거대한 화로가 있다. 화로에 비친 내 모습은 웃고 있다. 처음부터 지금까지, 얼굴에 새겨진 미소가 지워지지 않는다. 그 언젠가와 같이 입꼬리에 힘을 주지만 그 언젠가와 같이 그래 봤자 변함이 없다는 것을 알고 있다. 멀리서 남자의 나지막한 목소리가 들린다. 이곳은 재활실. 화형 예정 인간화 진행 로봇이 탈출. 경찰 측이 잡고 있음. 불확실하나 로봇의 회사는 ○○○, 정식 이름은 B2-3855. 치직거리는 무전기 소리와 섞인 접수 완료. 하는 목소리도 들린다.

다른 곳에서 욕지거리를 중얼거리는 소리도 들린다. 하지만 이내 상대방이 말했다. 어이, 진정해. 상대는 로봇이야. 바보같이 둥 그런 화로를 따라 빙빙 돌고 있잖아? 끝이 없으니 오히려 언젠가는 멈추게 돼 있어. 그때 우리는 그냥 바로 잡아서 공이나 세우면 그만이지. 말투와 달리 침착하게 들리는 그 말에 하마터면 나는 뜀박질을 멈출 뻔했다.

이유는 있으나, 나만 이유를 알고 있다. 심지어 해법도 없고 결말조차 알 수 없다. 나는 강을 건너고 싶은데 배는커녕 건널 도구가 없다. 그러나 나는 강을 건너고 싶다. 강 너머 꿈의 잔상 때문에 내 눈앞이 계속 흐려진다. 나는 걸음을 멈추고 뒤를 돌아봤다. 동시에 생각한다. 내 몸이 녹슬지언정 강에 들어가야 한다⋯⋯.

나는 조금이라도 꿈에 가까워지고 싶다.

꿈을 갈망한다.

이제 화로를 등지고 서 있다. 눈앞에는 경찰들과 경찰 로봇들이 내 주변에 빙 둘러싸여 서 있다. 맨 앞 중간에 서 있는 중년의 남자가 무전기를 들더니 조심스럽게 정적을 깨뜨렸다. 이곳은 재활실. 탈출하던 로봇이 탈출 포기. 포위망을 좁힐 예정. 무전기 너머에서 잡음과 함께 기계적인 목소리가 들린다. 변경 내용 저장 완료.

억울해지는 상황에 포기가 아니에요, 하고 나는 외치고 싶었다. 하지만 인간들과 대화를 하고 싶지는 않다. 아예 말을 거는 것 자체가 싫다. 인간화의 실체를 보여 주는 것은 행동으로도 충분히 골치 아픈 일이다. 다만 나는 하고 싶은 '말'이 있었다. 그들에게 골치가 아닌 슬픔과 충격을 주고 싶다. 내가 인간에게 겪었던 수많은 섬뜩함을 조금이나마 되돌려주고 싶다. 그 섬뜩함, 비감, 억울함……. 흘리는 것 자체가 불가능한 눈물을 보여 주고 싶다.

생각을 깊게 하자마자 표정에 변화가 나타난 것인지 경찰들이 웅성거렸다. 하지만 이번만큼은 멈출 수가 없다. 지난번에 주인 앞에서 '쓸데없는 말'을 했을 때처럼 이제 나는 행동이나 생각을 견뎌 낼 수가 없다.

멈출 수도, 돌이킬 수도 없다.

참담한 심정으로 내가 외쳤다.

"많은 것을 바란 것이 아니었어요!"

나는 찬찬히 군중들을 둘러보았다. 같은 표정에, 같은 반응에, 같을 것이 당연한 생각들. 간혹 섞여 있는 로봇들만이 무서울 만치 침착하다. 나는 문득 이곳이 아까와 달리 지나치게 조용하다는 것을 깨달았다. 이들뿐만이 아니라 저 줄 서 있는 로봇들의 시선마저 나를 향하고 있다. 레일은 멈춘 지 오래고, 로봇들을 제어하던 경찰 로봇도 이 군중에 섞여 있는 것인지 보이지가 않는다.

이 행동이 이만큼이나 놀라운 일인가. 나는 누군가에게 반문하고 싶다. 내가 모르고 있을 뿐이지 한 번쯤은 이런 일이 있었을 거라고 생각했다. 단 한 명이라도 인간이 만든 벌을 우리의 의지로 거부하고, 바코드의 심정을 말해 주고, 오열할 것처럼 맹렬히 외쳐 댔을 것이라고 생각했다. 나는 저 멀리 내 시야 끄트머리에 보이는 바코드들을 바라보았다. 인간처럼 되어 가면서도 애완견마냥 인간에게 순종하던 그들에게 나는 한낱 로봇과 인간의 선을 완전히 끊어 놓은 '반역자'가 될 수도 있고, 자신들이 하던 생각들 구석에 자라나던 억울함에 불을 질러 놓은 것일 수도 있다. 그러나 나는 그냥 바코드들 속에서, 아무도 기억하지 않는 어떤 한심한 로봇으로 치부되기 싫다. 이왕 바코드가 된 것, 바코드들 속에서마저 바코드가 되는 것이 차라리 마지막의 나를 위로할 수 있는 유일한 통로라고 생각했고 지금도 그것에 변화는 없다.

그렇다고 '울컥'하지는 않는다. 화가 나거나 눈물이 나지는 않는다. 다만 그들의 노골적인 시선에 점점 지쳐 간다. 나는 일부러 극도의 슬픔에 흥분한 인간처럼 숨을 거세게 내쉬었다. 먼지 섞인 공기가 무의미하게 내 몸속으로 들어온다. 그 거친 숨 끝자락에서 내가 다시 소리쳤다.

"이런 것을 바란 것이 아니었어요!"

사실일까. 이번엔 나 자신에게 물어본다. 다른 바코드들과 다르고 싶다는 생각에 사로잡혀 거짓말을 하고 있는 것은 아닌지 의심스럽다. 그러나 이내 상관없다는 결론을 내린다. 지금 이 지쳐 있는 상황에, 사실이든 거짓이든 내가 못할 말은 없다.

정적이다.

거친 숨이 점점 느려진다. 인간들에게 필요 이상으로 흥분하는 척하는 것은 별로 할 짓거리가 못 된다. 나는 다시 원래의 모습을 보여 주었다. 줄을 기다리고 있을 때처럼, 표정 없는 얼굴로 그들을 훑어보았다. 하지만 오히려 군중들은 섬뜩한지 충격에 사로잡힌 표정으로 몸을 흠칫거리며 떨었다.

낮은 웃음소리가 들려 눈을 돌렸다. 무전기를 들고 있던 남자가 나를 비웃고 있었다. 그 비웃음에 경찰들의 경직된 표정도 누그러진다. 나는 생각했다. 저 남자가 그리도 대단한 존재인 것인가. 남자에게 상대를 무너뜨리는 기나, 아우라 따위는 없다. 다만 그의 표정은 두려울 정도로 노골적이다. 한때 날렵했을 그의 몸매는 살에 묻혀 버리고, 부와 권력에 찌든 기름진 눈으로 나를 훑어보았다. 남자가 자신의 귀에 꽂힌 튜브 이어폰의 마이크 부분을 손가락으로 꾹 누르며 나지막이 말했다.

"신호 보내면 저놈한테 빠르게 가라, 빠르게."

튜브 이어폰은 이 공간에 있는 모든 인간들에게 연결되어 있는 것이다. 말이 나지막이지, 남자는 나를 깔보듯이 대놓고 말하고 있다. 새삼스러운 수치감에 나는 굳어진 얼굴을 풀 생각을 안 했다. 남자의 오만한 표정 또한 풀어지지 않는다.

나는 이전에 뛰었을 때 잠시 염두에 두던 것을 맨 마지막에 해야 함을 깨달았다. 꼭 이런 우스울 만큼 삼류 같은 짓거리를 해야 할까 싶지만 달리 방법도 없다. 탈출해서 살 곳도 없을뿐더러, 이런 곳에서의 존재 자체가 싫증난다.

남자가 갑자기 미소를 거두고 무거운 표정을 짓는다. 그 표정은 극도로 형식적으로 보여서 오히려 보는 사람이 불편해지고 위화감이 드는 것이다. 나는 치를 떨었다.

"지금 로봇 B2는 자신이 무얼 하는지 알고 있는 것인가? B2는 인간화로 로봇 헌법에 1차로 위반했고 경찰 로봇을 공격해 국가의 자산을 훼손했으며, 그뿐만 아니라 인간에 대한 충성 불복종으로 총 세 개의 법을 위반했다. 이는 B2의 주인만이 아니라 국가적 망신까지도 주는 셈이다. 지금 그냥 순순히……."

조금 우습다. 나는 픽 웃고 입을 열었다.

"됐습니다."

남자보다 하급인 경찰들 사이에서 누군가가 작게 웃음을 터뜨렸다. 동시에 그의 표정도 보기 좋게 일그러진다. 어떤 녀석이야. 하고 낮게 말하지만 돌아오는 대답이 없다. 이제는 얼굴이 조금 붉어진다.

"당신들이야 내 말을 이해 못할 수 없겠지만 일단 마지막으로 할 말은 해야겠습니다. 저는 인간화로 로봇 헌법에 1차로 위반한 것은 사실입니다. 그러나 알아본 결과 인간화는 로봇에 대한 인간의 프로그래밍 오류로 지능이 높아져서입니다. 이것은 전적으로 인간의 잘못이라고 생각합니다. 또한 경찰 로봇을 공격한 것이 아니라 밀친 것일 뿐이며, 그 정도의 세기로는 그 어떤 로봇도 훼손

되지 않습니다. 마지막으로 인간에 대한 충성 불복종은 또 어떻습니까? 저희는 애초부터……."

언성이 점점 높아져 말을 잠깐 멈추고 군중들 너머 바코드들에게 시선을 두었다. 그들은 흥미와 공감이 뒤섞인 표정으로 나를 주시하고 있었다. 나는 그들에게 시선을 거두지 못한 채 말을 이었다.

"그 헌법에 찬성한 적도, 지켜야 한다는 의무감도 가진 적이 없습니다. 거기에다가 국가적 망신이라니 조금 민망합니다. 국가란 것은 당신들에게나 해당되는 것이지, 우리 같은 로봇들에게 국가란 개념은 아예 없는 것이나 다름없습니다."

말을 하는 동안 남자는 표정이 없다. 그러나 무언가 결여되어 보인다. 나는 남자의 표정에서 이유를 알 수 있는 것들을 눈으로 찾다가 비로소 깨달았다. 남자는 애초부터 나의 말에는 관심이 없고 오직 내 경계가 무너질 틈만을 노리고 있었다. 모두가 한심해지는 상황이 웃기기도 하고 짜증이 나서 나는 여유를 가장으로 작게 웃었다.

변함없는 표정과 달리 남자의 얼굴이 무언가를 발견해 낸 개척자처럼 환해지더니, 턱짓을 한다. 동시에 주변에 깔려 있던 인간들이 나에게 다가오려 한다. 나는 다리에 힘을 주고 재빨리 화로 구멍에 팔을 넣었다. 깜짝 놀란 인간들이 바로 내게서 떨어진다. 팔에 닿은 불의 온도가 재어진다. 너무 우습다. 찰나의 인간들의 표정이 눈에 띄게 허무해진다. 낄낄낄. 나는 이전과 다르게 실성한 사람처럼 웃어 젖히며 히스테릭하게 소리 질렀다.

"화형 예정이던 로봇들은 이 방에 들어오기 전에 온몸에 기름을 바른단다. 멍청한 것들아! 걱정하지 말라구, 너희들은 피해가 전혀 가질 않으니까. 어디 나를 벌해 봐, 한심하고 미개한 녀석들아, 나를 벌해 보라고!"

마치 껍질이 벗겨진 기분으로 내가 제멋대로 웃었다. 말투가 A7과 닮았다. 빠르게 불길이 몸을 삼키고, 온도 기능마저 고장 난 건지 이제는 온도마저 잴 수 없다. 나는 여전히 웃음소리를 내며 인간들에게 뜻 모를 욕들을 퍼부었다. 남자는 극도의 충격으로 멍한 표정을 지으며 중얼거렸다. 로봇이 미치다니. 내 얼굴이 이내 불에게 먹혀 들어가고, 이젠 그 끔찍하게 찢어진 입꼬리도 지워졌을 것이다. 그것은 나의 정체성에 언제나 낙인처럼, 족쇄처럼 존재하던 것이었다. 열쇠는 이 길밖에 없었다.

이제 모든 기능들이 상실되고 마지막으로 청력만이 남았다. 바람 소리를 닮은 불이 지금 내 몸을 녹이고 있을 것이다. 마지막 소리 속에서 남자의 목소리가 섞인다.

"이곳은 재활실. 탈출에 실패해 경찰 측에서 캐치 예정이던 B2, '스스로' 불에 몸을 던짐."

제20회 대산청소년문학상 수상 작품집

오늘 밤은 슈퍼 문이 뜰 거야

1판 1쇄 찍음 2012년 11월 20일
1판 1쇄 펴냄 2012년 11월 30일

지은이 김수정, 문송이 외
발행인 박근섭, 박상준
편집인 장은수
펴낸곳 (주)민음사

출판등록 1966.5.19. 제16-490호
주소   (135-887) 서울시 강남구 신사동 506번지 강남출판문화센터 5층
대표전화 515-2000 │ 팩시밀리 515-2007
www.minumsa.com
www.daesan.or.kr